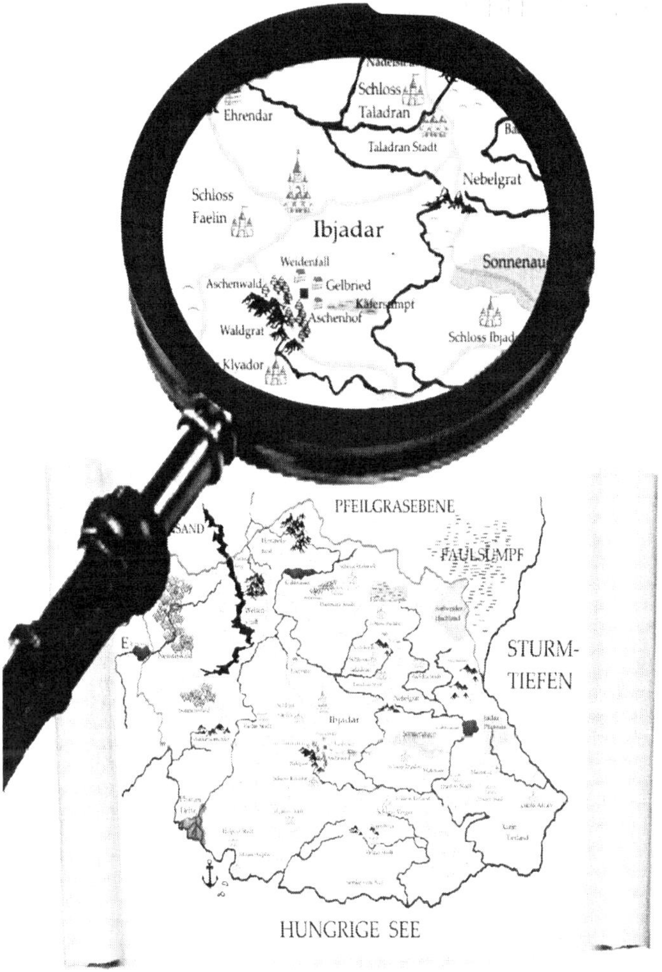
Schloss
Taladran
Ehrendar
Taladran Stadt
Nebelgrat
Schloss
Faelin
Ibjadar
Weidenfall
Gelbried
Aschenwald
Aschenhof
Waldgrat
Klyador
PFEILGRASEBENE
FAULSUMPF
STURM-
TIEFEN
HUNGRIGE SEE

GRAUÖDE

MADENSAND

PFEILGRASEBENE

Thelmark

FAULSUMPF

Fallanden

Taladran

Baeldin

STURM-
TIEFEN

Faelin

Ibjadon

Halphir

Klyador

Alxaer

Velgar

HUNGRIGE SEE

Inhaltsverzeichnis

Jadon

Das Mädchen fegte an den Boxen vorbei, dass ihre langen Zöpfe flogen.

„Jadon! Jadon!"

Der Stallmeister legte die Mähnenbürste beiseite und hob die Hand. „Psst, Lady Lynna! Ihr erschreckt mir noch die Mäuse zu Tode."

Mit hochrotem Gesicht hielt Lynna inne und lachte. „Jemand muss es ja tun, wenn Mika ausfällt. Wo ist sie?"

Jadon schloss die Box des grauen Wallachs und deutete ganz nach hinten. „In der leeren Box, hinter den alten Sätteln. Ab..." er versuchte ein strenges Gesicht, „... erst steckt Ihr Eure Zöpfe hoch, kleine Lady. Eure Mutter schimpft mit mir, wenn Ihr mit Stroh in den Haaren zur Anprobe erscheint."

Lynna seufzte und angelte in ihrer Kleiderschürze nach den Ersatzhaarnadeln, die sie immer dabei hatte. „Ist doch halb so schlimm. Ich wünschte, Mutter könnte sich endlich für ein Kleid entscheiden."

„Das dreizehnte Geburtsfest ist etwas Besonderes." Jadon lächelte. „Ihr bekommt Euer Familienzeichen erneuert und legt Euren Kindernamen ab, Lady Caitlynn", er betonte den Titel, „und ihr müsst verkünden, welches Standeszeichen Ihr anstrebt."

„Das wissen doch alle längst." Lynna bohrte die letzte Haarnadel in das ungleichmäßige Gebilde an ihrem Hinterkopf. Sie legte ihre rechte Hand auf die linke Schulter. „Ich will Heiler werden wie du, Jadon."

„Ihr wisst, ich habe die Schule des Grünen Turmes nie beendet, Lady Lynna. Meine Gabe war nicht stark genug, um Menschen zu heilen. Ihr solltet die Eure hegen und wachsen lassen."

Sie hob die Achseln. „Wozu denn? Gared wird Vaters Erbe antreten und Shina…" Sie zögerte. „Jedenfalls hasse ich diese Charismaübungen. Warum können wir nicht einfach „bitte" sagen, wenn wir etwas getan haben wollen? Weshalb muss ich üben, Menschen zu „überzeugen", meinem Willen zu gehorchen?"

Jadon runzelte die Stirn. „Solche Fragen stellt Ihr besser nicht laut in Gegenwart Eures Vaters, Lady Lynna."

Sie seufzte. „Ist schon gut, Jadon. Ganz hinten, hinter den alten Sätteln?"

Seine Gesichtsmuskeln entspannten sich. Er nickte. „Seid vorsichtig. Mika beschützt sie wie eine kleine Königin."

„Ich will ja nur schauen!" Lynna hüpfte mehr als sie lief zur halb offenen Box am Ende des Stalles. Sie stieg über den Eimer mit den Bürsten und einen halben Sack Hafer und stellte den wackeligen Hocker zur Seite. Ganz in der Ecke, hinter dem Stapel alter Sättel, auf einem Bett aus Heu lag die gefleckte Katze auf der Seite. An ihrem Bauch aufgereiht vier, nein fünf Katzenbabys, die eifrig Milch saugten. Mika hob den Kopf und sah Lynna an.

„Hallo Mika. Du hast aber schöne Kinder." Mika fauchte leise. „Keine Angst, ich fass' sie nicht an. Noch nicht. Jadon sagt, in drei Wochen darf ich mit ihnen spielen, vielleicht in zwei." Sie bemerkte, dass das Wasserschälchen in der Ecke leer war und langte ganz langsam danach. Mika fauchte lauter, als Lynna das Gefäß an sich nahm. „Ich bringe dir das beste Wasser aus dem Hof, frisch vom Brunnen."

Lynna wandte sich gerade zur Boxentür, da wurde die Stalltüre weit aufgerissen.

„Jadon!"

Sie zuckte zusammen. Vater! Er war selbst nicht so streng, was das Benehmen einer Grafentochter anbelangte, aber er würde sie an Mutter verpetzen. Lynna hatte keine Lust auf eine weitere Predigt an diesem Morgen.

„Ja, Herr Graf?"

„Was ist mit dem Neuen? Gared will ihn auf der Parade des Königs reiten."

„Mein Graf", Jadon klang sehr bestimmt, „Ich habe mich mit dem Händler unterhalten, und er hat bestätigt, dass der Neue noch nie geritten worden ist. Es wäre für mich jetzt und für Euren Sohn auf der Parade zu gefährlich. Der Hengst duldet zwar den Sattel und die Trense und ich kann ihn führen, aber..."

„Nichts aber. Fang endlich an, ihn zuzureiten!"

„Er ist noch nicht soweit, mein Graf. In drei Wochen vielleicht."

„Nein. Heute. Jetzt."

Lynna kannte diesen Tonfall und sie hasste ihn. Vater sprach immer so, wenn er sein Charisma einsetzte. Sie duckte sich tiefer hinter die Boxentüre, als sie spürte, wie der Graf seinen Willen über Jadons Geist stülpte und dessen Widerstand erstickte. „Du wirst jetzt sofort beginnen, ihn zuzureiten. Nächste Woche wird Gared mit ihm arbeiten, und in zwei Wochen wird er mit dem Hengst auf der Parade des Königs glänzen. Verstehst du mich?"

„Wie Ihr wünscht, mein Graf."

„Gut. Melde mir in einer Stunde, wie es gelaufen ist. Ich bin in meinem Schreibzimmer."

Nachdem die Stalltüre hinter dem Grafen ins Schloss gefallen war, atmete Lynna tief durch. Sie musste ihm etwas Vorsprung lassen, damit er sie nicht über den Hof laufen sah.

Sie setzte sich auf den Hocker und sah Mika zu, wie sie ihre Kleinen putzte, nachdem diese fertig getrunken hatten.

„Du kannst von Glück sagen, dass du kein Mensch bist, Mika", murmelte sie. „Sonst würde Vater noch verlangen, dass du ihm die Mäuse der Größe nach geordnet vor die Stalltüre legst." Der Gedanke heiterte sie ein wenig auf.

Ein schrilles Wiehern riss sie in die Gegenwart zurück. „Der

Neue!", schoss es ihr durch den Kopf. Sie drückte die Boxentür auf und rannte in die Reithalle.

Jadon hatte gehorcht. Der dunkelbraune Hengst war gesattelt und gezäumt, und er saß auf dessen Rücken. Besser gesagt, er klammerte sich mit beiden Händen an dessen Mähne fest, während das Tier sich erst aufbäumte und dann mit den Hinterhufen ausschlug.

Lynna wollte ihm zurufen, damit aufzuhören, aber die Worte blieben ihr im Hals stecken. Bei der Stärke des Charismas, das Vater eingesetzt hatte, konnte nur ein scharfer Schmerz oder ein gegenteiliger Befehl den stumpfen Gehorsam brechen, zu dem er Jadon gezwungen hatte.

Sie rannte zur Umzäunung und überlegte fieberhaft, ob sie versuchen sollte, ihre Gabe einzusetzen, um Jadon wieder zur Vernunft zu bringen. Aber falls sie es falsch machte, war er schlimmer dran als jetzt.

In diesem Augenblick stellte sich der Hengst auf die Hinterhufe. Jadon rutschte aus dem Sattel, in den Sand, wo er benommen liegen blieb. Der Hengst rollte die Augen, weißen Schaum vor dem Maul, holte aus und trat zu. Einmal, zweimal. Nach dem letzten Tritt tänzelte er zur Seite und trabte schnaubend in die andere Ecke des Platzes.

„Jadon? Jadon!" Lynna kletterte über die Abzäunung und rannte zu ihm hin. Das viele Blut ... die Abdrücke auf seiner Brust, die Art wie er dalag... Sie ließ sich auf die Knie fallen und strich ihm die blutverklebten Haare aus dem Gesicht, um seine Augen zu sehen.

„Jadon, schau mich an, sag etwas!"

Sein Blick war so leer, wie sie es noch nie bei einem Menschen gesehen hatte. Hatte ihn Vaters Charisma so sehr im Griff? Sie musste es brechen, sofort!

Lynna brauchte nicht einmal die Augen zu schließen, so wie Gared es bei den Übungen immer machte. Ihre Gabe lag offen da, bereit, benutzt zu werden. Sie griff mit ihrem Geist nach Jadons, aber da war nichts. Oder doch? Ihr Wille stieß gegen eine Barriere. Vaters Charisma, vermutete sie. Dahinter wartete Jadon darauf, aufwachen zu dürfen. Entschlossen drückte sie mit all ihrer Willenskraft gegen die Barriere. Schweiß sammelte sich auf ihrer Stirn, lief ihre Schläfen hinab, tropfe in den Sand. Die Zähne aufeinander gebissen schlang sie ihre Hände um Jadons schlaffe Finger. Ein bisschen mehr, ein ganz kleines bissch... Plötzlich entstand ein Riss in der Barriere, sie griff hindurch, und ihre Gabe berührte seine Seele.

Eine Flut von Gefühlen brach über sie herein: Ärger und Bangen, ein wenig Hoffnung und noch mehr Unbehagen. Unsicherheit, dumpfe Verzweiflung. Erschrecken, ein Stoß und ein Schlag auf den Rücken. Verwirrung, Schmerz... Angst und noch mehr Schmerz. So viel Schme... Wimmernd zog Lynna ihre Gabe zurück. Tränen liefen ihr über das Gesicht. Sie musste den Schmerz loswerden, rasch. Mühsam schob sie ihn in einen Winkel ihres Geistes, rappelte sich auf und taumelte aus dem Stall. Vater. Sie musste Vater finden. Er würde ihr helfen, er wusste doch alles.

Ohne nach rechts oder links zu schauen tappte sie halbblind vor Tränen über den Schlosshof zum linken Flügel des Haupttraktes. Niemand begegnete ihr, um diese Zeit hielt Mutter die Bediensteten alle auf Trab, damit das Abendessen rechtzeitig fertig wurde. Lynna schleppte sich zum Schreibzimmer und stieß die Tür ohne anzuklopfen auf.

„Lynna, du siehst doch, ich ...", empfing sie ihr Vater unwirsch. Als er ihren Zustand bemerkte, sprang er auf. „Was ist denn dir zugestoßen?"

„Jadon", wimmerte sie und krümmte sich zusammen. „Jadon ist gefallen, von dem neuen Pferd gefallen. Vater, er ist" sie würgte das Wort heraus, „tot. Und es tut weh, es tut so weh!" Sie hob den Kopf und sah ihn durch ihre Tränen hindurch an. „Warum hast du ihn gezwungen, den Neuen zu reiten, Vater?"

Er legte ihr die Hand auf die Schulter. „Gezwungen?", seine Stimme troff vor falschem Entsetzen. „Wie kommst du denn darauf, Lynna?"

„Ich war in der hintersten Box", quetsche sie mühsam heraus und schlang die bebenden Arme um ihren Oberkörper. „Ich habe euch gehört, dich gespürt, Vater."

Ihr Vater schüttelte den Kopf. „Du irrst dich, Kleines." Sein Griff um ihre Schulter wurde fester. Zwei steile Falten bildeten sich auf seiner Stirn „Er ist von selbst auf die Idee gekommen, eingebildet wie er war auf sein bisschen Talent, der Dummkopf. Keinen Pferdeverstand und kein Können. Wer soll den Neuen jetzt rechtzeitig zureiten? Dein Bruder wird bei der Parade auf seinem alten Wallach reiten müssen. So eine Schande."

War das jetzt noch wichtig? Warum hörte er ihr nicht zu? „Der Hengst, er hat Jadon getreten. Seine Augen, Jadons Augen – so leer … Hilf ihm doch, Vater! Es tut so weh!"

Er richtete seinen Blick auf die Wand hinter seinem Schreibtisch. „Ich kümmere mich sofort darum, Lynna. Aber vorher", er beugte sich zu ihr herab, „versprichst du mir, dass du niemandem erzählst, was du glaubst im Stall gehört zu haben. Jadon war dumm. Er hat es nicht anders verdient."

Seine kühlen, grünblauen Augen bohrten sich in ihren Blick. Sie spürte wie er sein Charisma über sie stülpte, wie er es bei Jadon getan hatte. Sie wollte das nicht! Er sollte damit aufhören! Sofort!

„Sei ein gutes Kind und gehorche!", zischte er.

Seine Finger krallten sich tiefer in ihre Schulter. Neuer Schmerz. Verzweifelt griff Lynna nach seinem Handgelenk, zerrte daran. Vergeblich. Wut keimte in ihr hoch. Warum wollte er nicht verstehen, nicht helfen? Warum tat es ihm nicht einmal leid? Sie griff nach der einzigen Waffe, die sie hatte, verband ihr Charisma mit seinem und gab den Schmerz frei …

Heiratshandel

„Kannst du nicht stillhalten?" Karinna, Gräfin von Ehredar, umrundete ihre Tochter und musterte jede Falte des grün- und cremefarbenen Kleides mit kritischem Blick. Zwei Schritte hinter dem hohen Spiegel stand die Dorfschneiderin und spielte nervös mit ihren Fingern, während sie auf das Urteil der Gräfin wartete.

Schließlich richtete sich die Gräfin auf und nickte zufrieden. „Gute Arbeit. Es sieht aus wie neu."

Caitlynn fragte sich stumm, wem ihre Mutter hier etwas vormachen wollte. Sicher, die breiten Goldborten am Rock, die von der Hochzeitsrobe ihrer Mutter stammten, verdeckten die abgewetzten Stellen an den Nähten und durch die Kürzung war auch der mitgenommene Saum weggefallen. Doch unter dem Spitzeneinsatz am breiten, rechteckigen Halsausschnitt lag der Stoff sehr locker auf ihrer Haut, da ihre Oberweite kleiner war als die ihrer Mutter, welche das Kleid vor Jahren für ihre Verlobung gekauft hatte.

Die trompetenförmigen Ärmel waren längst nicht mehr Mode, ebenso wenig wie die flachen weißen Lederschuhe. Shina, ihre Schwester, hatte diese bei ihrem Perlenfest getragen.

Die Schneiderin machte einen tiefen Knicks. „Vielen Dank, Frau Gräfin. Wenn Ihr sonst noch eine Arbeit für mich habt?"

„Danke, meine Liebe, wenn dem so ist, lasse ich nach dir rufen." Ein kleiner Samtbeutel wechselte die Besitzerin. Doch statt ihn einfach einzustecken, zog die Schneiderin die Schnüre auf und zählte die Silbermünzen nach.

Caitlynn nahm es ihr nicht übel. Im Dorf hatte es sich herumgesprochen, dass nur noch selten kostbare Kutschen nach Ehredar unterwegs waren, um Pferde vom Grafen zu kaufen. Nach Jadons Tod vor zwei Jahren hatte sich rasch herausgestellt, dass Caitlynns Vater selbst unfähig war, die Arbeit mit den widerspenstigen Jungpferden auch nur ansatzweise so erfolgreich fortzusetzen. Ebenso wenig Perlus, der neue Stallmeister, der früher für das Rasthaus der Grauen Kette im Dorf gearbeitet hatte. Er war fleißig, ehrlich und pflichtbewusst und hatte eine gute Hand für Tiere, doch er war kein Jadon.

Als die Tür hinter der Schneiderin ins Schloss fiel, atmete Caitlynn auf und ließ sich von ihrer Mutter aus dem Kleid helfen.

„Mutter ...", begann Caitlynn, während die Gräfin das Kleid sorgsam über zwei Stuhllehnen breitete. „Mutter, warum muss ich das überhaupt alles mitmachen?"

Gräfin Karinna verengte die Augen zu zwei schmalen Schlitzen.

„Du weißt schon", legte Caitlynn nach und schlüpfte in die schlichte Bluse und den weiten, grauen Rock, zwei Stücke, die sie von Shina geerbt hatte, „die 'Bewertung' und die große Feier in zwei Wochen. Ich brauche doch gar keine Platzierung in den Heiratslisten."

„Spielst du schon wieder auf deinen kindischen Plan an, Vollstreckerin zu werden?", zischte die Gräfin und trat ganz nah an ihre Tochter heran. Hektische rote Flecken erblühten auf den ansonsten blassen Wangen und sie kniff die Lippen zu einem blutleeren Strich zusammen.

„Es ist kein kindischer Plan!", verteidigte sich Caitlynn und legte die Hand auf ihren rechten Handrücken. Er war leer wie bei allen, die ihre Bestimmung noch nicht gefunden hatten.

„Doch, das ist er", sagte die Gräfin scharf. „Ein Glück nur, dass dein Vater nichts davon weiß. Deine Bestimmung ist es, eine gute Partie an Land zu ziehen, das bist du ihm schuldig."

Wofür? Jadons Tod hat Vater sich selbst zuzuschreiben. Und den Schmerz hat er zu Recht abbekommen. Nichts davon sprach sie laut aus, weil sie genau wusste, dass ihre Mutter immer zum Vater hielt

14

und das, obwohl sie geweint hatte, als sie Jadon auf den Scheiterhaufen gebettet hatten. *Ich werde Mutter wohl nie verstehen.* Schweigend senkte sie den Blick, was ihre Mutter wie immer als Kapitulation auslegte und ihr zufrieden den Kopf tätschelte, wie einem kleinen Tier. „Mach nicht so ein unglückliches Gesicht, Caitlynn. Wir wissen, was in dir schlummert. Bald schon wirst du auf einem großen Schloss wohnen, Köstlichkeiten genießen und in wunderschönen Kleidern prachtvolle Feste geben. Du wirst sehr, sehr glücklich sein."

Vorsichtig öffnete Caitlynn ihr Auragespür. Ihre Mutter glaubte das tatsächlich. *Ich bin nicht du. Meine Vorstellung von Glück ist anders.* Doch darüber hatte sie mehr als einmal mit ihrer Mutter Streit gehabt und war gegen eine Wand gelaufen. Ein Adelstitel, ein Vermögen, bewundert zu werden, Glitzer, Tand und der Neid der anderen – nur das schien für die Gräfin von Ehredar zu zählen.

Es klopfte an der Tür. Die Gräfin wandte sich von Caitlynn ab und räusperte sich. „Ja?"

Perlus, der Stallmeister, öffnete die Tür. Seine Verbeugung wirkte so ungelenk wie immer. „Frau Gräfin, die Heiratshändlerin ist eingetroffen."

*

Als Caitlynn, lediglich mit einem ihrer Schlafhemden bekleidet, von der Mutter in jenes Turmzimmer geführt wurde, das die Gräfin als Schreibzimmer zu nutzen pflegte, stand das große Fenster zum Burggraben hin weit offen.

Die Heiratshändlerin erhob sich vom gepolsterten Stuhl, den sie vor den Sekretär der Gräfin gestellt hatte.

Caitlynn hatte eine alte Frau erwartet, runzelig und in schweren Samt gekleidet. Doch Bryanna, wie sie sich mit weich klingender Stimme vorstellte, war nicht nur jünger als die Gräfin, sie überragte diese auch um fast einen halben Kopf. Ihr lohfarbenes Kleid aus Fadenglanz hatte bestimmt so viel gekostet wie die gesamte Garderobe der Gräfin.

„Dies ist meine jüngste Tochter, Caitlynn." Die Gräfin schob Caitlynn nach vorn.

Der Kopf mit den blonden Locken, aus denen nur wenige graue Haare hervorblitzten, neigte sich höflich, als Caitlynn ihren Knicks machte. Sie überkreuzte auch ihre Hände vor der Brust, sodass Caitlynn ihr Berufszeichen, die beiden Kränze – Blüten für die Braut und Laub für den Bräutigam, zusammengebunden durch ein weißes Band und eine goldgelbe Kette – auf dem rechten Handrücken gut erkennen konnte. Ihr Familienzeichen auf dem linken Handrücken beinhaltete auf der Mutterseite die berühmte Raubvogelklaue mit den drei Blutstropfen zusammen mit einer Bronzekrone und zwei Perlen, welche sie als Enkelin einer Baronin aus dem mächtigen Greifenclan auswies. Caitlynn schluckte. Die Sippschaft war bekannt für ihr mächtiges Charisma und Heiratshändler wurden gut geschult. Das würde alles andere als einfach werden.

Bryanna erhob sich und trat ganz nah an Caitlynn heran. Der Blick aus ihren blassblauen Augen wanderte langsam über Caitlynns Gesichtszüge. Diese musste sich zusammenreißen, um nicht zurückzuweichen, als ihr Bryannas nach vergorenem Entenbeerensaft riechender Atem in die Nase stieg.

„Nicht ganz so hübsch wie Eure ältere Tochter, aber trotzdem nett anzusehen", sagte die Heiratshändlerin und tat einen Schritt zurück. „Jetzt möchte ich den Rest sehen."

Caitlynn war vorgewarnt worden, was jetzt kam. Dennoch hätte sie sich am liebsten geweigert, als ihr die Mutter befahl, das Nachtgewand auszuziehen. Splitternackt stand sie da und durfte sich nicht rühren, während Bryanna jede Handbreit ihres Körpers genauestens betrachtete.

„Ein bisschen dünn ist sie und ziemlich klein", bekam sie zu hören. „Hat sie schon geblutet?"

Caitlynns Wangen brannten und sie starrte auf den Boden, während ihre Mutter verkündete, dass sie seit dem Winterlichtfest vor einem Jahr ihre Brutreife erreicht hätte.

„Gut", nickte Bryanna. „Sie soll sich wieder verhüllen. Ich werde sie prüfen."

Caitlynn riss ihrer Mutter das Nachtgewand fast aus der Hand und streifte es sich rasch über. *Heiratshandel und Viehhandel haben mehr gemein als nur den zweiten Teil des Wortes.* Dieser Satz ihrer Schwester Shina kam ihr in den Sinn, als sie Bryannas amüsiertes Lächeln bemerkte.

„Wir hegen große Hoffnung", sagte die Gräfin. „Ihr Widerstand ist mitunter noch heftiger als der ihrer Schwester."

„Meine Vorgängerin hat Eure älteste Tochter recht hoch eingestuft", erwiderte die Heiratshändlerin mit freundlichem Nicken. „Und wie ich hörte, macht sie sich in Maesinar sehr gut. Euer Sohn ist noch nicht geprüft worden?"

„Wir möchten ihm noch etwas Zeit geben. Seine königliche Hoheit ..."

Bryanna runzelte die Stirn. „Ihr spekuliert auf den Kristallreif? Für Euren Sohn?"

Caitlynns Mutter straffte den Rücken und schob ihr Kinn vor. „Gared ist sehr begabt."

Die Lippen der Heiratshändlerin zuckten. „Die Berichte von Maesinar ..."

„Er ist noch in der Entwicklung", unterbrach sie die Gräfin.

Caitlynn kannte diesen Ton. In den Augen ihrer Mutter war Gared alles, nur nicht fehlbar. Dass er in Maesinar nicht so gut abschnitt lag natürlich daran, dass es ihm dort nicht gefiel und er nicht besser sein 'wollte', wie er immer lautstark verkündete. Und dann 'besiegte' er Shina zuhause, sie, welche ein Jahr Vorsprung sowie die viel besseren Noten in allem hatte. Nicht zu vergessen, die 'Übungen' mit ihr selbst und wie leicht er jedes Mal ihren Widerstand brach. *Darauf sind wir trainiert worden, Shina und ich.* Und genauso würde sie es jetzt auch machen.

Sie bekam nicht so richtig mit, wie die Heiratshändlerin ihre Mutter nach draußen wies, und auch nicht wie diese ihr noch einmal zurief, sich anzustrengen, so sehr war sie damit beschäftigt, ihre Abwehr aufzubauen. Um ein vielfaches sorgfältiger, als wenn sie gegen Gared antreten musste. Diese Frau schien stark genug, selbst Caitlynns Vater, den Grafen, in einer seiner 'starken Phasen', wie ihre Mutter es zu nennen pflegte, das Fürchten lehren. Ihr durfte es nicht so ergehen wie Shina.

„Nun denn", elegant ließ sich Bryanna wieder auf dem Sessel nieder. „Dann wollen wir beginnen. Ich werde etwas von dir verlangen und du wehrst dich, so gut du kannst. Verstanden?"

Caitlynn nickte. Zu sprechen wagte sie nicht.

„Du kniest dich vor mir nieder", lautete der Befehl. Der erste Angriff von Bryannas Charisma war mehr ein vorsichtiges Anklopfen, ein Abtasten ihrer Abwehr. Caitlynn wusste, wie ihre Abwehr von außen wirkte. Eine solide, starke Mauer wie die einer machtvollen Charismanutzerin. Das war eines der Dinge, die sie die letzten Tage über wieder und wieder geübt hatte, ganz für sich. Zwar war sie es gewohnt, für Gared den Schein einer Abwehr zu erwecken, doch für die Heiratshändlerin war sie weiter gegangen. Viel weiter.

„Knie nieder!" Der Ton verschärfte sich, in gleichem Maße nahm der Druck von Bryannas Charisma zu.

Caitlynn holte tief Luft, senkte den Kopf und ballte die Fäuste – ein Bild verzweifelten Widerstandes. Schweißperlen bildeten sich auf ihrer Stirn, während sie ihr Innerstes so tief in sich verkapselte, dass sie sich selbst kaum noch spürte. Wie durch eine dicke Wand aus rauchigem Quarz registrierte sie, wie leicht Bryanna ihre Abwehr in Stücke schlug und ihren Willen über sie stülpte. Sie wehrte sich mit allem, was sie an der Oberfläche aufzubieten hatte, doch glichen ihre Versuche den Pfotenhieben eines kleinen Kätzchens ohne Krallen.

Sie brach in die Knie.

„So leicht ...?", hörte sie die Heiratshändlerin murmeln und spürte, wie deren Wille härter zupackte.

„Leck den Fußboden!"

Die wehrlose Caitlynn gehorchte. Der Schmutz schmeckte widerlich und sie musste würgen.

„Hmm ... Kann es wirklich sein?" Bryanna erhob sich, packte Caitlynn im Nacken an den Haaren und zwang sie, aufzustehen.

„Deine Mutter sagte, du bist stark, Kleine", zischte sie. „Wenn du mit mir spielst, wirst du es bereuen."

So abrupt wie sie zugegriffen hatte, ließ sie wieder los. „Andererseits scheint deine Mutter ein blindes Auge zu haben, wenn es um ihre Brut geht. Geh ans Fenster!"

Eine laue Frühlingsbrise empfing Caitlynn. Steif wie ein Brett stand sie dort und starrte geradeaus, sodass ihr Blick die blühenden Baumwipfel auf der anderen Seite des Grabens streifte.

„Jetzt klettre auf den Sims. Auf den äußeren!"

Caitlynn zögerte keine Sekunde. Es war nicht das erste Mal, dass sie durch ein Fenster kletterte, doch mit Bryannas Willen über dem ihren wurden ihre Bewegungen steif und ungelenk, sodass sie sich erst mal das Knie anschlug und dann mit dem Saum des Nachthemds an einem Zacken im Mauerwerk hängen blieb. Zudem hatte es heute Morgen noch geregnet und der Sims erwies sich als feucht und gefährlich glatt.

„Mach einen langen Schritt hinaus", befahl Bryannas Stimme in ihrem Rücken.

Ein letztes Mal versuchte Caitlynn eine verzweifelte Gegenwehr, so schwach wie die erste. Doch der Wille der Heiratshändlerin war unerbittlich und Caitlynn machte den Schritt.

In dem Moment, als sie den Halt verlor und in die Tiefe stürzte zog sich Bryannas Charisma von ihr zurück und Caitlynn 'erwachte'.

Sie kam nicht mehr dazu, zu schreien, da schlug das eisige Wasser des Burggrabens schon über ihr zusammen. Wieder ganz sie selbst, ruderte sie hektisch mit beiden Armen, bis sie die Oberfläche durchbrach und Luft holen konnte. „Hilfe!", schrie sie so laut sie konnte und paddelte mit Armen und Beinen wie ein Tier, um sich über Wasser zu halten. Dabei verfingen sich ihre Beine in den glitschigen Stängeln der frühen Teichrosen. Nur mit Mühe konnte sie sich frei strampeln. „Hilfe!"

„Allmächtige! Lady Caitlynn!"

Yadele, die Köchin von Ehredar, ließ ihre Einkäufe fallen und rutschte den Uferhang hinunter bis ans Wasser.

„Hier! Nehmt meine Hand!" Es gelang Caitlynn nah genug an die andere Seite des Burggrabens zu paddeln, um Yadeles ausgestreckte Hand zu packen. Mit viel Ächzen und Schnaufen half ihr Yadele an Land.

„Was habt Ihr Euch nur gedacht, ausgerechnet heute im Burggraben schwimmen zu gehen? Wenn ich euch nicht gehört hätte – ertrinken hättet Ihr können!"

„Ich ... es war nicht meine Idee!", stammelte Caitlynn und wrang ihr Nachthemd aus, so gut sie konnte. Heimlich blickte sie hinauf zum offenen Fenster. Die Heiratshändlerin war nicht mehr zu sehen. Yadele legte ihr ihren Umhang über die Schultern und hob ihre Einkäufe wieder auf. „Jetzt seht zu, dass Ihr rasch ins Warme kommt, bevor Ihr Euch noch den Tod holt!"

Kaum hatten sie und Caitlynn die Zugbrücke überquert, kam ihnen auch schon die Gräfin entgegen. Zorn funkelte in ihren Augen. Sie packte Caitlynn an den Schultern und schüttelte sie. „Du ... du ... hast alles verdorben! Lady Bryanna will sofort abreisen. Sie sagt, du bekommst höchstens einen Platz am Ende der Liste. Weißt du, was das bedeutet?"

Caitlynn machte sich mit einem Ruck frei und zog den Umhang vor ihrer Brust zusammen. „Nein, das weiß ich nicht. Und es ist mir auch egal. Ich will keine Heirat, kein Standeszeichen, das mich zum Anhängsel irgendeines Barons oder Grafen macht! Ich habe dir gesagt, was ich will: Mein eigenes Berufszeichen, meine eigene Bestimmung."

Damit marschierte sie an ihrer Mutter vorbei, auf den Burgeingang zu. „Du wirst noch sehen, was du davon hast. Und glaub nur nicht, dein Vater lässt sich das gefallen", hörte sie ihre Mutter rufen, doch Caitlynn drehte sich nicht um, während sie von Yadele begleitet, die Stufen hochstieg. Die beiden Flügel der schweren, mit Eisen beschlagenen Tür standen eine Handbreit offen.

Caitlynn zog sie ein Stück weiter auf und ... stand der Heiratsvermittlerin gegenüber. Bryanna trug ihre Reisetasche und hatte sich einen silberdurchwirkten Umhang aus blauem Samt übergeworfen. Caitlynn zuckte zusammen und knickste rasch, ebenso Yadele. *Hat sie gehört, was ich zu Mutter gesagt habe?,* fragte sie sich bang.

„Was ist mit meiner Kutsche?", verlangte die Heiratshändlerin zu wissen.

„Meine Mutter kümmert sich darum, Lady Bryanna", beeilte sich Caitlynn zu versichern. „Ich ... ich war nicht gut?"

Die beiden perfekten Bögen über den blassblauen Augen wanderten zwei Fingerbreit nach oben. „Nicht gut? Dein Vater wird sich anstrengen müssen, jemanden oberhalb eines Stallknechts zu finden, der dich in seiner Linie haben möchte." Die Verachtung in ihrer Stimme war nicht zu überhören. „Nun, es ist im Grunde nicht verwunderlich, bedenkt man den weißen Fleck in deiner Erblinie. Ein Glück für deine Geschwister, dass sie von diesem tauben Erbe verschont geblieben sind. Weitestgehend."

Caitlynn kam nicht mehr dazu, zu fragen, was sie damit meinte, denn Bryanna rauschte an ihr vorbei zur Türe hinaus, ohne sich zu verabschieden.

„War sie das?", fragte Yadele. „Die Heiratshändlerin?"

„Das war sie", nickte Caitlynn. „Ihretwegen bin ich im Graben gelandet."

„Das wird dem Herrn Grafen nicht gefallen."

Caitlynn nickte grimmig. „Das fürchte ich auch."

Die erste Hürde hatte sie genommen. Jetzt kam es nur noch darauf an, ob ihr Vater sich überzeugen ließ, das Geburtsfest klein und bescheiden zu halten. Ohne Bewerber.

*

„Und ich danke allen hier Versammelten, dass Ihr das fünfzehnte Geburtsfest unserer Tochter Caitlynn mit uns feiert." Der Graf hob das Glas und prostete allen zu. „Musik!"

Die drei Dorfmusiker auf dem behelfsmäßigen Podest im hinteren Winkel des Saales begannen zu spielen, während die von der Gräfin extra für das Fest gemieteten Dienstboten das Essen auftrugen.

Steif saß Caitlynn auf dem gepolsterten Sessel an der langen Tafel, genau gegenüber einem jungen Mann mit rotbraunen Locken, vielen Sommersprossen auf der blassen Haut und einer derart kleinen Nase in dem runden Gesicht, dass sie sich insgeheim fragte, wie er überhaupt genug Luft bekam.

Kelteb der Sohn des bekanntesten Goldschmiedes und Juwelenschleifers, so stellte er sich ihr vor, trug an allen Fingern beider Hände prächtig geschmiedete Juwelenringe. „Die an der rechten Hand sind jene meines verstorbennen Großvaters", erklärte er. „Sobald ich meine Ausbildung beendet habe, werde ich die Steine herausbrechen und das Gold einschmelzen und daraus mein Meisterstück fertigen. Und die hier links", er rieb die Edelsteine rasch über den Ärmel seiner Weste aus lila Fadenglanz, damit nur ja kein Staubkorn ihren Glanz trübe, „sind jene meines Vaters. Ich trage sie heute nur, als Zeichen, dass er sein Einverständnis gegeben hat."

Und um alle daranzu erinnern, wer hier im Saal die bestgefüllten Truhen hat, dachte Caitlynn und blickte sich um. Die Tafel war gut besetzt mit siebzehn jungen Damen und zwanzig männlichen Gästen, alle älter als Caitlynn. Von den Damen kannte sie nur drei namentlich, da sie aus Felsrain stammten. Die anderen waren Töchter von Männern, mit denen der Graf Geschäfte zu machen pflegte.

Nicht wenigen davon schuldete er mehr als nur ein paar Silbermünzen. Caitlynn konnte nicht umhin, sich zu fragen, ob ihr Vater
sich ihre Teilnahme an diesem Fest mit einem Schuldenerlass hatte
bezahlen lassen. Von den männlichen Gästen zählte Caitlynn siebzehn Söhne reicher Kaufleute oder besonders wohlhabender Hand-
werksmeister. Dazu kam Caitlynns persönlich geladener Gast: Hermen, der Hüter-des-Geheimwissens aus dem Roten Haus in Felsrain und Vater ihrer einziger Freundin Kristana, die inzwischen ihre
Ausbildung im Roten Turm von Ibjadar begonnen hatte.

Caitlynn wusste, er mochte sie und er war einer der wenigen,
die es wagten, ihrem Vater die Stirn zu bieten.

Aus den Augenwinkeln sah sie zum Kopfende der Tafel, wo ihr
Vater saß. Rechts von ihm löffelte ihre Mutter gerade genüsslich
ihre Suppe und links von ihm, Caitlynn unterdrückte mit Mühe ein
Schaudern, saß der Grund, weswegen sie nicht um dieses Fest her-
umgekommen war: Bryanna, die Heiratshändlerin.

Heute Morgen war sie eingetroffen, sehr zur Freude der Gräfin.
Caitlynn war sich sicher, dass ihre Mutter der Heiratshändlerin
irgendwie glaubhaft gemacht haben musste, dass ihre Tochter wil-
lentlich ihr Charisma unterdrückt hatte.

Jedenfalls hatte Caitlynn nun ständig das Gefühl, dass sie erneut
geprüft wurde. Jeder offene Widerstand gegen die Teilnahme an
der Feier, wäre von ihrem Vater mit seinem Charisma unterdrückt
worden. Und dagegen hätte Caitlynn sich nicht wehren können,
ohne zu enthüllen, dass sie die Heiratshändlerin getäuscht hatte.

Und Bryanna war nicht allein gekommen. Rechts neben ihrer
Mutter hatte ein junger Mann Platz genommen, den Bryanna als ihren Neffen Falkyan vorgestellt hatte. Auch er trug mütterlicherseits
das Familienzeichen des Klauenclans mitsamt einer Baronskrone
mit vier Perlen. Damit war er der Ranghöchste unter den Gästen.
Noch nie hatte Caitlynn einen so attraktiven jungen Mann gesehen.
Er war vielleicht drei Jahre älter als sie mit schulterlangen, gewell-
ten schwarzen Haaren, die im Kerzenlicht schimmerten. Seine Au-

gen waren samtig braun und seine Züge fast ein wenig zu zart für einen Mann. Mit einem Kleid und den richtigen Schönheitsmitteln hätte er auch eine junge Frau darstellen können. Er schien ihre Mutter bestens zu unterhalten. Caitlynn beobachtete seine wohlgesetzten Gesten, und wie seine schlanken Finger den Weinkelch hielten, eleganter als selbst ihr Vater das vermochte. Wenn sie eines seiner Worte aufschnappte, klang es warm und weich.

Caitlynn musste sich zwingen, ihren beiden Tischnachbarn mehr Aufmerksamkeit zu schenken. Der eine erzählte ihr von den Pelztierjagden seines Vaters, während der andere sie mit den Qualitätsmerkmalen für Obstbrände vertraut machen wollte. Ihr Gegenüber, der Sohn des Goldschmiedes, war noch am unterhaltsamsten. Er erzählte ihr von den ausgefallen Wünschen der adeligen Kundschaft in der Familienwerkstatt in Ibjadar.

Dennoch schien sich das Essen ewig hinzuziehen.

Endlich, der Kuchen und die eigelegten Früchte waren längst verzehrt, erhob sich der Graf und klatschte in die Hände.

„Musiker, spielt zum Tanz!"

Ihre Mutter hatte sie genau instruiert, was ihr nun bevorstand. Sie würde mit jedem der jungen Männer tanzen müssen. Diejenigen, die echtes Interesse an ihr hätten, würden sie dann zu einem kleinen Plausch auf den Balkon hinausführen, der ein Stück über den Rand des Burggrabens ragte, sodass man den Mond bewundern konnte, wie er sich im stillen, dunklen Wasser spiegelte.

Gehorsam stellte sich Caitlynn neben ihren Eltern am Kopfende des Saales auf, die Tafel wurde abgeräumt und zur Seite gerückt, und die zukünftigen Freier reihten sich so auf, wie es ihr Rang gebot. Falkyan blieb neben seiner Tante stehen, offenbar war er nicht als Mitbewerber gekommen. *Weshalb auch, der Klauenclan kann auf so schwaches Charisma wie das meine gut verzichten.*

Der Sohn des Goldschmiedes reichte ihr als erster die Hand. Die Schritte hatte Caitlynn wieder und wieder geübt, daher musste sie sich nicht auf jede Wendung und jede Schrittfolge konzentrieren.

24

Nach dem Tanz führte er sie hinaus auf den Balkon und machte ihr Komplimente. Doch sobald Caitlynn offen davon sprach, dass sie erst eine Ausbildung als Vollstreckerin machen wollte, bevor sie überhaupt eine Heirat in Betracht zog, erlahmte sein Interesse und er führte sie zurück in den Saal.

Nicht besser erging es den anderen sieben, welche seinem Beispiel folgten. Die anderen waren offenbar zufrieden damit, eingeladen worden zu sein und plauderten lieber mit einer der anderen jungen Damen.

Ganz zum Schluss, das Gesicht des Grafen war düster und düsterer geworden, verbeugte sich Falkyan doch noch vor ihr. Der Graf entspannte sich und nickte wohlwollend.

Der Griff von Falkyans Hand war fest und warm und Caitlynns Herz begann heftig zu klopfen, als er ihr ein strahlendes Lächeln schenkte. Mit geschmeidigen Schritten führte er sie über das Parkett und plauderte nebenbei über das Gut seines Großvaters, eines Grafen, und dessen Pferde. Er erkundigte sich nach den Büchern, die sie gelesen hatte und wusste auch witzige Anekdoten über Maesinar, jenes Adelsinternat, in welchem Caitlynns Schwester Shina und ihr Bruder Gared, gerade ihre Ausbildung machten.

Viel zu rasch war der Tanz vorüber. Caitlynn wollte ihm schon mit einem artigen Knicks danken, doch er hielt ihre Hand fest.

„Würdet Ihr mir die Freude machen, mit mir die Sterne zu betrachten, Lady Caitlynn?"

Ihre Augen wurden groß und sie nickte heftig. „Sehr gern, Sir Falkyan."

Aus den Augenwinkeln konnte sie sehen, wie Bryanna ihrer Mutter etwas zuflüsterte, während Falkyan sie an ihren Eltern vorbei zum Balkon geleitete. Sogleich kühlte Caitlynns Begeisterung deutlich ab. Die Kopf brav gesenkt sah sie unter dem Vorhang ihrer Wimpern neugierig zu Falkyan hinüber. Ja, er war wirklich bei weitem der attraktivste Mann im Saal und er benahm sich vorbildlich. Und doch, jetzt da ihr Misstrauen geweckt worden war, fiel ihr der selbstgefällige Zug um seinen Mund auf und die verächtlichen Blicke, die er für die anderen Freier übrig hatte.

Draußen führte er sie nach links zu jener Seite des Balkons, die außerhalb des Blickfelds ihrer Eltern und der anderen Gäste lag.

Caitlynns Herz schlug heftiger und sie spürte, wie ihre Handflächen vor Aufregung feucht wurden. Was hatte er im Sinn?

Falkyan zog sie nach vorn, sodass sie genau in der äußeren Ecke der Balustrade zu stehen kam, mit dem Gesicht zu ihm gewandt. Sie versuchte ein wenig Abstand zwischen sich und ihn zu bringen, doch an der Rückseite ihrer Schenkel fühlte sie den Druck der nicht ganz Hüfthohen Steinumrandung. Sie saß in der Falle.

„Nun schau nicht so erschrocken", lachte Falkyan leise. „Das Haar wie Feuer und dabei tust du so scheu wie ein kleiner Vogel. Doch das hier ..." Seine Blicke wanderten über ihr Gesicht, ihren Hals, hinunter zu dem tiefen, rechteckigen Ausschnitt ihres Kleides, „spricht ganz anders zu mir."

Heftig errötend raffte Caitlynn den Stoff mit einer Hand über ihrem Busen zusammen. „Das Kleid gehört mir nicht wirklich", hörte sie sich murmeln. Selbst das Stück Spitze, das um den Anstand zu wahren, noch innen aufgenäht worden war, lag nicht wirklich eng auf ihrer Haut. Während des ganzen Abendessens war sie steif wie ein Holzstock auf ihrem Stuhl gesessen, hatte nicht gewagt, sich vorzubeugen, aus Angst, ihrem Gegenüber zu tiefe Einblicke zu gewähren. In ihre Scham mischte sich Ärger, dass er so leichthin zum vertrauten Du gewechselt war, ohne sie zu fragen, ob sie das wollte.

„Lass mich raten", die Belustigung in seiner Stimme war nicht zu überhören, „der Stil wie vor über zwanzig Jahren, besonders diese Ärmel ... hat es deine Mutter für dich ausgegraben und mit diesen grauenhaften Goldborten 'aufbessern' lassen?"

Caitlynn spürte, wie ihre Wut die Oberhand gewann. Ja, sie mochte das Kleid nicht besonders und mit dem Alter hatte er Recht. Und die Goldborten vom Hochzeitskleid ihrer Mutter waren wunderschön, nur passten sie eben nicht zu diesem hier. Doch das gab ihm nicht das Recht dermaßen über die Mühe zu spotten, die sich die Dorfschneiderin damit gemacht hatte.

Hatte er überhaupt eine Ahnung wie mühsam ihre Mutter das Silber für die Schneiderin zusammengekratzt hatte?

Er schien ihre Wut nicht zu bemerken, sondern fuhr lächelnd fort. „Das Allerbeste daran ist freilich diese Spitze ...“

Caitlynn schnappte erschrocken nach Luft, als er seine Finger an ihren Halsansatz legte und sie tiefer gleiten ließ.

„Nein!“, keuchte sie und packte seine Hand.

Sogleich schlug sein Charisma zu, zerschlug ihre mühsam errichtete Scheinabwehr und sein Wille wurde zu ihrem.

„Im Grunde genommen, mein scheues Vögelchen, willst du es ... du wartest darauf, seit du mich gesehen hast“, murmelte er ihr ins Ohr und drückte sie härter gegen die Balustrade, dass sie sich nach hinten lehnte, in dem hilflosen Versuch, seinen Lippen zu entkommen. Seine Finger tauchten tiefer in ihren Ausschnitt, schlossen sich um ihre Brust und drückten sie so grob, dass sie einen leisen Schmerzenslaut von sich gab.

Der Teil ihres Wesens, der abgekapselt tief in ihr das Geschehen beobachtete, schlug Alarm. *Wir sind schon so lange hier draußen, weshalb kommt niemand nachsehen, was wir tun, warum wir uns verstecken?* Das Getuschel zwischen ihrer Mutter und der Heiratshändlerin fiel ihr wieder ein.

„Jetzt sag, dass ich dein Meister bin und du mir gehörst“, forderte er mit lauerndem Unterton in der Stimme. Zugleich spürte sie, wie er tiefer in ihrem Geist wühlte, so als wäre er auf der Suche.

„I ... ich“, begann sie langsam, während ihr verborgenes Ich endlich verstand.

Eine Falle. Das Ganze ist eine Falle, damit ich mein Charisma einsetze und sie mich neu bewerten kann.

„... bin dein ...“ Doch was tun? Ihre Gedanken rasten im Kreis. Jede Gegenwehr gegen sein starkes Charisma würde der Heiratshändlerin in die Hände spielen und ihr Sturz in den Burggraben wäre umsonst gewesen.

„Ja, sag es!" Sein Charisma packte härter zu, zerrieb ihren Willen zu Staub.

„Du bist mein ..."

Natürlich. Der Burggraben.

In vorgetäuschter Begierde schlug Caitlynn ihre Finger in sein Rüschenhemd, während sie sich ergeben weiter und weiter über die Balustrade hinaus lehnte, die Kehle überstreckt wie ein Tier, das sich dem Stärkeren ergibt ... bis sie nach hinten kippte und Falkyan mit sich riss. Er war so überrascht, dass er zu spät versuchte, sich an der steinernen Umrandung festzuhalten.

Gemeinsam fielen sie ins Wasser.

Wie schon bei seiner Tante, so brach auch sein Charisma durch den Schock des Eintauchens in das kühle Wasser und Caitlynn schrie lautstark nach Hilfe.

Kelteb, der Sohn des Goldschmiedemeisters und Hüter Hermen erkannten zuerst vom Balkon aus, was geschehen war und kletterten nah an der Wand über die Balustrade, sodass sie noch auf dem weichen Erdboden der Böschung landeten und zum Graben hinunterrutschen konnten. Gemeinsam halfen sie erst Caitlynn, dann Falkyan ans Ufer. Der schwere Stoff des nassen Kleides klebte an ihr wie eine zweite Haut. Zitternd klammerte sie sich an Hermens Arm. „Der da!", sie zeigte auf den triefenden Falkyan. „Hat versucht, mich zu entehren und das mit Charisma. Ich ... ich habe mich nicht wehren können."

„Stimmt das?", ertönte von oben die Stimme des Grafen. Caitlynns Eltern, die Heiratshändlerin und ein ganzer Pulk aus Gästen scharten sich auf dieser Seite des Balkons.

„Natürlich nicht!", schnappte Falkyan zurück. „Ich habe nur so getan als ob, weil Bryanna nochmal ihr Charisma prüfen wollte."

„Und sie hat sich gewehrt?", fragte ihre Mutter begierig.

Caitlynn zuckte zusammen. Der Sturz hatte nicht halb so wehgetan, wie dieser Satz. *Es ist ihr egal, wie er mit mir umgegangen ist, welche Angst ich hatte.*

„Nicht der Rede wert. Sie hätte alles mit sich machen lassen", gab Falkyan zurück. „Bryanna, du kannst sie dort lassen, wo sie steht."

„Vielleicht auch nicht." Hermen schob Caitlynn sacht von sich weg und räusperte sich. „Ich denke nicht, dass solche Praktiken mit den Grundsätzen der Charismawächter vereinbar sind. Und genau das werde ich sie auch wissen lassen."

Damit drehte er sich um und marschierte davon.

Caitlynn hob den Kopf und sah, wie es im Gesicht ihres Vaters arbeitete. Hermen hatte den Nagel auf den Kopf getroffen, das spürte sie, und damit ihren Vater vor versammelter Gesellschaft in Zugzwang gebracht. Schließlich gab er sich einen Ruck und wandte sich Bryanna zu.

„Als Vater und Euer Gastgeber verlange ich, dass um der Ehre meiner Tochter willen, Euer Neffe, noch heute Abend meine Burg verlässt. Auch ich werde Beschwerde einlegen, was Eure Methoden betrifft."

Die Heiratshändlerin neigte den Kopf. „Wie Ihr wünscht. Ich bedaure diesen Vorfall. Mein Neffe hat seine Grenzen überschritten und ich werde ihn disziplinieren."

„Bryanna", protestierte Falkyan, doch seine Tante schnitt ihm mit einer scharfen Geste das Wort ab.

„Was Eure Tochter betrifft, Graf Antol, so revidiere ich meine erste Bewertung. Sie gehört auf die Schattenseite."

Caitlynns Mutter schnappte entsetzt nach Luft. „Ihr ... ihr wollt sie von der Liste streichen? Aber dann ..."

„Mehr habe ich dazu nicht zu sagen." Die Heiratshändlerin drehte sich auf der Stelle um und stürmte in den Saal.

„Ihr da!", hörte Caitlynn sie rufen. „Ein heißes Bad in die Gemächer meines Neffen. Dieses Fest ist vorbei."

Und so war es auch. Ein Freier nach dem anderen verabschiedete sich, ohne sich von Vater in die Liste der Gäste für das Perlenfest nächstes Jahr eintragen zu lassen. Sie war frei.

Kaum hatte sich die Tür hinter dem letzten geschlossen knüllte Caitlynns Vater den leeren Bogen zusammen und warf ihn ihr vor die Füße.

„Nichts. Absolut nichts bist du mehr wert. Ist es das, was du wolltest?" Seine Stimme war gefährlich leise.

Caitlynn wich einen Schritt zurück. „Ich ... ich werde einen Beruf erlernen, Vater. Ich werde Vollstreckerin."

„Vollstreckerin?" Seine Augen verengten sich zu schmalen Schlitzen. „Wenn es dich so sehr danach giert, Schmerz zu spüren..."

Sie fühlte, wie er sein Charisma sammelte und errichtete hastig eine echte Barriere. Doch da schob sich ihre Mutter zwischen die beiden.

„Es ist vorbei, Antol", sagte sie müde. „Selbst wenn Bryanna jetzt Caitlynns wahre Kraft spüren könnte, ist sie viel zu wütend, um ihre Entscheidung zurückzunehmen. Wir konnten einmal Einspruch erheben, das haben wir getan und deshalb war sie heute hier. Ein weiteres Mal werden uns die Charismawächter nicht zugestehen."

Der Graf knurrte und nur widerwillig zog er sein Charisma zurück. „Und was machen wir jetzt mit ihr?"

Caitlynn öffnete den Mund, doch ihre Mutter trat ihr auf die Zehen, dass sie zusammenzuckte und ihr die Tränen in die Augen stiegen vor Schmerz.

Die Gräfin sich wieder ihrem Gatten zu und lächelte.

„Keine Sorge, Antol. Ich habe mir etwas überlegt. Hab noch ein paar Tage Geduld." Damit schob sie Caitlynn in Richtung Tür, ohne ihr jedoch zu verraten, was sie damit meinte.

Später in ihrem Zimmer trat Caitlynn ans Fenster und blickte zum Burggraben hinunter.

Frühestens in drei Jahren konnte sie sich beim Schwarzen Turm bewerben, eine Einwilligung ihrer Eltern würde sie dann nicht mehr brauchen. Es galt nur, bis dahin nicht verheiratet zu werden und das hatte sie heute erfolgreich verhindert.

Doch Freude wollte sich keine einstellen, denn die Worte ihrer Mutter gingen ihr nicht aus dem Sinn. Sie wurde das Gefühl nicht los, dass sie dieser Sieg heute noch teuer zu stehen kommen würde.

Das grüne Tuch

„Lynna, lass das!"

Caitlynn zuckte zusammen und nahm die Hände von den dünnen Gazevorhängen, die sich im Fahrtwind bauschten. „Da draußen ist doch niemand, Mutter."

„Wo Felder sind, sind Bauern. Und Bauern tratschen." Die behandschuhten Finger der Gräfin klopften gegen das Glas des Schiebefensters. „Soll ich das Fenster wieder schließen?"

Cailtynn verschränkte die Arme und schüttelte den Kopf. Zu gut roch die Frühsommerluft verglichen mit dem säuerlichen Mief, der sich in jedem Stück Leder und jeder Handbreit Holz der Mietkutsche festgefressen hatte.

Mit einem vorsichtigen Blick auf ihre Mutter beugte sich das Mädchen vor, um durch die Falten der Vorhänge ein paar Eindrücke zu erhaschen. Die zartgrünen Rechtecke jungen Korns waren buntgetupftem Wiesengrün gewichen, durchzogen von unregelmäßigen Flecken aus gelblichem Grau.

„Da sind keine Felder mehr. Nur Wiesenblumen und Schafe."

In diesem Augenblick neigte sich die Kutsche nach links, und Caitlynn knallte mit dem Ellbogen gegen die Kutschentüre. Die Gräfin, welche rechtzeitig eine Halteschlaufe ergriffen hatte, hob eine der geschwärzten Brauen. Mit hochroten Wangen schluckte Caitlynn den Schmerzlaut hinunter und kniff die Augen zusammen, damit die Mutter die Tränen nicht sah. Die Kutsche richtete sich wieder auf, und nur der rasche Griff nach der Halteschlaufe verhinderte, dass das Mädchen von der schmalen Bank geschüttelt wurde.

Ihre Mutter wandte den Kopf ab und starrte auf die Landschaft hinter dem Gazevorhang.

„Ist es noch weit?", fragte Caitlynn mit gepresster Stimme, den Ellbogen in den Falten ihres Umhanges vergraben, und rieb sich die schmerzende Stelle. Das gab einen gelben Fleck, mindestens.

„Quengele nicht wie ein Kind. Wenn wir ankommen, sind wir da."

Caitlynn verdrehte die Augen zur Decke. „Genauer weißt du es nicht?"

Ehe ihre Mutter antworten konnte, hielt die Kutsche mit einem leichten Ruck

„Was ist jetzt schon wieder?", seufzte die Gräfin und schob den Vorhang mit ihrem Spitzenfächer gerade genug zur Seite, dass sie einen Blick auf die Straße werfen konnte. Das Gefährt schwankte leicht, als der Kutscher vom Kutschbock stieg und ans Fenster trat.

„Gute Frau, wenn wir über den nächsten Hügel sind, wird es holpern, dass Ihnen und Ihrem Fräulein Tochter die Zähne klappern. Aber da vorn, hinter dem Wäldchen, da kommt noch eine Abzweigung nach Birred. Wenn ich die nehme, sind wir gleich mal auf dem Hauptweg der Grauen Kette und ..."

„Kommen wir so schneller nach Gelbried, guter Mann?"

Caitlynn biss die Zähne zusammen, um nicht zu kichern. Die fast verschluckten „e", die lang gezogenen „i" und das Klicken beim „d" – ihre Mutter klang genauso wie die Krämerin, die jede zweite Woche mit ihrem Wagen vor dem Burgtor Ehredars stand und ihre Waren anpries.

Der Kutscher kratzte sich mit der Peitsche am Kinn. „Nicht unbedingt, aber ..."

„Dann habt Dank für eure Sorge, guter Mann. Wir werden es ertragen, wenn wir dafür schneller in Gelbried sind."

Der Kutscher seufzte. „Wie Ihr wollt. Wenn ich aufs Dach klopfe, zieht eure Zungen ein und lasst die Schlaufen nicht los." Er drehte sich um und kletterte zurück auf den Kutschbock.

Caitlynns Mutter ließ den Vorhang fallen. Als sich die Kutsche wieder in Bewegung setzte, verstaute sie den Fächer in einem Samtbeutel, den sie unter ihren Sitz schob.

Caitlynn schluckte. „Wird es schlimm?"

„Tu einfach, was er gesagt hat, Lynna." Die Gräfin starrte wieder zum Fenster, den Blick auf das Licht- und Schattenmuster hinter dem Vorhang gerichtet, ohne es wirklich zu sehen. Ein einziges Mal seit ihrem Aufbruch vor zwei Tagen hatte Caitlynn gewagt, zu fragen, was ihre Mutter so beschäftige.

„Das wirst du merken, wenn wir da sind." Mehr Worte waren ihr nicht zu entlocken gewesen.

Als die Kutsche hügelan fuhr, wurde Caitlynn gegen die Rückenlehne gedrückt. Sie schlang den linken Arm um ihre Taille und angelte mit der anderen Hand nach der Schlaufe. Wie lange ging es noch bergauf? Zwanzig, dreißig ... bei fünfzig Atemzügen hörte Caitlynn auf zu zählen. Die ganze Zeit über saß ihre Mutter steif auf ihrer Bank, die Beine gegen den Boden gestemmt, um nicht vom Sitzleder zu rutschen.

Die zwei dumpfen Schläge über ihren Köpfen rissen die Gräfin aus ihrer Lethargie. Sie fasste nach der Schlaufe und sah ihre Tochter scharf an. „Kein Wort mehr, bis wir unten sind!"

Caitlynn holte tief Luft und nickte.

Der Kutscher hatte sie nicht umsonst gewarnt. Die heftigen Sommerregen der letzten Wochen hatten diesen Teil des Weges tiefer ausgewaschen als ähnliche Stellen davor. Die Räder knirschten über den steinigen Untergrund, ruckelten über Erhebungen und blieben mehr als einmal an breiten Rissen hängen. Caitlynn hörte die Peitsche knallen und die Zurufe des Kutschers. Respekt keimte in ihr auf. Ihn musste es genauso durchschütteln wie seine Fahrgäste, trotzdem gelang ihm die Balance zwischen Geschwindigkeit und Vorsicht, sodass weder die Pferde durchgingen noch die Räder sich irgendwo festfraßen.

Unter den grauen Handschuhen traten ihre Knöchel weiß aus

der Haut hervor und ihre Nägel gruben sich trotz des Stoffes schmerzhaft in ihre Handflächen.

Eine gefühlte Ewigkeit hoppelte die Kutsche buchstäblich über Stock und Stein, ehe der Hügel hinter ihnen lag. Als die Kutsche wieder waagrecht rollte, warf Caitlynn ihrer Mutter einen fragenden Blick zu. Diese atmete tief durch, löste die Hand von der Schlaufe und rieb sich kurz den Rücken, ehe sie sich hinabbeugte und den Fächer aus dem Samtbeutel kramte.

Erleichtert ließ auch Caitlynn die Schlaufe los. Sie rieb sich die Hände, öffnete und schloss die Faust, bis sich der Krampf aus ihren Fingern gelöst hatte. „Wenn wir nur unsere Kutsche genommen hätten ...", murmelte sie halblaut.

„Psst!" Die Gräfin funkelte ihre Tochter über den Rand des Fächers an.

Caitlynn schob das Kinn vor und richtete sich auf. „Der Kutscher kann uns gar nicht reden hören, Mutter, so wie dieses Ding in einem fort knarrt und quietscht. Unsere wäre leiser, größer, ruckelt viel weniger und ..."

„... und das Familienzeichen deines Vaters prangt an beiden Türen", zischte die Gräfin so leise, dass Caitlynn sich vorbeugen musste, um sie zu verstehen. „Warum glaubst du, nehmen wir diesen Holperweg statt der gepflasterten Straße zwischen den Rasthäusern der Grauen Kette? Warum trage ich dieses alte Ding?" Sie klappte den Fächer zu und tippte an die Krempe ihrer gestärkten Haube, die verdächtig nach jener aussah, mit der Yadele, die Köchin von Ehredar, an Festtagen zur Andacht ging.

„Damit uns keiner erkennt. Das hast du vorgestern schon gesagt." Caitlynn verschränkte die Arme vor der Brust.

„Dann halte dich daran. Ich will mir das alles nicht umsonst angetan haben." Ihre Mutter klappte den Fächer wieder auf wedelte heftig damit.

Vergeblich wartete Caitlynn auf eine Erklärung, warum denn dieses Versteckspiel nötig war. Seit der Stallmeister Perlus sie vorgestern mit der Kutsche eine Wegkehre vor dem ersten Grauen Rasthaus in Felsrain, dem Dorf unterhalb von Ehredar, abgesetzt hatte, sodass sie die beiden Koffer das letzte Stück selbst schleppen mussten, war ihre Mutter immer stiller und verschlossener geworden, bis auf jene Momente, wo sie die „Krämersfrau auf Reisen spielte".

Caitlynn war nahe daran, die Spitzen ihrer grauen Stoffhandschuhe abzukauen. Was wollten sie überhaupt in Gelbried? Dumpf erinnerte sie sich daran, dass Archivarin Gizania in den Lehrstunden vom „Weißen Feld der Vielgesichtigen" gesprochen hatte, den Ruinen einer sehr alten Tempelanlage aus der Zeit vor dem Weltenbruch, und dass Gelbried genauso wie Rotbergen und Graudal in der archäologischen Karte des Blauen Turms dick vermerkt sei, was ihren Bruder veranlasst hatte, einen dummen Spruch über Farben und Ortsnamen zu machen, für den er dann einen Aufsatz über die Entdeckung dieser Stätten schreiben musste. Ein leichtes Schmunzeln zupfte an ihren Mundwinkeln. Dann glitt ihr Blick wieder zu den scharfen Falten im blassen Gesicht ihre Mutter. Nein, sie würde keine Antwort bekommen. Dabei interessierte sich die Gräfin doch überhaupt nicht für die Geschichte des Kristallreiches, und fromm konnte man sie wahrlich nicht nennen. Bei mehr als einer Morgenandacht im Tempel hatte Caitlynn beobachtet, wie ihre Mutter gedankenverloren an ihrem Gürtel herumgezupft hatte, statt den Worten des Vermittlers-der-Allmächtigen zu lauschen.

Seufzend vergrub das Mädchen ihre Hände in den Falten ihres Umhangs und ließ den Kopf auf die Brust sinken. Was waren noch einmal die sieben korrekten Wege, eine Kondolenzkarte zu verfassen?

Sie merkte nicht, wie sie in einen unruhigen Schlaf hinüberdämmerte.

„Lynna!" Knochige Finger gruben sich in ihre Schultern, rüttelten, dass ihr Kopf gegen die Kutschenwand schlug.

„Aua!" Die Augen noch immer geschlossen, rieb sie sich den Hinterkopf, gähnte.

„Lass den Mund auf!" Etwas Öliges strich über ihre Zunge. „Schluck es runter!"

Verwirrt gehorchte sie. Da war nicht viel, nur ein Belag, leicht schleimig, erst süßlich, dann ...

„Uähhh!" Sie schüttelte sich, würgte, um den ekelhaften Geschmack loszuwerden.

„Nicht ausspucken!" Ihre Mutter drückte eine Hand auf Caitlynns Mund. „Du wirst es überleben."

Caitlynn zappelte, zerrte an der Hand ihrer Mutter. Diese schlug ihr mit dem Fächer hart auf die Finger. „Spiel mit oder du darfst die ganze Beere essen!"

Dem Mädchen stiegen die Tränen in die Augen. Ihre Kehle zog sich zusammen, während es in ihrem Magen stach und brannte.

Der Blick der Gräfin wanderte von Caitlynns Augen über ihre Wangen und wieder zurück. Einmal, zweimal, beim dritten Mal nickte sie und nahm die Hand von Caitlynns Mund.

„Wasser, bitte!", wimmerte Caitlynn und krümmte sich, beide Hände auf den gequälten Magen gepresst.

„Gleich, Kind." Die Gräfin streckte sich und hämmerte mit beiden Fäusten an auf die Wand hinter dem Kutschbock. „Haltet an, Kutscher! Haltet an!", kreischte sie mit der falschen Krämerstimme. Der Wagen kam mit einem heftigen Ruck zum Stehen.

Der Kutscher kletterte vom Kutschbock und trat ans Fenster. „Was ist los, gute Frau? Wir müssen nur noch über zwei Brücken, durch ein Wäldchen und ..."

Die Gräfin löste den Riegel und drückte die Tür der Kutsche auf. „Meine Tochter hat einen Magenkrampf bekommen. Gibt es in Gelbried ein Grünes Haus?"

Der Kutscher warf nur einen Blick auf Caitlynns graue Haut, aus der kalter Schweiß perlte. Wie durch milchiges Glas sah Caitlynn, wie er sich die hohe Stirn rieb und den grauen Stoppelbart kratzte. Im Geiste sah er sich wohl schon das Erbrochene aus der Kutsche wischen. „In Gelbried? Nein ..."

„Sonst irgendwo in der Nähe?"

Seine Kiefer mahlten, während er sich den Kopf zerbrach, wo in der Gegend ein Heiler zu finden sein könnte.

Die Gräfin kletterte aus der Kutsche und sah sich in alle Richtungen um. „Irgendwo wird es doch einen Bauern oder Schäfer geben, den man fragen kann. Da hinten. Seht Ihr das Haus?"

Er folgte ihrer austreckten Hand und kniff die Augen zusammen. Ja, auf der anderen Seite des Flusses, hinter gelb und rot gepunkteten Wiesen, nur ein paar Wegminuten vom dunklen Grün eines mächtigen Waldes entfernt, waren zwei, nein drei Gebäude zu erkennen. Zwei kleinere, langgezogene Bauten schmiegten sich an ein massiges Haupthaus, das mit seinen drei Stockwerken jeden Bauernhof der Gegend überragte.

„Warum fragen wir nicht dort nach dem nächsten Heiler, guter Mann?"

Der Kutscher nickte zögernd. „Es ist näher als Gelbried ..."

„Dann ist es entschieden. Und beeilt Euch bitte. Mein armes Lämmlein!" Die Gräfin stieg zurück in die Kutsche und legte den Arm um Caitlynns Schulter. „Möchtest du etwas Wasser, mein armer Liebling?"

Kaum hatte der Kutscher die Türe zugedrückt und die Gräfin den Riegel vorgeschoben, schwand der weiche, sorgenvolle Ausdruck aus ihrem Gesicht. Mit sicherem Griff drückte sie Caitlynn zurück auf ihren Platz und kramte den Wasserbeutel aus dem Proviantkorb unter dem Sitz. Sie schraubte den Verschluss auf und reichte den Beutel Caitlynn.

„Zwei Schluck. Der Rest wird nicht halten."

Mit zitternden Händen hob Caitlynn den Verschluss an die Lippen und legte den Kopf in den Nacken. Sie nahm einen Schluck und noch einen. Es fühlte sich so gut an in der Kehle. Doch ihr Magen bäumte sich auf. Sie ließ den Beutel fallen und presste die Hände auf den Magen.

„Ich habe dich gewarnt!" Die Gräfin hob den Beutel vom Boden auf und schraubte ihn wieder zu.

Die Kutsche hoppelte über die Bohlen einer Brücke.

„Uahhh!" Caitlynn beugte sich vor, die Ellbogen auf den Knien, die Fäuste gegen die Lippen gepresst. Sie würde sich nicht übergeben, nicht hier in der Kutsche, nicht einmal auf dieses scheußliche, alte Kleid.

Kies knirschte unter den Rädern, schräg über ihnen schnalzte der Kutscher mit der Peitsche. Die Pferde schnaubten und legten sich ins Geschirr.

„Gute Frau", übertönte die Stimme des Kutschers Flussrauschen und Hufschlag, „wir haben Glück. Das Haus trägt ein grünes Dach!"

Die Gräfin schlug den Gazevorhang zurück und beugte sich ein Stück aus dem Fenster. „Dank sei der Allmächtigen!"

Als die Kutsche hielt und der Kutscher erst der Gräfin und dann Caitlynn aus dem Gefährt half, ließ das Brennen in ihrem Magen nach. Das Mädchen hob den Kopf, um das Grüne Haus zu betrachten. Es hatte zwei Türen, eine ungewöhnlich breite zu ebener Erde, die grün gestrichen war, und eine zweite, weiß gestrichene Türe, zu welcher man drei Stufen hochsteigen musste. Am Rahmen der breiteren Türe prangte das Kupfersiegel des Grünen Turmes. Jemand hatte mit weißer Farbe schwungvoll „Melana, Meisterin-der-Heilkunst" darauf geschrieben.

„Bitte, könnt Ihr unser Gepäck hier abstellen?", hörte sie die Mutter fragen. „Falls mein armes Kind etwas aus den Koffern benötigt, hätte ich sie gern zur Hand."

Ein Beutel klingender Münzen wechselte den Besitzer.

„Habt Dank!" Dem Klang der Stimme nach war der Kutscher mit dem Inhalt des Beutels mehr als zufrieden. „Wenn Ihr mit mir zurückfahren wollt ..."

Sie schüttelte den Kopf. „Wartet nicht auf uns. Vielleicht muss meine Kleine länger hier bleiben, bis sie gesund ist."

„Ja dann ..." Der Kutscher hob die beiden schweren Koffer vom Wagen und stellte sie neben der Gräfin auf den Weg. „Möge die Allmächtige die Genesung Eurer Tochter beschleunigen."

„Dafür werde ich beten."

Der Kutscher wendete sein Gefährt. Sie sahen ihm nach, bis er die Brücke erreichte.

Die Gräfin wandte sich zu Caitlynn. „Kein Wort von deinem dummen Kinderwunsch, Vollstreckerin zu werden, verstanden? Du willst doch Jadons Andenken in Ehren halten, oder?"

Jadons Andenken? Was hat Jadon mit diesem Haus zu tun?

Ehe sie nachfragen konnte, hatte die Gräfin nach der dünnen Klingelschnur gegriffen und zog heftig daran. Mit gestrafften Schultern trat sie einen Schritt zurück, winkte ihrer Tochter, hinter sie zu treten, straffte die Schultern und wartete. Vier Atemzüge später wurde die Türe aufgerissen.

Caitlynn erhaschte einen Blick auf ein weißes Schürzenkleid mit kurzen Ärmeln und blauer Schärpe über weiten, blauen Beinkleidern. Die Fingerspitzen der weißen Stoffhandschuhe waren voll mit grünen und gelben Flecken unterschiedlicher Größe. Tiefblaue Augen in einem gebräunten, rundlichen Gesicht blinzelten ins Sonnenlicht.

„Wer sucht Hilfe bei Meisterin Melana?" fragte der Mann mit rauer Stimme.

Die zahlreichen Fältchen in den Augenwinkeln vertieften sich, als sein Blick fragend über die Gestalt der Gräfin wanderte und an ihrem Gesicht hängenblieb.

„Erkennst du mich noch?", fragte die Gräfin und schob die Haube zurück, wodurch ihre hellbraunen Haare sichtbar wurden. Eine Strähne löste sich aus der straffen Frisur und fiel schräg über ihre Stirn. Die blauen Augen unter dem Kranz ergrauter Löckchen weiteten sich. „Kari!"

Caitlynn blieb der Mund offen stehen. Nicht einmal ihr Vater nannte ihre Mutter bei diesem Namen.

Statt diese Vertraulichkeit wütend von sich zu weisen, lächelte die Gräfin und nickte. „Schön, dich wieder zu sehen, Gibbet. Wie geht es Birta?"

„Das frag sie selbst." Ein breites Lächeln teilte das Gesicht des Mannes, als er sich umdrehte und in den Flur rief: „Birta! Meisterin! Kari ist gekommen!"

Weiter hinten flog eine Tür auf. Eine hagere Frau drängte sich an Gibbet vorbei und packte die Gräfin mit beiden Händen an der Schulter. „Du bist es wirklich! Kari, Kind!"

Ihre Mutter wehrte sich nicht, als die Frau sie in die Arme schloss, fest drückte und dabei unter Tränen murmelte: „Danke, dass du uns Jadons Asche geschickt hast. Velda, die Meisterin und wir beide haben die Urnen so geleert, wie du uns geschrieben hast."

„Dank ihr auch für die zwanzig Trostgold", fügte Gibbet hinzu. Seine Stimme schwankte. „So hat Velda für Jadon einen wirklich schönen Gedenkstein kaufen können. Mit einem Pferdekopf darauf."

Caitlynns Blick irrte zwischen den drei Erwachsenen hin und her. Sie erinnerte sich noch an Jadons Verbrennung, wo sie, die Mutter und ihre Geschwister mit der weinenden Köchin und den zwei Hausmädchen den Worten des Vermittlers-der-Allmächtigen gelauscht hatten. Den anderen Dienstboten hatte Caitlynns Vater so viele Arbeiten aufgetragen, dass ihnen die Zeit fehlte, sich von Jadon zu verabschieden. Da der Graf sich wegen seiner Unpässlichkeit hatte entschuldigen lassen, war es die Gräfin gewesen, welche zuletzt allein mit dem Priester das endgültige Abbrennen des Scheiterhaufens abgewartet hatte. Von ihrem Zimmer aus hatte Caitlynn damals noch gesehen, wie ihre Mutter mit dem Priester Asche in drei Gefäße gefüllt hatte. Es war jedoch der Priester und nicht die Gräfin gewesen, welcher die Urnen vom Burghof getragen hatte. Jeder in der Burg hatte angenommen, dass der Priester die Asche verteilen würde, wie immer, wenn keine Familienmitglieder oder sehr engen Freunde anwesend waren.

Hier also war Jadons Heimat. Gibbet und Birta, waren das seine Eltern? Und wer war Velda?

„Wen hast du uns da mitgebracht?", fragte Birta mit einem Blick über die Schulter der Gräfin.

Diese löste sich aus deren Umarmung und griff nach Caitlynns Handgelenk. Doch ehe die Gräfin ihre Tochter nach vorn ziehen konnte, ertönte eine neue Stimme, klar und frostig: „Sieh an, wen es an unsere geringe Tür verschlagen hat."

Gibbet und Birta traten zur Seite und gaben den Blick auf eine groß gewachsene Frau frei, die genau wie Gibbet gekleidet war, nur in grün statt blau unter ihrem Schürzenkleid. Ihre silbergrauen, mit wenigen roten Strähnen durchzogenen Haare waren zu einem hohen Knoten gesteckt. In ihrem blassen Gesicht funkelten zwei Augen von genau jener Farbe, die Caitlynn jeden Morgen aus dem Spiegel entgegenblickten.

Die Gräfin straffte sich und neigte den Kopf. „Schön zu sehen, dass du bei guter Gesundheit bist, Mutter."

Mutter?! Caitlynn blieb der Mund offen stehen. *Das ist die Großmutter, über die niemand spricht? Ich dachte, sie wäre schon lange gestorben.*

Die Meisterin-der-Heilkunst wischte den Gruß ihrer Tochter mit einer Handbewegung zur Seite. Nur flüchtig kräuselten sich die vollen Lippen über dem energischen Kinn. „Seit über sechzehn Jahren hast du dich nicht mehr blicken lassen, Karinna. Jetzt tauchst du aus dem Nichts auf", ihre Blicke wanderten über die abgewetzten Lederschuhe, die abgerissene Ecke des Umhangs, das verwaschene blaue Kleid und blieben an der gestärkten Haube hängen, „und stehst du vor meiner Tür in diesen Gewändern? Ist Ehredar abgebrannt und ihr habt im Dorf um Lumpen betteln müssen? Was soll die Maskerade?" Hastig zupfte Caitlynn an den Spitzen, die aus den Ärmelmanschetten lugten, aber sie wollten einfach nicht über die Handgelenke reichen. Zudem regte sich ihr Magen plötzlich wieder. Mit zusammengebissenen Zähnen machte sie sich aus dem Griff ihrer Mutter frei und schlang die Arme um ihre Mitte.

Die Heilerin zog die Brauen zusammen. Mit überraschend warmer Stimme fragte sie: „Was ist mit dir, Caitlynn? Du bist doch Caitlynn, Karinnas Jüngste?"

Caitlynn nickte, erstaunt, dass ihre Großmutter, die sie nie zuvor gesehen hatte, ihren Namen kannte.

Melana machte einen Schritt auf ihre Enkeltochter zu, doch mit einem raschen: „Es ist nichts weiter, Mutter!", drängte sich die Gräfin dazwischen. „Nur ein bisschen Blautropfenschleim."

Die Heilerin sog scharf die Luft ein. „Du hast ihr Blautropfenschleim gegeben?"

Die Gräfin schob das Kinn vor und verschränkte die Arme. „Nicht mal eine Messerspitze, gerade so viel, dass der Kutscher froh war, uns loszuwerden und sich nicht wundert, dass wir hier bleiben. Es müsste ihr gleich wieder besser gehen."

Die Heilerin schüttelte den Kopf. „Gibbet, bring mir das Döschen mit dem Scharlachzucker." Der Angesprochene neigte kurz den Kopf und verschwand im Dunkel des Flurs.

Melana wandte sich der Gräfin zu und ihre Stimme kühlte merklich ab. „So gern du mich verleugnest, für einen einfachen Besuch hättest du nie dieses Theater abgezogen. Was willst du wirklich?"

„Meisterin", Birta wies zu der anderen Türe. „Ich habe heute Morgen gebacken, und Tee ist schnell gemacht ..."

„Danke, aber die Meisterin hat Recht." Die Gräfin bemühte sich um ein Lächeln. „Ich habe ein Anliegen." Sie packte Caitlynn am Handgelenk und zog sie nach vorn, ihr Gesicht erstarrte zu einer Maske förmlicher Höflichkeit. „Meisterin-der-Heilkunst Melana, würdet Ihr meiner Tochter, Caitlynn zu Ehredar, alles lehren, was sie braucht, um in drei bis vier Jahren im Grünen Turm Aufnahme zu finden?"

Caitlynn blieb der Mund offen stehen. Hatte ihre Mutter vergessen, dass sie seit zwei Jahren, seit Jadons Tod, Vollstreckerin werden wollte?

„Mutter, ich...", fing sie an, da überkam sie eine neue Welle an Übelkeit und sie krümmte sich stöhnend zusammen.

„Du musst mir nicht danken, Kind", hörte sie ihre Mutter sagen. „Wir wissen beide, dass du es Jadon versprochen hast und wie glücklich es ihn machen würde, dass du gerade hier sein Handwerk lernst."

Nicht mit mir! Ich bin nicht Shina! Sie kämpfte die Übelkeit nieder, sah das gerührte Gesicht Birtas und schlug den Blick nieder. *Verdammt! Verdammt!* Wie konnte sie vor ihrer Heilergroßmutter und Jadons Mutter sagen, dass ihr kindliches Versprechen von damals nicht mehr zählte, ihr Wort Jadon gegenüber nicht mehr zählte? Sie schloss die Augen. *Verdammt! Sie hat mich, ich kann nicht nein sagen. Genau wie Shina!* Der nächste Schub kam und Caitlynn war fast froh darüber, dass die Qual ihren Zorn vor den Augen Birtas und Melanas verbarg.

„Ist ihr Charisma zu gering für einen Heiratshandel?", fragte die Heilerin und ließ den Blick über Caitlynns zierliche Gestalt wandern.

Gibbet kam zurück. „Hier, der Zucker!" Er reichte Melana ein blau lackiertes Holzdöschen und einen kleinen Holzlöffel.

„Danke." Die Heilerin schraubte das Döschen auf, nickte und reichte es mitsamt dem Löffel an Caitlynn weiter. „Nimm einen Löffel voll und lass ihn langsam auf der Zunge zergehen."

Das Mädchen sah zur Gräfin hin. Diese warf einen flüchtigen Blick auf die scharlachroten Zuckerbröckchen und nickte. Mit leicht zitternden Händen nahm Cailtynn beides entgegen und schaufelte einen Löffel voll der glitzernden Bröckchen in ihren Mund. Süß und scharf, ein wenig seifig – so schmeckte die Medizin.

„Caitlynns Charisma ...", fing ihre Mutter wieder an und zog damit alle Blicke auf sich, „ihr Charisma ist unbrauchbar für eine Adelsausbildung. Sie kann ihrem Bruder die Stirn bieten, gelegentlich jedenfalls. Doch statt den Dienern zu befehlen, bittet sie. Seit sie klein ist, wollte sie immer nur eines werden: Heilerin. Lieber hat sie sich in den Ställen herumgetrieben, als ihre Lektionen zu lernen. Caitlynn war Jadons Liebling." Sie lächelte dünn.

Melana zog eine Augenbraue hoch, doch ehe sie nachhaken konnte, fuhr die Gräfin fort. „Sie wird ihm alle Ehre machen und sich anstrengen." Karinna ließ den Arm ihrer Tochter los und gab ihr einen Schubs, dass sie auf die Heilerin zu stolperte. „Jadon hat sie für Höheres verdorben, also bleibt ihr nur dieser Weg. Nimmst du sie, Mutter?"

Melana machte einen halben Schritt vor und fing Caitlynn mit offenen Armen auf. Die Heilerin roch nach Seife und Kräutertee. Unsicher, ob sie ihre Großmutter umarmen sollte, blieb Caitlynn stocksteif stehen. Jetzt erst begriff sie, was die Frage ihrer Mutter bedeutete. Mit einem Ruck löste sie sich aus Melanas Armen und starrte ihrer Mutter ins Gesicht. „Du ...", ihre Stimme zitterte. Sie schluckte und holte tief Luft: „Hast du mich deshalb nicht selbst packen lassen?" Mit der Schuhspitze tippte sie an den größeren der beiden Koffer. „Du hast all meine Sachen da hinein gestopft, weil ich nicht mit dir zurückkommen werde?" Ihre Wangen brannten. Mit einer heftigen Bewegung wischte sie mit dem Ärmel über ihre Augen. „Ich konnte mich nicht verabschieden. Von niemandem." *Auch nicht von Vater. Aber er muss es gewusst haben. Trotzdem ist er nicht gekommen, uns, mir eine gute Reise zu wünschen.* Zorn und Trauer bildeten harten Knoten in ihrem Magen. Sie biss die Zähne zusammen. *Ich ... werde ... nicht ... heulen.*

Eine feste, warme Hand drückte ihre Schulter. Melana lächelte ihr zu und ein Kranz von Fältchen tanzte um ihre Augen. „Willkommen in Melanas Grünem Haus, Caitlynn."

Noch immer leicht benommen, nickte sie.

Die kräftige Hand der Heilerin wies auf die andere Türe. „Birta, führe Caitlynn in ... in das blaue Zimmer, und dann koch uns einen Tee."

Birtas Augen glänzten. Sie hob den Koffer auf, den Caitlynn umgestoßen hatte und trug das schwere Ding schnaufend die Stufen hoch.

Cailtynn sah ihre Mutter an, wartete auf ein zärtliches Wort, ein Lächeln, zwei Arme, die sie festhielten, auf Tränen, einen Kuss ...

Doch die Gräfin nickte nur kurz. „Mach Jadons Andenken keine Schande, Caitlynn, und gehorche der Meisterin."

Das war alles? Caitlynn straffte die Schultern. „Grüß alle von mir und ...", die Worte kratzten in ihrem Hals, „leb wohl, Mutter"

Ruckartig drehte sie sich von der Gräfin weg, dem Haus zu und stakste, den Kopf gerade nach vorn gerichtet, die Treppen hoch. Die letzten Worte, die sie ihre Mutter an diesem Tag sagen hörte, waren: „Gibbet, kannst du mich und mein Gepäck gleich jetzt zum Grauen Rasthaus nach Weidenfall bringen? Von dort kann ich morgen die Fähre nehmen."

Birta drückte mit der freien Hand die Türe auf und schleppte den Koffer in den runden Vorraum dahinter. An einer der Wände waren Kleiderhaken befestigt. Gegenüber stand ein kleiner Tisch mit einer eleganten, feuerfarben glasierten Vase, die so gar nicht zu dem Gartenbild in dem blauen Rahmen passte, das an der Wand darüber hing. Von dem Vorraum aus führten ein schmaler Gang einmal längs durchs Haus bis zur Hintertür und eine breite Treppe hinauf in den ersten Stock.

Caitlynn drückte die Türe hinter sich zu, und betrachtete das Gartenbild genauer, den Rücken Birta zugekehrt, um die Feuchtigkeit in ihren Augen zu verbergen. Das Bild half. Sie spürte die kindliche Freude, die in den geschickt verteilten bunten Klecksen und grünen Streifen steckte. *Hat das meine Mutter als Kind gemalt?* „Da hinten geht es in die Bibliothek und in die Küche", hörte sie Birtas Stimme. „Die Schlafräume liegen in den oberen Stockwerken."

Die Haushälterin stand schon am Fuß der Treppe. „Das blaue Zimmer wird dir gefallen."

An der Wand hinter ihr hing ein weiteres Bild, auf dem eine junge Frau mit roten Haaren zu sehen war, gekleidet in rotbraun und gelb, mit leuchtenden Händen. "Die Bezahlung eines durchreisenden Künstlers, dafür, dass die Meisterin seinen zerschmetterten Daumen retten konnte", erklärte Birta mit einem Schmunzeln in der Stimme. "Meisterin Melana findet es etwas zu verklärt und überdramatisch, daher hängt es hier und nicht im Heilraum. Kommst du?"

Caitlynn beeilte sich aufzuschließen. „Soll ich tragen helfen?", fragte sie. Jetzt wusste sie ja, warum ihr Koffer deutlich schwerer war als der ihrer Mutter.

„Ich trag die Sandknollensäcke selbst und auch die Kohleneimer." Birta lächelte breit und erklomm mit ruhigem, sicherem Schritt die Treppe. Caitlynn tat, als überhöre sie das heftige Schnaufen der älteren Frau und trödelte etwas, um ihr einen kleinen Vorsprung zu lassen. Die Treppe endete in einem schmalen Flur, von dem vier Türen abgingen. „Das Zimmer links ist Gibbet und meins, ganz hinten rechts schläft die Meisterin." Blieb ein Zimmer übrig. Doch Birta wandte sich der nächsten Treppe zu, die in den zweiten Stock führte. Hier gingen drei Türen vom schmalen Flur ab. Birta schleppte den Koffer zur ersten der drei Türen. Mit dem Ellbogen drückte sie die Klinke herunter und schob mit der Schulter die Türe weit auf. Caitlynn hatte blau gestrichene Wände erwartet, doch sie glänzten in frischem Cremegelb. Tiefblau hingegen war der große Wandteppich über dem Bett, der einen See unter einem klaren Winterhimmel zeigte, und hellblau schimmerten die mit weißen Spitzen besetzten Vorhängen. Auch die Türen des Wandschrankes waren blau gestrichen und verziert mit zwei Bordüren aus gelben und weißen Schmetterlingen. Birta wuchtete den Koffer auf die blaugemusterte Flickendecke des Bettes. „Ich habe erst vorgestern hier drin gewischt und abgestaubt", sagte sie. „Du kannst in aller Ruhe auspacken. Ich schneide den Kuchen auf und koche Tee. Komm einfach runter, wenn du hier fertig bist."

Caitlynn nickte. Sie wartete, bis Birta die Türe geschlossen hatte, dann trat sie ans Fenster und blickte hinaus über die Wiesen und Äcker, die Brücke und den Bach bis zur Straße. Die Sonne stand schon tief. Auf Ehredar hatte Köchin Yadele sicher schon das Gemüse für die Suppe geschnitten und das Abendbrot in den Ofen geschoben.

Bei dem Gedanken an das Abendessen auf der Burg erinnerte sie sich an Birtas Versprechen von Kuchen und Tee. Obwohl sie keinen Hunger verspürte, wandte sie sich ihrem Koffer zu. Ihre Finger zitterten nur ganz leicht, als sie die Riemen öffnete und den Deckel hochklappte. Ganz oben lag der dicke Wollumhang für den Winter, darunter ein Haufen Unterwäsche, dann Blusen, Hosenröcke und Röcke, ihr Sommerumhang, die festen Reitstiefel, ihre liebsten Sommerschuhe und ein Paar Winterstiefel, das früher Shina gehört hatte, Mützen, Schals, Handschuhe, gestrickte Westen, bestickte Pantoffel, zwei Umhängetücher, Taschentücher ... alles durcheinander, einfach in den Koffer geworfen, nicht gefaltet.

Im blau gestrichenen Schrank hingen ausreichend hölzerne Kleiderbügel und in den Schubladen hatten ihre Hemdchen, Höschen, Strümpfe und Socken ausreichend Platz. Als auch das letzte Taschentuch notdürftig glatt gestrichen neben den Umhängetüchern lag, herrschte im Koffer gähnende Leere. Kein einziges ihrer Bücher lag darin. Ihre Schmuckschatulle fehlte ebenso wie ihre ganzen Zeichensachen und alle Festkleider. Sie war wütend, gleichzeitig aber auch erleichtert, dass ihr Zimmer in der Burg nicht völlig leer geräumt worden war. Es fühlt sich nicht mehr nach Verbannung an, mehr danach, als hätte sie zu Gared und Shina aufgeschlossen. In vier Wochen, wenn die Mondblüten rund um Maesinar mit ihrem Duft das Atmen zur Qual werden ließen und das Adelsinternat seine Tore schloss, würden ihre Geschwister wie jeden Sommer zum Sternkäferfest nach Hause kommen. *Was wird Mutter ihnen sagen, warum ich nicht mehr auf der Burg bin?* Jeder nahm an, dass sie immer noch Heilerin werden wollte, daher würde sich niemand wundern, außer natürlich Shina. Ihr und der Mutter hatte Cailtynn von ihrem Berufswunsch erzählt, woraufhin ihr die Mutter verboten hatte, mit noch jemand anderem darüber zu reden. Gared wusste nicht von ihrem Wunsch und auch nicht ihr Vater. Nach Jadons Tod und der Unpässlichkeit des Grafen war Caitlynns Geburtsfest einfach gestrichen worden.

Und jetzt sitze ich in der Falle.

Hatte nicht auch Shina unter vielen Tränen ihren Wunsch, Vermittlerin-der-Allmächtigen zu werden, begraben müssen, als der Graf entschieden hatte, sie müsse Gared nach Maesinar folgen, um ihn dort beim Lernen zu unterstützen? Caitlynn öffnete das Fenster und atmete tief ein. *Ich bin erst fünfzehn und kann frühestens in drei Jahren beim Schwarzen Turm anklopfen. Ich werde Meisterin Melana erzählen, wie Jadons Tod alles verändert hat. Und auch, was ich Vater angetan habe. Bald schon.*

Das Wiehern von Pferden und das Knirschen von Wagenrädern riss sie aus den Gedanken. Soeben lenkte Gibbet den Wagen aus der Scheune, um die Hausecke. Noch war die Gräfin nicht fort. Langsam richtete sich Caitlynn auf. Ein Teil von ihr wollte hinunterstürmen, die Mutter umarmen, sich vergewissern, dass sie zu den Feiertagen auf der Burg willkommen war, dass ihr Zimmer ihr Zimmer bleiben würde. Der andere, stärkere Teil, zwang sie zu verharren, bis der Wagen wieder in Sichtweite kam, die Gräfin stocksteif neben Gibbet auf dem Kutschbock, den Koffer auf der Ladefläche.

Caitlynn lehnte sich vor, soweit sie konnte. *Dreh dich um!* Doch ihr stummer Wunsch erreichte die Gräfin nicht. Über die Brücke den Weg zurück zu der holperigen, steinigen Straße – hinter dem Nadelgestrüpp eines kleinen Wäldchens – entschwand Karinna zu Ehredar aus dem Sichtfeld ihrer Tochter.

Ein Windstoß riss an Caitlynns roten Locken und trieb ihr die Tränen in die Augen. *Ich bin fünfzehn, keine fünf.* Der Knoten in ihrem Magen schrumpfte. *Was du nicht ändern kannst, das trage mit geradem Rücken.* Ausgerechnet jetzt kam ihr dieser eine von Jadons Sprüchen in den Sinn. Jadon. Sie stützte die Ellbogen auf dem Fensterbrett ab und seufzte. Er hätte sich sicher gefreut, ihr seine alte Heimat zu zeigen, seine Lieblingsplätze, und ihr seine Eltern vorzustellen. War auch er hier in die Lehre gegangen, bevor er sich zum Grünen Turm gewagt hatte? Es gab schlimmere Dinge, als Heilerin zu werden. Verheiratet zu werden, zum Beispiel.

Caitlynn richtete sich auf und schloss das Fenster. Hier oben würde sie keine Antworten bekommen. Ihr Blick blieb an dem Schreibtisch und an dem leeren Regalbrett darüber hängen. Hatte Birta nicht etwas von einer Bibliothek im Erdgeschoss gesagt, gleich bei der Küche?

Sie schloss den Deckel des Koffers und schob ihn unter das Bett. Spätestens zum Sternkäferfest würde sie ihn wieder brauchen. Ganz sicher. Bevor sie das Zimmer verließ, warf sie einen Blick in den Spiegel, der über dem runden Waschtisch zwischen Schreibtisch und Wandschrank hing. Ihr Zopf hatte sich ziemlich aufgelöst, aber ihr war jetzt nicht danach, ihr Haar zu kämmen und zu flechten. Also strich sie lediglich die vorwitzigen Strähnen hinter die Ohren.

Im Erdgeschoss lockte sie der Duft von Kräutertee und Honigkuchen zur Küchentür, die eine Handbreit offen stand. Birta, die soeben frisch geschlagene Sahne auf drei Teller verteilte, blickte auf und lächelte breit. „Magst du Honig in deinen Tee? Ein Stück Kuchen oder zwei?"

„Jetzt lass das Kind erst mal Platz nehmen." Heilerin Melana saß schon am Kopfteil des Esstisches und nippte an einer Tasse. Sie wies mit der Hand auf die lange Bank an ihrer rechten Seite. Caitlynn lächelte schüchtern, murmelte „Einen Löffel Honig bitte und ein Stück Kuchen, vielen Dank!" und ließ sich auf dem mit blauen Vögeln bestickten Kissen nieder. Birta stellte ihr ein Schälchen Honig hin und goss goldroten Tee in die blaue Tasse. Caitlynn rührte einen Löffel Honig hinein und genoss den süßherben Duft, während Birta dicke Stücke Honigkuchen neben die Sahneklecke legte.

Verstohlen sah Caitlynn zu Melana hinüber, die gerade ihren Kuchenteller von Birta entgegen nahm und die Sahne großzügig darauf verstrich.

Ihren eigenen Kuchen probierte sie erst, als Birta am Fußende des Tisches ihr Stück zerteilte und den ersten Schluck aus der Tasse nahm. Der Geschmack erinnerte sie an zuhause, fast genauso schmeckte der Kuchen der Burgköchin Yadele. Wenn sie die Augen schloss, konnte sie sich einreden, im Speisesaal zu sitzen und Kuchenkrümel vom Teller zu tippen, während ihre Mutter vor dem Kamin in einem Gedichtband blätterte, Shina an ihrem Wandteppich stickte und Vater mit Gared eine Runde „Blau schlägt Weiß" spielte.

„Wie geht es deinen Geschwistern? Spielt Shina immer noch so gern Harfe?" Die Frage der Großmutter holte Caitlynn zurück in das Grüne Haus.

Woher wusste ihre Großmutter davon? „Immer wenn sie zuhause ist. Auf Maesinar kann sie keine Stunden nehmen, das ist Vater zu teuer."

Die Mundwinkel der Heilerin zuckten kurz. „Und Gared? Kommt er zurecht?"

„Er behauptet, ja. Aber die Nachrichten aus Maesinar passen nicht zu seinen Sprüchen. Vater ist das nicht so wichtig, Hauptsache, Gared bleibt nicht mehr als ein Jahr hinter Shina zurück. Er hat schon überlegt, Shina ein Jahr pausieren zu lassen, damit sie mit Gared zusammen die Schule abschließen kann."

„Das wird nicht viel helfen, wenn Gared nicht genug Talent für die Charismaprüfungen hat."

„Vater übt mit ihm die ganzen Ferien hindurch. Bis jetzt hat Gared noch jede Prüfung bestanden." *Mit Muh und Not und oft erst beim zweiten Anlauf.* Aber das sprach sie nicht laut aus. Gared war der nächste Graf und verdiente Respekt, wie Vater immer betonte.

„Shina wird also nicht zur Erbstreitprüfung antreten? Nicht mal, wenn euer Cousin Kilmar besser abschneiden könnte?"

„Das wird er nicht. Gared ist der Bessere." Das jedenfalls sagte Caitlynns Vater jedes Mal, wenn ihre Mutter das Thema zur Sprache brachte. „Außerdem will Shina gar nicht Gräfin werden."

Ein Funkeln trat in die grüngrauen Augen der Heilerin. „Ah, dann ist die Vermittlerin-der-Allmächtigen noch nicht begraben."

„Woher ... woher weißt du davon? Hat Mutter ...?"

Melana schüttelte den Kopf. „Jadon hat uns geschrieben, also eigentlich Birta und Gibbet. Alle zwei bis drei Wochen. Der letzte Brief kam zwei Tage nach seinem Tod bei uns an."

Birta stellte ihre Tasse auf die Untertasse, dass es klirrte.

Caitlynn sah den feuchten Glanz in ihren Augen. „Birta", sie zögerte und schluckte. „Birta, bist du Jadons Mutter?"

Birta wischte sich über die Augen und schüttelte den Kopf. „Nein, Caitlynn. Nur seine Tante. Er war der Sohn meiner Schwester Velda. Sie kocht im Grauen Rasthaus von Gelbried, und Jadon war da mehr Hindernis als Hilfe So hat er seine Tage meist hier verbracht, vor allem im Garten und Stall bei Gibbet."

„Hat er von dir das Heilen gelernt, Groß..." Das Wort wollte nicht so recht heraus. „Großmutter?"

Melana schluckte den letzten Bissen Kuchen hinunter. „Ein bisschen. Nicht so viel wie deine Mutter."

Caitlynn ließ ihre Gabel sinken. Ihre Mutter – eine Heilerin? Hatte ihr Vater deshalb nie einen Heiler von außerhalb gerufen, wenn jemand in der Burg das Krankenbett hütete? Immer war ihre Mutter mit Salben, Verbänden, Tinkturen und Tees zur Stelle gewesen, die sie im Kellergewölbe des kleinen Turms selber braute, aber ... Das Mädchen deutete auf den rechten Handrücken ihrer Großmutter, auf dem ein Ring aus fünf konzentrischen grünen Kreisen einen roten Blutstropfen umschloss: das Berufszeichen der Heiler. „Mutter hat kein Heilerzeichen."

„Weil sie ihre Studien im Grünen Turm nie beendet hat. Ihr war es wichtiger, das Standeszeichen einer Gräfin zur Schau zu stellen." Melanas Stimme klang müde, als erinnere sie sich an einen langen Kampf, den sie verloren geben musste.

„Deine Mutter ist eine komplizierte Person." Birta bemühte sich um ein Lächeln. „Kein schlechter Mensch, nur schwer zu verstehen, wenn man sie nicht gut kennt."

Die beiden tauschten einen langen Blick.

„Ich ..." Caitlynn ließ die Gabel liegen und schloss beide Hände zu Fäusten. „Ich will sie ja verstehen. Warum ...", ihr Blick schnellte zwischen Birta und Melana hin und her, „... warum hat sie mich hier ausgesetzt?"

„Ausgesetzt?" Die Heilerin lachte kurz und heiser. „So empfindest du es, bei mir in die Lehre zu gehen?"

Das Mädchen lief rot an. `Abgesetzt´ hatte sie sagen wollen. Ihre gestammelte Entschuldigung wischte Melana mit einer Handbewegung zur Seite. „Schon gut, Caitlynn. Ich ... wir beide können nachempfinden, was für ein Schreck das für dich gewesen ist." Sie fing Caitlynns zweifelnden Blick auf und fuhr fort: „Doch, das können wir, nicht wahr, Birta? Wir sind auch von Kari `entsorgt´ worden – oder hat sie dir je von uns erzählt?"

Caitlynn verneinte. Melana schob ihre Tasse zurück und stand auf. „Komm mit."

Die Heilerin führte das Mädchen aus der Küche über den Flur in die Bibliothek. Der Raum war kleiner, als Caitlynn erwartet hatte. Ein abgewetzter Ohrensessel stand vor dem Fenster. An zwei Wänden ragten Bücherregale so hoch, dass sie das oberste Regal auch mit ausgestrecktem Arm nicht berühren konnte. Ihr Blick wurde von den breiten, mit Gold geprägten Bänden gleich links vom Eingang angezogen. „Baeldın", stand auf dem ersten, „Thelmark" auf dem zweiten, „Faelin" auf dem dritten, gefolgt von „Velgar", „Alxaer" und „Halphır".

„Deine Mutter hat oft darin gelesen", hörte sie die Heilerin sagen. „Stammbäume, die Geschichte von Fürstenhäusern haben sie ebenso interessiert wie die `Herzensverstrickungen´, das ist die grüne Buchreihe rechts unterhalb, und die `Adelsdramen der neuen und alten Zeit´, da unten die Silberrücken weiter vorn im gleichen Regal. Stundenlang konnte sie sich darin vergraben, statt ihre Heilkunst zu verbessern." Melana seufzte. „An manchen Tagen hätte ich den Schlüssel zur Bibliothek am liebsten im Garten vergraben, aber ...", sie strich über einen abgewetzten Einband aus schwarzem Samt, „... die Bücher sind alles, was Kari und mir von ihrem Großvater geblieben ist."

Mit dem Zeigefinger fuhr Melana über die Vaterhälfte ihres Familienzeichens auf dem linken Handrücken. Auf Caitlynns fragenden Blick hin fuhr sie fort: „Mein Vater war ein Wanderbarde. Immer, wenn er zwischen den Balladenreisen für ein, zwei Monate zuhause war, zog er sich hierher zurück, um neue Stücke zu schreiben. Kari war noch nicht geboren, als er nicht mehr wiederkam. Sein Gedenkstein steht zehn Schritte von Jadons entfernt."

Einige Atemzüge lang starrte sie auf den Sessel, dann straffte sie die Schultern. „Jedenfalls, in deinem Alter etwa hat sich Kari in den Gedanken verrannt, aufwärts zu heiraten, ein adeliges Leben zu führen wie die Damen in den Geschichten ihres Großvaters. Heilerin wollte sie nur so lange sein, bis sie den passenden Gatten fand. Dein Vater kreuzte ihren Weg drei Monate vor Abschluss der ersten Stufenprüfung im Grünen Turm ..." Wiederum seufzte die Heilerin, beugte sich vor und pustete ein paar Staubkörner von einem der Buchrücken. Ein letzter Blick auf den Ohrsessel, dann gab sie sich einen Ruck und verließ die Bibliothek. Caitlynn folgte ihr, neugierig, ob sie noch mehr über ihre Mutter erfahren würde. Doch Melana hatte anderes im Sinn. Sie ging den Flur hinunter, an der Treppe vorbei. Die Hand auf der Klinke der Haustüre sagte sie: „Ich habe mir überlegt, wie wir deine Zeit am besten nutzen, bis ich entscheide, ob du ein brauchbarer Lehrling bist."

Cailtynn sog erschrocken die Luft ein. „Ich dachte ...", stammelte sie.

Melana öffnete die Tür. Die Sonne berührte soeben den mittleren Grat des Waldgrats. Ein Windstoß trug den süßen Duft nach blühenden Abendkerzen und geplatzten Quellbeeren herein. „Natürlich kannst du hier wohnen bleiben, aber ich kann einem Frosch nicht das Fliegen beibringen. Jeder Anwärter bekommt erst eine Woche Probezeit, das solltest du wissen."

„Was, wenn ich nicht begabt genug bin?"

„Jadon hat zwar die erste Stufenprüfung des Grünen Turms geschafft, sich dann aber für die zwei braunen Kreise der Tierheiler entschieden. Magst du Tiere?"

Der Klumpen in Caitlynns Brust begann zu schmelzen. „Sehr sogar."

„Und selbst wenn du trotz deines Stammbaums ein Apfel im Birnenkorb wärst, der Blaue Turm des Freien Wissens hat noch nie jemanden abgewiesen, den Gibbet zuvor unter seine Fittiche genommen hat. Du hast Gibbets Zeichen nicht gesehen, oder?"

Caitlynn verneinte.

„Er ist Alchemist-des-Freien-Wissens und zudem ausgebildeter Gelehrter-der-Pflanzenwelt." Stolz schwang in Melanas Stimme. „Er könnte im ganzen Reich nach seltenen Gewächsen suchen, und in jedem Schloss unterrichten. Seiner Liebe zu Birta sei Dank, dadurch habe ich den besten Helfer, den ein Heiler sich wünschen kann."

Sie gingen hinüber zur grün gestrichenen Türe. „An den meisten Tagen kommen vier bis sechs Menschen, um Heilung zu suchen. Im Sommer mehr, im Winter weniger. Die Glocke", sie öffnete die Türe und wies zu der bronzenen Türglocke, die eine Handbreit über dem Türrahmen baumelte, „hört man auch noch bis in die Küche, und falls jemand in der Nacht Hilfe benötigt, läutet er eben an der anderen Tür. Die Menschen in der Gegend wissen, dass ich vormittags und kurz vor Sonnenuntergang hier anzutreffen bin. Die Zeit nach dem Mittagsmahl bin ich mit Gibbet unterwegs, um jene zu besuchen, die zu krank sind, um selbst zu kommen."

Vom Flur aus gingen drei Türen ab. Melana öffnete die mittlere: Noch eine Bibliothek, um die Hälfte größer als jene im Wohnhaus. Doch waren hier die Regale an den beiden Längswänden nicht voll belegt. Auch wirkten die Bücher viel schlichter, keine glänzenden Aufdrucke, kein geprägtes Leder. Die Wand gegenüber der Türe bot Platz für einen Schreibtisch, bedeckt mit losen Papierbögen, über dem auf einem kleinen Regal gleich drei Laternen standen, bereit, mit ihren Öllichtern den fensterlosen Raum zu erhellen.

Die Heilerin bedeutete Caitlynn, draußen zu warten, während sie drei Bücher von den Regalen pflückte.

„Das hier ist `Das Wissen um das Innere des Menschen´", sagte sie und überreichte Caitlynn ein Buch, auf dem ein dunkelroter Klumpen als Herz gemalt worden war. „Du wirst dir besonders die Bilder sehr genau ansehen. Hier haben wir `Die Auramuster von hundert Leiden´."

Unterhalb des grün geschriebenen Titels waren drei kreisrunde Muster zu sehen, alle in unterschiedlichen Purpurtönen.

„Arbeite dich von vorn bis hinten durch, so oft, dass du jedes Muster blind im Schlaf zeichnen kannst." Ein drittes Buch landete auf dem Stapel in ihren Händen. „Lies zu jedem Muster auch immer den passenden Abschnitt hier drin." Caitlynn blickte auf den Einband, wo unterhalb der braunen Überschrift „Heilwege für hundert Leiden" eine Rolle Verbandstoff und ein Mörser mit Stößel abgebildet waren. „Das dürfte für den Anfang reichen."

Caitlynn stimmte dem im Stillen voll und ganz zu.

Heilerin Melana schloss die Tür zur Bibliothek. „Du wirst die Nachmittage, an denen ich unterwegs bin, für deine Studien nutzen."

Die hinterste der drei Türen führte in einen großen Raum, dessen lange Regalreihen nicht von Büchern, sondern von Beuteln, Dosen, Tiegeln, Schraubgläsern und Fläschchen besetzt waren. Auf dem langen Tisch, der den Raum beherrschte, waren je drei Einheiten aufgereiht, bestehend aus einem Mörser mit Stößel, zwei unterschiedlich farbigen Holzbrettchen, einem gefüllten Messerblock, drei Steinschalen, sowie einer Gruppe von Fläschchen und Phiolen. Drei Arbeitsplätze, aber nur bei einem waren grüne Flecken auf den Brettchen zu sehen, und in dem Mörser gleich daneben glänzte eine ölig grüne Masse.

„Das ist der Medizinraum und Gibbets Reich. Die Türe da hinten führt hinaus in den Garten, den er allein betreut. In den Morgenstunden, bis die ersten Kranken kommen, bist du abwechselnd bei Gibbet hier und bei Birta in der Küche. Und damit du nicht vergisst, was wir dich lehren ..." Melana zog eine der Kisten unter dem langen Tisch heraus und öffnete sie. „Ah, sie sind wirklich noch da!" Sie winkte Caitlynn zu sich heran und legte drei Wachs-Schreibtafeln auf die Bücher, welche das Mädchen im Arm hielt. An jeder Wachstafel baumelte ein zugespitztes Holzstück an einer Lederschnur. „Eine ist für Birtas Wissen, die andere für Gibbets. Auf der dritten Wachstafel notierst du alles, was ich dir im Heilraum erkläre."

Sie bemerkte den besorgten Gesichtsausdruck des Mädchens und tätschelte ihr die Schulter. „Du musst nicht alles in einem Monat in dich hineinsaugen, Caitlynn. Deine Mutter hat vier Jahre gebraucht, bis ihr Wissen für die Aufnahme in den Grünen Turm genügte, und Jadon benötigte noch zwei Jahre länger."

„Sechs Jahre ... für drei Bücher?"

„Und neun weitere sowie alle handgeschriebenen Notizen. Wenn deine Mutter weniger Zeit in der anderen Bibliothek verbracht hätte ..." Sie ließ den Satz in der Luft hängen, während sie den Medizinraum verließ und zur letzten der drei Türen trat. Ihre Hand lag auf der Klinke, da bimmelte die Messingglocke am Eingang.

„Warte hier!" Melana eilte zur Tür. Bevor sie zur Klinke griff, drehte sie sich kurz zu Caitlynn um. „Vor den Kranken und anderen Fremden bin ich „Meisterin Melana" für dich."

Cailtynn straffte die Schultern. „Verstanden, Meisterin Melana."

Die Heilerin nickte zufrieden und riss die Türe auf. „Wer sucht Hilfe?"

Ein grauhaariger Mann in dunkler Leinenhose und hellem Hemd zog die Hand von der Klingelschnur zurück. „Einen guten Tag, Heilerin." Er winkte einem jungen Mann, der vor dem Stall auf dem Kutschbock eines Karrens saß. „Es wird nicht lange dauern, Hengir!"

Dieser winkte zurück. „Ist gut, Großvater. Ich fahr noch rasch zu Kolbans Hof und hol dich auf dem Rückweg ab." Er wendete den Karren und zockelte davon, während sich Melana wieder dem alten Mann zuwandte. Erst jetzt bemerkte Caitlynn den dicken Verband, der unter dem linken Hosenbein hervorlugte. Der Blick der Heilerin wanderte nach oben in das gefurchte, sonnengebräunte Gesicht, in dessen Wangen sich das Blut sammelte.

„Komm herein, Hengus!" Sie trat vom Eingang zurück und wartete, bis der alte Mann die Krücke, welche er neben der Klingel an die Hauswand gelehnt hatte, unter den Arm klemmte und durch die offene Türe in den Gang humpelte.

Caitlynn hastete zur Tür zum Heilraum und drückte die Klinke mit dem Ellenbogen hinunter.

„Danke, Caitlynn. Leg die Bücher auf das erste Fensterbrett", sagte Melana, „und nimm eine Wachstafel zur Hand."

Hengus musterte das Mädchen ausgiebig, ehe er an ihr vorbei in den Heilraum humpelte. „Ein neuer Lehrling, Meisterin Melana?"

„Gut erkannt, Hengus." Über ihre Verwandtschaft verlor sie kein Wort.

Während Caitlynn Richtung Fenster ging, schweifte ihr Blick durch den Heilraum, der sich über die gesamte Breite des Hauses erstreckte.

Graue Fliesen bedeckten Boden und Wände. An jener Wand, welche an Gibbets Medizinraum grenzte, nahm ein dunkel gemaserter Geschirrschrank fast ein Drittel des Platzes ein. Auf seinen Regalbrettern reihten sich flache Kisten mit Verbandsrollen, Bändern, Schwämmen und Lederschnüren aneinander. Dazwischen lagen Spachteln, Löffel, Scheren sowie verschieden lange Holzstäbe. Schalen aus Steingut und gehämmertem Kupfer teilten sich das unterste Regal. Neben dem Schrank war ein Brunnen in den Boden eingelassen worden, und in dem kleinen Steinbecken unter dem Wasseraustritt der Pumpe stand ein Holzeimer. Zwischen dem Brunnen und dem Fenster baumelte ein großer Kessel am Haken einer langen Kette, die vom vordersten der fünf schwarz gestrichenen Zierbalken hing. Die zur Haustür gewandte Hälfte des Raumes entzog sich durch zwei hohe Raumteiler aus grün lackiertem Bast Caitlynns Blick. Durch den unterarmbreiten Spalt konnte sie lediglich das Fußende einer Pritsche erkennen.

Melana winkte Hengus zu dem breiten Tisch in der Mitte, den zwei Bänke säumten. Sie zog eine Bank vom Tisch weg und wies Hengus an, sich zu setzen, den Holzpantoffel abzustreifen und das Bein daraufzulegen. Er tat wie geheißen und krempelte sein Hosenbein hoch. Cailtynn, die rasch ihre Bücher abgelegt hatte, stellte sich in Sichtweite schräg hinter die Heilerin, die Wachstafel in der linken, den Kratzer in der rechten Hand. Sie musste schlucken, als sie das getrocknete Blut auf dem Verband sah.

„Den hat dir Hengir angelegt, oder?", fragte die Heilerin und begann, den Verband zu lösen.

„Er ist geschickt, der Junge, nicht wahr?" Hengus Gesicht glänzte noch röter.

„Was ist genau passiert?"

„Bin mit der Axt abgerutscht beim Holzhauen. Nicht zum ersten Mal." Er starrte zu Caitlynn hinüber und vermied es, auf sein Bein zu schauen, während die Heilerin kopfschüttelnd eine Schicht nach der anderen abwickelte.

„Hast du wieder Ascheneiche geschlagen?"

„Wie kommst du darauf?"

„Weil du ein alter Sturkopf bist. Gibbet hat die Wände für deinen neuen Stall gesehen. Er meint, dass im ganzen Äußeren Wald keine alte Ascheneiche mehr zu finden ist."

Der alte Mann schob sein kantiges Kinn vor. „Hat er eben nicht richtig gesucht."

Sie hielt inne und suchte seinen Blick. „Warst du im Inneren Wald?"

„Geht es dich was an?" Hengus starrte an ihr vorbei auf den Schrank.

„Wenn die Waldsiedler dich erwischen …"

Er verschränkte die Arme und presste die Lippen zusammen.

Die Heilerin zuckte die Achseln und beugte sich wieder über sein Bein. „Halte still." Sie war bei der untersten Schicht angekommen. Als sie vorsichtig an der Stelle über der Wunde zog, sog Hengus scharf die Luft ein. Melana nahm die Hände vom Verband und rieb sich die Stirn. „So hat das keinen Sinn. Cailtynn, leg' die Wachstafel weg. Im Medizinraum steht irgendwo eine Holzdose mit getrockneten Dornrinden. Zerreibe mir zwei Löffel davon, sehr fein."

„Sofort, Meisterin Melana."

Im Medizinraum angekommen schoss ihr Blick ratlos zwischen den Regalen hin und her. Wie hatte Gibbet die Heilmittel geordnet? Beeren hier, Rinde dort und dazwischen die Blätter? Sie trat an das erste Regal heran. Ein weißes Stoffstück auf dem braunen Lederbeutel verriet mit säuberlich gestickten Buchstaben, dass darin „Aaskrautwurzel getr." enthalten war. In der Holzdose daneben befanden sich „Ackergelb, Beeren getr.", wie jemand mit ruhiger Hand hineingeritzt hatte. Sie sah auf die dritte Zutat, eine bauchige Glasflasche, auf der ein Stück Stoff mit den aufgestickten Worten „Aderblattsaft" klebte.

Caitlynn atmete auf und sprang mit den Augen zwei Regale tiefer. Ja, hier begann das D. Ein Schritt Richtung Fenster, noch einer, ein dritter. Da war die Dose. „Dornenrinde getr." stand darauf. Sie entschied sich für den hintersten Arbeitsplatz, schraubte die Dose auf, nahm ein Stück Rinde heraus und bröselte es in den Mörser, ehe sie es fein zerrieb. Zwei Löffel – das war bestenfalls einer. Ein zweites, kleineres Stück Rinde dazu, nochmal den Stößel kreisen lassen, bis das Pulver gleichmäßig fein war. Mit dem Mörser und einem Holzlöffel in der Hand eilte sie in den Heilraum zurück.

Dort hatte Melana Wasser in den Kessel gepumpt und einen Glutstein hinein gelegt. Das Wasser blubberte bereits, als Caitlynn den Raum betrat. Die Heilerin zog die Lederschnur mit dem Glutstein heraus und platzierte den feuchten, dampfenden Stein am Rand des steinernen Beckens.

„Zeig her!"

Sie warf einen Blick in den Mörser und nickte. „Stell eine der Kupferschalen auf den Tisch und gib das Pulver hinein!"

Caitlynn kratzte zwei Löffel voll Pulver aus dem Mörser und streute es in die Schale. Darauf kamen vier Schöpfer heißes Wasser. Dreimal mit dem Holzlöffel umgerührt und die braune, nach Moos und Moder riechende Brühe war fertig. Hengus starrte zweifelnd auf die dampfende Flüssigkeit.

„Keine Sorge, wir lassen es abkühlen." Melana deutete auf das untere Ende des Tisches. „Nimm die Wachstafel und notiere dir, wie man verklebte Verbände von Wunden löst."

Sorgsam darauf bedacht, nicht zu groß zu schreiben, ritzte Caitlynn das Rezept für die braune Brühe in die Wachstafel.

„Fertig?"

„Ja, Meisterin."

„Du weißt, dass Menschen eine mehrschichtige Aura besitzen?"

Sie sah Caitlynn an, und diese nickte. „Lebenskraft, Willen, Charisma und den Segen, oder?"

„Stimmt fast, wobei man über den Segen streiten kann, weil ihn nur die Vermittler gebrauchen können, offiziell zumindest. Wie auch immer, jedenfalls ist das `Charisma´ kein Teil der Aura, sondern lediglich eine Anwendungsform der `Gabe´. Im Grunde ist es nur eine Brücke von der Aura eines Menschen zur Aura eines anderen, damit sie mit ihrem Willen jenen der Untergebenen beeinflussen können. Plump. Primitiv. Wir Heiler gehen tiefer und achten darauf, wie eine Krankheit oder Verletzung die Aura eines Kranken und besonders die Lebenskraft verändern." Sie stand auf und ließ eine Hand über den Zehen von Hengus verletztem Bein, eine andere über der Hüfte schweben. „Diesen Bereich möchte ich untersuchen. Beobachte mich mit all deinen Sinnen."

Caitlynn legte das Holzstäbchen zur Seite und richtete alle Sinne auf die Meisterin-der-Heilkunst. Ihre Mutter hatte sie nie dabeihaben wollen, wenn sie Kranke auf der Burg versorgte. Da Caitlynn keine Ahnung hatte, wie sie dieses „Beobachten" genau anstellen sollte, versuchte sie einfach, die Aura ihrer Großmutter zu erspüren, wie sie das Charisma ihres Vaters und ihres Bruders erspürte, noch ehe diese ihre „Brücke" fertig gebaut hatten. Es klappte. Die Geisteskraft ihrer Großmutter formte ein sehr breites Band von einer Hand zur anderen, wie ein langes, hauchfeines Tuch, in dem die Lebenskraft wie grünes Licht pulsierte. Melana senkte das Tuch auf Hengus' Bein, bis ihre Lebenskraft die seine berührte. Dort, wo der Verband sich rot gefärbt hatte, bildete sich ein purpurner Klecks auf dem Tuch, von dem aus feine Verästelungen in alle Richtungen liefen. So als hätte jemand auf einen Farbklecks gepustet und die Flüssigkeit in alle Richtungen getrieben. „Was siehst du?", wiederholte Melana die Frage.

Mit stockender Stimme beschrieb Caitlynn das Tuch und den Klecks. Die Heilerin hakte nach, wollte genau wissen, welche Form die einzelnen Abschnitte hatten, bis Caitlynn sich über ihre Wachstafel beugte und mit raschen Strichen nachzeichnete, was sie sah.

„Ist es ... ist es schlimm?", fragte Hengus heiser.

„Es könnte besser sein." Melana löste das Tuch auf und trat zu Caitlynn, um die Zeichnung zu begutachten. „Nicht übel. Du hast eine viel bessere Vorstellungskraft als deine Mutter." Als sie Caitlynns fragenden Blick auffing, fuhr sie fort: „Es ist wie bei einem Holzschnitzer. Er kann die feinsten Hölzer zur Verfügung haben, doch wenn er kein inneres Bild zu formen weiß, wird er nie ein Kunstwerk erschaffen. Bei Charisma ist fast nur plumpe Gewalt im Spiel, daher sind Adelige und ihre Handlanger meist unfähig, ihre Gabe anders als zu einer Brücke oder Mauer zu formen. Andere Gabenträger, Heiler, Hüter, Vermittler, ja sogar Vollstrecker", das letzte Wort sprach sie, als hätte es einen fauligen Beigeschmack, „brauchen die Macht der Visualisierung, um ihre Gabe richtig einsetzen zu können. Ich bin froh, dass die Charismaerziehung deines

62

Vaters deine Vorstellungskraft nicht erstickt hat."

Caitlynn atmete auf. Sie hatte das Gefühl, eine Prüfung bestanden zu haben.

Inzwischen dampfte die braune Brühe kaum noch und der Geruch war fast völlig verflogen. Melana prüfte die Temperatur mit dem kleinen Finger, nickte und tauchte den Schwamm hinein.

„Du darfst ruhig schreien, Hengus", sagte sie und drückte den nassen, warmen Schwamm auf den Verband.

Hengus biss die Zähne zusammen und krallte seine Finger um das Holz der Bank. Sein Blick irrte zum Fenster hinaus, wo die Dämmerung soeben das letzte Sonnengold vom Himmel sog.

„Gleich geschafft." Melana hob den nassen Verband an und löste ihn von der Wunde. Ein mit grünlichem Eiter gefüllter Spalt wurde sichtbar, die Wundränder glänzten hellrot.

„Das muss ich nähen." Die Heilerin legte den Schwamm auf die Wunde. „Drück ihn sacht drauf, Hengus. Ich hol das Nötige aus dem Medizinraum, damit wir dich wieder zusammenflicken."

Sie wies Caitlynn an, ihr zu folgen. „Vergiss deine Tafel nicht."

Im Medizinraum erklärte sie Caitlynn, welche Zutaten für eine Wundsalbe nötig waren. „Gibbet macht immer wieder welche auf Vorrat. Ah... da ist sie ja." Sie nahm eine viereckige Dose aus grünem Porzellan vom Regal. „Zum Nähen verwende ich zehnfachen Goldwitwenfaden. Früher haben wir die Spinnen hinten im Garten selber gezogen, aber nachdem die Vögel uns dreimal alle weggefressen haben, kaufe ich den Faden auf dem Markt." Ehe sie wieder in den Heilraum zurückging, nahm Melana noch einen gelblichen Leinenbeutel mit.

Hengus wurde leicht grün um die Nase, als er zusah, wie Melana noch einmal das Wasser mit dem Glutstein zum Kochen brachte, um die Nadel im Schöpflöffel kurz einzutauchen.

„Willst du ein Taubblatt, Hengus, oder einen Beißstab?", fragte die Heilerin, ehe sie den Witwenfaden aus der passenden Dose holte und durch die heiße Nadel zog.

„Ein Blatt, wenn es recht ist", murmelte er heiser.

„Caitlynn, gib ihm eines aus dem gelben Beutel. Ein kleineres."

Der Beutel war fast leer, nur auf dem Boden lag noch eine gute Hand voll orangeroter Blätter. Henugs schwielige Hand bebte leicht, als Caitlynn ihm das Blatt hineinlegte. Sofort steckte er es in den Mund. Cailtynn setzte sich wieder an den Tisch. Sie hatte gerade die Notizen über Faden und Nadel beendet, als ihr Hengus glasiger Blick auffiel. Seine Pupillen hatten sich deutlich geweitet und ein einfältiges Grinsen zog seine Mundwinkel bis fast zu den Ohrläppchen. Als der erste Speichelfaden sein Kinn hinuntertropfte, nahm Melana ihm den Schwamm ab und wusch diesen im heißen Wasser aus, ehe sie ihn noch einmal in die braune Brühe tauchte, um den Eiter aus der Wunde zu wischen und jede Spur von Schmutz, die sich darunter verbarg.

„Achte auf seine Hände, Caitlynn. Wenn er zu zittern anfängt, hat er das Blatt geschluckt und wir müssen uns beeilen."

Mit ruhiger Hand nähte Melana die gesäuberte Wunde zusammen, wischte das Blut ab, das nachgeströmt war, und schmierte zwei Löffel der Wundsalbe darauf. Darüber kam ein frischer Verband. Sie war noch dabei, diesen zu verknoten, als Hengus' Hände zu zittern begannen. Die Heilerin zog das Hosenbein darüber.

„Vorbei?", krächzte Hengus, dessen Blick langsam wieder klar wurde.

„Für heute." Melana warf den Glutstein ein drittes Mal in den Kessel und den Schwamm gleich dazu, um diesen auszukochen. „Du bist knapp davongekommen. Die nächsten drei Tage kommst du jeden Abend vorbei, damit wir die Wunde kontrollieren können."

Hengus starrte auf seine zitternden Hände. „Hört das bald auf?"

„Sobald das Blatt seine Wirkung ganz verliert. Die Wunde wird zwicken und brennen. Rühr trotzdem den Verband nicht an und sag das auch Hengir! Dein Enkel hat keinen schlechten Verband gelegt, aber die Wunde war nicht ganz sauber." Die Heilerin nahm den Verband vom Boden und warf ihn in einen leeren Korb, der gleich unter dem Tisch stand.

„Wegen der Bezahlung ...", Hengus kratzte sich das Stoppelkinn. „Silber ist zuhause knapp. Ich könnte dir etwas von der Ascheneiche ...", fing er an, doch Melana unterbrach ihn. „Danke, nein. Wir wissen beide, woher du die Eiche hast, und ich will nichts davon im Haus haben."

Er sah zur Seite und räusperte sich. „Was kann ich dir sonst anbieten?"

„Hengir ist doch Dachdecker und Schindelmacher, oder? Ich könnte zehn gute Schindeln brauchen und jemanden, der sie mir im Frühjahr aufs Dach nagelt."

Hengus steckte die Verbandsrolle in seine Hosentasche. „Ich werde mit Hengir reden."

Er angelte nach seiner Krücke, die unter der Bank auf dem Boden lag und stemmte sich hoch. Melana und Caitlynn begleiteten ihn bis vor das Haus.

„Schau!" Die Heilerin wies zum Fluss. Hengirs Karren rumpelte gerade über die Brücke.

Hengus grinste und winkte. „Du kommst genau richtig!" Er erzählte von der Behandlung und von den zehn Schindeln.

„Das mache ich gern", versicherte Hengir.

Sie sahen zu, wie Hengir den Karren neben seinem Großvater anhielt, wendete und dem alten Mann auf den Kutschbock half. Ein letztes Winken in Richtung der Heilerin, und das Gefährt zockelte in Richtung Dorf davon.

Zurück im Heilraum half Caitlynn Melana, alles zu säubern. Der schmutzige Verband und die Handschuhe landeten in einem Korb. „Morgen vor dem Frühstück kannst du Birta bei der Wäsche helfen. Jetzt zeig mir deine Notizen."

Cailtynn hielt ihr die vollgekritzelte Wachstafel hin. Die Augen der Heilerin flogen über die Zeilen. „Ja, das passt soweit."

Es klopfte an der Tür des Heilraumes. „Das Abendessen ist fast soweit"

Caitlynns Magen knurrte. Melana hob eine Braue und schmunzelte. „Wir sind gleich fertig!", rief sie in Richtung Türe.

Als die beiden das Heilhaus verließen, kam Gibbet aus dem Stall.

„Das ging ja schnell", begrüßte ihn Melana. „Hat Kari die Nachtfähre erreicht?"

„Hat sie. Es war knapp."

Caitlynn suchte seinen Blick. „Lässt meine Mutter mir etwas ausrichten?"

Mit bedauerndem Blick hob er die Schultern und drehte die Handflächen nach oben. „Tut mir Leid, Kleines. Für dich habe ich keine Botschaft. Kari hat so gut wie gar nicht gesprochen. Gegrübelt hat sie und gedöst."

Das Mädchen starrte auf seine Fußspitzen. „Dann kann ich nicht heim zum Blütenreigen oder an Winterlicht?", fragte sie leise. Der schmerzhafte Knoten in ihrem Magen war wieder da.

Gared und Shina würden an diesen Tagen zuhause sein. Und zum Gabendank im Herbst ebenfalls.

Zwei feste, warme Hände legten sich auf ihre Schultern. „Du bist hier nicht gefangen", hörte sie Melanas Stimme. „Das habe ich deiner Mutter klar gemacht, und dass ich dich persönlich auf ihre Burg bringen werde, wenn sie dich nicht zu den Hochfesten nach Hause holt, sodass du deine Geschwister sehen kannst." Caitlynn hob den Kopf. Ihrer Großmutter zwinkerte ihr zu. „Kari hat versprochen, dass in vier Wochen, rechtzeitig vor dem Sternkäferfest, eine Kutsche vor der Tür stehen wird. Außerdem", sie lächelte breit, „war der Koffer sicher nicht groß genug für deine Festtagskleider, oder?"

Caitlynn schüttelte den Kopf. Also hatte sie recht gehabt, und ihr Zimmer würde ihr Zimmer bleiben. Sie hatte noch immer ein Zuhause. Nein, nicht eines. Zwei.

„Kommt ihr? Die Suppe wird kalt!" Birta steckte den Kopf aus der Tür. Sie und Gibbet wechselten ein warmes Lächeln. „Und wascht euch die Hände."

Als Caitlynn an diesem Abend unter ihre Decke kroch, lagen die Bücher und Wachstafeln auf ihrem Schreibtisch, ebenso die drei leeren Notizbücher, die ihr Melana nach dem Abendessen aufs Zimmer gebracht hatte, damit sie das Wissen von den Wachstafeln mit Tinte säuberlich ins Reine schreiben konnte.

Den ersten Schritt zur Heilerin hatte sie getan. Wenn sie das nächste Mal zuhause war, würde sie ihrer Mutter bei den Kranken helfen können. Sie malte sich aus, wie stolz ihre Mutter dann auf sie wäre. Es fühlte sich gut an. *Und wann erzähle ich Großmutter die Wahrheit über Jadons Tod und meinen Berufswunsch? I*hr fiel der abweisende Gesichtsausdruck ein, den Melana allein bei der Nennung des Wortes „Vollstrecker" gezeigt hatte, und sie wälzte sich seufzend auf die andere Seite. *Vielleicht, wenn mein Talent nicht reicht, wird sie nicht enttäuscht sein, wenn ich den Schwarzen und nicht den Grünen Turm anstrebe.* Das Mädchen schloss die Augen und zwang sich ruhig und gleichmäßig zu atmen, bis sie in einen traumlosen Schlaf fiel.

Am folgenden Morgen wurde Caitlynn bereits vor Sonnenaufgang von Birta geweckt. Sie goss das Wasser aus dem Eimer, den sie gestern noch herauf geschleppt hatte, in die hohe Waschschüssel. Birta hatte ihr zwei weiche Tücher, Seife und einen Schwamm gegeben und erklärt, dass Gibbet jeden vierten Tag die Glutsteine für das Badehäuschen vorbereite. „Dann baden wir alle, erst die Meisterin, dann ich, du und er."

Jetzt war Tag zwei und eine kalte Wäsche musste reichen. Die Seife roch nach Buttermohn und Honigklee, viel angenehmer als die Seife auf der Burg, die heftig in den Augen brannte.

Caitlynn trödelte nicht lange herum, öffnete den Schrank und nahm einen grünen Hosenrock heraus sowie eine dottergelbe Leinenbluse mit blau bemalten Holzknöpfen und schmalen Spitzen an Kragen und Manschette. Das Kleid, das sie gestern getragen hatte, hing über der Stuhllehne.

Wie Birta ihr am Abend noch geraten hatte, nahm sie die Wäsche von gestern und das Kleid und lief, eine der Wachstafeln in der anderen Hand, nach unten. Die Küche war leer.

„Hierher, Mädchen!" Birta hatte die Hintertüre am Ende des Flurs geöffnet und winkte sie nach draußen auf die mit Steinen ausgelegte Veranda. Gibbet war auch da und kippte gerade einen Wassereimer in einen großen Waschtrog. Zwei Schritte daneben lagen mehrere Körbe mit Wäschestücken. „Hast du deine Wachstafel dabei? Ich werde dir alles erklären. Das nächste Mal darfst du helfen."

Caitlynn nickte und zückte das Stäbchen.

Als die Sonne sich endlich zeigte, war die Wäscheleine gut bestückt und Caitlynns Wachstafel vollgekritzelt mit Notizen darüber, wie man Verbände auskocht, Lauge mischt und bei welchen Flecken Sauerpulver besser half als Gallkörner. Birta tauchte ihre roten, verschrumpelten Hände in kaltes Wasser und rieb sie danach mit einer von Gibbets Salben gründlich ein.

Aus der Küche war das Klirren von Geschirr zu hören und es duftete nach Morgentee. Melana hatte das Frühstück vorbereitet und warf einen Blick auf Caitlynns Notizen. „Nicht übel." Sie reicht die Tafel an Birta weiter, die noch zwei Ergänzungen vorschlug, welche das Mädchen penibel einfügte.

An diesem Tag ließ der erste Kranke auf sich warten. So hatte Caitlynn Zeit, Birta beim Abwasch zu helfen und ihre zweite Wachstafel im Medizinraum zu füllen, wo ihr Gibbet zeigte, wie er aus Buttermohnkapseln Öl gewann, das er für Birtas Handcreme verwendete.

Es blieb nicht so beschaulich ruhig im Heilerhaus. Einer Frau mit einem schreienden Kleinkind, das sich den Magen verdorben hatte, folgte ein sehr alter Mann mit Gehstock und Rückenschmerzen. Dieser gab einer jungen Frau mit einem Stoffstreifen über einem entzündeten Auge die Klinke in die Hand. Als letzter Hilfesuchender vor dem Mittagessen stand eine ältere Bäuerin vor der Tür, beide Arme mit einem heftigen Ausschlag überzogen.

Bevor sich die Heilerin an den Tisch setzte, um Birtas vorzüglichen Sandknollenauflauf in sich hinein zu schaufeln, sah sie Caitlynns Aufzeichnungen durch. „Du hast zu Beginn zu groß geschrieben", sagte sie und tippte auf den unteren Rand, wo die Ritzungen im Wachs kaum noch leserlich waren. „Merk dir, als Heiler gibst du niemals alles für einen einzigen Kranken. Du brauchst immer Reserven, falls plötzlich ein Notfall vor der Tür steht, mit dem du nicht gerechnet hast." Ihre Stimme klang sehr ernst. „Wenn du dich zu sehr auf einen Menschen konzentrierst, werden andere darunter leiden."

Caitlynn sah auf ihre Wachstafel. Sie konnte die kleinen Zacken und Striche grade noch entziffern.

„Zeig mir nachher auf jeden Fall noch die Reinschrift."

„Heute Abend?"

„Nein. Erledige es gleich nach dem Mittagessen, während wir unterwegs sind. Und vergiss nicht, die Seiten in den Büchern zu lernen, die sich mit Brüchen und Schnitten beschäftigen. Davon sehen wir hier im Sommer immer besonders viel."

Birta und Caitlynn waren noch damit beschäftigt, den Tisch abzuräumen und das Geschirr abzuwaschen, da packte die Meisterin der Heilkunst bereits den Karren für die Rundfahrt.

„Wir fahren jeden Tag erst nach Weidenfall, dann nach Gelbried und zuletzt nach Aschenhof", erklärte sie Caitlynn, als diese vor das Haus trat, um ihre Großmutter zu verabschieden.

„Wäre es nicht besser, ein Grünes Haus in Gelbried selbst zu haben? Dann müssten die Leute nicht so weit fahren und laufen, wenn sie krank sind."

„Es wäre nur für Gelbried einfacher, die Kranken aus Weidenfall und Aschenhof hätten es noch weiter. Meine, nein, unsere Vorfahren haben das Grüne Haus mit Bedacht genau in der Mitte zwischen den drei Dörfern erbaut."

Melana hob zwei Taschen auf die Ladefläche des Karrens neben die zwei zugedeckten Kisten. „Haben wir alles, Gibbet? Den Schneckenkrautsaft? Die Eutersalbe?"

„Die ganze Liste", sagte Gibbet und klopfte auf den Deckel der größeren Kiste. „Ich bin es dreimal durchgegangen."

Eutersalbe?

Die Heilerin fing Caitlynns erstaunten Blick auf und hob die Achseln. „Für die meisten der Bauern ist der nächste Tierheiler in Teichsieden zu weit entfernt. Den holen sie nur, wenn es gar nicht anders geht."

Das Mädchen sah dem Karren nach, bis er über die Brücke rollte, dann gab sie sich einen Ruck und lief nach oben in ihr Zimmer. Nachdem sie ihre Aufzeichnungen ins Reine geschrieben hatte, klappte sie „Die Auramuster von hundert Leiden" auf und legte eine kleine Schiefertafel samt Kreiden und Lederwischer bereit.

„Das Auramuster des glatten Bruches des Oberarms ist gekennzeichnet durch vier Hufeisenschwünge und drei Blitzranken, beginnend mit einem Klecks aus drei verschmolzenen Eichenblättern ..." Caitlynn blickte auf die Zeichnung daneben. Der Autor musste sehr viel Fantasie haben, um in diesem Klecks drei Eichenblätter zu erkennen. Obwohl ... wenn man das Buch drehte und sich ein grünes Tuch vorstellte, auf dem das erschien ... Sie zog die Tafel zu sich heran und versuchte, diese Eichenblätter zu malen. Sah das so aus wie auf der Zeichnung?

Als die Sonne den Horizont berührte, klappte sie das Buch zu und streckte sich. Von der Kreide war nur noch ein kleiner Stummel übrig. Ein Blick durch das Fenster zeigte ihr, dass sie gerade rechtzeitig fertig geworden war. Der Karren mit Gibbet und der Meisterin bog soeben von der Straße in den schmalen Weg ab und rüttelte auf die Brücke zu.

Birta war sehr zufrieden, dass sie die gefüllten Brötchen nicht länger im Ofen warmhalten musste.

Nachdem auch der letzte Krümel aus dem Korb verschwunden war, beorderte Melana Caitlynn mit in den Heilraum. Dort am Tisch ließ sie sich von ihr die Auramuster vorzeichnen und erklären.

Ihrerseits erzählte sie von den Kranken, die sie besucht hatte, darunter auch Hengus, dessen Bein schon zu heilen begonnen hatte und der froh gewesen war, dass er niemanden um eine Fahrt zum Grünen Haus bitten musste. Caitlynn füllte ihre Wachstafel mit Melanas ausführlichen Beschreibungen und Anmerkungen.

„Das wäre genug", meinte die Heilerin, nachdem sie die Notizen geprüft hatte. „Schreib das noch ins Reine und geh dann schlafen. Morgen üben wir auch praktisch."

Sechs Tage darauf beherrschte Caitlynn schon achtzehn Auramuster. Melana lobte ihr gutes Gedächtnis, ihren Fleiß und ihre sichere Hand. Weniger zufrieden war die Meisterin mit den Fortschritten von Caitlynns Gabe. Von Kindesbeinen an daran gewöhnt, sich gegen das Charisma anderer ausschließlich passiv wehren zu dürfen, fiel es dem Mädchen sehr schwer, ihre Gabe nach außen zu richten, sodass sie eins werden konnte mit ihrer Lebenskraft. Ihre mühsam über Jahre errichteten Schutzwälle wollten und wollten nicht weit genug nachgeben. Wären da nicht ein paar Ritzen und Lücken gewesen, durch die Melana spürte, dass dahinter eine Kraft lag, die sich zu kultivieren lohnte, hätte die Heilerin spätestens nach dem zwanzigsten Versuch das Handtuch geworfen und ihre Enkelin Gibbet zur Ausbildung als Alchemistin-des-freien-Wissens überlassen.

An diesem Morgen, als die Entscheidung anstand, hatte Caitlynn zunächst mit Birta zusammen Gemüse geschnitten, gekocht und eingelegt. Gemüse, welches geheilte Patienten gebracht hatten.

„Silber hat hier kaum jemand genug", sagte Birta lächelnd, als das Mädchen ratlos auf den großen Haufen Sandknollen, Schlammgurken und Bitterkraut geblickt hatte, der aus den Vorratskörben quoll. Jede Woche kochte Birta ihre speziellen Gemüsetöpfe und füllte sie in Einweckgläser. „In drei Tagen ist wieder Wochenmarkt in Weidenfall, da verkaufen wir, was wir selber nicht brauchen. So kommt am Ende immer genug Silber zusammen, um zu kaufen, was wir brauchen."

Eifrig notierte Caitlynn die Zutaten. Die anstehende Entscheidung lag ihr schwer auf der Seele. Ihr Wunsch, als angehende Heilerin zum Sternkäferfest heimzukehren, war in den vergangen Tagen gewachsen. Zu sehen, wie sich bleiche, Gesichter entspannten und die Farbe in die Wangen zurückkehrte, schmerzverzogene Lippen wieder lächelten und dankbare Hände jene der Heilerin drückten, bestärkten Caitlynn in ihrem Ziel.

„Zu Lebzeiten meiner Großmutter war das hier ein Dreiheilerhaus", hatte Melana bei einem der Abendessen erzählt. „Mein Großvater ist auch Heiler gewesen, und zusammen mit meiner Mutter haben sie sich zu dritt den Heilraum geteilt. Zusammen haben sie die Rostblatternepedemie bezwungen und viele der Opfer des Dreimondhochwassers gerettet." Caitlynn hatte den melancholischen Unterton sehr wohl herausgehört. Jadon und ihre Mutter, das wären mit Melana zusammen auch drei gewesen.

Jetzt bin ich hier, dachte sie und stellte die Einweckgläser in die vorbereiteten Kisten, *und wenn ich es in den grünen Turm schaffe, werde ich das niemals gegen einen Heiratshandel eintauschen.* An zwei Abenden hatte sie in der Bibliothek des Großvaters in den Büchern geblättert, die ihre Mutter so in den Bann gezogen hatten. Sie waren langweilig, schwülstig und völlig übertrieben. Das wahre Leben auf einer Grafenburg hatte absolut nichts mit Pracht und Freuden zu tun, wie es die Büchern beschrieben. *Ob Mutter es manchmal bereut, dass sie ihr Heilerzeichen gegen den Titel eigetauscht hat? Sie hätte doch auch als Heilerin Gräfin werden können.*

Ihre Hände zitterten leicht, als sie die Gemüsereste in den dafür vorgesehenen Korb schaufelte und diesen hinaus zum Komposthaufen trug. *Welche Patienten werden heute kommen?* Hengus nicht mehr, dessen Wunde war so gut verheilt, dass Melana gestern das Wechseln des Verbandes in Hengirs Hände gelegt hatte. Wer auch immer heute die Klingelschnur zog, ihr musste es gelingen, wenigstens ein Auramuster entstehen zu lassen.

Doch an diesem Tag blieb es ungewohnt still. Caitlynn rührte mit Gibbet zusammen eine neue Lauge für die Wäsche an, studierte drei neue Auramuster und putzte nach Birtas Anleitung die Fenster im Heilraum. Melana machte am Nachmittag ihre übliche Runde, ohne Caitlynn mitzunehmen. Diese krempelte die Ärmel hoch und jätete das Unkraut im Kräutergarten. Das Abendessen verlief sehr ruhig. Die Heilerin zeigte sich nicht gesprächig und Caitlynn wagte nicht zu fragen, ob die Entscheidung jetzt auf morgen vertagt worden war.

Als das Mädchen zu den leer gegessenen Tellern griff, um Birta beim Abwasch zu helfen, winkte Melana ab. „Gehen wir in den Heilraum."

Jeden Tag hatte Caitlynn vergeblich versucht, ein grünes Tuch über Melanas Arm erscheinen zu lassen. Obwohl sie die Technik im Schlaf herunterbeten konnte, versagte ihr Wille darin, ihre Gabe an die Oberfläche zu holen, um sie mit der Lebenskraft verbinden zu können. Langsam stellte sie die Teller auf den Tisch zurück und wischte sich die Hände an der weißen Schürze ab. „Sofort, Meisterin Melana."

Im Heilraum entzündete Melana die Öllampen und setzte sich an den Tisch. Gerade, als sie dabei war, ihren Ärmel hochzukrempeln, läutete die Türklingel.

Nochmal und nochmal.

„Bleib du hier!", befahl die Heilerin und hetzte aus dem Raum.

Caitlynn trat ans Fenster, um nicht im Weg zu sein und richtete ihre Wachstafel her.

Sie hörte, wie die Haustüre geöffnet wurde und versuchte, die verschiedenen Stimmen zu unterscheiden. Erst erklang eine Frauenstimme, schrill und hoch, darunter mischte sich eine Männerstimme, heiser und zögernd. Zuletzt weinte ein kleines Kind.

Der Mann betrat den Heilraum nicht, nur die Frau, zierlich, mit streng nach hinten gebürstetem dunklem Haar und den huschenden Augen einer Maus. Sie folgte der Heilerin zum Tisch. In ihrem Armen trug sie ein kleines Mädchen, vielleicht zwei Jahre alt, die Augen verquollen, einen Arm eng an den Körper gedrückt.

„Tizza hat sich am Arm verletzt, Meisterin", sagte die Frau. „Ist er gebrochen?"

„Das wissen wir gleich." Melana bedeutete ihr, das Kind auf den Tisch zu legen, doch es begann sofort wieder zu schreien.

Sobald die Heilerin den Arm vorsichtig berührte, verdoppelte sich die Lautstärke. „Ich kann ihr das Kleid nicht ausziehen. Wir werden uns ganz auf die Aura verlassen müssen." Sie sah zu Caitlynn. „Das ist mein Lehrling, Caitlynn. Sie wird die Aura prüfen."

Caitlynn zuckte zusammen. Das arme Würmchen braucht Hilfe, sofort, und nicht erst nach zehn Versuchen – wenn überhaupt.

„Mei... Meisterin Melana", sie krallte ihre Finger in den festen Stoff ihrer weißen Schürze, „wäre ... wäre es nicht besser, wenn Ihr selbst ..."

„Du kannst das auch." Die ruhige Stimme der Heilerin ließ keinen Zweifel an ihrem Wunsch. Das hier war die Prüfung.

Caitlynn schluckte. „Wie Ihr wünscht." Sie trat an den Tisch heran und lächelte mit aller Wärme, die sie aufbringen konnte, dem kleinen Mädchen zu. „Hallo, Tizza, ich bin Caitlynn. Ich schau mir jetzt deinen Arm an. Halt einen Moment still, bitte."

Die Mutter streichelte Tizzas Stirn und summte die Melodie eines bekannten Schlafliedes. Caitlynn beugte sich über das Kind, legte die Hände über das Handgelenk und die Schulter des verletzten Armes und schloss die Augen. *Lebenskraft und Gabe, gebunden durch Willen.* Sie erfühlte die Aura um ihre Hände, suchte die oberste und die unterste Schicht, heftete die mittlere Schicht, den Willen, wie Honig dran und wob eine Brücke von einer Hand zur anderen. Sie widerstand dem Versuch, hastig zu weben, auch wenn es ewig zu dauern schien. Die Gabe verharrte hinter der Mauer, wie jedes Mal. Doch anstatt frustriert mit Gewalt danach zu greifen, öffnete sie die Augen, sah in das verweinte Gesichtchen, hörte das Wimmern. *Lass zu, dass ich ihr helfe. Bitte!* Ihrem Mitgefühl gelang, woran ihr Erfolgswille all die Male zuvor gescheitert war. Die Mauer aus antrainierter Zurückhaltung, die kurz nach Jadons Tod das erste Mal in sich zusammengestürzt war, nur um danach verstärkt wieder zu erstehen, zerbrach.

„Ahhh!", hörte sie die Stimme Melanas im Hintergrund, als das grüne Tuch zwischen ihren Händen aufflammte und sich über dem Oberarm ein deutlich erkennbares Auramuster abzeichnete. Caitlynn kannte diesen Eichenblattklecks. „Der Oberarm ist gebrochen", murmelte sie. Etwas an dem Muster war anders als in dem Buch. Dieser Bruch war nicht glatt, er war verdreht, und da war auch eine Quetschung in den Muskeln darüber.

„Den Arm schienen?" Sie sah Melana an. „Das wird nicht reichen, oder?"

„Wird es nicht." Melana trat an den Tisch und studierte das Muster genau. „Hol mir eine Schere."

Gibbet steckte kurz den Kopf zur Türe herein. „Braucht ihr etwas aus dem Medizinraum?"

„Taubzucker, die kleinen Stücke."

„Kommt sofort."

Caitlynn zog eine Schere aus dem Schrank und reichte sie Melana. „Tut mir leid um das Kleid, Seira, aber wir müssen die Stelle sehen."

Die Mutter schluckte. „Es ist kein normaler Bruch?"

„Leider nein. Wie ist das passiert?" Mit ruhiger Hand schnitt sie den Ärmel auf, sodass der geschwollene Oberarm sichtbar wurde. So vorsichtig sie auch war, Tizza fing wieder an zu schreien.

„Sie ... sie ist gestürzt. Beim Spielen. Draußen."

Caitlynns Blick streifte die Schuhe des Kindes. Blitzblanke Pantöffelchen, kein Erdkrümel an der Sohle.

„Von einer Mauer? Einem Baum?"

„Von einem Baum", kam es wie aus der Armbrust geschossen, „der Faustfruchtbaum bei uns vor dem Haus. Da steht eine Leiter und ich habe einen Moment nicht hingesehen ..."

„Ihr seid dann gleich mit dem Wagen gekommen oder zu Fuß?"

„Mit dem Wagen natürlich. Perrim ist gefahren, als wären die Wölfe hinter uns her. Er ist ein guter Mann." Seira griff sich kurz an die Hand, wo statt eines Berufszeichens das Standeszeichen einer Schmiedgattin zu sehen war.

Der letzte Satz verwunderte Caitlynn, doch sie schluckte ihre Fragen und legte die Schere zurück.

Melana zeigte stoisch ihr besorgt-freundliches Gesicht. „Da wir nicht schienen können, werde ich direkt heilen müssen."

Caitlynn horchte auf. Bislang hatte Melana immer auf Verbände und Medizin zurückgegriffen. Das Buch über die Heilmittel erwähnte die direkte Heilung bei jeder Krankheit ganz kurz in einer Randnotiz, aber so richtig schlau war Caitlynn daraus nicht geworden.

Gibbet trat ein, eine kleine, rot lackierte Dose in den Händen, die er Melana wortlos überreicht. Sie dankte ihm, nahm den Deckel ab. Kleine Bröckchen grünlich gefärbten Zuckers lagen darin. Melana reichte die Dose an Seira weiter. „Gib Tizza eines davon. Sie muss ruhig bleiben, während ich an der Heilung arbeite, sonst geht die Wirkung verloren. Mehr als einen Versuch kann ich nicht anbieten."

Kaum spürte Tizza die Süße des Zuckers auf der Zunge, hörte sie auf zu weinen und schluckte ihn hinunter. Der Saft des Taubblattes, mit dem der Zucker getränkt worden war, tat seine Wirkung. Tizzas kleiner Körper entkrampfte sich und sie döste ein.

Die Heilerin trat noch näher an den Tisch heran. Caitlynn öffnete ihre Sinne weit, um ja nichts zu verpassen. Mit ihrer Gabe baute Melana eine Brücke von ihrer zu Tizzas Aura, genau an die Stelle, wo zuvor das Auramuster entstanden war. Über die Brücke leitete sie keine Willenskraft, wie die Adeligen es taten, sondern ihre eigene Lebenskraft punktgenau an die verletzte Stelle. Es bildete sich ein dünner Strang, der sich fix mit der Lebenskraft in Tizzas Aura verband. Melana zog die Brücke zurück und formte ein neues, grünes Tuch, um den Heilungsprozess zu überwachen. Die Augen von Tizzas Mutter waren fest auf Melanas Gesicht gerichtet, und obwohl sie den Heilungsprozess nicht direkt wahrnehmen konnte, entging ihr nicht, dass Melana heftiger zu atmen begann und der Schweiß in dicken Perlen auf ihre Stirn trat. Sie drückte die Hände an die Brust, wie als ob sie stumm zur Allmächtigen betete. Caitlynns Blick haftete auf dem Auramuster. Die äußeren Ranken und Zacken waren bereits verblasst und der Eichenblattklecks im Inneren wurde hell und heller.

Da flog die Türe auf. „Dauert es noch lange?" Ein bulliger Mann mit schiefer, rot glänzender Nase und Bartstoppeln stand im Türrahmen, einen grauen Filzhut in der Hand. Der schwere Lederschurz reichte ihm bis an die Knieflicken seiner gleichfarbigen Lederhose. Das gelblich gewirkte Leinenhemd hatte er hochgekrempelt, dass die angesengten Haare auf seinem Unterarm gut zu erkennen waren.

Tizza wimmerte leise und drehte sich von seiner Stimme weg. Der Lebensstrom riss ab und der nahezu verheilte Bruch bekam durch die erneute Belastung einen zusätzlichen Riss.

„Nein!" Melana stützte sich schwer auf den Tisch, das Gesicht grau vor Anstrengung. „Ich hatte es fast! Raus hier, Perrim! Sofort!"

Der Mann zuckte zusammen, sein Gesicht lief rot an. „Ich wollte doch nur ..."

Die Heilerin funkelte ihn an, er senkte das Kinn und drückte die Türe zu. Melana ließ sich auf die Bank sinken, die Augen geschlossen.

„Meisterin", drängte die Mutter verzweifelt, „könnt Ihr nicht noch einmal ...?"

Melana öffnete die Augen und schüttelte den Kopf. „Jeder Heiler kann nur so viel geben, wie er innerhalb von zehn Stunden wieder aufbauen kann. Vier Teile von Zehn, das ist die Grenze. Es hätte genügt für den letzten Schritt, aber jetzt müsste ich beim Knochen wieder neu beginnen."

„Und den Knochen schienen? Jetzt?"

„Wenn sie älter wäre, sicher. Aber sie ist noch so klein, sie wird den Arm nicht ruhig halten können. Und wir können ihr nicht wochenlang Taubzucker geben."

Caitlynn setzte sich neben die Heilerin. „Soll ich versuchen ...?"

„Du?" Melanas Mundwinkel zuckten. Ihre rechte Hand tätschelte Caitlynns Schulter. „Danke, aber für dich wäre das viel zu früh."

Caitlynn sah zu Tizza hinüber, die wieder ruhig da lag. Sie schluckte. „Kann ich anders helfen? Dir von mir geben, und du gibst es weiter. Geht das?"

Melanas Hand packte Caitlynns Schulter fester und die Müdigkeit schwand aus den Augen der Heilerin. „Darauf hätte ich selbst kommen müssen", murmelte sie. „Aber leicht wird es nicht."

„Also ist es möglich?", drängte Caitlynn.

Melana nickte langsam. „Ja, theoretisch." Beide Hände auf den Tisch gestützt, stemmte sie sich hoch.

„Setz dich hinter mich, und wenn du meine Brücke spürst, kommst du mir entgegen. Versuch nicht, mir zu geben. Lass mich nehmen."

Caitlynn gehorchte und schloss die Augen, um nicht abgelenkt zu werden. Die Gabe ihrer Großmutter tippte sacht an ihre Aura. Vorsichtig griff sie danach und verband ihre eigene Brücke mit jener der Heilerin. Mit äußerster Disziplin hielt Caitlynn sich davon ab, ihren Schutzwall hochzuziehen, als Melanas Willen bis zu ihrem Lebensstrom durchdrang und ihn an sich zog. Der Schweiß brach ihr aus und das Herz begann zu hämmern. Alle Alarmglocken ihres Überlebensinstinktes läuteten und verlangten nach Rückzug.

Nein. Durchhalten! Sie wusste nicht, wie weit die Heilung fortgeschritten war, wie viel sie noch geben musste. Ihre Fingerspitzen fühlten sich taub an, Kälte stieg ihre Beine hoch. *Noch ein biss-*

chen. Ich halte das aus. Immer rascher musste sie Atem holen, ein trockenes Gefühl breitete sich in ihrem Mund aus. Ihr wurde schwindlig.

„Gut."

Mit einem Schlag brach die Brücke in sich zusammen. Caitlynn hörte Seira Dankesworte stammeln, doch sie hielt noch ein paar Atemzüge lang die Augen geschlossen.

„Wie fühlst du dich?"

Melanas kühle Hände lagen schwer auf ihren Schultern.

Caitlynn öffnete die Augen. Seira hielt Tizza fest an sich gedrückt und küsste das noch immer dösende Mädchen auf Wangen und Stirn.

„Müde. Sehr müde."

Melanas Wangen hatten wieder etwas Farbe bekommen. Sie stand wieder, wenn auch mit den Händen noch immer auf den Tisch gestützt.

„Gutes Essen, Tee und Milch, und morgen sind wir beide wieder hergestellt", sagte Melana betont munter. Caitlynns Magen reagierte prompt auf das Versprechen und knurrte vernehmlich.

Melanas Magen antwortete.

Die beiden sahen sich an und grinsten. Caitlynns Hoffnung schlug Purzelbäume. Zu gern hätte sie gleich gefragt, ob sie jetzt Melanas offizieller Lehrling war. Doch noch waren sie nicht allein.

Seira trug ihre Tochter hinaus in den Gang. „Perrim! Es ist wieder gut. Der Arm ist heil!"

Durch die offene Tür sahen die beiden, wie der Schmied Tizza beäugte und dabei breit lächelte, bis er den zerschnittenen Ärmel bemerkte. Die Ader an seiner Stirn schwoll an. „Was hast du mit ihrem Kleid gemacht, Frau? Das waren drei Silberstücke!" Bei jedem Wort war seine Stimme wieder lauter geworden. Seira fiel in sich zusammen, sie wandte sich halb ab, wie um mit ihrem Körper Tizza vor dem Ärger ihres Vaters abzuschirmen.

Caitlynns Augen weiteten sich. *Der gedrehte Bruch, das ge-*

quetschte Fleisch. Sie ist nicht gefallen. Das Mädchen spürte, wie ihr das Blut in die bleichen Wangen stieg.

„Das war Meisterin Melana und es war notwendig. Der Arm ist wichtiger als das Kleid, bitte, Perrim."

Der Blick des Mannes flackerte zu Melana. Er presste die Lippen zusammen und trat einen halben Schritt zurück. „Gehen wir heim."

Wie lange würde es dauern, bis Tizza wieder auf dem Tisch lag? Oder Seira? Caitlynns Hände fassten die Tischkante.

„Was hast du vor?", fragte Melana ruhig.

Sie weiß es auch. Sie muss es wissen.

Die kleine Familie wandte sich zum Gehen.

Caitlynn zog sich hoch. „Ich muss ... wir müssen..." *Was? Ihn mit Charisma bearbeiten, wie Vater es tun würde?* Ihr schauderte bei dem Gedanken. „Reden ... ich muss mit ihm reden. Wenn er weiß, dass wir wissen ..." *Vielleicht.* Sie stakste auf die offene Tür zu. „Wartet bitte!", rief sie Perrim und Seira nach.

Die Heilerin überholte sie und stellte sich vor die Tür. „Du bist entschlossen, dich einzumischen?", fragte sie leise. Caitlynn schob das Kinn vor. „Schon überlegt, dass er sie das nächste Mal zu einem anderen Heiler bringt oder zu gar keinem?", fuhr sie fort.

Der Schmied und seine Frau standen abwartend vor der Haustüre. „Was gibt es noch?", brummte Perrim.

„Du weißt, was für dich auf dem Spiel steht?"

Caitlynn sah ihre Großmutter an und nickte. „Weniger als für Tizza. Und Seira."

Die beiden maßen sich einen Moment lang.

„Wie du willst ...", sagte Melana langsam, „ich habe dich gewarnt. Du bleibst hier drin."

Sie trat auf den Flur und deutete auf die nächste Türe. „Wir haben noch nicht über die Bezahlung geredet, Perrim."

Widerwillig folgte der Schmied ihr in die Bibliothek. Seira sah sich etwas ratlos um, bis Caitlynn sie in den Heilraum winkte. Das Mädchen bat sie, Platz zu nehmen und zog die Wachstafel heran.

„Ich muss alles immer genau aufschreiben", sagte sie und zückte das Hölzchen. „Das war also ein gedrehter Bruch mit Quetschungen." Sie ritzte die Fakten in die Tafel. Seira rutschte auf dem Platz hin und her. Tizza wurde langsam wieder munterer und zappelte in ihren Armen. Caitlynn legte das Hölzchen weg. „Wir wissen, dass es kein Sturz gewesen sein kann. Das war Perrim, oder? Warum?"

Seira starrte auf die Tischfläche. „Bitte ... bitte nicht die Vollstrecker rufen. Perrim ist ein guter Mann. Er liebt mich. Tizza. Uns. Es ist nur, wenn die Geschäfte schlecht laufen, trinkt er manchmal zu viel, wird laut und ..." Sie streichelte Tizzas Haar. „Es war ja meine Schuld. Ich habe die Türe nicht richtig geschlossen und Tizza, sie versteht Verbote einfach nicht ..." Ihre Augen füllten sich mit Tränen. „Wenn Perrim nicht wäre, was würde dann aus uns?"

Caitlynn starrte auf das Standeszeichen auf Seiras rechtem Handrücken. Ein bitterer Geschmack bildete sich auf ihrer Zunge. Sie schluckte. *Geht es Mutter genauso? Würde sie sich auch wie ein hilfloses Nichts fühlen ohne Vaters Standeszeichen? Hält sie deshalb immer zu ihm?*

„Ihr habt selbst nichts gelernt?"

„Ich bin ... war Kerzenmacherin. So gut wie. Zwei Monate vor dem letzten Meisterstück starben meine Eltern. Ich stand allein da, musste mich um alles kümmern. Perrim bot sich an, Vaters Schmiede zu übernehmen und mich monatlich auszuzahlen ..." Sie senkte den Kopf tiefer. „Selbst wenn ich die Ausbildung beenden könnte, wer gibt schon einer Frau mit einem so kleinen Kind am Rockzipfel Arbeit?"

„Wir finden eine Lösung", hätte Caitlynn gern gesagt, aber welche Lösung konnte sie bieten?

In diesem Augenblick ging die Türe auf und Melana schaute herein. Sie lächelte Seira freundlich an. „Perrim und ich sind uns einig. Er wird uns zwanzig Dachnägel schmieden."

Hastig stand Seira auf. Ihr Blick pendelte zwischen Melana und Cailtynn. „Ihr ... ihr ruft nicht die Vollstrecker, oder?"

Melana fixierte Caitlynn und zog die Brauen zusammen. „Natürlich nicht. Perrim hat mir erzählt, was passiert ist. Tizza hat sich in die Werkstatt geschlichen und beinahe ein heißes Schwert angefasst, das er kurz abgestellt hatte. Ein Oberarmbruch ist heilbar, verkohlte Finger nicht. Tizza hatte Glück, dass ihr angeheiterter Vater rasch genug reagieren konnte."

Die Erleichterung zauberte ein breites Lächeln auf Seiras Gesicht. „Perrim ist ein guter Mann."

Die Heilerin nickte. „Das ist er. Er hat von mir einen Beutel Nachtköniginsamen bekommen und versprochen, die zu kauen, wenn ihn wieder der Durst packt. Komm, er wartet draußen beim Wagen."

Caitlynns Wangen brannten. „Ich ... ich möchte mich entschuldigen, Seira. Ich habe gedacht ..." Sie ließ den Satz in der Luft hängen und senkte den Kopf.

„Du hast geholfen, mein Kind zu heilen. Dafür danken wir dir. Das andere ... es war gut gemeint."

Caitynn hörte, wie die ihre Großmutter Seira und das Kind zur Tür geleitete. Sie schämte sich viel zu sehr, um Perrim ins Gesicht zu blicken. *Wie konnte ich so kurzsichtig sein? So arrogant? Ich habe mich nicht einmal bemüht, zu sehen, zu spüren, ob Seira mir die Wahrheit sagt. Ich habe geglaubt, alles zu wissen.*

Als die Heilerin zurückkam, saß sie immer noch da wie ein Häufchen Elend. Melana setzte sich ihr gegenüber. „Caitlynn", sagte sie in einem so harschen Tonfall, dass das Mädchen noch mehr in sich zusammensank. „Caitlynn, schau mich an!"

Folgsam hob Caitlynn den Kopf. Die grüngrauen Augen in dem angespannten Gesicht ihrer Großmutter musterten sie von oben bis unten. „Du willst noch immer Heilerin werden?"

„Ja", krächzte Caitlynn. Ihre Kehle fühlte sich eng an und brannte wie ihre Wangen.

Melana nickte. „Gut. Dann sprich mir nach: Mein Ziel ist das Leben. Stets wirke ich ohne Ansehen des Leidenden. Meine einzigen

Gegner sind Krankheit, Versehrtheit und Schmerz. Kann ich den Tod nicht aufhalten, werde ich ihm den Stachel nehmen."

Einem Windstoß gleich entfachten diese Worte den winzigen Funken unter der zu Asche zerfallenen Hoffnung Caitlynns. Sie richtete sich auf, schluckte, räusperte sich und wiederholte Melanas Worte, die Hände ineinander geschlungen auf der Tischplatte liegend.

Sacht legte Melana ihre Hände auf Caitlynns verkrampfte Finger. „Du hast mir bewiesen, dass du deine Gabe anwenden kannst. Alles andere kann ich dich lehren."

„Wirklich? Trotz meiner Dummheit?"

„Du hast nichts getan, das sich nicht gerade rücken lässt, Kind. Wenn du allerdings die Vollstrecker gerufen hättest ..." Caitlynn sah die Großmutter fragend an. „Diese Schmerzbringer ...", der Frost auf dem letzten Wort überzog die Arme des Mädchens mit einer Gänsehaut, „... wenn sie mit einem wie Perrim fertig sind, kann der keinen geraden Nagel mehr schmieden und die Familie müsste betteln gehen."

Caitlynn erinnerte sich daran, wie sie ihren Vater an jenem Tage von Jadons Tod zurückgelassen hatte und biss sich auf die Lippen. *Würden die Vollstrecker wirklich Perrim dafür bestrafen, dass er Tizza beschützen wollte und einfach zu hart zugepackt hat?* Die Kälte auf dem Gesicht ihrer Großmutter verbat jede Frage in diese Richtung.

Sie räusperte sich. „Dann bin ich jetzt offiziell Euer Lehrling, Meisterin Melana?"

„Das bist du. Wir werden dir morgen die passende Kleidung zusammensuchen Ein paar Stücke deiner Mutter müssten noch auf dem Speicher liegen."

Noch einmal drückte Melana Caitlynns Hände, dann stand sie auf. „Birta hat sicher schon ein paar Leckereien aufgetischt, damit wir zwei wieder zu Kräften kommen."

„Ich möchte noch etwas sitzen bleiben", sagte Caitlynn leise.

Melana nickte ihr zu und ging langsam aus dem Heilraum. Sie beide würden Zeit brauchen, bis ihre Kraft sich regeneriert hatte. Caitlynn starrte ein paar Atemzüge lang auf ihre Hände, ehe sie sich erhob und eine Öllampe nach der anderen löschte. Als nur noch jene gleich neben der Tür brannte, blickte sie in ihr müdes und doch gelöstes Gesicht, das sich im Fenster spiegelte. *Willkommen, Heilerin.* Die letzte Lampe erlosch und die Tür zum Heilraum schloss sich mit leisem Klicken. *Leb wohl, Vollstreckerin.*

Ende

Halbe Hand

„Rechts oben, Caitlynn! Streck dich! Mehr!"

Das Mädchen lehnte sich zurück und legte den Kopf in den Nacken. „Ich sehe es, Birta!"

Deutlich hob sich die weiße Kruste von der rötlichen Borke des Frostblutbaumes ab. Caitlynn stellte sich so nah an den breiten Stamm, dass ihre Weste über die Borke schabte, stellte sich auf die Zehenspitzen und streckte den Arm mit dem Schaber so hoch sie konnte. Ja! Die Kante kam auf dem obersten Ausläufer des Frostblutes zu liegen. Caitlynn zog den Schaber kräftig darüber, und der weißliche Belag bröckelte in die Rindeschale, die Birta gerade noch rechtzeitig an die Borke gehalten hatte.

„Gut?", fragte Caitlynn und rieb sich den Schweiß von der Stirn. Obwohl die Sonne den letzten Schnee erst vor zwei Wochen aus dem Wald geschmolzen hatte, war Eile geboten. Sie mussten die Ernte an Frostblut einzuholen, ehe die Bäume Blätter trieben und ihr Saft eine grünliche Färbung annahm.

Birta zupfte einige Borkenreste zwischen den Bröckchen heraus und begutachtete die Beute drei Schritte weiter im Sonnenlicht. „Perfekt. Noch vier Bäume, und wir haben genug Vorrat für das Jahr."

„Lieber noch zwei mehr. Man weiß nie, was noch alles passiert."

„Langsam klingst du wie Gibbet, Mädchen."

Caitlynn grinste die hagere Frau an. „Danke!"

Birta öffnete den Mund, schloss ihn wieder und hob die Achseln. Caitlynn grinste noch breiter.

„Ist ja gut", brummte Birta und zupfte an ihrem graublonden Zopfkranz. „Dann müssen wir uns beeilen. Da lang!"

Caitlynn war froh, dass Birta genau wusste, wo im Äußeren Wald sie und Gibbet zu Beginn des Winters die Bäume geritzt hatten. Allein hätte sie sich längst hoffnungslos verlaufen.

Als die Rindenschale fast bis an den Rand gefüllt war und sie den Rückweg antraten, näherte sich die Sonne bereits dem Horizont. Entlang des schmalen Trampelpfades, der dem Waldrand folgte, wucherten Beerensträucher teils fast mannshoch und verdeckten den Blick hinaus auf die Wiesen und Felder. An einer Stelle jedoch war eine Bresche in die stachligen Ranken gehauen worden und gab den Blick auf eine kleine Hütte frei. Rauch stieg aus dem Schornstein des Daches, das dicht mit bläulichem Moos überwachsen war. Entlang der weiß gekalkten Wände waren Rabatten angelegt worden, wobei der Gärtner buntes Laub anstelle von Kuhmist unter die schwarze Krume gearbeitet hatte.

„Wer wohnt hier draußen?", fragte Caitlynn verwundert.

„Ein Einsiedler, der seine Ruhe haben will."

„Kennst du ihn?"

„Man sieht ihn ab und zu auf dem Markt oder beim Angeln!" Birta stupste sie an, weiterzugehen. „Gibbet wartet auf das Frostblut."

„Schon gut." Gehorsam setzte Caitlynn den Weg fort. Im Stillen wunderte sie sich, dass Birta, deren Wissen über jeden Bewohner in der Gegend mehrere Buchseiten füllen konnte, so reagierte. Ein Blick auf Birtas verkniffenen Mund verbot jede weitere Frage. Vorerst.

Gut hundert Schritte weiter stießen sie auf den Weg, der am Heilerhaus vorbei zur Brücke führte. Schon von Weitem erkannte Caitlynn die Figur eines Mannes, der auf den grün lackierten Dachschindeln kniete.

„Ist das Hengir?"

Birta trat neben sie und kniff die Augen zusammen. „Sieht so aus. Ist auch höchste Zeit. Ich brauche meine Töpfe in der Küche und nicht auf dem Speicher unter den löchrigen Schindeln."

Gibbet, Birtas Ehemann, jätete das erste Unkraut im Kräutergarten, wobei er immer wieder nach oben sah, als ob er Hengirs Dachdeckerkünsten nicht so recht traute. Als er Birta und Caitlynn bemerkte, winkte er ihnen zu. „Waren die Schnitte gut?"

„Ein bisschen hoch waren sie." Berta stellte die Rindenschale auf die Gartenmauer, dass Gibbet ihre Ausbeute betrachten konnte.

„Wird das reichen, Gibbet?", fragte Caitlynn.

„Wenn das Sumpfblütenfieber gnädig ausfällt, dann ja."

Birta und Caitlynn wechselten einen Blick. „Wieviel willst du denn?", fragte seine Frau.

„Diese Menge Frostblut ergibt höchstens eine halbe Schale Zucker, ich hätte lieber eine ganze als Vorrat."

Caitlynn legte den Schaber auf die Mauer und rieb ihre klammen Finger. „Morgen noch einmal?"

Birta schnaubte. „Erst koch ich das hier aus. So rasch treiben die Bäume nicht."

Entschlossen marschierte sie zur Hintertür, die in den Wohnbereich führte.

„Warte!" Gibbet humpelte hinter Birta her zur Tür. „Das Kochfeuer brennt schon", hörte Caitlynn ihn sagen. „Es tut mir leid, dass ich im Moment keine große Hilfe bin..."

Das Mädchen lächelte und legte den Kopf in den Nacken, um zu sehen, was sich oben auf dem Dach tat. Hengir hatte sich der Rückseite des Hauses, der Gartenseite, zugewandt, und obwohl sie sein Gesicht in der Dämmerung nur als hellen Fleck über seinem grauen Lederwams ausmachen konnte, hatte sie das Gefühl, dass er sie anstarrte. Sie lächelte verhalten und winkte. „Danke für die gute Arbeit, Hengir! Wie geht es Eurem Großvater?"

Er winkte zurück. „Sein Rücken zwickt ein bisschen nach kalten Nächten."

„Will er vorbeikommen, dass Meisterin Melana sich das ansieht?"

Hengir schüttelte den Kopf. „So schlimm ist es nicht. Kaninchenfell und Rindertalg helfen."

Caitlynn hob die Achseln. „Wie er will. Er kennt ja den Weg."

Hengir nickte und machte sich wieder an die Arbeit. Caitlynn nahm den Schaber und klopfte das Gras von den neuen schwarzen Schuhen. Sie griff nach der Klinke, um Birta und Gibbet zu folgen, da hörte sie das Wiehern eines Pferdes. Im selben Atemzug riss jemand heftig an der Klingelschnur vor der Tür des Heilerhauses. Zweimal, dreimal schlug die Glocke, laut genug, dass sie bis zur Hintertür zu hören war. Ein Notfall? Caitlynn zögerte nicht, ließ die Klinke fahren und eilte um das Haus herum, vorbei an den Fenstern des lang gestreckten Heilraumes. Die Meisterin war nicht zu sehen. Die Glocke an der Heilertür gab keine Ruhe. Caitlynn hielt einen Moment inne, atmete tief durch. *Hoffentlich ist Großmutter wieder zurück.* Sie leckte über ihre trockenen Lippen. *Beruhigen, das Auramuster aufzeichnen und in den Büchern nachlesen, was getan werden muss*, wiederholte sie Melanas Regeln für neue Krankheitsfälle, die in ihrer Abwesenheit vor der Tür standen. Keine Heilung auf eigene Faust, auch nicht mit Gibbets Wissen im Rücken. Caitlynns schlimmster Alptraum war ein vor Zahnschmerzen blindwütiger Bauer, wie Gelfried, der eines Nachts im Spätherbst alle aus dem Bett geklingelt hatte. *Wer immer deine Hilfe sucht, tu was du vermagst, nach bestem Wissen*, rief sie sich den Leitspruch ihrer Meisterin ins Gedächtnis, atmete noch einmal tief ein und lief weiter. Just als sie um die Ecke biegen wollte, hörte sie, wie die Tür zum Heilerhaus aufgerissen wurde.

„Ihr sucht Heilung?"

Der Allmächtigen sei Dank, sie ist schon zurück! Das kühle Misstrauen in Melanas Stimme ließ das Mädchen erneut innehalten. Eng an die Wand gedrückt, lugte sie um die Ecke.

Meisterin-der-Heilkunst Melana stand im Türrahmen, die Fäuste in die Hüfte gestemmt, und beäugte ihre Besucher. Keiner der beiden vornehm gewandeten Männer wirkte krank oder verletzt. Die stramme Körperhaltung, das leise Rasseln fein geschmiedeter Kettenglieder unter den blau gewirkten Lederumhängen – das waren

Wachen oder Soldaten, aber keine königlichen. Die trugen Silber und Weiß. Der Kleinere der beiden hielt die Zügel der Pferde. Sein Begleiter hatte sich vor Melana aufgebaut und hielt ihr einen Brief hin.

„Meisterin-der-Heilkunst Melana, seine edelste Durchlaucht, der Träger-des-goldenen-Reifs Fürst Frioban zu Faelin gebietet Euch, dieser Einladung zu folgen und auf seinem Schloss zu erscheinen."

Caitlynn klappte die Kinnlade herunter. Das Fürstentum Faelin lag nordwestlich von Ibjadon, jenem Fürstentum, zu welchem Gelbried, Aschenhof und Weidenfall gehörten, und damit auch das Grüne Haus. Der Fürst von Faelin schickte eine Einladung an eine einfache Heilerin aus einem anderen Fürstentum?

Melana zeigte sich wenig beeindruckt. „Ach ja?" Spott troff aus ihrer Stimme. „Ihro Fürstherrlichkeit `gebietet´?"

Der Bote zuckte zusammen, Röte stieg in seine glatt rasierten Wangen und auf seiner Stirn unterhalb der blonden Haarstoppel sammelte sich der Schweiß. „Ja ... Jawohl." Er hustete kurz in seine behandschuhte Faust und straffte die Schultern. „Die Kutsche wartet dort drüben."

Caitlynns Blick folgte seinem ausgestreckten Arm. Tatsächlich, hinter dem Stall sah man ein Stück eines schwarz lackierten Rades. Wie lange stand die Kutsche schon dort?

Die Heilerin hob eine Braue. „Glaubt Ihro Fürstherrlichkeit wirklich, ich lasse meine Kranken im Stich, um mit ihm Tee zu trinken?"

Der Bote nestelte am Kragen seines Umhangs. „Es ist keine gesellschaftliche Einladung, Meisterin Melana, vielmehr ..."

Der zweite Bote, warf ihm einen scharfen Blick zu und räusperte sich vernehmlich.

„... vielmehr was?", hakte Melana nach, die Fäuste in die Hüften gestemmt. „Ist er krank? Soweit ich weiß, ist der Meister-der-Heilkunst Brodin seit sechzehn Jahren ausschließlich für Schloss Faelin zuständig. Ist ihm etwas zugestoßen?"

Ein eigener Heiler nur für ein Schloss? Caitlynn schluckte. *Was für eine Verschwendung! Das hat sich der Grüne Turm bestimmt sehr teuer bezahlen lassen.*

Die beiden Männer wechselten einen langen Blick, blieben jedoch eine Antwort auf Melanas Frage schuldig.

„Selbst wenn", fuhr Melana fort und ihre Stimme wurde bei jedem Wort lauter, „würde Ihro Fürstherrlichkeit vom Grünen Turm binnen Tagen einen anderen hochklassigen Adelsheiler gestellt bekommen. Was auch immer Ihro Anmaßlichkeit von mir will, meine Zeit ist mir zu kostbar, um sie seinen Launen und Spielchen zu opfern. Nicht einmal der König selbst könnte mich dazu zwingen. Bringt mir einen Bittbrief vom Meister des Grünen Turmes persönlich und einen Ersatzheiler für mein Grünes Haus. Dann denke ich darüber nach, ob ich auf Schloss Faelin vorbeischaue."

„Wollt Ihr nicht doch wenigstens das Schreiben Seiner Durchlaucht ...", begann der Bote, aber die Meisterin ließ ihn nicht ausreden.

„Kein Bedarf!" Sie wandte sich um, rauschte ins Haus und knallte die Türe ins Schloss.

Noch nie hatte Caitlynn ihre Großmutter derart aufgebracht erlebt. Was war mit ihren Prinzipien? Galten diese nicht für alle Hilfesuchenden? Sie zählte stumm bis zehn, dann trat sie um die Ecke, als wäre sie gerade eben gekommen.

Die beiden Boten standen bei ihren Pferden und unterhielten sich leise. Als sie Cailtynns ansichtig wurden, unterbrachen sie ihr Gespräch. Wie es die Höflichkeit gebot, neigte Caitlynn kurz den Kopf und kreuzte die Arme vor der Brust, sodass ihre Handrücken zu sehen waren. Zwei Augenpaare fixierten ihr Familienzeichen, und sie konnte fast sehen, wie es in den Köpfen der beiden Boten arbeitete. Der Blonde, der zu Melana gesprochen hatte, warf seinem dunkelhaarigen Begleiter einen fragenden Blick zu. Dieser nickte. *Lasst mich aus der Sache heraus!* Caitlynn beschleunigte ihre Schritte.

„Mylady", der Blonde vertrat ihr den Weg und verbeugte sich.

Sie wartete, bis er seine ledernen Reithandschuhe wieder ausgezogen hatte und seine Handrücken präsentierte. Sein Familienzeichen war ihr unbekannt, sein Berufszeichen wies ihn als Oberst-der-Wache aus.

Mit einem Kopfnicken nahm sie seinen Rang zur Kenntnis. „Ja bitte, Oberst?"

„Darf man fragen, wie Ihr zu Meisterin Melana verwandt seid?" Seine beiden Augen, das rechte blau, das linke grau, starrten unverhohlen auf ihre rechte Hand.

Da die Heilerin vor niemandem ein Geheimnis daraus gemacht hatte, antwortete Caitlynn, ohne lange nachzudenken: „Sie ist meine Großmutter und meine Meisterin. Ich lerne die Heilkunst von ihr." Noch war ihr rechter Handrücken leer, erst mit dem Eintritt in den Grünen Turm und der Ablegung der ersten Stufenprüfung im Jahr darauf durfte sie das Heilerzeichen tragen.

„Wenn dem so ist", er verbeugte sich und reichte ihr den Brief, den Melana keines Blickes gewürdigt hatte, „wärt Ihr so großmütig, Meisterin Melana dies hier zu geben?"

„Und dafür zu sorgen, dass sie ihn liest und der Bitte Seiner Durchlaucht folgt?"

Caitlynn legte den Schaber, den sie immer noch in der Hand hielt, neben der Türe vor die Wand, wischte sich die Finger an ihrem Umhang ab und nahm den Brief entgegen. Schweres, perlweißes Papier mit feinen bläulichen Fasern, die teuerste Sorte überhaupt. Darauf stand mit Goldpudertinte in leicht zittrigen Buchstaben „An meine teure Mela". Sie runzelte die Stirn. Das klang wirklich eher nach einer Einladung für ein gesellschaftliches Treffen denn nach einem Bittbrief um Heilung. Unschlüssig drehte sie das Kuvert um. Das sattgrüne Siegel wies den Abdruck des fürstlichen Standeszeichens aus. Darüber hatte der Verfasser in kleinen Buchstaben etwas geschrieben, das man mit viel gutem Willen für „Frioban zu Faelin, Träger-des-Goldenen-Reifs" halten konnte. Wie alt war der Fürst? Etwas mehr als sechzig Jahre etwa, also noch weit vom Greisenalter entfernt. Vielleicht war er ja wirklich krank.

„Ich kann nicht versprechen, dass Meisterin Melana den Brief lesen wird", sagte sie, den Blick noch immer auf die Unterschrift gerichtet, „und schon gar nicht, dass sie ihr Grünes Haus im Stich lässt."

„Das ist bedauerlich", hörte sie die Stimme des Oberst. Bedauernd und doch fest ... und hinter ihrem Rücken.

Ganz in ihre eigenen Gedanken versunken hatte sie nicht bemerkt, dass er hinter sie getreten war. „Wir müssen darauf bestehen, dass Sie, Mylady, uns nach Faelin begleiten."

„Ich? Aber ich bin keine Heilerin. Noch lange nicht." Sie kam nicht mehr dazu, sich umzudrehen und Abstand zu gewinnen. Ehe sie sich versah, legte der Oberst den rechten Arm um sie, presste ihre Arme an ihren Oberkörper und ihren Rücken an seine Seite und hielt ihr mit der linken Hand den Mund zu. Der Brief fiel ihr aus der Hand und landete im Gras. Sie trat nach hinten und zur Seite, krümmte sich, bäumte sich auf – vergeblich. Der Oberst schleppte sie hinüber zum Stall. „Wir tun das wirklich nicht gern", versicherte er. „Wir können nur hoffen, dass Mylady das bewirken, was der Brief nicht vermag." Sein dunkelhaariger Begleiter blieb mit den Pferden vor dem Stall stehen. „Beeil dich!", rief er dem Oberst nach, als dieser Caitlynn um die Stallecke zerrte, hinter der die Kutsche wartete.

„Wir nehmen den Lehrling mit!", rief der Oberst dem grauhaarigen Mann zu, der neben dem offenen Wagenschlag lehnte, eine Peitsche im Gürtel.

„Warum nicht gleich die Meisterin?"

„Die brauchen wir hellwach und willig, und Mylady hier wird besser als jeder Säbel dafür sorgen, dass sie beides ist. Gib mir die Flasche aus meiner Gürteltasche, schnell!"

„Der Fürst hat aber gesagt ...", fing der grauhaarige Kutscher an, doch der Oberst ließ ihn nicht aussprechen.

„Das, oder wir müssen sie die ganze Fahrt über knebeln, damit sie uns keine Charisma-Befehle geben kann."

„Charisma? Ich dachte, Heiler hätten keines."

„Siehst du den gräflichen Silberreif ihn ihrem Vaterzeichen? Ich will kein Risiko eingehen."

Kopfschüttelnd zog Palir eine kleine grüne Flasche aus der Gürteltasche des Obersts. „Ein Drittel?"

„Dürfte reichen." Der Oberst nahm seine Hand von ihrem Mund, presste ihre Nase zu. dass sie nicht anders konnte, als nach Luft zu schnappen. „Jetzt!"

Etwas Kühles, bittersüß und klebrig, rann über ihre Zunge. Sie hustete, würgte.

„Runter damit, Kleines!", zischte die Stimme des Oberst nah an ihrem Ohr. „Oder willst du meine alten Socken im Mund, während wir nach Faelin fahren?"

Ich will nirgendwohin! Sie hob den Fuß und trat ihm mit aller Kraft auf die Zehen. Mit einem dumpfen Schmerzenslaut zuckte er zusammen. Sein Arm lockerte sich soweit, dass sie ihm ihren Ellbogen in die Seite rammen konnte. „Du kleines Biest!", japste er.

Ein Ruck, und Caitlynn war frei. Jetzt noch am Kutscher vorbei und ... Die schwielige Hand Palirs bekam ihren Zopf zu fassen und riss daran, dass sie gegen die Kutsche stolperte und ihr Kopf an das Glas des Wagenschlags knallte.

„Wir brauchen sie unverletzt, du Dummkopf!", hörte sie den Oberst fluchen.

Sie spürte noch, wie ihr das warme Blut am Ohr vorbei in den Kragen lief, dann fiel sie in bodenloses Dunkel.

„Ihr Trampel!", keifte eine Frauenstimme. „Erst bringt ihr die Falsche, und dann in diesem Zustand!"

„Das Blut haben wir weggewischt." Das war die Stimme des Obersts.

„Blut? Ihr habt sie blutig geschlagen?" Die Stimme kletterte eine Oktave nach oben.

Geh weg! Ich will meine Ruhe. Mein Kopf tut weh.

Weiche Polster unter ihrem Rücken. Ihre Hand tastet nach ihrer Stirn. Ein kühles, nasses Tuch lag darauf.

„Seht Ihr, Durchlaucht? Sie wacht auf."

Trippelnde Schritte. Ein Hauch von Mondblütenwasser, klebriger und schwerer als jenes, das Shina für Mutter zum Winterlichtfest von Maesinar mitgebracht hatte, kroch ihr in die Nase.

„Wirklich?"

Nein, das war nicht Mutters Stimme. Auch nicht die von Großmutter Melana. Das Grüne Haus. Die beiden Boten, nein, Soldaten. Was war in der Flasche gewesen? Traumknöllchensirup?

„Bin ...", sie hustete und schluckte mehrmals, um das pelzige Gefühl von der Zunge zu bekommen. „Bin ich auf Faelin?"

„Frisches Wasser, Weidenflaumtee und Kuchen! Sofort!"

Der süße Duft zog sich zurück, sodass Caitlynn besser Luft bekam.

„Wie Ihr wünscht", hörte Caitlynn den Oberst sagen. Schwere Schritte entfernten sich. Eine Tür wurde geöffnet und fiel wieder ins Schloss.

Langsam schlug das Mädchen die Augen auf. Gut ein Dutzend brennender Kerzen hüllten den Raum in rauchiges Licht.

„Wie fühlt Ihr Euch? Könnt Ihr sitzen?"

Vorsichtig richtete sich Caitlynn auf und hielt dabei das Tuch mit einer Hand fest. Die Seite ihres Kopfes, welche Bekanntschaft mit dem Wagenschlag gemacht hatte, pochte. Ein schönes Sofa, auf dem sie da lag, mit einer Lehne aus Rotnussholz und vergoldeten Ornamenten, die Kissen passend zum Bezug aus honigfarbenem Damast mit blauer Stickerei.

„Nicht besonders, und ja", beantwortete sie beide Fragen. Die Fragestellerin schien ein paar Jahre jünger als Caitlynns Mutter zu sein. Ihre braunen Haare waren sorgfältig zu einem Lockenturm hochgesteckt. Perlschnüre baumelten von den goldenen Nadeln, passend zu der Perlstickerei auf ihrem blassblauen Samtkleid. Silbergewirkte Spitze quoll in mehreren Lagen aus dem herzförmigen Ausschnitt und den Manschetten an den Handgelenken. Die graubraunen Augen ihn ihrem dick gepuderten Gesicht blickten freundlich besorgt, als sie sich mit einem Wortschwall für die Grobheit ihrer Untergebenen entschuldigte. „Sie sind meinem Gatten überaus treu ergeben, müsst Ihr wissen", zwitscherte sie, „verzeiht ihnen bitte, dass sie des Guten zuviel wollten."

Des „Guten"? Was bitte ist „gut" an einer Entführung?

„Dann seid Ihr ...?", fragte Caitlynn vorsichtig.

„Oh, entschuldigt." Die Frau kreuzte ihre Hände vor der Brust. Rechts das Mutterzeichen einer Adelssippe, die ab und an auch auf der Burg von Caitlynns Familie zu Gast gewesen war, neben einem ihr unbekannten Vaterzeichen, den Blautönen nach aus einem der südlicheren Fürstentümer mit einem Silberreif und zwei Generationenperlen, das sie als Enkeltochter eines Grafen auswies. Auf ihrem rechten Handrücken prangte das Standeszeichen einer Fürstengattin. „Cidenia zu Faelin."

Caitlynn erwiderte die Geste. „Caitlynn zu ..." Sie brach ab und verbesserte: „Caitlynn aus Melanas Grünem Haus."

„Oberst Perlot sagt, Ihr seid Meisterin Melanas Lehrling?"

„Gehilfin und Lehrling. In Vorbereitung auf den Grünen Turm. Ja. So sehr es mich ehrt, Euer Durchlaucht zu treffen", sie schob das Tuch auf die schmerzende Stelle, „ich bin noch lange nicht soweit, eigenständig Kranke zu behandeln."

Verwirrung machte sich auf dem runden Gesicht der Fürstin breit. „Wen denn behandeln?"

„Den ... Ihre Durchlaucht, den Fürsten?", fragte Caitlynn vorsichtig.

Cidenia zog die Augenbrauen zusammen. Zwei senkrechte Falten gruben sich in ihre Stirn. „Hat Perlot Euch erzählt, wie es um die Gesundheit des Fürsten bestellt ist?"

Also doch!

„Was könnte seine Durchlaucht sonst von einer Heilerin wollen?"

In diesem Augenblick wurde die weiß lackierte Tür aufgestoßen und Oberst Perlot schritt herein, dicht gefolgt von einem jungen Mann, der ein schweres Tablett balancierte. Bei seinem Anblick runzelte die Fürstin die Stirn. „Kjeron, was machst du hier?"

„Das seht Ihr doch, Durchlaucht." Der Mann, seinem glatten Gesicht nach nur wenige Jahre älter als Caitlynn, stellte das Tablett auf dem runden Tischchen neben dem Sofa ab. „Ich mache mich nützlich."

Das Pochen in Caitlynns Kopf ließ langsam nach. Sie legte das feuchte Tuch über die Lehne und schwang die Füße vom Sofa. Erst jetzt wurde ihr bewusst, dass sie keine Schuhe mehr trug. Ihre braun bestrumpften Füße lugten unter dem dunkelgrauen Hosenrock hervor. Auch ihr Umhang fehlte. Die honiggelbe Bluse mit der grünen Lederweste wirkte in diesem noblen Raum ebenso deplatziert wie Kjeron in seinem schlichten, braunem Wams und dem lilaweiß gestreiften Hemd.

Verlegen starrte sie auf das Tablett. Dort standen drei Tassen aus blauem Porzellan und drei Kuchenteller, auf denen sich je ein Beerentörtchen, und ein Stück Rotnusskuchen drängten, sowie drei Kristallgläser. Ein Diener, der lautlos hinter Kjeron ins Zimmer getreten war, stelle eine gefüllte Wasserkaraffe und eine dampfende Teekanne neben das Tablett, um sich mit einer stummen Verbeugung zurückzuziehen.

„Oberst Perlot wollte mir nicht verraten, wer Euer Gast ist, liebste und einzige Stiefgroßmutter." Beim letzten Wort zuckte die Fürstin zusammen und schickte ihm einen bösen Blick, den er mit einem Augenzwinkern quittierte.

Caitlynn besann sich auf ihre Manieren und stellte sich vor, woraufhin der Mann sich ihr zuwandte. „Kjeron zu Faelin", sagte er und verbeugte sich im Sitzen, so wie sie. Sein rechter Handrücken war leer, und den rechten Seidenhandschuh zog er nicht aus. Zu Caitlynns Verwunderung schien sich die Fürstin nicht an dieser Unhöflichkeit zu stören.

„Melana …?" Kjeron sah zu Oberst Perlot hinüber. „Wollte der Fürst nicht die Meisterin einladen?"

„Mylady Caitlynn ist ihre Enkeltochter, Lord Kjeron", sagte der Oberst.

Die dunklen Augen des jungen Mannes weiteten sich leich. „Ach, sooo … läuft das."

Genauso. Mit einem Schlag verlor das Zimmer seinen Glanz. *Wie konnte ich vergessen, dass ich nicht einfach ein Gast bin? Ich bin der Speck in der Falle.*

Der Oberst räusperte sich. „Wir haben gleich beim ersten Grauen Haus veranlasst, dass eine Mietkutsche ihr die Nachricht überbringt, dass ihre Enkelin hier auf sie wartet."

Glauben die wirklich, dass Großmutter Hals über Kopf in die Mietkutsche springt, nur weil ich hier bin?

„Wo sind mein Umhang und mein Schuhwerk?", fragte sie laut.

„Beides wird sich zur rechten Zeit wieder einfinden." Das Lächeln der Fürstin erreichte ihre Augen nicht. „Da bin ich sicher." Einen Atemzug lang erwog Caitlynn, ihr Charisma einzusetzen, um die Herausgabe ihrer Sachen zu erzwingen. Das Charisma der Fürstin war nicht allzu stark, das des Obersts noch weniger, das spürte sie, Kjeron hingegen hielt seine Karten bedeckt, wie sie selbst auch. Alle drei gleichzeitig beeinflussen, nicht zu vergessen die Diener … zu riskant.

Erst muss ich mehr wissen, viel mehr.

„Eine Tasse Weidenflaumtee oder lieber Wasser?", fragte Kjeron. „Ihr mögt doch Rotnusskuchen? Sonst könnt Ihr gern mein Beerentörtchen haben."

Am liebsten hätte sie beide Törtchen der Fürstin ins Gesicht geworfen und sich daran erfreut, wie der Beerensaft den Puder aus den Falten zog. Die Vorstellung löste den kalten Klumpen in ihren Eingeweiden, und ihr Magen antwortete mit einem leisen Knurren.

Kjeron lächelte und schob einen Kuchenteller näher zum Sofa. Errötend nahm Caitlynn eine der Kuchengabeln. *Mit leerem Magen bin ich mir selbst keine Hilfe.* Nach dem ersten Bissen Rotnusskuchen griff Caitlynn hastig nach der Karaffe, um die staubtrockenen Kuchenkrümel mit einem halben Glas Wasser hinunterzuspülen. Nach drei Gläsern Wasser hatte sie den Kuchen bewältigt. Was der Rotnusskuchen zu süß und staubig, waren die Beerentörtchen zu matschig und sauer. Wäre sie nicht so hungrig, hätte sie beides nach dem ersten Bissen an die Küche zurückgeschickt. Es wunderte sie nicht, dass Kjeron und die Fürstin nur ein bisschen von jedem Gebäck kosteten.

„Entschuldigt unsere Köche", sagte Kjeron, und schob seinen Kuchenteller mit einer Grimasse von sich weg, „der gnädigste Fürst hat den Beutel für die Küche sehr knapp bemessen."

„Nicht nur für die Küche." Die Fürstin seufzte und zerdrückte einige Krümel mit ihrer Gabel.

Cailtynn setzte ihre Tasse mit einem Klirren auf den Untersetzer. „Wie schlecht geht es ihm?"

Kjeron und die Fürstin wechselten einen Blick.

„Das herauszufinden, dafür braucht er einen Heiler. Und nicht nur einen Lehrling." Die Fürstin drehte sich zu Oberst Perlot um. „Wie lange wird es dauern, bis die Meisterin hier ist?"

„Wenn sie sofort die Kutsche genommen hat, die wir ihr geschickt haben ... eine Stunde, vielleicht zwei."

„Weiß die Wache Bescheid, dass sie gleich vorgelassen wird?"

„Ich habe beide Posten genau instruiert, Durchlaucht. Der Gong wird sicher bald geschlagen."

Wie lange bin ich schon hier?

Durch das hohe Fenster hinter dem Sofa zeichneten sich zwei schlanke Türme gegen das Mondlicht ab. Zwischen den Wolken schimmerte die untere Kante der Mondsichel. In einer Stunde spätestens war Mitternacht. Der warme Tee, das Essen, mit einem Mal fühlte Caitlynn sich nur noch erschöpft und müde.

„Meisterin Melana wird nicht kommen. Nicht heute", sagte sie laut.

Die Fürstin zog ihre nachgemalten Brauen zusammen. „Weshalb glaubt Ihr das?"

„Weil ich sie kenne." Caitlynn rieb sich die Stirn. „Sie wird die abendlichen Besucher nicht von der Schwelle weisen. Dann wird sie alles packen, was ihr sinnvoll erscheint. Ein müder Heiler ist keine große Hilfe, also wird sie jetzt schon schlafen. Erst morgen, wenn Gibbet auf dem Weg ist, in allen Dörfern zu verkünden, wohin sich die Kranken während ihrer Abwesenheit wenden sollen, wird sie dem Ruf des Fürsten folgen." *Wenn überhaupt.*

„Könnte sie Recht haben?" Die Gräfin sah den Oberst scharf an.

Perlots Schultern sackten herab. „Meisterin Melana wirkte sehr aufgebracht und nicht überzeugt von der Dringlichkeit unseres Anliegens."

Caitlynn verbarg ihr Schmunzeln hinter ihrem Ärmel. *In klaren Worten: Die Heilerin ist wütend und stur wie eine Waldziege.*

„Wenn die Meisterin nicht vor morgen Vormittag eintrifft, sollten wir unserem Gast dann nicht ein Bett anbieten, ehe sie vor Müdigkeit vom Sofa fällt?", fragte Kjeron und erhob sich. „Welches Zimmer habt Ihr für sie herrichten lassen?"

„Das blaue Blütenzimmer im Osttrakt." Die Fürstin stand auf und winkte dem Oberst, sich zurückzuziehen.

Dessen Gesicht verschloss sich. Eine steife Verbeugung folgte, er schlug die Hacken zusammen, fegte herum und marschierte aus dem Zimmer. Die Türe ließ er offen. Der Diener, der schweigend im Hintergrund gewartet hatte, räumte das Geschirr zusammen.

„Bring du sie zu ihrem Zimmer", sagte die Fürstin und schüttelte ein paar Krümel aus ihren Spitzen. „Ich muss nach meinem Liebling schauen." Mit diesen Worten rauschte sie hinaus.

„Meint sie Ihre Durchlaucht, den Fürsten?", fragte Caitlynn, als Kjeron ihr den Arm reichte, um sie aus dem kleinen Teesalon zu führen.

Wieder kräuselten sich seine Lippen. „Wohl kaum. Meine Stiefgroßmutter sorgt sich einzig um ihren Sohn, meinen kleinen Onkel Kilber."

Auf dem Weg zum Osttrakt schritten sie an zahlreichen Portraits vorbei, allesamt Fürsten nebst ihren Gattinnen. Auf einem der Portraits war freundlich lächelnder Mann zu sehen, gewandet in Silber und Weiß, eine Kristallkrone klar wie Glas auf seinen grauen Locken thronend. Caitlynn hielt inne und runzelte die Stirn. Welcher Träger-der-Kristallkrone stammte noch mal aus dem Fürstengeschlecht derer zu Faelin?

Kjeron kam ihr zu Hilfe. „König Terrain. Träger-der-Kristallkrone, Urgroßonkel zweiten Grades meines Großvaters und sein unerreichbares Vorbild."

„Wie meint Ihr das?"

„Ihr kennt die Geschichte nicht?" Als Caitlynn den Kopf schüttelte, fuhr er fort: „Als König Kasir starb, erholte sich mein Großvater gerade von einer schweren Krankheit. Jahrelang hatte man ihn als sicheren Nachfolger gehandelt und gerade dann war er zu schwach, um zur Erbstreitprüfung in Ibjadar anzutreten. Zudem trauerte er um meine Großmutter Felora, seine erste Gattin, die wenige Tage zuvor verschieden war. So machte Galedor, Enkel eines unbedeutenden Barons aus dem Fürstentum Alxaer, das Rennen und wurde König. Dabei tuschelte das ganze Reich, dass mein Großvater das stärkere Charisma besäße und ihm die Kristallkrone sicher gewesen wäre. Jetzt wird König Galedor von Tag zu Tag schwächer, wie man hört, und falls er in den nächsten Wochen sterben sollte, wird mein Großvater zum zweiten Mal in seinem Leben zu krank sein, um nach der Krone zu greifen, die ihm seiner Überzeugung nach gebührt."

Etwa zehn Schritte weiter hing das Bild des jetzigen Fürsten Frioban zu Faelin. Die Nase war fast zu klein für das großflächige Gesicht mit dem fliehenden Kinn und den buschigen, hellbraunen Brauen, unter denen die leicht schielenden Augen ein klein wenig zu nah beieinander standen, um dem breiten Lächeln einen großzügigen Ausdruck zu verleihen. Weder ein Fältchen noch ein graues Haar hatte der Maler zu setzen gewagt, und auf der schweren

Hand, die den edelsteinbesetzten Schwertgriff umklammert hielt, fehlte jede Andeutung von Altersflecken.

„Das Bild ist keine drei Jahre alt", hörte sie Kjerons amüsierte Stimme, „ich war dabei, wie Großvater den Malermeister-der-freien-Künste Hortius für seine `realistische´ Darstellung lobte."

„Hat seine Durchlaucht sein sechzigstes Geburtsfest noch nicht hinter sich?"

„Sein dreiundsechzigstes feierten wir diesen Winter. Mein Großvater glaubt heute noch im Spiegel zu sehen, was der Malermeister auf diese Leinwand pinselte. Hortius bedankte sich für das Lob, nahm das Gold und verzog keine Miene. Ich habe seine Selbstbeherrschung bewundert." Zwei leere Haken neben dem Fürstenportrait waren für die Bilder der ersten und der jetzigen Gattin gedacht. „Diesen Sommer wird Malermeister Hortius diese beiden Bilder beenden. Das meiner Großmutter brauchte nur eine Auffrischung der Farben, meine Stiefgroßmutter hingegen kritisierte den zu schwachen Glanz ihres Schmuckes, die Form ihrer Augen und den Farbton ihrer Haut ..." Er ließ den Rest des Satzes in der Luft hängen. „Mir ist sein Pinselstrich etwas zu zögerlich, und seine Farbwahl bietet kaum Überraschungen. Für sein Geschick mit der schwierigen Kundschaft muss man ihm Respekt zollen, daher verdient er seinen Ruf als gefragtester Künstler für Adelsportraits voll und ganz."

Als er Caitlynns überraschten Blick bemerkte, lachte er kurz und fuhr sich durch die Haare. „Ich male auch", gestand er, „allerdings keine Menschen." Seine behandschuhte linke Hand strich kurz über seinen rechten, leeren Handrücken.

„Ich würde mich geehrt fühlen, einige Eurer Bilder sehen zu dürfen."

Sein Lächeln grub kleine Fältchen in seine Augenwinkel. „Danke für Euer Interesse, Lady Caitlynn. Vielleicht morgen."

In Gedanken versunken schritten sie weiter, in die große Haupthalle und von dort in den Osttrakt. In jedem Stockwerk, es gab deren drei, hatte der Fürst einen zweifachen Baderaum einbauen lassen. „Von weiter oben hättet Ihr den schöneren Ausblick auf den Teich und die Blumenbeete, jedoch müssten die Diener Euer Badewasser all die Stufen hoch schleppen. Ich hoffe, es macht Euch nichts aus, gleich hier drüben zu wohnen." Sie folgten dem dicken, rostroten Teppich um die Ecke. „Hier rechts ist der Baderaum und hier links", er hielt vor einer weiß lackierten Türe, auf die drei blaue Blüten prangten, „wären wir schon."

Er öffnete ihr einladend die Tür. Sie bedankte sich für sein Geleit, und sie wünschten sich höflichst eine gute Nacht. Neugierig betrat Caitlynn ihr Zimmer und sah sich um. Ein Kohlebecken in der hinteren Ecke sorgte für ein wenig Licht und angenehme Wärme. Auf dem breiten Himmelbett waren die bestickten Decken aufgeschlagen und ein dünnes, wollenes Nachtgewand hing neben mehreren Flauschtüchern über der Lehne eines zierlichen Sessels. Auf der Kommode an der Wand gleich rechts neben der Türe spiegelten sich die fünf Kerzenflammen eines großen Leuchters im Wasser der Waschschüssel. Neben dem gefüllten Wasserkrug auf dem Nachttisch stand ein blauer Porzellanbecher, dahinter eine kleine Öllampe. Auf der gegenüberliegenden Wand verwehrten die langen, mit Tintenlilien bestickten Vorhänge den Blick nach draußen.

Das Mädchen trat ans Fenster und schob den Stoff eine Handbreit auseinander. *Eine Heldin würde jetzt beherzt durch das Haus schleichen und ihre Schuhe finden, oder noch besser: nicht um ihre Füße fürchten, aus dem Fenster klettern und verschwinden.* Sie drehte den Griff des Fensters und öffnete es einen Spalt. Frostige Luft schwappte ins Zimmer. Eilig schloss sie das Fenster wieder und zog die Vorhänge zu. *Heldinnen haben stets Glück, darum dürfen sie auch dumm sein, sagt Birta immer. Bei meinem Glück würde ich da draußen irgendwo erfrieren.*

Caitlynn streifte ihre Kleider ab, wusch sich, so gut es mit der kleinen Seife und dem bisschen Wasser möglich war, und schlüpfte gähnend in das Nachtgewand. Die Ärmel reichten ein gutes Stück über ihr Handgelenk, aber wenigstens schleifte der Saum nicht über den Boden. Sie kletterte ins Bett, zog die Decken hoch bis über ihre Ohren. Ihre Gedanken ließen sie nicht zur Ruhe kommen, bis sie anfing zu zählen. Keine Schäfchen, sondern Fürstinnen, die in bestickten Seidenschuhen über Pfützen sprangen genau in einen Riesenkuhfladen hinein. Nach dem zehnten Sprung landete sie in ihrem ersten Traum.

„Einen schönen guten Morgen, Mylady Caitlynn", riss eine fröhliche Stimme sie aus dem Schlaf. Sonnenschein wärmte ihr Gesicht, mit einem Seufzen zwang sie ihre Augenlider auf. Ein stämmiges Dienstmädchen, dessen dunkle Locken vorwitzig unter der weißen Haube hervorlugten, bearbeitete Caitlynns grauen Hosenrock mit einer feuchten Bürste. Als sie Caitlynns Blicke spürte, sah sie hoch und knickste. „Ich bin Astania, Eure Zofe, solange Ihr im fürstlichen Schloss wohnt. Die Fürstliche Familie lädt Euch zum gemeinsamen Frühstück ein."

Caitlynn schlug die Decke zurück, setzte sich an den Bettrand, goss sich einen Becher Wasser ein und trank ihn mit einem Zug leer.

Die Vorhänge waren zur Seite gezogen worden, sodass Caitlynn freie Sicht auf die kunstvoll angelegten Beete hatte, in denen sich bereits das erste Grün zeigte. Jenseits der Beete wölbte sich hinter einer hohen Hecke die weiße Kuppel eines Tempels.

„Die Morgenandacht, ist sie schon vorüber?" *Ich hätte Kjeron bitten sollen, dass man mich rechtzeitig weckt.*

Astania schüttelte den Kopf. „Der Tempel steht leer, Mylady, schon viele Jahre."

„Ist er zu baufällig geworden?"

„Inzwischen ja. Es heißt, seine Durchlaucht wäre so gram gewesen wegen des Todes seiner ersten Gattin, dass er über die Verteilung ihrer Asche mit dem Vermittler-der-Allmächtigen in Streit geriet und diesen davonjagte."

„Und wo feiert der Fürst die Festtage und geht zur Andacht?"

„Seine Durchlaucht feiert selten. Wir anderen ... wir gehen einmal die Woche zum Tempel in Purpurhügel, eine halbe Wegstunde zu Fuß."

Caitlynn dachte an die wenigen Tage, an denen sie und ihre Großmutter zusammen mit Birta und Gibbet zum Tempel in Gelbried fahren konnten. Es waren kostbare Tage, „gute Tage", wie Meisterin Melana sie nannte, ein Durchatmen zwischen jahreszeitlich typischen Krankheitswellen.

„Ist ... ist meine Großmutter schon angekommen?"

„Von einem weiteren Gast ist mir nichts bekannt." Astania machte sich über Caitlynns Bluse her. „Im Badezimmer habe ich Wasser heiß gemacht und frische Wäsche bereitgelegt. Die Kleider bringe ich Euch dann gleich auch hinüber."

Eine gute halbe Stunde später fühlte Caitlynn sich um einiges besser als zuvor. Es hatte sie zwar Überwindung gekostet, das gelbe Kleid abzulehnen, welches die Fürstin ihr als Geschenk hatte bereitlegen lassen, besonders weil noch Schatten der Blutflecken auf dem Kragen ihres Hemdes zu sehen waren. Doch in dem Kleid würde sie sich zu sehr als Tochter ihres Vaters und zu wenig als Melanas Lehrling fühlen. Schuhe, selbst Holzpantoffel hätte sie dankend angenommen, doch solche lagen nicht bereit, auch ihre eigenen vermisste sie noch immer.

Da Astania den Weg zum Frühstückssalon im Haupttrakt genau beschrieben hatte, fand sie die außergewöhnlich breite und mit Blattgoldranken verzierte Türe ohne Mühe. Der Diener vor der Türe verzog keine seiner Dackelfalten, als sie ihm ihren Namen nannte. Mit einer tiefen Verbeugung zog er die Türe auf und gab den Blick auf den in ganz in grün gehaltenen Salon frei, der von einer langen Tafel beherrscht wurde. An den Wänden neben der Türe, gegenüber den drei großen Fenstern, reihten sich drei Tische, beladen mit Körben, silbernen Tabletts, Schüsseln und Schalen. Der Duft nach gebratenen Eiern und frischem Brot misch-

te sich mit der süßlichen Schwere von Karamellwasser und Fünfblütentee. Vier Männer und die Fürstin sahen von ihren Tellern
auf, als Caitlynn den Raum betrat und der Diener die Türe hinter
ihr schloss.

„Liebe Caitlynn", zwitscherte die Fürstin drauflos. „Habt Ihr gut
geschlafen? Kommt doch her, damit ich Euch alle vorstellen kann."

Alle, das waren die anderen drei Männer und Kjeron, an diesem
Morgen in einem grün-grau gepunkteten Hemd, der ihr lächelnd
zunickte und sich dann wieder seinen Gemüseeiern widmete.

„Mein Fürstlicher Gatte, seine Durchlaucht Frioban zu Faelin."
Caitlynn hatte erwartet, dass der Fürst älter aussah als auf dem Gemälde, nicht jedoch, dass er wie ein großer, in blaue Seide und
weißen Samt gehüllter Kloß auf seinem Stuhl hängen würde. Die
Nase verschwand fast zwischen den teigigen Hängebacken und das
Winterhimmelblau seiner Augen war unter dem milchigen Film nur
zu erahnen. Einzig die Haare glänzten wie auf dem Bild in dichten,
braunen Wellen, mühsam gebändigt durch den goldenen Reif. Sie
passten so wenig zu den borstigen, grauen Augenbrauen wie ein
Helm auf den Stumpf eines Dornrindstrauches. Die aufgequollenen
Finger balancierten den Silberlöffel mehr als sie ihn hielten, um aus
einer Glasschüssel kleine grünliche Bröckchen in seine Tasse zu
schaufeln. *Taubzucker? Soviel?* Der Fürst rührte zweimal um,
schlürfte die Tasse in drei Zügen leer, ehe er sich herabließ, ihre
Begrüßung zu erwidern. Sie spürte nicht nur seinen Blick, sondern
auch sein Charisma auf sich ruhen. Da sie ihm keinen Widerstand
bot, sondern nur offen und neugierig musterte, zog er seine Macht
mit einem unzufriedenen Brummen wieder zurück. Es klang nicht
wie eine Entschuldigung, welche ihr für diese Unhöflichkeit eigentlich zustand. „So, so ... du bist also Antols Jüngste", murmelte er
und widmete sich dem weichen Ei, das ein Diener für ihn geköpft
hatte.

„Woher kennen Eure Durchlaucht meinen Vater?"

Ein überraschter Blick, ein leichtes Grinsen, das seine gelblichen

Zähne offenbarte. „Antol hat wohl nicht viel von seiner Zeit auf Faelin erzählt. Er war mein Archivar, mehr als acht Jahre lang. Ich war es, der ihm Beine machte, sich zur Erbstreitprüfung zu melden, nachdem der Graf zu Ehredar verstorben war. Ohne mich würde er heute noch Bücherlisten schreiben und die Kosten für Räucherfisch berechnen." Der Fürst ließ von dem Ei ab, runzelte die Stirn und stocherte mit der Löffelspitze in dem grauen Glibberhaufen auf seinem Teller herum. „Unter Antol gab es immer guten Haferbrei zum Frühstück, und selbst unter dem alten Grießgram Halfgar war er genießbarer."

„Ich habe es dir mehr als einmal gesagt, Onkel: Die Küche ist der falsche Ort, um zu sparen", warf der behäbige Mann ein, der links vom Fürsten ein Stück weichen Käse auf sein Brötchen drückte. Dünne, braune Haare klebten dank viel Pomade in Wellen an seiner Kopfhaut. Was der fürstlichen Nase an Größe fehlte, machte sein Knobbelzinken mehr als wett. Seine zu einem Strich gezupften Brauen gaben seinem Gesicht einen hochnäsigen Ausdruck, den der gelangweilte Blick aus seinen porzellanblauen Augen noch unterstrich.

„Mandir zu Perigant", stellte ihn der Fürst vor, „mein Neffe zweiten Grades und voraussichtlicher Erbe. Er weilt zu Besuch hier, seine Familie bewohnt eines meiner Anwesen am Stadtrand von Ibjadar."

Der Genannte überkreuzte die Hände flüchtig, um sich nicht groß beim Frühstück stören zu lassen. Sein Vaterzeichen entsprach dem des Fürsten, mit vier Generationenperlen im Abbild des Goldreifs. Es stammte also väterlicherseits in vierter Generation von einem Fürst oder einer Fürstin von Faelin ab. Caitlynn versuchte sich an das passende Ahnenbild in der Galerie zu erinnern, aber sie war gestern einfach zu müde gewesen, um sich die Namen zu den Gesichtern zu merken. Caitlynns eigener Silberreif würde erst bei ihrem sechzehnten Geburtsfest kurz nach dem Blütenreigen eine Perle erhalten. Dann wäre sie alt genug, um auf Festen und Feiern unter den großen Familienclans herumgereicht zu werden, in der

Hoffnung, sie einem charismastarken Adelsspross zuzuführen. Doch für jemanden, der auf der „Schattenseite" der Empfehlungsliste stand, würde es keine einzige derartige Einladung geben.

Lord Mandirs rechter Handrücken war leer. Wie lange galt er schon als sicherer Erbe? Die meisten Kandidaten, ihren Vater damals eingeschlossen, erlernten nebenher ein Handwerk, fanden Aufnahme in den Türmen oder traten als Wachen sowie als Armeeoffiziere in den königlichen Dienst. Einige, wie Mandir, waren sich ihrer Sache so sicher, dass sie nur ihr Charisma schulten und sich durchfüttern ließen, bis ihr großer Tag kam. *Ob Gared in zwanzig Jahren auch immer noch mit leerem Handrücken neben Vater sitzen wird wie ein Geier, der auf den Tod des Ochsen lauert, darauf gefasst, sich mit anderen Geiern um die Gedärme zu streiten, aber unfähig, selbst auch nur einen Hasen zu schlagen?*

Vorsichtig probierte der Fürst von dem Löffel, zog eine Grimasse und schob den Teller zurück. „Sowas kann man verhungernden Schweinen füttern."

„Onkel", Lord Mandir nippte an seinem Tee und stellte die Tasse vorsichtig ab. „Wir wollen alle besser essen. Gib den Köchen einfach mehr Gold. "

„Damit es ihnen durch die Finger rinnt?" Der Fürst schnippte. Sogleich trug ein Diener den Teller davon und ein anderer stellte einen neuen Teller mit einem Beerenpfannkuchen vor ihm ab. Ein scharfer Blick des Fürstes, und der Diener lief rot an. Rasch nahm er sich zwei Gabeln,um den Pfannkuchen in kleine Stücke zu reißen. Ein dritter Diener goss eine helle Creme darüber.

„Beste Ware gibt es nicht für Kupfer, Onkel. Und wenn die Ernten schlecht sind ..."

„Tonja ist nicht Antol und als Alchemistin mehr an ihrer Tinkturensammlung interessiert als an den Rechnungsbüchern, aber sie ist weder dumm noch blind, und ich vertraue ihren Zahlen." Die Zinken der Silbergabel bohrten sich in ein Stück Pfannkuchen. Der Fürst kaute kurz darauf herum und schluckte es hinunter, nicht ohne mit einem Schluck Tee nachzuspülen. „Wie teuer können Mehl, Sahne, Honig und ein paar getrocknete Beeren schon sein?"

Caitlynn warf einen Blick zu den Tischen an der Wand. Die Pfannkuchen lagen wie Ziegel geschichtet auf einem der Silbertabletts, handflächengroß, fingerdick, etwas blass und die Beeren waren weinrotschwarze Flecken, nicht größer als Stecknadelköpfe. „Abendtränen?", fragte sie halblaut in Richtung des Dieners, der sich neben den Tischen aufgebaut hatte. Der hob beide Brauen, räusperte sich verhalten und nickte.

Zwei Silber, maximal drei. Und dann hätte Birta mehr Eier hineingetan und die Abendtränen über Nacht in Milch aufquellen lassen.

„Du willst doch nicht etwa andeuten, dass deine Köche zu hohe Rechnungen stellen, Onkel?"

„Ich deute gar nichts an", gab der Fürst zurück und verdrückte den Rest des Pfannkuchens. „Ich weiß es." Er richtete die Zinken seiner Gabel auf Lord Mandir. „Du wirst das ändern."

„Ich? Ab ... aber ich bin doch nur ..." Mandir verschluckte sich, hustete und griff mit rotem Kopf nach dem Wasserglas, das die Fürstin ihm reichte.

„... nur derjenige, der Großvater diese Köche aus Ibjadar eingeredet hat", beendete Kjeron den Satz für Mandir.

Der schoss giftige Blicke auf ihn ab. „Halt du dich da heraus, Halbe Hand!", zischte er. Peinliche Stille breitete sich im Saal aus. Caitlynn sah, wie Kjeron kaum wahrnehmbar zusammenzuckte, die anderen an der Tafel hingegen starrten betreten auf ihre Teller. *Halbe Hand? Was soll das sein? Er hält sein Besteck doch mit allen zehn Fingern.* Wo hatte sie diese Bezeichnung schon einmal gehört? Es wollte ihr in diesem Moment einfach nicht einfallen.

Kjeron durchbrach die Stille, indem er seine Gabel mit leisem Klirren auf dem Tellerrand ablegte und Mandir spöttisch anlächelte. „Weshalb sollte ich mich heraushalten, Onkelchen? Du sagtest ja selbst, wir alle wollen gut essen. So wie damals, bevor du den alten Küchenchef vergrault hast."

Lord Mandir schnaubte etwas, das wie „Bauernfraß" klang, und winkte den Dienern, ihm noch mehr von den Brötchen zu bringen.

Der Fürst ließ sich einen zweiten Pfannkuchen auf den Teller laden und deutete Caitlynn, sich neben Kjeron zu setzen. „Meinen Enkel Kjeron kennt Ihr ja bereits."

Cailtynn bejahte. Ihr gegenüber saß der letzte Gast der Tafel, ein hochgeschossener, junger Mann mit eindrucksvoller Hakennase und unzähligen Sommersprossen auf Gesicht und Hals. Das dunkle Rot seiner Dienstrobe biss sich mit seinen krausen, rotblonden Haaren. „Klestal, unser Hüter-des-Geheimwissens", stellte ihn die Fürstin vor. „Ihm verdanken wir, dass wir nicht von der Welt abgeschnitten sind, obwohl wir kaum vor die Tür kommen."

Der Fürst brummte etwas in seine Serviette und widmete sich seinem Pfannkuchen. Klestal und Caitlynn begrüßten sich formell über den Tisch hinweg. Sein Mutterzeichen, das mit seinen rötlichen und grauen Tönen aus der Nordwestecke des Reiches zu stammen schien, krönte das Abbild eines Kupferreifs mit zwei Generationsperlen. Das Zeichen der Hüter, zwei überkreuzte, rote Stäbe vor einem halb weißen, halb schwarzen Kristall, trug er bestimmt noch nicht lange. Er machte keine Anstalten über die Begrüßung hinaus, ein Wort mit ihr zu wechseln. Den Rücken gekrümmt, sodass seine Nase nur eine Handbreite über seiner Tasse hing, heftete er seine Augen auf das Blütenmuster des Porzellans, scheinbar tief in Gedanken versunken.

„Nehmt es ihm nicht übel", murmelte Kjeron. „Er ist erst seit ein paar Wochen hier und wir schüchtern ihn alle ein."

Rote Flecken bildeten sich auf Klestals Wangen und für einen Augenblick erhaschte Caitlynn ein Funkeln in seinen grauen Augen. *Ärger? Belustigung?*

Als Klestal Caitlynns Blick spürte senkte er den Kopf sofort wieder.

Ein Diener baute sich neben ihr auf. „Was darf ich bringen?"

Caitlynn entschied sich für Pfannkuchen. Sie spürte die Blicke des Fürsten und seines Erben auf sich ruhen, kaum dass sie nach Messer und Gabel griff. Automatisch richtete sie sich auf, reckte ihr Kinn. All die Lektionen ihrer Mutter bezüglich guten Benehmens waren mit einem Schlag wieder gegenwärtig. *Senke den Kopf nicht zum Teller. Menschen bringen das Essen zum Mund, Tiere den Mund zum Essen. Sei sparsam mit der Soße, du willst doch keine Flecken auf deinem Kleid? Man soll dich essen sehen, aber nicht hören. Schneide kleinere Bissen ab, sonst musst du den Mund zu weit aufsperren.*

Caitlynn aß langsam, doch genießen konnte sie den Pfannkuchen nicht. Dafür war die Honigsoße zu dünn, der Teig zu dick, und immer wieder spürte sie Mehlknöllchen auf der Zunge. Sie sehnte sich nach dem einfachen „Bauernfraß" von Birta, die bei Pfannkuchen weder mit Eiern noch mit Honig geizte. Hunger und drei Tassen zu stark gebrühten Fünfblütentee halfen ihr, einen zweiten Pfannkuchen zu verdrücken. Als sie die leere Tasse fast lautlos auf die Untertasse setzt, knüllte am Kopfende der Tafel der Fürst seine Serviette zusammen und ließ sie neben seinen Teller fallen. Caitlynns Blick entging nicht, dass sein Gesicht noch etwas blasser geworden war. „Bringt den Radstuhl", zischte er den nächsten Diener an, der sofort aus dem Saal eilte und kurz darauf mit dem gewünschten Gefährt wiederkehrte.

Dieser „Radstuhl" – der erste, den Caitlynn zu Gesicht bekam – erschien mehr wie ein „Radthron" mit vergoldeter Lehne und bestickten Samtpolstern. Zwei Diener waren notwendig, um den Fürsten von seinem Frühstückssessel zum Radstuhl zu geleiten, wobei Frioban seine Arme um ihre Schultern schlang und sich, den roten, schwitzenden Gesichtern nach, mit fast seinem gesamten Gewicht auf sie lehnte.

Die großen Rotholzräder ächzten, als sich der Fürst auf das Polster plumpsen ließ. Der größte und kräftigste der Diener packte die beiden Griffe und rollte den Stuhl aus dem Speisesaal. Im Eingang hob der Fürst die Hand, woraufhin der Diener innehielt. Das bleiche, teigige Gesicht blickte über die Schulter zur Tafel, wo alle aufgestanden waren. „Mädchen, komm du mit!"

Caitlynn zögerte, sah zu Kjeron, der ratlos die Schultern hob, schluckte und verabschiedete sich hastig von den Tischnachbarn. Im Abstand von drei Schritten tapste sie hinter dem Fürsten her, den Blick auf den breiten Rücken des Dieners gerichtet.

Vorbei an der Portraits der Fürsten zu Faelin, durch die Haupthalle in den Osttrakt, vorbei an jenem Zimmer, wo sie geschlafen hatte, weiter den Flur hinunter, dann um die Ecke bis zu einer vergoldeten Türe. Der Diener hielt inne, umrundete den Stuhl und öffnete die Türe zum Ankleidezimmer so weit wie möglich, damit der Radstuhl hindurchpasste.

Langsam rollte er den Fürsten vorbei an langen Kleiderstangen, wo sich sich mit Gold- und Silberfäden bestickte, knielange Jacken neben etwa gleichviel passenden Westen drängten. Regale, beladen mit glänzenden Seiden- und Wollhemden in allen Farben des Regenbogens, neben bestickten Strümpfen und Beinkleidern. Der Fürst vermochte nicht mehr selbst zu laufen, was ihn aber nicht davon abhielt, gleich drei offene Regale mit lackierten Schuhen zu füllen, deren golden glänzende Absätze nie von einem Straßenpflaster zerkratzt werden würden. Dazwischen machte sich ein Doppelgänger jenes Sofas breit, auf dem sie gestern aufgewacht war.

Zwei hohe Spiegel in einer Ecke warfen Caitlynns Gesicht zurück. Rasch klappte sie ihren offenen Mund zu. *Vater hat vielleicht vier derartige Gewänder für Feste und Feiern. Und ich dachte immer, wir wären reich!*

Durch eine bogenförmige Öffnung gelangten sie in das eigentliche Schlafgemach. Das große Fenster gegenüber gab den Blick auf Blumenbeete, Statuetten und Springbrunnen des Gartens frei. Vor dem Bettgestell des riesigen Himmelbettes kam der Stuhl zum Stehen. Ächzend stemmte sich der Fürst in die Höhe, stand still, während der Diener ihm mit geübtem Griff die Weste auszog und die Decke zurückschlug. Ein Schritt, eine Drehung und der Fürst saß auf der Bettkannte, die Beine ausgestreckt, damit der Diener die

Lackschuhe von seinen Füßen ziehen konnte. Kaum war das geschehen, hob der Diener die fürstlichen Beine samt Beinkleidern ins Bett, sodass der Fürst sich auf den frischen Laken ausstrecken konnte. Caitlynn hielt sich still im Hintergrund, bis der Diener den Radstuhl hinter den Vorhang in der Ecke geschoben hatte und sie beide alleine ließ. Kaum hatte sich die Tür hinter ihm geschlossen, winkte Fürst Frioban das Mädchen zu sich heran. Er sprach so leise, dass sie sich zu ihm hinunterbeugen musste, um seine Worte zu verstehen.

„Na, kleine Heilerin, was denkst du, fehlt mir?"

Hat Meister Brodin nicht herausgefunden, was ihm fehlt?

Obwohl eine Armeslänge von seinem Gesicht entfernt, stieg ihr der faulige Geruch seines Atems in die Nase. Keine braunen oder schwarzen Flecken auf seinen gelben Zähnen, keine Stümpfe und eiternde Löcher im Zahnfleisch, der Geruch kroch aus seinen Eingeweiden, und das verhieß nichts Gutes.

„Dazu müsste ich Eure Lebenskraft lesen, Durchlaucht", erwiderte sie. „Wollen wir nicht warten, bis Meisterin Melana ..."

„Sofort! Ich will es sofort wissen!"

Caitlynn verschränkte die Hände hinter dem Rücken und trat vom Bett zurück. „Ihr seid sehr krank, Durchlaucht, und ich bin noch kein volles Jahr Heilerlehrling." Längst hatte sie begonnen, alle ihr bekannten Krankheiten durchzudenken und jene Auramuster hervorzuholen, die zu den Symptomen passen könnten. *Es sind zu viele, ich weiß zu wenig ...* Was sollte es bringen, wenn sie Melana vorgriff und das Auramuster einer schweren Krankheit las? Helfen durfte sie ihm ja doch nicht.

In Gedanken versunken bemerkte sie nicht, wie der Fürst tief Luft holte und sein Gesicht den Ausdruck äußerster Konzentration annahm. Sein Charismaangriff überraschte sie völlig und traf daher auf keine Gegenwehr. „Es steht dir nicht zu, zu diskutieren, gehorche!" Dermaßen überrumpelt, blieb ihr nur der Gehorsam. Zwei ruckartige Schritte, schon schrammten ihre Knie an das Bettgestell.

Sie breitete die Hände aus, wie sie es gelernt hatte. Ihre Lebenskraft verwob sich mit ihrem Willen und ihrer Gabe, bereit, das grüne Tuch zu formen. Erschrocken über ihre eigene Ohnmacht zog sie ihre Gedanken aus der bleiernen Trägheit, in welche sie das Charisma des Fürsten gedrückt hatte. *Nicht so! Nicht mit mir!* Mit einem Schlag regte sich ihr Trotz und ihr eigenes Charisma bäumte sich auf. Für eine passive Abwehr war es zu spät, blieb nur der Gegenangriff. Unbeholfen, verzweifelt schmetterte sie ihre Gabe, gepaart mit ihrem Willen, gegen die Brücke, die der Fürst zwischen ihnen errichtet hatte. Die Brücke war ungeschützt und primitiv, Ihro Fürstlichkeit rechnete wohl nicht mit Gegenwehr, ein Schlag, ein zweiter und sie zerriss. Für einen Augenblick tanzten Sterne vor Caitlynns Augen. Heftig nach Luft schnappend klammerte sie sich an den Bettpfosten. Sie spürte mehr als sie sah, wie der Fürst zusammenzuckte. „Du wagst es ...", keuchte er und sammelte sein Charisma aufs Neue.

Eilends zog Caitlynns Geist die alte, über viele Jahre eintrainierte Abwehr hoch und kauerte sich dahinter, wie eine Katze, bereit zum Sprung auf das Untier, das vor den Mauern mit den Klauen scharrte.

Sein Angriff war weit heftiger, als sie von einem kranken Mann erwartet hatte. Das Hämmern der Charismaübungen ihres Bruders erschien dagegen wie eine steife Brise verglichen mit einem Sturm. Fast abwesend registrierte sie, wie ihre erste Barriere Risse bekam, in welche er seine Klauen schlug und die Muskeln spannte, den Schutz zu zerreißen.

Einen Atemzug, bevor sie die Barriere selbst zu Fall bringen und die frei gewordene Gabe in die zweite, stärkere Mauer speisen konnte, wurde die Türe zu den Fürstlichen Gemächern aufgerissen.

„Vater, Vater!"

Die helle Kinderstimme brach die Spannung, Angriff wie Abwehr fielen in sich zusammen, und Caitlynn schnappte nach Luft.

„Nicht so stürmisch, Kilber, mein Schatz. Dein Vater ist krank." Die Stimme von Fürstin Cidenia.

Caitlynn brachte rasch zwei Schritte Abstand zwischen sich und das Bett und setzte ein freundliches Lächeln auf.

Ein blonder Junge kam in das Schlafgemach getrippelt, gefolgt Oberst Perlot und der Fürstin. Als der Junge sah, dass seine Durchlaucht nicht allein war und die Augen offen hatte, ließ er die Reitgerte fallen und stürmte zum Bett, wo er sich vor dem Gesicht des Fürsten aufbaute. An seinem grünen Samtwams fehlte ein Knopf, Strohhalme klebten an der ledernen Reithose und feuchtes Gras an den Reitstiefeln. „Papa, ich bin gesprungen", sprudelte es aus ihm heraus und seine roten Wangen glänzten, „zwei Stangen hoch, und keine ist gefallen!"

„Bitte entschuldigt die Störung, Durchlaucht." Im bogenförmigen Durchbruch klappte Oberst Perlot den Oberkörper zu einer Verbeugung herunter. „Lord Kilber ist ein wirklich guter Sprung gelungen."

Cidenia bückte sich nach der Reitgerte, rauschte an Perlot und Caitlynn vorbei zum Bett, legte den Arm um die runden Schultern ihres Sohnes und strahlte über das ganze Gesicht. „Er wird Euch mit jedem Tag ähnlicher, Frioban."

„Meint Ihr?" Der Fürst lächelte, hob die Hand und tätschelte das weiche, blonde Haar des Jungen.

Jetzt erst schien die Fürstin Caitlynn zu bemerken, nickte ihr zu und wies mit dem Kinn zur Wand, wo ein Gemälde eines breitschultrigen jungen Mannes hing, der in der Uniform der Königlichen Garde auf einem braunen Wallach vor einem Roteichenbaum posierte. „Seine Durchlaucht war Oberst der Garde, ehe er sich die Bürde des Goldreifs auferlegte."

„Das ist ewig her", murmelte der Fürst schmunzelnd. Ein Hauch von Farbe kehrte in seine Wangen zurück und sein Blick heftete sich auf Perlot. „Wie macht sich mein Sohn im Schwertkampf?"

„Seine Fortschritte sind bemerkenswert, Durchlaucht", erwiderte der Oberst und verbeugte sich erneut. „Wir können euch eine Demonstration ..."

„Später vielleicht", murmelte der Fürst, ehe der Oberst ausreden konnte. Die Farbe schwand aus seinen Wangen, seine Hand sackte auf das Laken zurück. Schweiß sammelte sich auf seiner Stirn und er presste die Kiefer so fest zusammen, dass selbst Caitlynn die Zähne knirschen hörte.

„Bitte", das Mädchen trat einen Schritt vor, „bitte, seiner Durchlaucht geht es wirklich nicht gut."

„Bist du die Heilerin?", fragte Kilber. „Was hat mein Vater? Wird er wieder gesund?"

Über den Kopf des Jungen hinweg tauschte Caitlynn einen langen Blick mit Fürstin, die stumm den Kopf schüttelte und die Schultern hob. *Sie weiß es auch nicht. Ebenso wenig Perlot.* Caitlynns Neugier auf diese mysteriöse Krankheit wuchs.

„Ich bin nicht die Heilerin, Mylord Kilber", sagte sie ruhig, überkreuzte die Arme und neigte den Kopf gerade tief genug, um der Höflichkeit Genüge zu tun, „ich bin Caitlynn zu Melanas Grünem Haus, Lehrling und Helferin der Meisterin-der-Heilkunst."

Die Fürstin drückte Kilbers Schulter und er sah zur ihr hoch. Cidenia nickte knapp, woraufhin er in der Hüfte einknickte, bis ihr Griff ihm Einhalt gebot. „Kilber zu Faelin." Durch den Vorhang seiner blonden Fransen spürte Caitlynn den Blick der blauen Augen auf sich ruhen.

„Wo ist Eure Meisterin? Kann sie meinem Vater helfen?"

Sie wartete, bis der Junge sich wieder aufgerichtet hatte, ehe sie mit freundlichen Lächeln antwortete: „Meisterin Melana wird gegen Mittag hier erwartet." *Falls sie wirklich kommt und nicht nur eine Botschaft schickt.* „Alles Weitere wird sich erst dann erweisen."

Mehr konnte und wollte sie nicht versprechen. „Weshalb hat Meister Brodin Faelin den Rücken gekehrt?", fragte sie und sah die Fürstin fest an. „Und weshalb ist noch kein Ersatz aus dem Grünen Turm statt seiner hier?"

Die Fürstin sah auf das verkrampfte Gesicht Ihres Gatten und schluckte. „Meister Brodin fühlte sich seinen Aufgaben nicht mehr gewachsen", murmelte sie, Caitlynns Blick meidend. *Weil er nicht herausgefunden hat, woran der Fürst leidet oder weil er es nicht benennen wollte? Oder...– der Gedanke kam ihr jetzt erst– weil es keine Heilung dafür gibt?*

„Was Eure zweite Frage betrifft ..." Die Hand der Fürstin wies zu dem Gemälde, das neben dem Jugendbildnis des Fürsts hing. Es zeigte ihn in einem weinrot-goldenen Prachtgewand neben einer jungen Frau in goldgewirkter Hochzeitsrobe, die dunkelbraunen Locken gekrönt von einem Diadem aus Rosenquarzblüten. Sie reichte ihm nur bis zur Schulter, ihre goldbraunen Augen hingen bewundernd an seinem Gesicht und ihr Lächeln strahlte so viel Wärme aus, dass seine hoheitsvolle Miene dagegen kalt wirkte. „Er-kennt Ihr die Frau hinter der Braut?"

Caitlynn trat an das Bild heran. Ein Rotnussbaum voller sattgel-ben Federblüten beherrschte den Hintergrund. Rechts und links des Stammes standen ein junger Mann und eine junge Frau, er in sattem Blau, fast so prächtig wie der Bräutigam selbst, sie in einem grünen Kleid, dessen Saum mit dem Gras zu ihren Füßen zu ver-schmelzen schien. Beide trugen sie die Silbernen Schärpen der Er-sten Ratgeber des Brautpaares, beste Freunde und Unterstützer in Krisenzeiten. Caitlynn studierte die Gesichtszüge der Frau: klar ge-zeichnete Wangenknochen, gerade Nase, gerade Brauen und das energische Kinn, dazu der rote Zopfkranz durchflochten mit grü-nen Ranken – kein Zweifel. „Meisterin Melana?"

„So ist es. Felora, die erste Gattin des Fürsten, wurde gemein-sam mit ihr im Grünen Turm in Ibjadar ausgebildet. Meisterin Me-lana war ein gern gesehener Gast auf Faelin." Die Fürstin räusperte sich. „Versteht Ihr jetzt, warum der Fürst auf sie vertraut?"

Wenn er sich da nicht irrt. Egal, wie eng Großmutter mit Fürs-tin Felora befreundet war, auf den Fürsten selbst ist sie nicht gut zu sprechen.

Ihr Blick fiel auf die auffällige Nase des blau gewandeten Ratge-bers. „Und das ist?"

„Benir zu Perigant, der Vater von Lord Mandir. Die beiden Cousins dienten zusammen bei der königlichen Wache." Die Fürstin senkte die Stimme. „Tragischerweise verstarb er vier Wochen vor Felora, als er während der Jagd mit seinem Pferd stürzte. Der doppelte Schicksalsschlag hat den Fürsten viel Kraft gekostet."

Nicht so viel wie die mysteriöse Krankheit, die niemand zu kennen schien. Ob der Fürst etwas von ihrer Unterhaltung mitbekommen hatte, ließ sich an seinem Gesicht nicht ablesen. Immer wieder schlossen sich seine Hände um die Falten des Lakens, verkrampften sich zeitgleich mit seinem Kiefer.

„Durchlaucht." Perlot trat nah an Cidenia heran. „Die Archivarin wartet."

Sie nickte und drückte die Schulter ihres Sohnes. „Wir holen das Tierbuch, das Tonja für dich heraussuchen wollte, Kilber. Dann kann dein Vater sich etwas ausruhen. Komm!"

Der Junge lächelte Frioban mehr gezwungen als herzlich zu. „Schlaf gut, Vater." Dem Druck der mütterlichen Hand gehorchend, verbeugte er sich knapp in Caitlynns Richtung und drehte sich zu Perlot um.

„Cidenia!" Die Stimme des Fürsten war nicht mehr als ein heiserer Seufzer. „Sag Tonja ..." Seine Stimme riss ab.

„Schmerzwein, ich weiß. Eine Flasche? Zu Mittag die weichen Pasteten?" Die Fürstin blickte kurz über die Schulter zurück.

Er nickte.

Schmerzwein? Taubblätter in Wein gekocht? Caitlynn schüttelte unmerklich den Kopf. So viele Blätter wie der Fürst offenbar benötigte, würden das Gebräu untrinkbar bitter machen. Wenige ältere Männer vermochten einzelne Blätter zu kauen, der Fürst gehörte nicht dazu, wie der Taubzucker bei seinem Frühstück bewiesen hatte. Stumm ging sie die ihr bekannten Schmerzhelfer durch, prüfte und verwarf, bis nur der Peinwurzsaft übrig blieb. *Natürlich. Deshalb spart der Fürst an allen Ecken und Enden.* Sie hörte, wie die Türe hinter Perlot, Kilber und der Fürstin ins Schloss fiel. Frio-

117

ban drehte den Kopf zu ihr. Seine vom Schmerz trüben Augen sahen sie an und doch durch sie hindurch. Er öffnete den Mund, schloss ihn wieder, presste die Lider zu und stöhnte. Caitlynn verstand auch so, was er sie fragen wollte. *Was fehlt mir?*

Kein Mensch sollte so leiden müssen. „Wenn Ihr einverstanden seid, Träger-des-goldenen-Reifs zu Faelin", begann sie, „werde ich versuchen, die Aura Eurer Krankheit zu lesen."

Sein Gesicht entspannte sich ein wenig, seine Lippen verzogen sich in der Andeutung eines Lächelns.

„Endlich."

Caitlynn trat an das Bett heran, den Blick auf seine Leibesmitte gerichtet. „Versprecht Euch nicht zuviel, Durchlaucht." Ihre Finger bebten, als sie die Hände bis knapp oberhalb seines Hemdes absenkte. *Mach es wie immer. Lebenskraft und Gabe, gebunden durch den Willen.* Das Tuch aus grünem Licht spannte sich zwischen ihren Händen von Friobans Hals bis zu seinem Schritt. Sacht senkte sie es einen Hauch tiefer und verankerte es in seiner Aura, um seine Lebenskraft zu lesen. Drei in einander verschränkte Halbmonde, Ranken, Kleckse – das Auramuster floss und wuchs. *Warum hat es zwei, nein, drei Farben?* Purpur außen, grau in der Mitte und schwarz ganz innen. *Was, ob Allmächtige, ist das für eine Krankheit?* Hundertdreißig Muster konnte Caitlynn fehlerfrei zuordnen, doch dieses hier war ihr völlig fremd. Sie wünschte sich zurück ins Grüne Haus, in Melanas Bibliothek, um dort in den Nachschlagewerken zu stöbern. Ihre Augen brannten, so lange starrte sie auf das Muster, um sich jede Einzelheit davon zu merken. *Ich muss es aufzeichnen. So rasch als möglich.* „Wo finde ich Papier und farbige Tusche?", fragte sie, als sie nach einer gefühlten Ewigkeit das Tuch auflöste, und zwinkerte, bis das Brennen in den Augen nachließ. „Ich muss das Muster Eurer Krankheit aufzeichnen, denn ich kenne es nicht."

„Biblio...thek. Heilerbü...cher."

Meister Brodins Bücher? Er hat sie nicht mitgenommen?

Es klopfte an der Tür, und ein Diener trat ein, einen Kelch und eine in ein Flauschtuch gewickelte Steingutflasche in Händen. „Euer Wein, Durchlaucht", sagte er und verbeugte sich.

„Dann überlasse ich Euch der Peinwurz." Caitlynn neigte den Kopf, registrierte flüchtig seine erleichterte Miene und huschte aus den fürstlichen Gemächern.

Die Bibliothek ... Sie sah nach links und rechts. Eine bekannte Gestalt verließ soeben das Zimmer gegenüber, mehrere Kleidungsstücke auf dem Arm. „Astania!"

Die Zofe drehte sich um und deutete einen Knicks an. „Kann ich Euch helfen, Mylady?"

„Wo finde ich die Bibliothek?"

„Den Gang hinunter, um die Ecke, vorbei an Eurem Gemach, in die Haupthalle. Gegenüber dem Haupteingang am anderen Ende der Halle führt eine blaue Flügeltüre in die Bibliothek."

„Danke!"

„Bitte seid vorsichtig, der Boden ist glatt."

Astania hatte sie nicht umsonst gewarnt. Mit ihren bestrumpften Füßen rutschte Caitlynn mehr als sie ging auf eine blau gestrichene Türe zu, deren beide Flügel mit Schnitzmustern von Vögeln, Baumhörnchen und Ranken bedeckt waren. Selbst die beiden Kupferringe waren als Blütenranken geschmiedet worden. Sie griff nach dem linken Ring und zog daran, woraufhin der Türflügel geräuschlos nach außen schwang und den Blick in einen Raum freigab, in dem die Bibliothek des Grünen Hauses zehnmal Platz gefunden hatte. Ihre Blicke wanderten über die Buchrücken aus Leinen, Leder, Seide, mal bemalt, dann wieder mit Gold oder Silber geprägt oder farbig bedruckt. Gesetzestexte, Stammbäume, Fabelgeschichten, Liederbücher, Historien und Mythen, Gedichte, Benimmbücher ... alles war vertreten und manches Werk gleich doppelt. Stunden, nein Tage könnte sie hier verbringen, vergraben in einen der Polstersessel, die als lauschige Gruppe unter dem ersten der fünf

Fenster Staub sammelten, die Nase zwischen Seiten, die zur Abwechslung mal nicht von Krankheiten und Tinkturen erzählten.

„Wonach sucht Ihr?"

Eine leise und doch feste Stimme riss Caitlynn aus ihrem Schwelgen. Tonja, die Bibliothekarin, überkreuzte höflich ihre Hände. Auf dem rechten Handrücken erkannte Caitlynn dasselbe Berufszeichen, wie es Gibbet, Meisterin Melanas Helfer, trug. Das Mädchen erwiderte den Gruß und wunderte sich im Stillen über die alten Flecken auf dem weißen Hemdkleid und den eingerissenen Saum des blauen Rocks darunter.

Die scharfen Falten von den Mundwinkeln zum Kinn verliehen dem runden Gesicht ein verdrießliches Aussehen, das nicht so recht zu den weiten Bögen der Augenbrauen und der Stupsnase passte. Ein blaues Stoffband hielt die grauen, glatten Haare aus der Stirn.

„Ich bin Caitlynn aus Melanas Grünem Haus", stellte sie sich vor. „Wo finde ich Papier und farbige Tusche, um ein Auramuster zu zeichnen?"

„Gleich dort drüben." Tonja geleitete Caitlynn um die Regale herum bis hinten zum letzten der Fenster. „Meister Brodin hat sehr oft hier gesessen." Bei seinem Namen zitterte ihre Stimme kaum merklich. Caitlynns Blick folgte ihrem ausgestreckten Arm zu einem großen Schreibtisch. Papierbögen und kleinere Stücke stapelten sich in einer Ecke. Eine Schreibunterlage aus feinstem Leder bildete die Mitte und auf der anderen Seite reihten sich Tusche- und Tintenfässchen in zwei Holzkästchen sauber aneinander. Zwei mit klarem Wasser gefüllte Steingutbecher standen neben einem Lederbecher, aus dem fünf Pinsel unterschiedlicher Stärke ragten. Kein Staubkorn lag auf der Schreibunterlage, die silbernen Federn und Federhalter neben dem Tintenkästchen blinkten wir frisch poliert.

„Meister Brodin konnte sich glücklich schätzen, Euch als Helferin zu haben", sagte Caitlynn und setzte sich vorsichtig auf den Sessel. „Hier lässt es sich gut arbeiten."

Rote Flecken bildeten sich auf Tonjas Wangen und ein feuchter Glanz trat in ihre Augen. „Das", sie zog die Nase hoch, „hat Meister Brodin auch immer gesagt."

„Ihr habt lange mit ihm zusammen gearbeitet?"

„Sechzehn Jahre", sagte Tonja und richtete sich auf. „Ich bin mit ihm aus Ibjadar gekommen. Ihm verdanke ich, dass ich hier aufgenommen worden bin, obwohl Archivar Halfgar meinte, dass er keine Hilfskraft brauche. Meister Brodin hat auf einen Teil seines Lohns verzichtet, damit ich meiner Schwester in Ibjadar jeden Monat etwas Silber schicken konnte."

Das Mädchen zog einen großen Bogen aus dem Stapel und schraubte das schwarze Tintenfass auf. „Wisst Ihr, weshalb genau Meister Brodin das Schloss so unerwartet verlassen hat?"

„Gesagt hat er kein Wort", platzte es aus Tonja heraus. Ihre Augen begannen erneut zu glänzen und sie zwinkerte heftig. „Am Morgen vor vier Tagen kam er nicht zum Frühstück. Ich ging zu seinem Zimmer und klopfte. Die Tür war nur angelehnt, sein Zimmer war leer und der Brief an seine Durchlaucht lag auf dem Kopfkissen. Wenn ich ... wenn ich nur gewusst hätte ..."

Caitlynn griff nach der Feder mit der schmalsten Spitze, steckte sie in den Federhalter und tauchte sie vorsichtig in die Tinte.

„Hier." Tonja zog eine kleine Schublade auf und entnahm ihr ein Stück weiches Tuch, auf welches Caitlynn die überschüssige Tinte tupfen konnte.

„Was genau meint ihr?", fragte sie Tonja, während sie das Zentrum des Auramusters auf das Papier malte. Die eine Sichelspitze nach links geneigt, die zweite etwas schräg herauslaufend, die dritte hing nach unten ... „Wenn Ihr was gewusst hättet?"

„Die Sache mit Bessop. Es war nicht seine Schuld."

Als die Archivarin Caitlynns fragenden Blick auffing, biss sie sich auf die Lippen. „Ich rede zuviel."

„Sprecht doch weiter! Bitte."

Tonja starrte an ihr vorbei, durch das Fenster in den Garten.

Caitlynn wartete einige Atemzüge, seufzte und legte die Feder zur Seite. Die Tinte war getrocknet. Zeit für die Tusche. Mit dem feinsten Pinsel zog sie graue Tuscheranken vom Zentrum nach draußen. Nach jedem Strich lehnte sie sich zurück, musterte das Gebilde und schloss die Augen, um sich das Muster neu ins Gedächtnis zu rufen.

Sie war gerade dabei, den Pinsel auszuwaschen, um sich dem letzten, dem purpurnen Abschnitt zu widmen, da hörte sie Tonja Stimme, so leise, dass sie angestrengt zuhören musste, um sie zu verstehen.

„Bessop ist, nein, er war der jüngste Sohn von Thelb, dem zweiten Gärtner. Er war erst fünf, ein lieber Junge, schrecklich neugierig und lebhaft. Immer hat er etwas angeschleppt, Nussschalen, Steine, Käfer ... Unter jedem Stein, in jedem Astloch, das er erreichen konnte, hatte er seine Fingerchen, um zu wühlen und etwas auszugraben." Sie schluckte schwer. „Keiner hat gewusst, dass in der Hecke beim Tempel eine Blauzunge eingezogen ist. Bis Bessop ihr Nest gefunden hat und weinend angerannt kam mit dick geschwollenem Arm."

„Das Nest einer Blauzunge? Aber die Weißhörnchen der Allmächtigen fressen doch nichts lieber als Schlangeneier."

„Ihr vergesst, dass Seine Durchlaucht nach dem Tod von Fürstin Felora den Vermittler-der-Allmächtigen aus dem Tempel des Schlosses vertrieben hat. Mit dem Feuer und dem Segen der Allmächtigen verschwanden auch die Weißhörnchen aus dem Hain." Tonja zuckte die Achseln. „Es war zweifelsohne eine Blauzunge. Bessops Vater hat sie später aufgespürt und erschlagen, die Eier verbrannt. Meister Brodin hat das Muster richtig gelesen, nur ..."

„... gibt es keine Medizin gegen Blauzungengift." Ein Glück, dass Blauzungen so selten waren. „Direkte Heilung?"

Tonjas Hände krampften sich um die Falten ihres Schürzenkleides. „Er hat es versucht. So sehr versucht, dass er das Bewusstsein verlor. Es ...", sie atmete tief ein und aus, „... es hat nicht gereicht, nicht reichen können, weil er an diesem Morgen und drei Tage zuvor seine Durchlaucht heilen musste."

„Dasselbe Leiden wie jetzt? Dieselben Anzeichen?"

Die Archivarin nickte. „Meister Brodin hat das Muster gezeichnet, wieder und wieder."

„Wie hat Meister Brodin die Krankheit genannt? In welchem Buch hat er sie gefunden?"

„In keinem." Tonja wies mit dem Kinn zum nächsten Bücherregal. „Die zweite Reihe von unten. Alles Bücher, welche die erste Fürstin mit ins Schloss gebracht hat, und in Meister Brodins Zimmer standen noch ein paar mehr. Er hat jede Seite fünfmal umgeblättert. Nächtelang. Die Krankheit seiner Durchlaucht hat keinen Namen."

Caitlynn starrte erst auf Tonja, dann auf das Muster. *Unmöglich. Keine Krankheit entsteht aus dem Nichts.* „Hat die direkte Heilung geholfen?", hörte sie sich fragen.

„Für ein paar Wochen. Dann nur noch für Tage." Sie rang die Hände. „Es war, wie wenn man Wucherdorn nur mit der Sense bekämpft."

Die Wurzeln bleiben, treiben neu aus, bilden Ableger. Wenn man beim Umgraben nicht alles erwischt ... Alles? Das muss es sein!

„Wartet!"

Caitlynn tauchte den Pinsel in die purpurne Tusche. Hier ein Zacken, da eine Linie, dort ein Bogen. Punkte, Halbkreise, eine Welle. Ergänzen. Verbinden.

Nach einer letzten Prüfung ließ sie den Pinsel in den Wasserbecher gleiten.

„Ist es das? Erkennt ihr das Muster?"

Tonja beugte sich über ihre Schulter. „Den schwarzen Teil, ja, und der graue, der war purpurn."

„Das Purpurne?"

„Das war auf den Zeichnungen des Meisters nur bis hierhin." Sie deutete auf die Hälfte des Purpurmusters.

Ist das hier schon „alles"? Wird es reichen? Sie schob den Stuhl zurück. „Meister Brodin hatte weniger Muster zum Vergleich. Vielleicht habe ich Glück und finde die Krankheit." Ihr Blick suchte Tonjas Augen. „Würdet Ihr mir helfen?"

Die Archivarin betrachtete das Muster. „Es wird weiterwachsen, nicht wahr? Und den Fürsten töten." Ihre Lippen bildeten einen schmalen Strich. Der Glanz in ihren Augen gefror.

„Nicht der Fürst trägt die Schuld an Bessops Tod, sondern diese Krankheit." Tonjas sah sie zweifelnd an, doch Caitlynn war in Fahrt. „Wenn niemand die Krankheit erkennen kann, wird sie auch niemand auf Dauer heilen können, egal wer als nächstes darunter leidet ..." Sie ließ den Satz in der Luft hängen. *Wer sagt, dass der Fürst das einzige Opfer bleiben wird?*

Tonjas Arme sackten herab, ihre Fäuste schlossen und öffneten sich. Schließlich hob sie den Kopf. „Was soll ich tun?"

Gemeinsam trugen sie sämtliche Heilbücher zusammen. Caitlynn sortierte aus, was sie bereits kannte, und jene Werke, die keine Auramuster zeigten. Schließlich blieben fünf Bücher übrig.

„Vier Augen sehen mehr als zwei", sagte Caitlynn und zog einen zweiten Stuhl zum Schreibtisch. Die beiden steckten die Köpfe über den Büchern zusammen, betrachteten, verglichen, verwarfen, Seite um Seite. Die Schatten schrumpften. Als Caitlynn wiederum aus dem Fenster blickte, stand die Sonne senkrecht über den Blumenbeeten. Sie schloss das letzte Buch, rieb sich die müden Augen und seufzte tief. Keine Spur von dem Muster.

Tonja stand auf und streckte sich. „Meister Brodin hat nichts übersehen." Es klang nicht erleichtert. „Was machen wir jetzt?"

Ehe Caitlynn ihr antworten konnte, flogen beide Flügel der Bibliothekstür auf. „Mylady Caitlynn!" Astania kam hereingestolpert, das Gesicht rot vor Aufregung. „Meisterin Melana ist hier und verlangt Euch zu sehen."

„Ich komme sofort." Caitlynn rollte den Bogen mit dem Auramuster vorsichtig zusammen und steckte ihn in ihre Tasche. Mit einer Hand drückte sie Tonjas Unterarm und bemühte sich um ein Lächeln. „Meine Meisterin ist sehr erfahren."

Tonjas düstere Miene entspannte sich ein wenig. „Sie soll sich vorsehen, dass es ihr nicht ergeht wie Meister Brodin."

Caitlynn nickte und wandte sich an die Zofe. „Wo ist sie?"

„Vor den fürstlichen Gemächern."

Astania hastete voran. Caitlynn schlitterte hinter ihr her den Gang hinunter durch die Eingangshalle. Kaum waren sie in den Osttrakt eingebogen, hörten sie schon Melanas energische Stimme: „Nein, ich warte hier, bis ich mit ihr gesprochen habe, Oberst." Beide Fäuste in die Hüften gestemmt, stand Melana vor der Tür zum Schlafgemach des Fürsten. Oberst Perlot und der Kammerdiener des Fürsten hatten sich zwischen ihr und der Eingangshalle aufgebaut. Beiden Männern stand der Schweiß auf der Stirn. „Wenigstens eine kurze Begrüßung ... Seine Durchlaucht hat so auf Euren Besuch gezählt, Meisterin!" Perlot machte einen halben Schritt nach vorn, doch Melana ließ sich nicht eine Handbreit näher zum Schlafgemacht des Fürsten drängen Caitlynn streckte ihre mentalen Fühler aus und registrierte, dass der Oberst sein Charisma mit in die Waage warf. Die Heilerin wehrte seinen Angriff mühelos ab und bedachte ihn mit einem ärgerlichen Blick, woraufhin er wieder einen halben Schritt zurückwich und nach Worten suchte. In diesem Moment erblickte sie Caitlynn, öffnete die Arme und lächelte breit.

„Da bist du ja!"

„Großmutter!" Caitlynn überholte Astania und flog an den beiden Männern vorbei in Melanas Arme.

Die Heilerin drückte sie kurz, schob sie dann eine Armeslänge von sich weg. „Geht es dir gut?" Sie musterte das Mädchen vom Kopf bis zu den Strümpfen.

„Sie ... sie haben mir meine Schuhe weggenommen", sagte Cailtynn mit einem Seitenblick zum Oberst, der sich gerade den

Schweiß von der Stirn wischte. „Damit ich nicht weglaufe, bis du kommst. Und du bist gekommen."

„Hast du etwas anderes erwartet?" Melana legte ihr den Arm um die Schultern und wandte sich zum Oberst. „Sie bekommt ihre Schuhe zurück. Sofort!"

Der Oberst zuckte zusammen. „Ihre Durchlaucht die Fürstin hat angeordnet ..."

„Ihr wollt, dass ich den Fürsten sehe? Dass ich seine Aura lese und ihn zu heilen versuche? Dann beschafft mir, was ich will. Auf der Stelle!"

Perlot knirschte mit den Zähnen und nickte Astania zu. „Bring sie ihr!"

„Sofort." Die Zofe deutete einen Knicks an, drehte sich auf den Hacken ihrer Schnallenschuhe um und marschierte in Richtung Haupttrakt davon.

Wo haben die nur meine Schuhe versteckt?

Caitlynn schüttelte den Kopf. Jetzt war etwas Anderes wichtiger. Sie löste sich vom Arm ihrer Großmutter und zog die Rolle aus ihrer Tasche. „Meisterin Melana, seine Durchlaucht ist wirklich sehr, sehr krank ..."

Die Heilerin verschränkte erneut die Arme. „Du hast seine Aura gelesen."

Caitlynn senkte den Blick nicht einen Fingerbreit, obwohl sie spürte, wie ihr das Blut in die Wangen stieg. Sie streckte die Hand mit der Rolle aus. „Was Ihr mich im Grünen Haus gelehrt habt, sollte ich auch außerhalb des Heilraumes beherrschen, oder?"

Melanas Mundwinkel zuckten kaum merklich. „Und?" Sie machte keine Anstalten, die Rolle entgegen zu nehmen.

Das Mädchen benetzte die Lippen. „Ich habe das Muster noch nie zuvor gesehen. Archivarin Tonja und ich haben alle Heilbücher der fürstlichen Bibliothek durchsucht. Wir können es nicht finden. Meister Brodin hat es auch nicht gefunden, sagt Tonja."

„Hmm ..." Die Heilerin streckte die Hand aus, Caitlynn legte die

Rolle hinein. Sie hielt den Atem an, während Melana die Rolle glatt-
strich und sich ihr Blick an dem Muster festsog. „Hmm ..."

Caitlynns Hoffnung fiel in sich zusammen. „Ihr ... Ihr kennt es
auch nicht."

Melana widersprach nicht.

Was wird sie jetzt tun?

Die Heilerin rollte den Bogen zusammen und gab ihn Caitlynn
zurück. „Macht die Tür schon auf, Oberst", sagte sie. „Ich werde die
Aura selber lesen."

Die Furchen auf Perlots Stirn waren während ihres Gespräches
mit Cailtynn tiefer und tiefer geworden. „Bitte, Heilerin. Tut, was
Ihr könnt", murmelte er und öffnete die Türe.

„Euer Durchlaucht, Meisterin-der-Heilkunst Melana."

„Endlich!", tönte es aus dem Schlafgemach. Die Stimme schwankte ein wenig, dennoch klang sie kräftiger als bei Cailtynns Besuch.

Zu ihrem Erstaunen lag der Fürst nicht mehr auf dem Bett, sondern saß aufrecht, gestützt von einem großen Kissen, verschiedene
Schriftrollen vor sich ausgebreitet. Im hellen Tageslicht blinkten die
runden Gläser des goldgerahmten Zwickers auf seiner Nase.

Er sah den beiden lächelnd entgegen. „Mela, ich bin so froh,
dass du gekommen bist."

Sie ignorierte seine Vertraulichkeit und verbeugte sich höflich.
„Ich hörte, Ihr seid krank, Durchlaucht."

Langsam nahm er den Zwicker von der Nase und schob die
Schriftrollen zur Seite.

Caitlynn entdeckte die Steingutflasche und den Kelch hinter
weiteren Schriftrollen auf dem Bettkästchen, stupste Melana an
und flüsterte: „Schmerzwein!"

Die Meisterin folgte ihrem Blick. „Wieviel habt Ihr davon getrunken, Durchlaucht?"

Er zog eine Schublade seines Bettkästchens auf und legte den
Zwicker neben eine rote Samtschatulle. „Zwei Kelche, drei ... bis es
eben wirkte. Ich habe viel zu tun."

„Hmm ..." Die Heilerin trat an das Kästchen heran und hob den Kelch an ihre Nase. „Peinwurz?"

„Ist das wichtig?"

Melana und Caitlynn wechselten einen langen Blick. *Wie ich sagte, es geht ihm schlecht.* Die Meisterin nickte abwesend, stellte den Kelch zurück und rollte die Ärmel ihres weißen Schürzenkleides hoch. „Das werden wir sehen, Durchlaucht. Bitte, legt Euch auf den Rücken."

Ohne Widerrede streckte der Fürst sich aus, das Gesicht angespannt. „Gib dein Bestes, Mela. Nicht um meinetwillen – für Felora."

Die Heilerin blickte für einen Atemzug auf das Hochzeitsgemälde. Ein weicher Glanz trat in ihre Augen und sie seufzte. „Bewegt Euch bitte nicht, bis ich fertig bin, Durchlaucht." Sie sah über ihre Schulter zu Caitlynn. „Bring deine Zeichnung und halte sie über seine Beine."

Die beiden standen Schulter an Schulter. Caitlynn spürte die Anspannung in ihrer Großmutter, als diese das grüne Tuch erscheinen ließ. Das Auramuster hatte sich nicht verändert. Melanas Blick flog zwischen der Zeichnung und dem grünen Tuch hin und her, verglich jede Ranke, jene Linie, jeden Klecks.

„Hat sie es richtig gemacht?", fragte der Fürst. „Kannst du erkennen, was es ist?"

Schweigend löste Melana ihr grünes Tuch auf und nahm Caitlynn die Zeichnung aus der Hand. „Lass mich nachdenken." Die Stirn in Falten gelegt, trat sie aus dem Schlafgemach in den Umkleideraum und setzte sich auf das Sofa. Wieder und wieder wanderten ihre Blicke den die Ranken entlang.

Mit gesenkter Stimme erklärte sie: „Ich habe dieses Muster schon einmal gesehen."

Sie schloss die Augen. „Nicht in einem meiner Bücher. Auf einem losen Bogen ... Wo war das nochmal? Ich war nicht allein. Felora war da ..." Mit Daumen und Zeigefinger rieb sie über ihre Nasenwurzel. „Wir hatten nur eine Laterne dabei, eine kleine, weil wir fürchteten ..." Sie schlug die Augen auf, sah auf das Muster, drehte es, schluckte. „... fürchteten, dass ein Lehrmeister uns erwischte, wie wir heimlich unnütze Muster abzeichneten."

„Unnütze Muster?", fragte Caitlynn, ebenfalls leise.

„Extrem seltene oder ausgestorbene Krankheiten, die in kein Buch aufgenommen wurden. Die Blätter mit den Mustern und Erläuterungen lagen in einer verstaubten Truhe, in einem der vielen Kellerlager unter zerfressenen Kleiderresten."

Caitlynn runzelte die Stirn. Wenn sie daran dachte, wie sorgsam sie mit den Mustern im Grünen Haus umzugehen hatte, damit die Seiten nur ja keine Flecken, Risse oder Knicke bekamen ... „Wie sind die Blätter dahin gekommen?"

„Wenn Wanderheiler ohne enge Familienbande sterben, bekommt der Turm ihre Habseligkeiten. In den Räumen stapeln sich Berge von Trödel und Tand zwischen Verwertbarem. Alle paar Jahre wird in einem Winkel ausgeräumt und sortiert, eine Arbeit für die Jungheiler. Ab und zu finden sich dann auch solche Aufzeichnungen darunter. Unsere Meister warfen einen Blick darauf und meinten, wir Jungheiler sollten uns auf `echte´ Krankheiten konzentrieren, anstatt unsere Zeit auf Absonderlichkeiten zu verschwenden."

„Ihr habt es trotzdem getan."

Melana lächelte kurz, nickte und fuhr fort: „Wegwerfen sollten wir sie ja nicht, das hat uns neugierig gemacht. Jeder hat sich ein paar der Muster herausgesucht und sie heimlich abgezeichnet." Ihr Gesicht wurde ernst. „Das hier war dabei, ganz sicher. Es ist keines von meinen. Felora hat es ausgewählt. Es war das komplizierteste Muster, und sie hat dreimal neu beginnen müssen, daher weiß ich es noch."

„Was beredet ihr da?", fragte der Fürst mit erhobener Stimme. „Du lässt mich nicht im Stich, Mela, oder? Das würde Felora nicht wollen."

„Wir sind beide noch da!", sagte Melana laut und überdeutlich. „Und lass Felora da aus dem Spiel. Wenn ich dir helfen soll, lass es mich auf meine Art tun."

Es kam keine klare Antwort, nur ein ärgerliches Brummen.

Die Heilerin wandte sich ihrem Lehrling zu. „Wir müssen ihre Blätter finden!", sagte sie leise.

„Und wo?", flüsterte Caitlynn. „In den Büchern sind sie nicht, da hätte Meister Brodin sie längt entdeckt."

„Ah ja, Meister Brodin. Stimmt es, wie Perlot behauptet, dass er aus Zerknirschung über seine eigene Unfähigkeit geflüchtet ist?"

„Nicht, wenn man die Archivarin hört." Caitlynn wiederholte, was sie in der Bibliothek erfahren hatte und auch Tonjas Warnung.

Melana zog die Brauen zusammen. Ihr Blick glitt von Caitlynns Gesicht zur nächsten Wand. „Brodin wäre nicht der erste, der seiner Durchlaucht mehr gab als gut für ihn war", murmelte sie, atmete tief durch und sah wieder auf das Muster. „Die schwarzen Stellen, hier ist die Krankheit schon einmal fast besiegt worden."

„Von Meister Brodin?"

„Vielleicht ..." Melana schüttelte den Kopf, wie um einen beharrlichen Gedanken zu vertreiben. „Egal. Das hilft uns jetzt nicht weiter. Felora hat die Blätter sicher nicht weggeworfen. Sie könnten in irgendwelchen Büchern stecken, es müssen keine Heilbücher sein."

Caitlynn stellte sich vor, wie sie jedes der unzähligen Bücher aus dem Regal zogen, es umdrehten und schüttelten, zur Sicherheit einmal durchblätterten, besser zweimal ... *Das dauert Stunden, Tage vielleicht* ... „Können wir nicht gleich den Grünen Turm nach dieser Truhe und dem Muster fragen? Im Schloss gibt es einen Hüter-des-Geheimwissens, Kleso, Klestar ... so irgendwie."

Die Heilerin griff sich an die Stirn. „Natürlich. Hier", sie schob das Papier auf Caitlynns Schoß. „Frag nach Meister Gmeldrig. Halte das Muster nah ans Glas, denn er sieht nicht mehr gut."

„Ich? Allein?" Unsicher sah sie ihre Meisterin an. „Werden die mich nicht auslachen und abwimmeln?"

„Du bist im Turm als mein Lehrling gelistet. Und vergiss nicht, der Ruf kommt aus Schloss Faelin, nicht aus einer Dorfkneipe. Du wirst Gehör finden." Melana stand auf. „Ich bleibe bei Frio... beim Fürsten. Peinwurz wirkt nicht ewig."

„In Ordnung, Meisterin." Caitlynn versenkte die Papierrolle in der Tasche ihres Hosenrocks.

„Caitlynn?" Melana stand im Torbogen, dem Bett zugewandt, sodass das Mädchen nur ihren steifen Rücken sehen konnte.

„Ja?"

„Deine Mutter ...", Melanas Stimme füllte den Raum. „Trägt Kari immer noch ständig einen Handschuh über ihrer rechten Hand?"

Etwas verwirrt, dass Melana gerade jetzt auf ihre Mutter zu sprechen kam, zog sie die Brauen zusammen und ging in Gedanken die Tage ihres letzten Besuchs auf Ehredar durch.

„Ja. Außer wenn sie sich einschließt, um zu baden oder ihre Kräuter zu mischen."

„Schmerzen ihre Narben?"

„Sie klagte nicht, aber sie duftete stärker nach Nebelminze, als ich in Erinnerung hatte. Besonders morgens."

Melana murmelte etwas, das wie „dummes Mädchen" klang. Dann seufzte sie, holte Luft und sagte laut: „Danke, Caitlynn. Jetzt beeil dich und komm nicht ohne das richtige Buch zurück. Frag die Archivarin, wenn du es nicht findest!"

Einen Augenblick lang, stand Caitlynn verwirrt im Raum. Weshalb die Bibliothek? Sie sollte doch den Hüter aufsuchen. *Natürlich. Wenn Meister Brodin die Lösung nicht selbst gefunden hat, weshalb hat er nicht schon längst beim Grünen Turm angefragt? War er zu arrogant und stur ... oder hat es ihm der Fürst verboten?*

Während die Heilerin in den Schlafraum schritt, wandte sich Caitlynn zum Ausgang. Als sie die Tür zum Flur öffnete, hörte sie den Fürsten grummeln: „Du wirst mir kein schlechtes Gewissen einreden, Mela. Wer glaubst du, hat Antol mit der Nase drauf gestoßen, dass er nichts Besseres finden kann als eine Heilerin? Ich hab dem Mädchen einen Grafen verschafft ...“

Melanas Antwort verstand Caitlynn nicht, wohl aber den scharfen Unterton ihrer geflüsterten Worte. Zu gern hätte sie Mäuschen gespielt.

Durch den Türspalt sah Caitlynn, wie Oberst Perlot sich näher an die Tür heranschob. Er musste die letzten, lauten Sätze der Heilerin gehört haben und seine Neugier war geweckt. Rasch schlüpfte Caitlynn hinaus auf den Flur, wo sie fast mit dem Oberst zusammenstieß. Ohne jede Verlegenheit trat dieser einen Schritt zurück, sodass sie die Türe leise ins Schloss drücken konnte. Erst dann sprach er sie an: „Was sagt die Meisterin? Ist Heilung möglich? Braucht sie Kräuter? Papier? Bücher?“

Caitlynn hob beide Hände. „Im Augenblick sind wir nicht schlauer als Meister Brodin es war.“ Da fiel ihr ein, dass sie eine Frage noch gar nicht gestellt hatte. „Wisst Ihr, wo er sich jetzt befindet?“

Er hob die Schultern. „Seine Durchlaucht hat Meister Brodins Schreiben ins Kohlebecken geworfen, ehe es ein zweiter lesen konnte. Ich vermute, der Meister ist zu Verwandten gefahren, um sich zu erholen. Die Heilversuche hatten ihn sehr mitgenommen.“

Und das Unglück mit dem kleinen Bessop.

„Ich habe den Auftrag, mich mit dem Grünen Turm zu beraten. Wo finde ich den Hüter?“

Die Falten auf Perlots Stirn milderten sich ein wenig. „Der Arbeitsraum des Hüters liegt genau über der Bibliothek. Im Haupttrakt die Treppe links in den ersten Stock, und den Gang hinunter bis zur rot lackierten Türe. Ach ja“, er wies auf die Schuhe, die an der Wand lehnten. Das schwarze Leder glänzte wie frisch vom Leisten. „Ich hoffe, Ihr entschuldigt ...“ Caitlynn hatte keine Zeit für höfliche Floskeln, sie nickte nur, schlüpfte in die Schuhe und hastete den Gang hinunter zum Haupttrakt.

Außerhalb der Sichtweite des Oberst verlangsamte sie ihre Schritte. Der Handrücken ihrer Mutter ... die grausige Narbe, deren Ränder unterhalb des Handschuhs hervorlugten, den sie selbst bei Begrüßungen nicht ablege. Wie Kjeron. Am Fuß der Treppe hielt sie inne. Wie hatte Mandir, der Erbe des Herzogs, Kjeron beim Frühstück beschimpft? Halbe Hand – natürlich! Jetzt wusste sie wieder, wo sie das schon einmal gehört hatte. Wenige Wochen vor Jadons Tod, als ihre Eltern sich heftig gestritten hatten, weil der Vater mit Gared solange immer die gleichen Charismaübungen wiederholt hatte, bis dieser vor Erschöpfung zusammengebrochen war. *„Halte dich da raus, Weib! Glaubst du, es macht mir Spaß zu sehen, wie der Junge sich quält? Aber was versteht eine Halbe Hand von den Pflichten eines wahren Vaters?"* Noch nie hatte Caitlynn ihre Mutter derart wütend und traurig zugleich gesehen. Drei Tage lang wechselte die Gräfin kein Wort mehr mit ihrem Gatten und danach auch nur das Nötigste, eisig und knapp. Des Abends bezog sie eines der Gästezimmer und verriegelte es, ungeachtet des Getuschels der Diener und Mägde. Wie sich die beiden wieder versöhnt hatten, wusste Caitlynn nicht mehr, aber es musste noch vor Jadons Tod geschehen sein ... oder?

Warum glaubte der Fürst, ihrer Mutter etwas zu schulden? Wegen ihrer Narben?

„Sie erinnern mich daran, meine Kinder von glühenden Kohlen fernzuhalten." Das war der Standartsatz, mit dem die Gräfin ihren vernarbten Handrücken Fremden erklärte. Caitlynn rieb sich die Stirn. *Ich muss daran denken, Großmutter zu fragen, was damals wirklich passiert ist. Wie alt Mutter war und weshalb es nie richtig verheilt ist.*

Sie schloss die Augen und atmete langsam aus. Eines nach dem anderen. Ihre Fingerspitzen ertasteten das Papier in ihrer Tasche. Zuerst die Hilfe für den Fürsten. Erst langsam, dann schneller und schneller erklomm sie die Stufen und lief den Gang hinunter.

Mit heißen Wangen erreichte sie die dritte von vier Türen. Rot lackiert, wie Perlot gesagt hatte. Sie langte nach dem Messingring des Türklopfers, doch ehe sie ihn fallen lassen konnte, wurde die Türe aufgerissen. Erschrocken wich sie zurück.

Mandir, der Erbe des Fürsten, drängte sich an ihr vorbei, ohne sie wahrzunehmen. Seine verkrampften Kiefer öffneten keinen Finger breit, um sich zu entschuldigen. Den Blick starr geradeaus gerichtet, stapfte er den Gang hinunter, als wollte er mit jedem Schritt eine Nuss zertreten.

Durch die offene Türe hörte Caitlynn eine helle Frauenstimme: „Lauf nicht schon wieder weg, Mandir! Ich rede mit dir! Ich bin deine Gattin, also halte mich nicht ständig hin! Soll ich jetzt den Gedenkstein in Auftrag geben?"

Eine zweite Stimme sprach ein paar unverständliche Worte in beruhigendem Tonfall. Klestal? Und wessen Gedenkstein? Caitlynn stieß die Türe weiter auf und betrat den Raum. Brokattapeten in dunklem Rot, bedruckt mit goldenen und schwarzen Ranken, überzogen alle vier Wände. Der dicke rote Teppich auf dem dunklen Holzboden passte genau dazu. Ansonsten war der Raum bar jeder Möbel bis auf den Spiegel, der an der Wand, fünf Schritte links von der Türe hing. Caitlynn sah gerade noch, wie der Hüter-des-Geheimwissens mit einer leichten Verbeugung die Spitze seines gewundenen Kristallstabes gegen den Spiegel tippte, woraufhin das Leuchten hinter dem Glas erlosch. Mit einem lauten Seufzen richtete er sich wieder auf und fuhr sich mit dem Ärmel seiner roten Robe über die Stirn.

Das Mädchen räusperte sich. Der Hüter zuckte zusammen und drehte sich um. Als er sie erkannte, entspannte er sich und zwang seine erschöpften Züge zu einem Lächeln. „Kann ich helfen, Mylady Caitlynn?"

Sie zog die Schriftrolle aus ihrer Tasche. „Ich muss mit dem Grünen Turm in Ibjadar sprechen, Hüter."

Klestal wog den Stab in seinen Händen. „Ich hatte den Spiegel gerade erst für Lord Mandir geöffnet. Kann es nicht bis morgen warten, oder wenigstens bis heute Abend?"

„Es geht um die Gesundheit des Fürsten. Meine Meisterin wartet auf die Antwort." Sie richtete ihr Gespür auf den Spiegel. Da auf Ehredar kein Hüter Dienst tat, hatte sie ihre Mutter alle zwei Wochen zum Roten Haus beim Dorfbrunnen begleitet, um mit dem Spiegel des dortigen Hüters ein paar Sätze mit Shina und Gared in Maesinar wechseln zu können. Spiegelmagie zehrte an der Gabe der Hüter, was Klestals schwere Lider und dunkle Augenringe erklärte. Vorsichtig griff sie mit ihrer Gabe durch die weiße Kristallscheibe, die das Spiegelglas ersetzte. Die schwarzen Kristallplättchen dahinter, welche den Ruf aufnahmen und an den Zielspiegel weiterleiteten, reagierten zögernd, also war noch ein Rest an Energie im weißen Spiegelkristall vorhanden. Klestal bemerkte ihr Abtasten und fuhr sich mit dem Stab durch die Locken. „Na gut. Ein kurzer Ruf, mehr ist nicht drin", sagte er. „Ich habe ihn erst gestern aufladen müssen."

„Für Lord Mandir?", wunderte sich Caitlynn.

„Nicht nur er vermisst Familie oder Freunde."

„Ich werde mich sehr kurz fassen, versprochen. Ich ... ich könnte hinterher beim Aufladen helfen."

Mit einem müden Lächeln schüttelte Klestal den Kopf. „Danke für das Angebot, Lady Caitlynn, aber der Rote Turm würde mich in die untersten Kammern verbannen, wenn ich Euch mit den Kristallen herumpfuschen ließe. Kommt!" Er trat an den Spiegel heran und sammelte sich.

Caitlynn baute sich vor dem Spiegel auf, eine Hand um das Papier geklammert, und hielt den Atem an. Sie konnte nicht erkennen, welches Zeichen der Hüter mit seinem Kristallstab auf das Spiegelglas malte, und die Worte der Öffnungsformel vernahm sie als unverständliches Gemurmel. Als Klestal zurücktrat, war der Spiegel schwarz, nur in seiner Mitte war ein winziger Lichtpunkt erkennbar.

„Vergesst nicht, ihr habt nicht viel Zeit! Wenn Ihr mich braucht, ich bin eine Tür weiter in meinem Studierzimmer."

Caitlynn wartete, bis die Türe hinter ihm ins Schloss gefallen war, schluckte und trat auf Armeslänge an den Spiegel heran. Ihre Hand zitterte leicht als sie auf den Lichtpunkt tippte. „Der Grüne Turm von Ibjadar."

Licht vertrieb die Schwärze hinter dem Glas und das volle Gesicht einer jungen Frau erschien. Sie war kaum älter als Klestal, die langen, schwarzen Haare flossen über ihre Schultern und den Rücken bis zum silbernen Gürtel, der die flammend rote Robe zusammenhielt. Das warme Lächeln besänftigte Caitlynns flatternden Magen. Die Hände überkreuzt, neigte die Hüterin den Kopf. „Dijala, Hüterin-des-Geheimwissens. Wie kann ich helfen?"

Caitlynn überkreuzte ihre Handrücken, ohne das Papier fallen zu lassen und verbeugte sich. „Caitlynn aus Melanas Grünem Haus. Meine Meisterin Melana und ich weilen auf Schloss Faelin. Der Fürst ist schwer erkrankt und Meisterin Melana erbittet Meister Gmeldrigs Rat."

Die zarten Bögen über den nussbraunen Augen der Hüterin hoben sich. Sie nickte. „Ich verstehe. Der Meister ist nicht weit, ich werde ihn rufen."

Sie verschwand aus Caitlynns Blickfeld, ehe die sich bedanken konnte. Das Mädchen trat von einem Fuß auf den anderen, den Blick auf das Spiegelglas geheftet. Wieviel Zeit blieb ihr noch? Sie fing zu zählen an. Bei dreiundsechzig tauchte ein kleiner Mann im Spiegel auf, zwei grünbraune Augen unter buschigen, rötlichen Augenbrauen musterten Caitlynn wie ein seltenes Gewächs. Das Berufszeichen auf seiner rechten Hand, das er mit einer flüchtigen Geste präsentierte, wies ihn als höchsten Heiler des Reiches aus. „Gmeldrig, Meister-der-Heilkunst. Du bist Melanas Lehrling?"

Caitlynn stellte sich vor und beschrieb in raschen Worten die Krankheit des Fürsten. „Hier, das ist das Muster. Meine Meisterin steht vor einem Rätsel." Sie entrollte das Papier und hielt es eine

Handbreit vor den Spiegel. Meister Gmeldrig beugte sich vor, bis nur noch die Kuppel seines kahlen Schädels über der Kante des Papiers zu sehen war. „Hmm..." Caitlynn wartete. „Hmmpf..."

„Meisterin Melana glaubt, es sei eines der `unnützen Muster´, die sie während ihrer Ausbildung im schwarzen Turm während einer Entrümpelung gefunden hat."

„Ah..." Die zierliche Hand deutete ihr, dass der Meister genug gesehen hatte. Seine Finger krabbelten durch den dreigeteilten Bart, hinauf zum Kinn, hinunter zu den Spitzen, wieder hinauf. „Zu Melanas Zeiten also ... hmm ..."

„Jemand wird doch wissen, wo diese Kisten und Truhen sind, die mit den Mustern, oder?", fragte Caitlynn vorsichtig.

„Davon haben wir mehr als ein Dutzend, verstreut in zehn oder so Kammern, mein Kind." Gmeldrig seufzte. „Ich werde Brodin darauf ansetzen."

„Brodin? Meister Brodin ist im Grünen Turm?"

„Wo soll er sonst nach Antworten suchen, hmmm?" Gmeldrig zupfte an seiner Nasenspitze. „Seit Tagen blättert er sich durch die Bibliothek, zeigt jedem das gleiche Muster wieder und wieder." Er lächelte, dass seine unregelmäßigen, weißen Zähne zwischen den rötlichbraunen und grauen Barthaaren hervorblitzten. „Nur an die `unnützen Muster´ haben wir noch nicht gedacht. Richte deiner Meisterin unseren Dank aus. Und sag ihr, sie soll sich nicht übernehmen, bis wir die Antwort gefunden haben."

„Das werde ich." Caitlynn verbeugte sich. Das Bild fing an zu wabern. „Wie lange könnte das dauern, die Suche?", fragte sie.

„Hmm ..." Gmeldrig überlegte ein paar Atemzüge lang. Doch als er den Mund öffnete, um zu antworten, waberte das Bild ein letztes Mal, wurde dunkler und verschwand.

Ihr eigenes, schmales Gesicht blickte ihr aus dem leicht trüben Spiegelglas entgegen. Seufzend strich sie eine Strähne aus der Stirn und verließ die Kammer. Nebenan die weiß lackierte Türe war nur angelehnt.

„Hüter Klestal?"

„Schon fertig?" Klestal trat aus seinem Studierzimmer, den Kristallstab in der Hand. „Hat die Energie gereicht?"

Caitlynn beschrieb das abrupte Ende des Gesprächs und er seufzte. „Ich lade den Spiegel neu auf, aber das ist das letzte Mal für die nächsten drei Tage."

Gern wäre Caitlynn dabei gewesen, um zu verfolgen, wie der Hüter seine Gabe auf die Kristalle übertrug, doch Klestal machte keine Anstalten, sie wieder in den Spiegelraum zu bitten. „Habt Ihr Eure Antwort bekommen?", fragte er nur.

„Nicht wirklich", musste sie zugeben, „Meister Gmeldrig hat mir versprochen, sich darum zu kümmern, aber das kann Stunden dauern." *Oder Tage.*

„Ich werde Euch verständigen, wenn der Grüne Turm Euch ruft", versprach Klestal.

Caitlynn bemühte sich um ein Lächeln. „Meine Meisterin wacht über die Gesundheit des Fürsten. Ihr findet uns in seinen Gemächern."

Klestal nahm das mit einem Nicken zur Kenntnis und verschwand im Spiegelraum.

Cailtynn schlenderte den Gang zurück zur Treppe. *Was wird Großmutter sagen? Dass wir warten sollen?*

Sie legte die Hand auf das Geländer. Nein. Es blieb immer noch die Suche nach den Aufzeichnungen von Herzogin Felora. Vielleicht konnten ihr die Diener dabei helfen. Und Tonja, ja, Tonja würde wissen, wen sie darum bitten konnten.

Am Fuß der Treppe angelangt, wandte sie sich in Richtung der Bibliothek. Ein Türflügel stand offen. Tonja war nicht allein, vor einem der Regale stand Kjeron, einen schweren Wälzer in Händen.

„Die Farbvarianten bei Rigenlots Werken sind es wert, studiert zu werden", sagte er gerade, ohne aufzublicken. „Unerheblich, wieviel seiner Pinselschwünge lediglich Kopien anderer Künstler sind. Ich habe einige sehr interessante Versuche mit Kombinationen aus

Ocker, Gold und Tiefenblau gemacht."

„Werde ich diese Versuche jemals zu Gesicht bekommen, Lord Kjeron?", fragte Tonja. „Oder gehen sie wie jene davor ebenfalls in Rauch auf?"

„Schon geschehen, Tonja. Gestern Abend war es ziemlich kühl, nicht wahr?"

Caitlynn stand in der Tür, räusperte sich. Kjeron hob den Kopf, erkannte das Mädchen und zog beide Augenbrauen hoch. Tonja, die unweit von ihm auf einem Hocker stand, um an einige Bildbände in den oberen Regalreihen zu gelangen, sprang auf den Boden. „Lady Caitlynn, gibt es Neuigkeiten?"

Caitlynn nickte höflich in Kjerons Richtung. „Meister Brodin geht es gut, Tonja. Er befindet sich im Grünen Turm auf der Suche nach dem Namen der Krankheit, die den Fürsten in ihren Klauen hält."

Erleichterung strich die Hälfte der Falten aus Tonjas Gesicht. „Er hat Seine Durchlaucht also nicht im Stich gelassen. Ich wusste es!", murmelte sie. „Danke, Lady Caitlynn."

„Deshalb seid Ihr nicht hergekommen, Lady Caitlynn, nicht wahr?" Kjeron klappte das Buch zu. „Wenn Brodin noch sucht und ihr die Krankheit nicht beim Namen nennen könnt ..."

Caitlynn nickte. „Ihr habt recht, Lord Kjeron, meine Meisterin kennt die Krankheit nicht." Sie zog die Papierrolle aus der Tasche. „Eure Großmutter, Felora, hat sie gekannt, zumindest das Muster irgendwo aufgezeichnet." In knappen Worten erzählte sie, was sie von Melana dazu erfahren hatte. „Wir werden alle Bücher hier nach diesem einen losen Bogen durchsuchen müssen."

Er runzelte die Stirn. „Warum hier?"

„Gibt es noch einen anderen Ort, wo Eure Großmutter ihn aufbewahrt haben könnte?"

„Ihr Studienzimmer. Meine Mutter hat mir davon erzählt, dass die Herzogin ihre wertvollsten persönlichen Schätze in ihrem eigenen kleinen Reich aufbewahrte. Wenn dieser Bogen für sie weniger

Handwerkszeug als Erinnerung an ihre Zeit im Grünen Turm war..."

„Wurde das Zimmer nach ihrem Tod nicht ausgeräumt?", fragte sie vorsichtig.

Kjeron klappte legte den Bildband auf den nächsten freien Stuhl. „Nein. Mein Großvater war zu dieser Zeit selbst erst von einer schweren Krankheit genesen und nicht in der Lage, die Treppen zu erklimmen. Er hatte sein Schlafgemach nach unten ins Erdgeschoss verlegen lassen, sodass er mit dem Radstuhl alle für ihn wichtigen Räume erreichen konnte. Alles, was er benötigte, ließ er vom alten Schlafgemach nach unten bringen, die Gegenstände meiner Großmutter blieben zurück. Dort ist er auch nach seiner vollständigen Genesung geblieben. Eine Erleichterung für die Diener, sie mussten das Badewasser jetzt nicht mehr nach oben schleppen, da auch meine Mutter ein neues Gemach im Erdgeschoss bezog. Niemand hat seitdem in den alten Herzogsgemächern gewohnt, auch die neue Herzogin nicht. Sie und ihr Sohn teilen sich zwei Gemächer genau gegenüber jenes des Herzogs. Die Diener machen die alten Räume regelmäßig sauber. Ich war aus Neugier, zwei, dreimal drin. Diese Bögen habe ich zwar nicht gesehen, aber mehrere Regale mit Büchern, in denen sie stecken könnten."

„Könnt Ihr mich hinführen? Sind die Räume verschlossen?"

„Ja. Nein. Ich kann Euch bei der Suche helfen, wenn ich darf."

Caitlynn nickte, erleichtert, dass sie jetzt nicht allein dabei ertappt werden würde, ein fremdes Gemach zu durchwühlen. „Zuvor muss ich der Meisterin berichten."

„Das kann ich übernehmen." Tonja stieg vom Hocker. „Was soll ich ihr ausrichten?"

Der Herzog darf es nicht erfahren. Er glaubt ja, ich sei in die Bibliothek geschickt worden. „Sagt ihr, dass das zweite Regal uns leider nicht helfen konnte und wir, Ihr und ich, das erste nochmal durchsuchen werden, wie abgesprochen."

140

„Welches Regal?", fragte Tonja leicht verwirrt. „Suchen wir hier? Ich dachte …"

„Ich möchte nicht, dass der Herzog mitbekommt, dass ich mit dem Grünen Turm gesprochen habe", sagte Caitlynn rasch. „Er würde sich wahrscheinlich aufregen, und das wäre nicht gut für ihn."

Tonja nickte. „Allerdings. Meister Brodin war sehr verärgert, niemanden vom Grünen Turm um Rat fragen zu dürfen. Ich werde genau Eure Worte benützen, Lady Caitlynn. Was Seine Durchlaucht nicht weiß, kann er nicht verbieten."

Beide Frauen blickten zu Kjeron, der beide Handflächen nach oben drehte und lächelte. „Ich weiß von nichts."

Während Tonja in den Osttrakt marschierte, folgte Caitlynn Kjeron über die Treppe in den ersten Stock, entlang der Balustrade bis zu zwei weiß lackierten Türen, die mit Rosenmotiven verziert waren. „Das gemeinsame Schlafgemach ist weiter drüben. Das hier waren Großmutters persönliche Räume, wenn sie für sich allein sein wollte", erklärte Kjeron und öffnete die rechte der beiden Türen. Der Raum dahinter war ganz in Zartgrün und Sonnengelb gehalten. Durch das hohe Fenster schien die Sonne auf dicke Teppiche, von denen bei jedem Schritt eine kleine Staubwolke emporstieg. Staubstreifen auch an den Rüschen des Baldachins über dem Bett, und eine weiße Schicht überzog die Marmorplatte des Frisiertisches. „Sehr oft machen die hier aber nicht sauber", murmelte Caitlynn.

„Das sah vor ein paar Wochen noch besser aus", erwiderte Kjeron und deutete auf die Verbindungstür, die in den zweiten Raum führte. „Sollen wir getrennt suchen?"

„Besser zusammen."

Kjeron war einverstanden, und so wühlten sie sich durch die herzoglichen Roben im Kleiderschrank, die heftig nach Mottenpulver stanken. Das gesuchte Blatt war weder zwischen den Strümpfen versteckt noch lag es zwischen den Reiseerzählungen, die sich im Bettkästchen stapelten.

Im Frisiertisch fanden sich getrocknete Blüten neben Hutnadeln und Halstüchern, Fläschchen, Tiegeln und einem Nähkästchen. Die Schmuckschatulle war leer. „Mein Großvater hat die meisten Stücke an meine Mutter weitergegeben, einige hat Onkel Mandir bekommen, um sie seiner Frau zu schenken", erklärte Kjeron. Er wollte schon die Lade schließen, da fiel Caitlynn auf, dass sie sich nicht so weit hatte herausziehen lassen wie die darüber. Tatsächlich klemmte ganz hinten ein rotes Lackkästchen. Sie rüttelte daran, bis es sich löste. Zu ihrer Enttäuschung war es leer. Die Abdrücke auf dem schwarzen Samt verrieten, dass hier zwei unterschiedlich große Ringe gelegen hatten.

Kjeron runzelte die Stirn. Er tippte auf die silberne Brücke, die den Deckel des Kästchens zierte. „Das muss die Schachtel für die Ringe sein, die mein Großvater meiner Großmutter zur Hochzeit geschenkt hat. Eine altmodische Geste, doch meine Großmutter hat ihren Ring geliebt. Sie trägt ihn auf fast allen Bildern." Er wischte den Staub von dem Gemälde, das seitlich neben dem großen Frisierspiegel hing. Es zeigte das junge Fürstenpaar. Ihre Halbkörper füllten die Fläche so aus, dass im Hintergrund nur Platz für ein wenig blauen Himmel und ein paar Wölkchen blieb. Eine junge, strahlende Felora blickte den Betrachter voll Stolz und Freude an, ihre rechte Hand ans Kinn gelegt, sodass der breite Silberreif mit den Rubinen sehr gut zu sehen war. Der junge Frioban präsentierte das Gegenstück, indem er seine rechte Hand auf Feloras Schulter ruhen ließ. Caitlynn konnte sich nicht erinnern, den Ring an Friobans Hand gesehen zu haben. Und auch seine jetzige Fürstin trug keinen.

Als sie Kjeron danach fragte, grinste er flüchtig. „Cidenia wollte lieber eine Kette als diese altmodischen Schwurringe." Er betrachtete das leere Kästchen und runzelte die Stirn. „Ich bin sicher, dass meine Mutter Feloras Ring nicht bekommen hat, und es wäre mehr als geschmacklos, wenn Großvater ihn Onkel Mandir gegeben hätte."

„Vielleicht hat Seine Durchlaucht den Ring aus Sentimentalität für sich genommen."

„Nicht ohne das Kästchen. Er kann ihn nicht tragen, und ihn einfach in eine Schublade oder Schatulle zu werfen ... klingt das nach Sentimentalität?"

Dem hatte Caitlynn nichts entgegen zu halten. Die Möglichkeit, dass einer der Dienstboten den Ring eingesteckt hatte, lag ihr auf der Zunge, doch da Kjeron es nicht zur Sprache brachte, schluckte sie den Verdacht hinunter. Schweigend suchten sie den Rest des Zimmers ab. Vergeblich.

„Der nächste Raum?", fragte Caitlynn. Kjeron klopfte sich ein paar Spinnweben vom Ärmel, nickte und öffnete die Verbindungstür in das Studierzimmer. Der Raum machte seinem Namen alle Ehre. Zwei große Fenster sorgten für ausreichend Licht, und vom Schreibtisch aus hatte man einen herrlichen Blick auf den Garten. Zwischen den beiden hohen Bücherregalen, wo sich die Bücher die Stellfläche mit Nippes aus Keramik und Bronze teilen mussten, hingen drei Gemälde. Das größte zog Caitlynns Blick sofort auf sich. Sie erkannte den linken der beiden Treppenaufgänge in der großen Halle. Auf den untersten Stufen stand das Fürstenpaar, die beiden ein Stück älter als auf dem Gemälde im Raum nebenan und einen halben Schritt voneinander entfernt. Die Herzogin hatte sich von ihrem Gatten abgewandt und blickte geradewegs den Betrachter an. Ihr Lächeln erinnerte Caitlynn an die Miene ihrer Mutter, mit der sie bei Gabendank und anderen Festen Missstimmungen zu übertünchen pflegte. Hinter dem Fürstenpaar hatten sich Dienstboten aufgereiht. Einige Gesichter erkannte Caitlynn sofort, wie den Diener, der ihr die Türe zum Frühstückszimmer geöffnet hatte.

„Das hier ist meine Mutter", hörte Caitlynn Kjerons Stimme hinter ihrem Rücken. Er wies über ihre Schulter auf das Gesicht eines kleinen Mädchens, das sich an die Hand der Herzogin klammerte.

„Und das hier auch."

Caitlynns Blick folgte seiner Hand, die auf das kleine Bild darunter wies. Es zeigte eine ähnliche Szene auf der Treppe und musste Jahre später entstanden sein, mehr eine Skizze als ein fertiges Bild, die Körper mit groben Strichen umrissen. Lediglich die Gesichter waren detailliert ausgearbeitet und leichten Farbschattierungen versehen. Das Mädchen, etwa in Caitlynns Alter, stand jetzt anstelle der Fürstin Arm in Arm mit einem deutlich älteren Frioban auf der ersten Stufe.

Die Ähnlichkeit mit Kjeron war unverkennbar. Noch ein Gesicht erkannte Caitlynn, auch wenn sie sehr genau hinschauen musste, um in dem dünnen, etwas verkrampft lächelnden jungen Mann unter der Dienerschar ihren Vater zu erkennen. Er trug das Gewand eines Archivars, genauso wie der graubärtige Mann, der ihm die Hand auf die Schulter gelegt hatte. Das musste Halfgar sein, der bereits auf dem ersten Bild gleich hinter dem Fürsten zu sehen war.

„Das obere Bild ist das letzte meiner Großmutter vor ihrem Tod", sagte Kjeron. Seine Finger tippten auf ein verschlungenes EL in der unteren linken Ecke. „Elbechin hat unglaublich schnell gearbeitet und sein Gedächtnis ist legendär. Die Qualität in den Details hätte nachgebessert werden können, die Stufen sind nicht alle gleichmäßig und der Lichteinfall ist etwas ... hm ... freizügig. Auch das untere Bild stammt von ihm."

„Ihr kennt die Gemälde gut", sagte Caitlynn.

„Als ich die Skizze ersten Mal ganz hinten in einem Bildband über Waldbäume entdeckte, habe ich das Bild wochenlang in meinem Zimmer versteckt, bis ich den Mut hatte, es anstelle einer Obststudie hier aufzuhängen. Im ganzen Schloss habe ich sonst kein Bild von ihr gefunden außer einem, das sie als kleines Mädchen im Garten zeigt." Er seufzte schwer und trat einen Schritt zurück, damit Caitlynn an ihm vorbei konnte. Sein Blick ließ das Gemälde nicht los.

„Warum hat der Künstler das Bild nicht vollendet, so wie das große?", fragte sie vorsichtig.

„Das hat er. Ich weiß sogar, wo es hing. Großvater hat es zerschneiden und verbrennen lassen, wie alle Portraits meiner Mutter, auf denen sie kein kleines Kind mehr ist." Gedankenverloren rieb er mit der linken Hand über seinen Handschuh. Cailtynn fiel wieder ein, wie Mandir ihn beim Frühstück genannt hatte. *Halbe Hand.*

„Weshalb?"

Kjeron fing ihren Blick auf, hielt ihn fest. „Ihr wisst es nicht?"

„Was denn?"

„Was es bedeutet, dass ich nur eine `Halbe Hand´ bin."

Sie schüttelte den Kopf.

Er lächelte, nestelte am Handschuh und zog ihn ab. Seine Hand war glatt und makellos, keine Narben wie bei ihrer Mutter. Sein Mutterzeichen erkannte sie nicht, offenbar stammte die erste Herzogin aus keiner bekannten Adelssippe. Das Vaterzeichen fehlte.

Als sie den Blick hob, begegnete sie der Frage in seinen Augen. „Ich verstehe", sagte sie langsam, „... und auch wieder nicht. Eure Hand ist doch vollständig."

Kjeron lachte. „Ich wünschte, Ihr wärt meiner Mutter begegnet. Sie hätte Euch gemocht."

Er streifte den Handschuh wieder über. „Mein Großvater hatte sich in den Kopf gesetzt, seinen Goldreif an einen direkten Nachkommen weiterzugeben, was, wie ihr selbst wisst, durch die Unberechenbarkeit des Charismas kaum vorherbestimmbar ist. Meine Mutter zeigte kein Interesse an der Erbfolge, also musste ein Enkel her, am besten von Mandir, dem wahrscheinlichsten Erben. So wurde der arme Onkel Mandir ohne sein Wissen schon zum fürstlichen Schwiegersohn und so oft ins Schloss eingeladen, dass er genauso gut auf Dauer hätte hier einziehen können. Meine Mutter roch den Braten und geriet darüber mit meinem Großvater in einen üblen Streit, sie wollte nicht mit Mandir verkuppelt werden.

Aus Trotz, so erzählte sie es mir, suchte und fand sie die Aufmerksamkeit mehrerer Männer, Adelige aus der Umgebung, aber auch Bedienstete und Wachleute aus dem Schloss. Die Gerüchte brachten mindestens sechs Namen ins Spiel. Ihr könnt Euch denken, wie mein Großvater reagierte, als meine Mutter gestand, ein Kind zu erwarten, ohne einen Vater nennen zu wollen. Er versuchte, ihr mittels Charisma einen Namen zu entlocken, doch meine Mutter war stark genug, sich zu wehren. Heimlich packte sie die wichtigsten Sachen und flüchtete zu ihren Großeltern mütterlicherseits auf ein kleines Landgut nahe bei Weidenfall. Mein Großvater tobte und schrieb meine Urgroßeltern, dass er meine Mutter mit Gewalt zurückholen und zur Wahrheit zwingen würde. Meine Urgroßmutter bat Meisterin Melana zu vermitteln. Was auch immer Eure Großmutter dem Herzog bei ihrem Besuch auf Faelin sagte, weiß ich nicht. Jedenfalls hat er von da an geschwiegen wie ein beleidigtes Kind und seine Tochter so gut wie aus seinem Leben gelöscht. Als ich geboren wurde, bekam ich nur das Zeichen meiner Mutter, und sie lehrte mich, meinen Kopf deshalb keinen Fingerbreit tiefer zu tragen als die anderen Jungen im Dorf."

Kjeron wandte den Blick zu dem kleinen Bild daneben, auf dem ein Landhaus auf einem Hügel zu sehen war. Eine mächtige Ascheneiche überschattete einen Brunnen, üppige Blütenpracht gedieh vom gestrichenen Zaun bis zur weiß gekalkten Mauer, vom offenen Gartentor führte ein Kiesweg in einem Bogen um den Brunnen herum zur blau lackierten Tür. Kein schlechter Ort für ein Kind.

„Die Eiche steht nicht mehr." Kjeorns Stimme klang rau. Er trat einen weiteren Schritt vom Bild zurück. „Meine Mutter und ich kamen gerade vom Dorf, als der Sturm losbrach. Wir waren schon beim Brunnen vorbei, als eine Bö uns fast von den Füßen fegte. Es knirschte. Holz barst. Ich drehte mich um und da kam dieser große, dunkle Schatten auf mich zu. Ich weiß noch, dass meine Mutter schrie und sich auf mich warf. Dann Schmerz und nur noch Dunkelheit. Als ich wieder zu mir kam, lag ich auf meinem Bett,

Meisterin Melana saß an meiner Seite." Er fuhr sich mit der Hand durch die Haare und sah sie leicht verwundert an. „Ich habe so lange nicht mehr darüber gesprochen. Ihr habt etwas an Euch, das es mir leicht macht, über alles zu reden, selbst über diesen Tag." Sein Blick hielt den ihren fest. „Vielleicht liegt es an Euren Augen. Ihr habt die gleichen Augen wie Eure Großmutter, wisst Ihr das?"

Caitlynn nickte stumm.

Er wandte sich weder dem Bild zu. „Ich habe nie vergessen, wie sehr sie damals weinte, als sie mir sagte, dass sie meiner Mutter nicht mehr helfen konnte. Ein Ast hatte ihr das Genick gebrochen. Ich konnte an diesem Tag nicht weinen. Da meine Urgroßeltern zwei Jahre davor verstorben waren, standen ich und Eure Großmutter allein vor dem Scheiterhaufen meiner Mutter. Ihre Asche war noch nicht verteilt, da tauchte mein Großvater auf. Er nahm mir die Gefäße aus der Hand und meinte, er wisse am besten, wie sie angemessen zu verteilen wäre. Ich war so wütend, dass ich zu weinen begann. Er hat mit mir geweint und mich festgehalten. Wenn ich überlege, das war das einzige Mal, wo ich ihn habe weinen sehen.

Der Fürst pochte darauf, als nächster Verwandter die Obsorge für mich zu übernehmen. Das Recht war auf seiner Seite und Meisterin Melana meinte, man dürfe einem Vater, der eine Tochter verloren hat, nicht auch noch den Enkel nehmen. So kam ich, damals kaum älter als Onkel Kilber heute, zu dem Vergnügen, eine nutzlose Existenz in diesen edlen Räumen zu führen. Als „Halbe Hand", eine unbrauchbare Katze im Sack für jeden Heiratshandel und ein Risiko für die Erbfolge, weil ich ja das Kuckucksei eines Gärtners oder Kochs sein könnte."

Caitlynn erinnerte sich an die Stammbäume in jenen Büchern, welche ihre Mutter so gerne studiert hatte. Diese peniblen Aufzeichnungen wurden einerseits geführt, um ein Rezept für eine sichere Charisma-Vererbung zu finden, andererseits, um zu nahe Verwandtschaftsehen zu verhindern. Wer hier nicht eingeordnet werden konnte, existierte für den Rest des Adels nicht, war eine Bürde für die eigene Familie. Sie begann zu verstehen, weshalb ihre Mutter so großen Wert auf ihr Standeszeichen legte und es sie so hart getroffen hatte, als der Graf sie eine „Halbe Hand" nannte, sie an das Vaterzeichen erinnerte, dessen Fehlen sie unter der Narbe zu verbergen suchte.

Eine Halbe Hand musste die Stärke Ihrer Gabe unabhängig von einem Stammbaum unter Beweis stellen. Ihrer Mutter war dies dank der Heilerausbildung im Grünen Turm gelungen.

Caitlynn sah Kjeron prüfend an. „Welches war Euer letztes Geburtsfest?"

„Das zwanzigste."

„Somit seid Ihr Herr Eures Schicksals, oder? Wenn Ihr nicht den Gelben Turm der Freien Künste wählt, dann ...", Caitlynn pustete den Staub von dem Bild. „Was ist aus dem Haus geworden?"

„Ich weiß es nicht", sagte Kjeron langsam, die Stirn gerunzelt, als mache es ihm Mühe, sich daran zu erinnern. „Bestimmt ist es längst eine Ruine."

„Wart Ihr noch einmal dort?"

„Wozu denn? Ich habe doch hier alles was ich brauche ..."

Seine Stimme war mit jedem Wort leiser geworden. Er schüttelte heftig den Kopf, rieb mit den Fingerspitzen kleine Kreise auf seine Schläfen. „Suchen wir weiter. Von all dem Staub bekomme ich Kopfschmerzen."

Caitlynn schluckte eine Erwiderung hinunter und öffnete das Fenster. Kühle Luft strömte herein.

„Hilft das?"

Er nickte und begann, systematisch die Bücher zu durchsuchen. Schweigend nahm sich Caitlynn des zweiten Regals an. Eine gute halbe Stunde verstrich, ohne dass sie ein weiteres Wort sprachen. Die meisten Bücher waren dieselben, die auch unten in der Bibliothek standen. Allerdings enthielten sie Markierungen und kurze Bemerkungen, die darauf hinwiesen, dass die Herzogin vor allem ihre persönliche Bibliothek in Krankheitsfällen zu Rate gezogen hatte. Ein loses Blatt flatterte aus keinem der Bücher.

Als nächstes war der Schreibtisch an der Reihe. Doch in der ersten Schublade fanden sich nur leere Papierbögen und Tuschefässchen, deren Inhalt längst zu Krümeln eingetrocknet war. In der zweiten Schublade lag eine gut verschnürte Ledermappe.

„Das ist es!" Caitlynn atmete tief durch und zog die Mappe heraus. Sie war ziemlich dick und schwer. Vorsichtig legte sie die Mappe auf den Schreibtisch und löste die Knoten. Zwei handgebundene Bücher lagen darin. „Feloras Heiltagebuch" und „Feloras Auramuster" stand mit schwarzer Tusche auf dem dicken Papiereinband zu lesen.

„Das kenne ich", sagte Caitlynn, „denn ich führe ebenfalls solche Bücher." Mit zitternden Händen blätterte sie das Heilertagebuch durch. Sehr kleine Schriftzeichen, die Wörter dicht an dicht, in der Ecke jeder Seite hatte die Herzogin in die obere Ecke das Datum geschrieben. Caitlynn rechnete zurück. Ja, zu dieser Zeit hatte ihre Großmutter im Grünen Turm studiert. Sie las jede Seite kurz an, doch nichts passte zu dem, was der Herzog gerade durchlitt. Das Buch der Auramuster hatte sie sich bewusst aufgehoben, weil sie darin die größten Hoffnungen setzte. Das Mädchen hob das Buch hoch, hielt es am Rücken fest. Schüttelte. Schüttelte heftiger. Kein Papierbogen. Sie blätterte es durch. Nein, kein Papierbogen, der irgendwie festklebte oder stecken geblieben war. Sie blätterte es ein zweites Mal durch, betrachtete die Auramuster genauer. Das kannte sie, jenes auch, das nächste ebenfalls. Ehe sie sich versah, hatte sie die letzte Seite umgedreht. Zwei Drittel der Muster hatte sie schon bei Melana gelernt, und bei dem noch unbekannten Drittel fehlte das gesuchte Muster.

„Was jetzt?", fragte Kjeron und rieb sich die Arme.

Caitlynn schloss geistesabwesend das Fenster und lehnte sich gegen den Schreibtisch. Bislang hatten sie einfach drauflos gesucht, ohne Plan und Eingebung. Felora hatte ihre alten Aufzeichnungen aus dem Grünen Turm nicht weg geworfen. Hatte sie nur das unter viel Heimlichtuerei und Mühe gezeichnete „unnütze" Muster entsorgt? Caitlynns Erfahrungen in Melanas Grünem Haus und ihr Gespür widersprachen dem. Auch der Grüne Turm besaß die Muster noch, nur eben nicht geordnet in Buchform. Wenn sie es also nicht bei den anderen Aufzeichnungen aufbewahrte, hatte sie es gut versteckt. Doch warum etwas verstecken, das erst jetzt von Bedeutung war? Caitlynn zog ihre Rolle aus der Tasche, rollte das Papier auf und betrachtete die unterschiedlichen Farben. Der innerste Fleck des Musters war auf dem grünen Tuch nicht einfach nur schwarz. Er war von einem unheimlichen, schlierigen Grünschwarz, das sie mit Tusche nicht hatte genau wiedergeben können. Jemand hatte diese Krankheit vor dem Eintreffen Melanas fast besiegt. Nicht Meister Brodin. Seine Versuche hatten ein klares Schwarz bis zu mattem Grau hinterlassen. Der Kampf gegen das Zentrum lag viel, viel länger zurück. Felora. Caitlynn hätte sich liebsten die Faust an die Stirn geschlagen. Warum war sie nicht früher dahinter gekommen. Wie hatte Melana noch gesagt: „Brodin ist nicht der erste, der mehr gegeben hat, als er vermochte", oder so ähnlich. Herzogin Ferlora hatte mehr gegeben als sie verkraftete, ein Mehr, das die Krankheit Jahrzehnte ganz klein gehalten hatte. Vielleicht hatte der Herzog das eine oder andere Unwohlsein gespürt, doch die Überreste von Feloras Lebenskraft hatten den schwarzen Kern eingekapselt und vor anderen Heilern versteckt. Caitlynn schauderte bei der Vorstellung, wie die Herzogin aus tiefer Liebe und Verzweiflung freiwillig auch ihre letzte Lebenskraft gab …

„Was ist jetzt?", riss Kjeron sie aus ihren Gedanken. „Eine neue Eingebung?"

Rasch rollte sie den Papierbogen zusammen und steckte ihn wieder ein. „Euer Großvater leidet nicht zum ersten Mal an dieser Krankheit. Es ist dieselbe Krankheit, die er beim Tod Eurer Großmutter hatte."

„Also lässt sie sich besiegen?"

„Zumindest zeitweise." *Und wenn ein Heiler sein Leben dafür opfert.* „Genauer wissen wir es erst, wenn wir die Aufzeichnungen gefunden haben. Offenbar wollte Herzogin Felora nicht, dass jemand zufällig darauf stößt und herausfindet, wie schlimm es um den Herzog steht."

Kjerons trat ans Fenster. „Wo kann sie ihn versteckt haben? Im Keller unter Gerümpel? Im Garten vergraben?"

„Nein. Sie musste ihn rasch zur Hand haben, um bei Veränderungen die Muster zu vergleichen. Hier in diesem Raum. Irgendwo." Ihr Blick blieb an dem Bild des Herrenhauses haften. Die Größe passte. „An einem Ort, der ihr Sicherheit versprach ..." Sie ging zum Bild hinüber, nahm es vom Haken und drehte es um. *Jaaaa!* Mit vor Erleichterung weichen Knien legte sie das Bild verkehrt herum auf den Schreibtisch und löste die Papierbögen, die hinter die Rückseite geklemmt worden waren. Ihre Hände zitterten, als sie die Bögen umdrehte. Drei Bögen. Drei Krankheitsbeschreibungen. Drei Auren. Die erste war es nicht, die zweite, ja, die passte. Sie verglich das Muster mit dem auf dem Papier in ihrer Tasche. Es passte noch immer.

Erst jetzt sah sie sich den Namen an. „Brandfäule", sagte sie laut. „Die Krankheit heißt Brandfäule."

„Und die Heilung?"

Caitlynns Augen flogen über den Text ohne Einzelheiten zu erfassen, auf der Suche nach dem richtigen Stichwort. Da, ganz am Ende stand es: „Heilung ohne die Gabe von Lebenskraft ist möglich, indem der Kranke...", las sie laut.

„Weiter!"

Sie hob den Kopf. „Mehr ist da nicht." Ihr Finger tippte auf eine lang gezogene Schliere, mit welcher die Seite endete. „Eure Großmutter hat den Text nicht fertig abgeschrieben. Vielleicht wurde sie gestört oder war zu müde."

Kjeron zerbiss einen Fluch auf seinen Lippen. „War die Suche umsonst?"

„Nein." *Dieser halbe Satz wird Großmutter davon abhalten, sich mit direkter Heilung zu verausgaben.*

Dem Sonnenstand nach war es fast Mittag. Cailtynns Magen knurrte. Sie widerstand dem Versuch, den Rest der Seite zu studieren. Melana würde weit mehr herauslesen können als sie. Entschlossen rollte sie beide Bögen zusammen und steckte sie in ihre Tasche. „Meine Meisterin wartet darauf, und sobald der Grüne Turm das Original gefunden hat, werden wir wissen, wie der Herzog zu heilen ist."

Kjeron nickte und lief voran zur Ballustrade. Dort ließ er Caitlynn den Vortritt, die flinken Schrittes die Treppen hinabeilte, durch die Halle.

Tonja wartete schon auf sie. „Ich wurde nicht zu Meisterin Melana vorgelassen", sagte sie und drehte ihre Handflächen nach außen, „aber Oberst Perlot hat versprochen, ihr meine Botschaft zu überbringen."

Caitlynn danke der Archivarin und hastete den Osttrakt hinunter zum Schlafgemach des Herzogs, vor dem noch immer Oberst Perlot Wache stand.

Zu Caitlynns Verwunderung machte er keine Anstalten, den Weg frei zu machen.

„Wir", sie holte zweimal tief Luft, „wir haben etwas gefunden, das wir der Meisterin zeigen müssen."

„Seine Durchlaucht nimmt gerade einen Imbiss ein", sagte Perlot bestimmt, „und möchte nicht gestört werden."

„Isst Meisterin Melana mit ihm?", fragte Kjeron.

„Nein. Meisterin Melana ruht sich aus. Sie will auch nicht gestört werden."

Caitlynn runzelte die Stirn. So etwas würde ihre Großmutter nie sagen. Vor allem nicht, wenn es um einen so kranken Patienten ging und sie auf die Erfüllung eines wichtigen Auftrags wartete. Das Mädchen versuchte, Perlots Blick festzuhalten, doch der starrte an ihr vorbei auf die Wand gegenüber.

„Meine Großmutter wartet auf meine Nachricht", sagte sie langsam. „Ich muss zu ihr."

„In ein, zwei Stunden vielleicht", sagte Perlot und verschränkte die Hände hinter dem Rücken. „Ich habe den Auftrag, niemanden hinein zu lassen."

„Das macht keinen Sinn!", zischte Kjeron und trat vor. „Mein Großvater will doch gesund werden, oder?"

„Seiner ... seiner Durchlaucht geht es besser." Auf Perlots Stirn bildeten sich erste Schweißtropfen. „Er hat die dreifache Portion seines üblichen Mittagsmahles bestellt und speist gerade. Es gibt keinen Grund zur Eile."

Was hat Großmutter getan, dass es dem Fürsten so rasch so viel besser geht? Eine üble Ahnung stieg in Caitlynn hoch.

„Bitte, geht zur Seite, Oberst." Sie schob das Kinn vor.

Alarmiert durch ihren strengen Tonfall, sammelte Perlot sein eigenes Charisma zu einem dichten Schild.

„Geht!", zischte er. „Es ist besser so!"

„Für wen, Oberst?" Angst machte sich in ihr breit, stieg bitter und kalt ihre Kehle hoch. Sie wollte da hinein, auch wenn sie dafür ihre Gabe auf eine Art verwenden musste, die ihr zuwider war.

Ihre Brücke traf auf seinen Schild. Sie spürte das lange Training, den verbissenen Willen dahinter und zog ihre Gabe zurück. Perlot fiel nicht darauf herein, sondern hielt sein Schild aufrecht. Caitlynn zögerte. Sie konnte ihre Brücke dagegen rammen, wie ihr Vater und Gared es zu tun pflegten, oder aber ... Wenn Lebenskraft durch Willen in die Gestalt eines Tuches gezwängt werden konnte, weshalb dann nicht auch die Gabe, das Charisma in ...

Sie hörte, wie Kjeron scharf nach Luft schnappte, als sie ihre Brücke auflöste und das Charisma zu einer Speerspitze formte und diese in Perlots Schild rammte. Perlot riss die Augen auf, öffnete den Mund, um zu protestieren, doch Caitlynn hatte die feinen Risse bemerkt, die Spinnweben gleich den Schild überzogen. Sie suchte den breitesten Riss, hakte ihre Speerspitze darin fest, drehte, drückte und ... der Schild zerbröselte. Sogleich löste Caitlynn ihren Speer auf, bildete die Charismabrücke, die ihrer beiden Auren verband, und ehe Perlot wusste, wie ihm geschah, überwältigte ihr Wille den seinen. Seine Arme sackten herab und ein glasiger Schimmer trat in seine Augen.

„Zwei Schritte nach links!"

Mit abgehackten Bewegungen machte er den Weg zur Türe frei.

„Bleibt hier stehen und rührt Euch nicht!", sagte sie bestimmt. Der Oberst nickte. Kjeron auch. Im Gesicht des jungen Mannes war eine Mischung aus Erstaunen und Respekt zu lesen.

„Passt Ihr auf den Oberst auf, Kjeron?", fragte sie ihn.

„Ich ... aber ich ...", stammelte er.

„Ihr seid auch sein Enkel", sagte Caitlynn, das vorletzte Wort betonend, und wies mit dem Kinn auf die Tür. „Ihr habt gespürt, was ich getan habe, oder?" Er nickte stumm. „Dann macht es mir nach. Baut eine Brücke und haltet den Oberst aus dem Gemach fern."

Sie wartete, bis sie Kjerons Brücke spürte und den Oberst zusammenzucken sah. Dann zog sie die ihre zurück und drückte die Klinke langsam hinunter. Lautlos schwang die Türe einen Spalt weit auf. Caitlynn linste hindurch in den Vorraum. Meisterin Melana lag auf dem Sofa, eine Decke über den Rücken gebreitet, das Gesicht einem der Spiegel zugewandt. Ihre Augen waren geschlossen, ihre Gesichtszüge entspannt, sie sah so friedlich aus. Aus dem Schlafraum dahinter hörte Caitlynn Messer über Porzellan kratzen. Der Geruch nach frischem Gebäck kitzelte ihre Nase.

Sie öffnete die Türe noch etwas weiter und schlüpfte in den Vorraum. Mit angehaltenem Atem drückte sie die Türe wieder ins Schloss. Ein Glas klirrte. Der Herzog rülpste. Das Messer kratzte weiter. Caitlynn huschte zum Sofa, legte ihre Hand auf Melanas Schulter und schüttelte sie leicht. Keine Reaktion. Sie schüttelte heftiger, sodass ein Arm unter der Decke hervorrutschte und die Hand kraftlos über der Sofakante baumelte. Kein Laut kam aus dem

Spalt zwischen den blassen Lippen, kein Flattern der Lider, nichts. Caitlynns Finger zitterten, als sie über den Hals der Heilerin strich. Die Haut so klamm, so kühl ... da! Der Puls. Ein Pochen, so schwach, dass Caitlynn erst nicht wusste, ob sie es sich nur eingebildet hatte. Das Mädchen holte tief Luft, breitete die Hände so weit über Melanas Körper aus wie sie konnte und schuf ein grünes Tuch. Ein Purpurnes Muster spross darauf, ähnlich dem Netz einer Trichterspinne. Plump gewebt, mit unregelmäßigen, groben Fäden, voller Lücken. Es sah keinem gleich, das Caitlynn in ihren Büchern gelernt hatte, dennoch versuchte sie, es zu deuten. Eine Krankheit war es nicht, mehr eine Verletzung, welche, einer offenen Pulsader gleich, die Lebenskraft aus Melanas Körper zog. Dem Mädchen stellten sich die Nackenhaare auf, als sie erkannte, dass die Heilerin nur noch ein Drittel ihrer Lebenskraft besaß.

Und immer noch floss welche ab, in einem hauchfeinen Rinnsal, Tropfen für Tropfen, dem Pfad des groben Musters entlang, den Trichterschlauch hinab ... genau zu der Hand, zum Ringfinger ... Caitlynn packte die Hand ihrer Großmutter, da sah sie es blitzen. Rote Steine in einem silbernen Reif. Melana trug den Ring der verstorbenen Herzogin. Und genau dieser Ring sog die Lebenskraft aus ihr heraus.

Ein Griff, etwas drehen, ziehen, ein Ruck – und das Kleinod lag in Caitlynns Hand. Sie hob den Ring hoch und gewahrte, wie das Licht in den kleinen schwarzen Kristallplättchen spiegelte, die an jenen Stellen der Innenseite hervortraten, wo der Silberlack begonnen hatte abzublättern. –Schwarzer Kristall übertrug offenbar nicht nur die Zauber der Hüter über weite Distanzen, sondern auch Lebenskraft.

„Du hast es entdeckt. Glückwunsch, Lehrling.“

Caitlynn zuckte zusammen und schnellte herum. Im Torbogen stand der Herzog, das Essbesteck noch in der Hand, die Serviette im Kragen. Verschwunden war der schwache, totkranke Mann, der ihr Mitleid abgenötigt hatte. Gesunde Farbe war in sein Gesicht zurückgekehrt und viele der Falten, die der Schmerz in sein Gesicht gegraben hatte, waren gemildert oder gar getilgt.

Aufrecht stand er da, ein munteres Funkeln in seinem Blick, als wäre er dem schmeichelhaften Portrait aus Malermeister Hortius Pinsel entstiegen. Sein breites Lächeln, seine ganze Gestalt strotzte nur so vor Lebenskraft. Geraubter Lebenskraft. Caitlynns Augen suchten seine Hände ab – ja, da war es, an seinem Mittelfinger, das Gegenstück des silbernen Ringes, den die Meisterin trug. So harmlos die Rubine darin funkelten, die Innenseite seines Ringes musste ebenfalls mit schwarzem Kristall überzogen sein. Nur so konnte er sich Melanas Lebenskraft auf die Distanz einverleiben. Rasch zog Caitlynn einen Verteidigungswall hoch, doch der erwartete Angriff blieb aus. Hatte er sein Ziel bereits erreicht? Hatte er genug? Auch ohne Grünes Tuch war offensichtlich, dass er seine Krankheit bezwungen glaubte, vielleicht war sie das auch, bis auf den schwarzen Schatten, den innersten Keim, der schon damals nicht bezwungen worden war. Die Teile fügten sich zusammen: Feloras Haltung auf dem großen Gruppenportrait, ihr Tod und des Herzogs Genesung. Wie musste es ihn gewurmt haben, dass er seine frisch erblühte Gesundheit nicht zur Schau stellen durfte und der Erbstreitprüfung um die Kristallkrone fern bleiben musste, um keinen Verdacht zu erwecken!

„Ist er nicht schön?" Seine Stimme hatte eine Fülle und Wärme, die jeden Saal ausfüllen und dutzende Zuhörer auch ohne Charisma in den Bann ziehen konnte. „Willst du ihn nicht anprobieren? Egal an welchem Finger, er wird wunderbar an dir aussehen, mein Kind."

Caitlynn öffnete den Mund, um ihn anzuschreien, dass er ein Mörder sei und die Vollstrecker davon erfahren würden, da hörte sie ihre Großmutter seufzen.

„Meisterin!" Sie fiel neben dem Sofa auf die Knie und nahm Melanas Hand in ihre Rechte. Mit dem, was die Heilerin noch an Lebenskraft besaß, würde sie sich niemals wieder völlig erholen können. Sie würde das Heilen aufgeben müssen, von anderen abhängig sein, kraftlos und krankheitsanfällig die wenigen Jahre, die ihr noch blieben. Ihre wunderschöne, sture, starke Großmutter. Caitlynn ließ zu, dass Sorge und Verzweiflung ihr die Tränen in die Augen trieben. Dahinter staute sich Wut. Unbändige Wut. So fest schloss sie die linke Faust, dass das Silber sich in ihre Haut grub. Sie spürte, wie die Charismabrücke des Fürsten gegen ihren Schutzwall schlug. „Ich könnte noch ein bisschen mehr an Kraft gebrauchen, mein Kind, ein ganz klein wenig. Es kann sich ja noch hinziehen, bis König Galedor den Weg des Propheten geht und die nächste Erbstreitprüfung ansteht ..." Etwas Gebieterisches lag in seinen Worten, fast als trüge er bereits die Kristallkrone des Reiches. Gelassen, als säßen sie in einem Salon bei Kuchen und einer Tasse Tee, palaverte der Herzog weiter, ohne jedoch in der Härte seines Charismaangriffs nachzulassen. „Hätte dieser Dummkopf von Kristallschmied sich nicht in einer Wirtshausprügelei das Genick gebrochen, hätte ich längst einen zweiten, breiten Reif bereit. Erst für Brodin, dann für die Halbe Hand."

Kjeron?

Er fing ihren überraschten Blick auf und lachte leise. „Hast du etwa geglaubt, ich füttere diesen schwächlichen Nichtsnutz aus Liebe durch? Wer schlachten will, der muss erst mästen." Schlagartig erfror sein Lächeln zu einer harten Linie, und das joviale Funkeln in seinen Augen wich stechender Gier. „Streif dir den Ring über, Kind!"

Ihre Mauer würde nicht mehr lange halten. Sie konnte eine zweite, eine dritte aufbauen, doch ihr Widerstand allein würde Melana nicht retten, vor allem, da jeder ihrer Gedanken durch einen See aus Sirup zu waten schien. *Großmutter hat sich geirrt, Charisma kann mehr sein als eine Brücke. Diese Wolke, sie erstickt meinen Willen.* Und ihr fiel wieder ein, woher sie das Gefühl kannte. Ihr Vater hatte sie nach Jadons Tod auf ähnliche Art gefügig machen wollen. Damals hatte sie den Schmerz als Hilfe, um die Läh-

157

mung abzuschütteln. Dieses Mal musste sie etwas anderes versuchen, etwas Verrücktes, Unerwartetes. So wie bei Perlot.

Langsam richtete sie sich auf, Melanas kalte Finger immer noch im festen Griff. Gelassen nahm sie hin, dass ihre Abwehr in Stücke brach. Seine Durchlaucht wollte, dass sie den Ring trug? Das konnte er haben. Geschickt drehte sie den Ring in ihrer Handfläche so, dass sie in über den Zeigefinger streifen konnte. Die schwarzen Kristallplättchen kratzten kaum spürbar über ihre Haut.

„Gut!" Er achtete nicht darauf, dass Reste ihrer Abwehr noch immer standen, die klebrige Wolke, mit der er sie gelähmt hatte, verschwand. Es verlangte ihn weniger nach ihrer totalen Unterwerfung als nach ihrer Lebenskraft.

Für Caitlynn fühlte es sich fast an wie damals, als Melana ihre Hilfe bei der Heilung der kleinen Tizza benötigt hatte. Zu jener Zeit war sie zu aufgeregt gewesen, um genau zu erkennen, was und wie dieses Absaugen von Lebenskraft geschah. Nun stand sie ruhig da, scheinbar wehrlos. Ihre Sinne ganz nach innen gerichtet, spürte sie nach, wie der Herzog seinen Willen an ihre Lebenskraft heftete, das Trichterneetz wob und mit den schwarzen Kristallplättchen verband. Ein leichter Ruck ging durch ihren Körper, als ihre Lebenskraft von einem Ring zum anderen übersprang. Der Herzog hatte seine eigene Lebenskraft an seinen Ring gebunden und alles, was von ihr an diesen Ring übertragen wurde, ging sofort auf seine Aura über.

Melana musste den Herzog zuerst freiwillig direkt geheilt haben und war danach zu schwach gewesen, Friobans Charisma zu widerstehen. Anders konnte sich Cailtynn nicht erklären, dass ihre Großmutter sich nicht wirkungsvoller gegen den Ring und den Verlust ihrer Lebenskraft zur Wehr gesetzt hatte.

Das Mädchen spürte, wie auch sie nach und nach an Kraft verlor, während der Herzog weiter aufblühte. *Je länger ich warte, umso schlechter sind meine Karten.* Caitlynn konzentrierte sich, zog die Reste ihrer Abwehr zusammen, richtete sie gegen die Charismabrücke, die das Trichternetz mit Friobans Willen speiste. Doch das

Charisma ihres Gegenübers wehrte alle Schläge ab.

„Sei ein braves Mädchen, noch ein halbes Stundenglas, vielleicht etwas mehr ... Lass es geschehen, es wird dich nicht umbringen, junges Ding, das du bist", schnurrte Herzog Frioban. Sein Wille legte sich wie eine Glasglocke über den ihren. Dabei nickte er seinem Spiegelbild zu und ordnete seine Haare. Jetzt verstand Caitlynn, weshalb Frioban als zukünftiger Träger-der-Kristallkrone gehandelt worden war. *Ich habe ihn unterschätzt. Ohne die Krankheit ist er einfach zu stark ...* Sie wollte den Ring vom Finger reißen, nach Hilfe schreien, doch ihre Muskeln gehorchten nicht länger ihrem Willen. Ihre Beine knickten ein und sie sackte neben dem Sofa auf den Boden, ihr Gesicht auf gleicher Höhe mit jenem Melanas, deren Augen noch immer geschlossen waren. *Wie lange noch, bis ich auch so da liege?*

Es musste doch etwas geben, das sie tun, das sie noch versuchen konnte. Dieser verdammten schwarzen Kristalle! – Kristalle? Ein Gedanke flackerte auf, so rasch, dass sie Mühe hatte, ihn festzuhalten, ehe er wieder entschwand. Etwas, das sie über Kristalle wusste, über schwarze Kristalle ... Natürlich! Die Spiegel der Hüter!

Caitlynn schloss die Augen, konzentrierte sich ganz auf ihre Aura. Meist bekam sie nur einen Bruchteil ihrer Gabe zu fassen, doch das würde nicht reichen. Nicht dieses Mal. Sie dachte an Melana, sah ihre Großmutter vor sich im Grünen Haus, wie sie die verbrannte Hand einer alten Bauersfrau heilte, wie sie mit Birta über ein Rezept diskutierte und sich mit Gibbet im Garten über eine Pflanze beugte, sah sie scherzen, schimpfen, verhandeln und streiten. Diese Großmutter, die sie liebte und bewunderte, die ihr ein Heim gegeben hatte, nachdem sie von ihrer Mutter verstoßen worden war, diese fordernde, unerbittliche Meisterin, von der sie so viel noch lernen könnte – *Nicht aufgeben! Er darf nicht gewinnen!* Caitlynn konnte sie spüren, ihre Gabe, wie einen See, der unter einer dicken Eisschicht aus anerzogener Zurückhaltung, Vorsicht und Selbstschutz verborgen war. Jadons Tod, ihr erstes Grünes Tuch, gewebt für die kleine Tizza – zwei Ereignisse, die erste größere Lücken in das Eis gebrochen hatten, Lücken, aus denen sie für ihre Heilerlehre schöpfte. Ihr Wille fand einen Riss im Eis, krallte sich daran fest, zerrte daran ... *Ich brauche dich! Jetzt!*

Mit einem Mal gab das Eis nach. *Ja!* Sie griff nach dem, was die Lücke frei gab, zog es an sich, und – als würde sie ein Grünes Tuch weben – verband sie ihren Willen mit ihrer Gabe und heftete die Lebenskraft daran. Wie erwartet machten die schwarzen Kristalle keinen Unterschied, und im Strom der Lebenskraft gelangte ihre Willenskraft zusammen mit ihrem Charisma in die Aura des Herzogs, ohne dass sie Energie für den Bau einer Brücke oder das Niederreißen seiner Abwehr benötigte. *Jetzt!* Sie öffnete die Augen, sah den Herzog an, holte tief Luft und breitete ihre Fäden aus, wob ihr eigenes Trichternetz mit feinen Fäden, dicht und ohne Lücken. Sie verankere es in seinem Ring und lenkte die Lebenskraft in die Gegenrichtung. Was von Caitlynn zum Fürsten nur als dünnes Rinnsal getröpfelt war, floss jetzt, einem Wildbach gleich, vom Fürsten zu ihr.

Er zuckte zusammen, seine Augen weiteten sich. „Du kleine...", zischte er. Sie gab ihm keine Gelegenheit, einen Gegenangriff zu versuchen. Wie erwartet war seine Mauer kein Schutz für einen Angriff von innen. Caitlynn formte ihre Gabe zu einem Speer und stach zu. Mit seiner Abwehr zerbrach auch die Charismabrücke, erlosch das Gewebe, das ihr die Lebenskraft entzogen hatte. Jetzt war sie es, die mit ihrem Willen den seinen niederrang. Er schnappte nach Luft, taumelte und stützte sich am Türbogen ab. „Was..."

Er darf sich nicht erholen! Sie verschwendete keinen Atem an Erklärungen, ihre volle Konzentration galt der Zurückgewinnung der Lebenskraft, wobei sie zugleich seine hastigen Versuche, eine neue Charismabrücke aufzubauen, zurückschlagen musste. *Er kann nur die Brücke und die Mauer*, erkannte sie und verstärkte ihre Bemühungen, *mein Glück, dass er nichts anderes gelernt hat*.

Mit jedem Schub an Lebenskraft, den sie sich zurückholte, wurden seine Anstrengungen schwächer. Im gleichen Atemzug spürte

Caitlynn, wie sich die Lücke im Eis wieder zu schließen begann. Noch war sie nicht soweit, dieses Mehr an Gabe auf Dauer im Griff zu haben, geschweige denn, den Rest der Eisschicht zu zerschlagen. Rasch baute sie eine Brücke zur Aura ihrer Großmutter und übertrug ihr Lebenskraft, wie damals bei Tizzas Heilung. Der zweifache Sog gab dem Herzog den Rest. Er sackte zusammen, die gesunde Färbung seiner Haut wich dem müden Grau, in das sich die alten Falten gruben. Aus seinem Mund gurgelten unverständliche Laute. So bemitleidenswert er auch aussah, Caitlynn ließ nicht locker. Ihrem Gespür nach hatte Melana erst sechs von zehn Teilen wieder zurück. Nicht genug. Noch lange nicht genug.

Kühle Finger drückten die ihren. Caitlynn drehte den Kopf und blickte in die klaren, wachen Augen ihrer Großmutter.

„Es ist genug", sagte die Heilerin mit schwacher und doch fester Stimme. „Lass ihm die drei Teile von zehn. Ich gab sie ihm aus freien Stücken."

Mit Tränen in den Augen nickte Caitlynn und zog sich aus der Aura des Herzogs zurück. Hastig streifte sie den Ring von ihrem Finger und steckte ihn in die Tasche, ehe sie ihrer Großmutter half, sich aufzusetzen. Meisterin Melana drückte sie kurz. „Danke, Caitlynn." Sie erhob sich, straffte die Schultern und ging langsamen Schrittes zu der zusammengesunkenen Gestalt des Herzogs hinüber. „So also", sagte sie gerade noch hörbar, „so also ist Felora gestorben. Ausgesaugt hast du sie wie ein Blutegel. Und ich", sie schüttelte den Kopf, „und ich habe geglaubt, du trauerst noch mehr um sie als ich es tat. Wie dumm ich doch war!"

Caitlynn stellte sich neben sie. „Rufen wir die Vollstrecker?"

Der Herzog kniff die Augen zusammen und lachte verächtlich. „Mit welchen Zeugen? Welchen Beweisen? Es ist nichts da, um einen Schmerzstein zu füllen." Die Linderung durch Melanas Heilung war noch immer wirksam, hielt die Schmerzen auf Abstand. So fand Herzog Frioban genug Kraft sich in die Höhe zu stemmen. Mit einer Hand hielt sich am Torbogen fest, mit der anderen ordnete er die Rüschen seines Hemdes. *Ich bin immer noch der Fürst, der Gebieter dieses Hauses,* sagte seine Miene, *mein Wort zählt mehr als eures.*

Der Ring! Ohne lange nachzudenken, trat Caitlynn auf ihn zu, packte seine freie Hand, und ehe er begriff, wie ihm geschah, riss sie ihm den Ring vom Finger.

„Da!" Sie wich an die Seite ihrer Großmutter zurück, hielt den Ring in die Höhe. „Das sollte für jeden Vollstrecker Beweis genug sein, was Ihr getan habt und noch tun wolltet."

„Caitlynn!" Melana schüttelte den Kopf. „Ich werde die Vollstrecker nicht rufen. Wir sind hier, um zu heilen, nicht um zu richten."

Zu heilen? Dieses Monster? Ihre Hand ballte sich um den Ring.

„Gib ihn zurück!", forderte der Herzog. „Gib sie beide zurück, oder ..."

„Oder was?" Melana legte den Arm um die Schulter des Mädchens. „Meine Enkelin ist dir über, falls du es noch nicht bemerkt hast, Frioban." Sie lächelte breit. „Bei ihrem Blut sollte es dich nicht wundern. Falls Eure Durchlaucht sich also vor allen im Schloss blamieren wollen, nur zu. Ihr könnt natürlich auch die Vollstrecker zu Hilfe rufen."

Herzog Frioban wich ihrem Blick aus und murmelte etwas, das wie ein Fluch klang. Seine Drohung wiederholte er nicht. Mit grimmigem Lächeln versenkte Caitlynn den Ring des Herzogs in ihrer Tasche. Sie hätte ihn niemals freiwillig zurückgeben, auch wegen Kjeron nicht. Unter ihren Fingerspitzen raschelte es. Der Bogen der Herzogin!

„Meisterin. Ich habe das hier gefunden."

Als sie den Bogen herauszog, erhellte ein Lächeln das müde Gesicht der Heilerin. Mit beiden Händen griff sie nach dem Papier, rollte es auf und setzte sich zum Lesen auf das Sofa. „Brandfäule", murmelte sie halblaut, „nie gehört davon. Es passt zu den Schmerzen." Gern hätte Caitlynn auch mitgelesen, aber sie wagte nicht, den Herzog aus den Augen zu lassen. Zu ihrem Leidwesen las die Meisterin den Text in einem Rutsch schweigend durch, rollte das Blatt zusammen und steckte es in ihre Tasche. Dann wandte sie sich dem Herzog zu, ihre Miene starr, die Augen hart wie Glas. „Frioban", Abscheu und Entsetzen schwang in ihrer Stimme, „Frioban, wann hast du den Frevel begangen, die Weißhörnchen der Allmächtigen zu schlachten?"

Caitlynn fiel die Kinnlade herab. Niemand schlachtete Weißhörnchen. Man fütterte sie, hegte sie, spielte mit ihnen und freute sich, dass ihre Zahl wuchs. Es war ein sicheres Zeichen der Gnade der Allmächtigen wenn sich möglichst viele in der Nähe eines Tempels zeigten.

Die Haut des Herzogs nahm einen gräulichen Ton an. „Wieso...?", krächzte er. „Ich habe nie..."

„Wenn du daran verrotten willst, werden wir dich nicht hindern", schnitt Melana ihm das Wort ab, stand auf und winkte Caitlynn, sie hinaus zu begleiten.

„Warte, Mela!"

Sie hielt inne und wandte sich zu ihm um.

„Ja?"

„Ich ... ich ..." Er schloss die Hände zu Fäusten, öffnete sie, schloss sie erneut. Sein Blick geisterte in sein Schlafgemach und blieb an dem Bild hängen, das ihn als jungen Offizier zeigte. „Sag niemandem auch nur ein Wort davon", flehte er, „bitte!"

„Sprich weiter." Melana machte keine Anstalten, sich hinzusetzen.

„Ich ... wir ..."

„Wir?"

„Benir und ich ... es war eine Dummheit. Eine versoffene Dummheit, mehr nicht! Kein geplanter Frevel!" Dicke Schweißtropfen bildeten sich auf seiner Stirn. „Es war im ersten Jahr bei der königlichen Wache. Einer unserer Männer, er stammte aus Thelmark, erzählte im Suff, dass seine Vorfahren während des Krieges die beste Delikatesse von allen gegessen und es überlebt hätten. Natürlich wollten wir wissen, was er damit meinte, aber er machte dicht wie eine Auster."

„Das habt ihr nicht auf sich beruhen lassen, wie ich euch damals kannte", sagte Melana langsam. „Ihr habt ihn mit eurem Charisma gezwungen zu reden, oder?"

Der Herzog wischte sich den Schweiß von der Stirn und nickte. „Weißhörnchen. In ihrem Hunger war einigen nichts mehr heilig. Er sagte, in den alten Geschichten seiner Familie würde beschrieben, dass nichts so köstlich wäre wie das Fleisch aus der Flanke eines Weißhörnchens, über offenem Feuer gebraten, leicht gesalzen und in ein Süßkohlblatt gewickelt." Er starrte auf seine Finger. „Wir haben ihn vergessen lassen, was er uns erzählte. Wir waren geschockt, angeekelt. Aber es hat uns nicht los gelassen. Wochen später waren wir eines Abends betrunken genug, es auszuprobieren." Frioban leckte sich die Lippen. „Nie wieder habe ich etwas so Köstliches gegessen. Den Rest haben wir im Park vergraben." Er seufzte tief. „Als wir wieder nüchtern waren, kam uns das kalte Grausen. Benir wollte, dass wir einem Vermittler-der-Allmächtigen beichten, aber dann wären wir als Frevler aus der Wache geworfen worden. Sie hätten uns für zehn Jahre Tempelböden schrubben lassen oder Ähnliches, um zu sühnen. Also versprachen wir einander, für immer darüber zu schweigen." Der Herzog sah auf seine zitternden Hände. „Brandfäule also. Ist das die Rache der Allmächtigen?"

„Unsinn!" Melana zog die Schriftrolle aus ihrer Tasche und studierte sie erneut. „Der Beschreibung nach lebt im Fleisch mancher Hörnchen ein Parasit, der auch durch Braten und Kochen nicht zerstört werden kann. Er nistet sich im Bauch des Essers ein, verkapselt sich dort und ruht, bis der Körper seines neuen Wirtes so heiß wird, wie der eines lebenden Weißhörnchens."

„Benirs Einäscherung!" Der Herzog fuhr sich mit beiden Händen durch die Haare. „Es war kalt und windig, ich hatte meinen Mantel in der Halle vergessen. Dann fing es auch noch an zu regnen und der Vermittler-der-Allmächtigen redete ohne Ende. Einen halben

Eimer Wasser wrang mein Diener am Abend aus Hose und Hemd. Tags darauf hatte ich einen Fieberschub wie noch nie in meinem Leben. Felora hat mir kannenweise Grauflechtentee eingeflößt, zwei Tage und zwei Nächte lang brannte und schlotterte ich, bis das Fieber gebrochen war. Fünf Tage später begannen die Schmerzen im Magen."

„Es passt alles." Melana rollte das Papier zusammen und steckte es in ihre Tasche. „Meine Heilung verschafft Euer Durchlaucht drei Tage. Bis dahin werden wir wissen, wie Brandfäule zu heilen ist."

„Also gibt es Heilung?", fragte Herzog Frioban.

„Die gibt es", bestätigte Melana.

„Aber warum hat Felora damals nicht ..."

„Ihre Abschrift ist unvollständig. Sie hätte den Grünen Turm einweihen müssen, damit man dort den Ursprungstext sucht. Wie ich sie kenne, war sie hin und her gerissen und um deinen Ruf besorgt. Vielleicht hätte sie die Scham überwunden und um Hilfe gebeten, wer weiß." Melana sah Frioban geradeheraus an. „Nur, soviel Zeit hast du ihr nicht gelassen, oder?"

Friobans Wangen liefen dunkelrot an. Die Lippen zusammengepresst, starrte er an ihr vorbei zur Wand. Caitlynn begriff, dass er niemals zugeben würde, seiner Frau mit Absicht zu viel Lebenskraft entzogen zu haben.

„Wir sind hier fertig, Caitlynn." Melana wandte sich zum Gehen.

„Warte!"

„Worauf? Perlot oder ein Diener werden Eurer Durchlaucht in den Radstuhl oder ins Bett helfen. Für mich ist wichtiger, zu erfahren, was der Grüne Turm weiß."

„Du ... du hast versprochen, es nicht zu verraten!"

Sie hob eine Braue. „Habe ich das? Mit welchen Worten?"

Er öffnete und schloss den Mund, wie ein Fisch auf dem Trockenen nach Wasser ringt. Melana lächelte ein schmales und sehr zufriedenes Lächeln, während sie auf Caitlynns Arm gestützt sein Schlafgemach verließ.

Draußen stand der Oberst noch immer neben der Tür. Kjeron hatte sich einen Schritt vor ihm aufgebaut, beide Fäuste in die Hüften gestemmt. Sein Gesicht war starr vor Konzentration und seine Stirn glänzte vor Schweiß.

Als er Melanas ansichtig wurde, entspannten sich seine Züge und er lächelte breit. „Meisterin Melana, ich bin so froh, dass es Euch gut geht!"

Melana zwinkerte, sah von seinem Gesicht zu seiner Hand mit dem weißen Handschuh und erwiderte das Lächeln. „Es tut gut, dich zu sehen, Kjeron. Du wirst deiner Mutter immer ähnlicher. Ich wähnte dich bereits im Gelben Turm. Dein Gartengemälde habe ich immer noch."

Kjeron lachte verlegen und rieb sich den Hinterkopf. „Mein altes Kinderbild?"

Sie nickte. „Es hängt bei mir im Eingang, genau über der feuerfarbenen Vase deiner Mutter. Sie war überzeugt, dass aus dir ein großartiger Künstler wird. "

Das Bild mit dem blauen Rahmen? Wenn er als Kind schon so malen konnte ...

„Ich ... ich bin, nein, ich war bis heute nicht soweit." Ehe sie nachhaken konnte, deutete er auf den Oberst. „Kann ich ihn loslassen?"

„Ja."

Mit einem tiefen Seufzer trat Kjeron zurück und wischte sich den Schweiß von der Stirn. Caitlynn öffnete ihren Aurasinn und spürte, wie Kjerons Brücke sich auflöste. Täuschte sie sich, oder stand der Künstler aufrechter als zuvor, das Kinn herausgestreckt, die Schultern gerade? Sein Ringen mit Perlot hatte ihn gestärkt.

Der Oberst, wieder Herr seines Willens, schüttelte den Kopf, um das letzte Unwohlsein loszuwerden. Als er Melana erkannte, sog er scharf die Luft ein. „Seine Durchlaucht! Ist er geheilt?"

Die Heilerin musterte ihn nachdenklich. „Eure Hingabe und Besorgnis ehren Euch, Oberst." Perlot schluckte und wich ihrem Blick aus. Melana zuckte mit den Schultern. „Wie dem auch sei, Oberst, es geht seiner Durchlaucht besser. Geht zu ihm. Er braucht Hilfe, weil er sich beim Essen übernommen hat."

Der Oberst fuhr sich mit beiden Händen durchs Haar, murmelte ein paar unverständliche Worte und riss die Türe auf. „Durchlaucht!"

Melana und Caitlynn waren bereits weiter gegangen, Kjeron im Schlepptau. Als sie die große Halle betraten, eilte Klestal gerade die Treppe herab. Das Gesicht des Hüters war vor Anstrengung rot angelaufen und sein Atem rasselte. Als er ihrer ansichtig wurde, blieb er auf der vorletzten Stufe stehen, hielt sich beide Seiten und schnappte nach Luft. „Meis... Meisterin Melana? Meister Bro... Brodin ruft nach Euch. Vom ... vom Grünen Turm."

„Nun denn, Hüter ..." Sie präsentierte ihre Handrücken. „Wie war noch Euer Name?"

Der junge Mann riss seine Hände hoch, um ihre Vorstellungsgeste zu erwidern: „Klestal, Hüter-des-Geheimwissens zu Faelin."

„Hüter Klestal. Hättet Ihr die Güte, vorauszugehen?"

„Mit Freuden, Meisterin Melana." Sofort drehte er sich auf dem Absatz um und stieg die Treppe wieder hoch. Da Melana die Stufen langsam nahm und sich dabei am Geländer festhielt, musste auch der Hüter seinen Schwung bremsen. „Wie lange dient Ihr schon auf Faelin?", fragte ihn Melana nebenbei.

„Sieben Wochen, Meisterin Melana."

„Wer hatte vor Euch diesen Posten?"

„Hüter-des-Geheimwissens Valandir. Er hat sich nach seinem siebzigsten Geburtsfest zurückgezogen, und lebt bei seinem Großneffen in Ibjadar, wo er die besten Speisen und den teuersten Wein genießt, wie mir zugetragen wurde. Der Fürst hat sich bei Hüter Valandirs Ruhegold nicht lumpen lassen."

„Valandir also. Hmmm..." Die Heilerin nickte gedankenverloren.

Caitlynns Hand wanderte in die Tasche, wo die beiden Ringe lagen. *Natürlich! Selbst wenn der Fürst persönlich nach Fallanden zu den Minen in den Gleißenden Bergen gereist wäre, nehmen die Kristallschmiede dort nur Aufträge aus den Türmen an. Offiziell zumindest.*

„Hüter Klestal", fragte das Mädchen freundlich, „hat der Fürst angedeutet, in nächster Zeit einen diskreten Auftrag an einen Kristallschmied vergeben zu wollen?"

Das glatte, sommersprossige Gesicht erblasste kurz, ehe frisches Blut die Wangen zum Leuchten brachte. Klestal schluckte mehrmals, ehe er antwortete: „Lady Caitlynn, Ihr wisst, dass Seine Durchlaucht diesen Wunsch direkt an den Roten Turm herantragen müsste." *Es sei denn, ein Hüter vermittelt ihn direkt an einen geldgierigen Kristallschmied seines Vertrauens.*

Melana sah sie mit hochgezogenen Brauen an.

Caitlynn räusperte sich und murmelte: „Seine Durchlaucht deutete an, Meister Brodin mit einem ganz bestimmten Schmuckstück belohnen zu wollen und andere auch." Sie sah kurz zu Kjeron hinüber, der jedoch ganz in seine eigenen Gedanken versunken zu sein schien.

Die Meisterin war ihrem Blick gefolgt. „Wirklich?", fragte sie halblaut.

Das Mädchen nickte. „Er sagte es, als Ihr Euch ... ausgeruht habt."

Ein kaltes Funkeln trat in Melanas Augen. „So also." Sie straffte die Schultern und schritt kräftiger aus. „Nun denn, das macht die Dinge einfacher."

„Meisterin", Klestal war oben angelangt, drehte sich zu ihnen um und rang die Hände, „seid versichert, ich ... ich würde niemals den Prinzipien des Turmes zuwiderhandeln." Feine Schweißtropfen glänzten auf seiner Stirn.

Melana musterte ihn nachdenklich, dann nickte sie langsam. „Ich glaube Euch. Geht weiter! Wir haben nicht den ganzen Tag Zeit."

Kurz darauf erreichten sie die rote Türe, die einen Spalt breit offen stand.

„Kjeron, warte hier draußen!", bat Melana. „Ich möchte, dass du alle zurückweist, die uns stören könnten."

„Oberst Perlot?"

„Vielleicht. Der Fürst könnte auch andere Diener schicken."

Kjeron baute sich breitbeinig im Gang auf. „Keine Sorge, Meisterin Melana. Mit Dienern werde ich fertig."

„Danke." Melana trat in den Spiegelraum und winkte Caitlynn, ihr zu folgen. „Bleibe im Hintergrund und misch dich nicht in mein Gespräch ein!", wies sie ihre Enkelin an.

Caitlynn nickte und stellte sich drei Schritte hinter der Heilerin auf. Der Spiegel war schwarz, bis auf einen blinkenden weißen Fleck in der Mitte.

Klestal hatte seinen Kristallstab schon gezogen. Als Melana ihm zunickte, tippte er auf den weißen Fleck. Dieser dehnte sich aus, bis der ganze Spiegel leuchtete und das Bild eines massigen Mannes erschien. Seine Augen waren vom hellsten Grau, das Caitlynn je bei einem Menschen gesehen hatte. Die spärlichen blonden und grauen Strähnen hatte er aus den Geheimratsecken nach hinten gebürstet, was seine vollen Wagen noch mehr hervortreten ließ. Kaum erkannte er die Heilerin, lächelte er breit.

„Melana, es tut gut, Euch gesund zu sehen."

Auf leisen Sohlen tappte Klestal nach draußen und schloss die Tür hinter sich.

„Glaubt mir, Brodin, ich bin auch froh darüber", sagte sie, lächelte kurz und wurde wieder ernst. „Habt Ihr das „unnütze Muster" finden können?"

Der Heiler nickte. „Das habe ich, dank des Hinweises Eures Lehrlings. Das ist sie doch, da hinter Euch, oder?"

Caitlynn überkreuzte rasch die Hände vor den Schultern und verbeugte sich. „Cailtynn aus Melanas Grünem Haus."

Der Heiler erwiderte die Vorstellungsgeste. Sein Heilerzeichen wies fünf grüne Kreise um den roten Blutstropfen aus, genauso viele wie Melanas. Der Herzog hätte sich nicht mit einem Heiler einer niedrigeren Stufe zufrieden gegeben. Sein Familienzeichen auf dem linken Handrücken fehlte, stattdessen prangte dort ein weißer Tempel in einem blauen Kreis, das Symbol für Kinder, die als Säuglinge auf den Stufen eines Tempels ausgesetzt worden waren.

„Was sagt die Beschreibung? Gibt es eine Heilung?"

Brodin zog einen Bogen Papier aus seinem weiten, dunkelgrünen Ärmel. „Die gibt es, allerdings wird sie dem Herzog nicht gefallen."

Er hielt den Bogen vor den Spiegel. Melana trat dicht an das Glas heran, kniff die Augen zusammen und las halblaut vor:

„Heilung ohne die Gabe von Lebenskraft ist möglich, indem der Kranke Sühne tut für den Rest seines Lebens. Die Quellsalze von Aratam genieße er, als Trunk frisch von der Quelle im Tempel. Zudem pflücke er im roten Garten zehn der Knospen der Speihdornen bevor sie von grün zu weiß wechseln und ungenießbar sind und verspeise sie sofort. Diese beiden Heilmittel jeden Tag genossen lassen das Leiden schrumpfen, als wäre es nie über ihn bekommen. Die Segnung der Göttin bei jeder Abend- und Morgenandacht erhalten ihn gesund, wie sie auch die Weißhörnchen gesund erhalten, die an derselben Plage leiden. Es ist nicht ratsam, diese Kur für länger als drei mal drei Tage zu unterbrechen, da sonst die Plage erneut die Oberhand gewinnt. Vollkommen vernichtet werden kann sie nur durch das Verbrennen des Leichnams. Der Schreiber dieser Zeilen öffnete den Bauch eines Toten, welcher der Brandfäule erlegen war und fand darin die Organe geschwärzt wie von Feuer und das Fleisch um sie herum von brauner Fäulnis befallen, die stank wie es zehn Misthaufen nicht vermögen."

Melanas Mundwinkel zuckten. „Sagt uns das, was ich denke, dass es uns sagt?"

Meister Brodin nickte. „Ich habe bereits mit dem Weißen und dem Roten Turm gesprochen. Der Hohe Vermittler Narond und Hüter Tarasil werden mit mir reisen, wenn ich morgen nach Faelin aufbreche. Die Erbstreitprüfung wird ausgerufen, sobald das herzogliche Standeszeichen Friobans gelöscht worden ist. Lord Mandir, sein Erbe, wird sich darüber freuen."

„Die Gerechtigkeit der Allmächtigen geht seltsame Wege", murmelte die Meisterin.

„So ist es. Wollt Ihr Frioban die Nachricht überbringen?" Die beiden Heiler wechselten einen langen Blick.

Melana schüttelte den Kopf. „Ihr habt ihm länger gedient."

Und länger unter ihm gelitten.

Brodin verneigte sich, dass die dünnen Strähnen in sein Gesicht fielen. „Ich danke Euch, Melana. Wir werden noch heute aufbrechen. Der Rote Turm stellt uns einen Wächter-der-Wege."

Caitlynn schob sich näher an den Spiegel heran. „Archivarin Tonja wird sich freuen", sagte sie. „Sie war in größter Sorge, als Ihr ohne Abschied einfach verschwunden seid."

„Aber ... ich hatte den Fürsten in meinem Schreiben doch gebeten ..." Brodin schluckte. „Vergesst es. Ich hätte das voraussehen müssen. Bis gegen morgen werden wir auf Schloss Faelin eintreffen, dann entschuldige ich mich persönlich bei ihr. Werde ich Euch noch antreffen, Melana?"

„Ich muss zurück zu meinem Grünen Haus. Gibbet ist ein fähiger Helfer, aber kein Heiler. Ihr seid als Gast jederzeit herzlich willkommen, Brodin."

„Ich werde Euch daran erinnern. Ah, eines noch. Es ist dem Grünen Turm gelungen, König Galedors Gesundheit wieder herzustellen. Er wird, so denken wir, noch mehrere Jahre die Bürde der Kristallkrone tragen können." Der Heiler lächelte, neigte ein letztes Mal den Kopf, ehe er mit der Hand winkte und Hüterin Dijala mit ihrem Kristallstab den Spiegelruf beendete.

Melana huschte hinaus und klopfte Klestal aus seinem Studierzimmer, damit er den Spiegel endgültig schloss. Die Meisterin bedankte sich für seine Hilfe, ohne im Detail zu verraten, was sie erfahren hatte. „Hilfe ist unterwegs", versicherte sie ihm.

Draußen auf dem Gang stand Kjeron noch immer Wache. Melana bat ihn, eine Kutsche zu rufen, die sie und Caitlynn zum Grünen Haus zurückbringen sollte.

„Und mein Großvater?"

„Meister Brodin hat erfahren, wie die Brandfäule zu behandeln ist. Wenn Frioban sich an die Anweisungen hält, kann er noch viele Jahre bei guter Gesundheit leben. Für uns gibt es hier nichts mehr zu tun."

Dasselbe sagte sie auch Perlot und Herzogin Cidenia, die unterhalb der Treppe warteten. Beide waren sichtlich erleichtert und die Herzogin überreichte der Heilerin einen Beutel Münzen. „Ohne Euch hätte Frioban keine drei Wochen mehr zu leben gehabt."

Melana nahm den Beutel, sah hinein und danke mit einem höflichen Nicken, woraufhin sich die Herzogin verabschiedete, um zusammen mit Perlot dem Fürsten die gute Nachricht zu überbringen. So war es Kjeron, der Cailtynn und ihre Großmutter zur Kutsche begleitete und Ihnen beim Einsteigen half.

„Hier!", sagte Melana und gab ihm den Beutel mit den Münzen.

„Aber ..."

„Kein Aber, Kjeron", Melana beugte sich aus dem Kutschenfenster und flüsterte ihm zu: „Meister Brodin kommt nicht allein zurück. Die Heilung des Leidens wird Frioban den Goldenen Reif kosten." Kjerons Augen weiteten sich und er sog scharf die Luft ein. Doch Melana war noch nicht fertig. „Du kannst mit diesem Gold nach Ibjadar reisen und dich dort beim Gelben Turm der freien Künste bewerben. Oder...", sie zwinkerte ihm zu, „du suchst dir in Ibjadar einen guten Charismalehrer."

Kjeron schluckte. „Die Erbstreitprüfung? Für Onkelchen Kilber kommt sie viel zu früh, aber Onkel Mandir ist doch schon so gut wie ..."

„Der Träger-des-Goldenen-Reifs wird erst nach der Prüfung bestimmt, egal wer davor als sicherer Sieger gehandelt wird, oder?"

Er nickte abwesend, den Blick in die Ferne gerichtet.

„Überleg es dir!"

Sie wandte sich dem Kutscher zu. „Fahren wir!"

Die Kutsche rumpelte über die Pflastersteine die Zufahrt hinab zur Straße nach Gelbried.

„Was meinst du, Großmutter", fragte Caitlynn, „wie wird er sich entscheiden?"

„Ich hoffe, für den Gelben Turm, und das nicht zu rasch", meinte Melana und lehnte sich zurück. „Denn allein, dass er es sich überlegt, bei der Erbstreitprüfung anzutreten, wird Frioban schlaflose Nächte bereiten. Vor allem da Perlot am eigenen Leib erfahren hat, dass Kjerons Charisma nicht zu unterschätzen ist. Der Sohn eines Dienstboten als Herzog zu Faelin, und Frioban kann es nicht verhindern."

Caitlynn sah überrascht auf. „Du weißt, wer Kjerons Vater ist?"

„Nein. Spielt das eine Rolle?"

Nicht wirklich. Ich hoffe, ich sehe ihn wieder in Ibjadar.

Sie lehnte sich zurück, entschlossen, die Reise nach Hause zu genießen. Nach Hause? Und was war mit Ehredar, der Burg ihrer Eltern?

Caitlynn erkannte, dass sie die „Lady" hinter sich gelassen hatte und ihr altes Leben nicht vermisste, lediglich die Nähe zu ihrer Mutter und den Geschwistern. *Und was ist mit deinem Wunsch, Vollstreckerin zu werden?,* fragte sie sich. *Der ist mit „Lady" Caitlynn gestorben. Von nun an bin ich nur noch Melanas Enkelin und Lehrling.* Das Erbe ihres Vaters zählte nicht mehr. *Trotz Vaters Zeichen fühle ich mich wie eine Halbe Hand, so wie Kjeron. Und es geht mir gut damit.* Zufrieden kuschelte sie sich gegen die gepolsterte Lehne, schloss die Augen und döste ein.

Ende

Schmerztrinker

„Habt Dank, und gute Pfade!" Caitlynn drückte die Tür zum Wohnbereich von Melanas Grünem Haus ins Schloss und blickte auf den Papierbogen in ihrer Hand. Endlich! Vor zehn Tagen bereits hatte sie nach Ehredar geschrieben und die letzten drei Tage auf den Postreiter gelauert. Nun, da sie das Schreiben ihrer Mutter in Händen hielt, flatterte es in ihrem Magen.

„Ah, hat Kari endlich von sich hören lassen!" Birta wischte sich die Hände an ihrer braunen Schürze ab. Aus ihrem graublonden Zopfkranz hatten sich einzelne feuchte Strähnen gelöst und ringelten sich an ihren Schläfen. „Mach schon auf, damit wir mit dem Packen beginnen können."

Caitlynn brach das gräfliche Wachssiegel und faltete das Blatt auseinander. Die wenigen Zeilen waren schnell gelesen. Sie schluckte.

„Was ist, Kind?" Birta trat an ihre Seite und legte ihr die Hand auf die Schulter. „Es sind doch alle gesund auf Ehredar, oder?"

„Sind sie", sagte Caitlynn, räusperte sich und fuhr mit bemüht ruhiger Stimme fort: „Shina und Gared kommen heute aus Maesinar zurück, die Maische gärt in der Küche und sie haben fünfzig Glasnussschalen gekauft, die sie zusammen löchern werden."

„Und warum machst du dann ein Gesicht, als wäre dir die Maische zu sauer geworden?"

„Diesmal ...", sie zwinkerte heftig und atmete tief durch. *Nicht weinen! Ich habe es herausgefordert.* „Diesmal werde ich nicht zum Sternkäferfest nach Ehredar fahren, Birta"

Die hagere Frau kniff die grünbraunen Augen zusammen. „Warum nicht? Du bist doch letztes Jahr gefahren und das Jahr davor? Zu allen Jahresfesten, nicht nur zu diesem."

„Ich habe Mutter gefragt, ob ihr drei nicht mitkommen könnt, du, Gibbet und Großmutter."

Birta pfiff durch die Lücke zwischen ihren breiten Vorderzähnen. „Da hast du was riskiert, Caitlynn."

Das Mädchen nickte und faltete das Blatt zusammen. „Riskiert und verloren, Birta. Habt ihr eine Girlande für mich übrig?"

Die Haushälterin lächelte breit. „Du hast selbst geholfen sie anzurühren. Die Menge reicht für fünfzig Sternkäfer, ihr wird kein kleiner Krabbler widerstehen können."

„Ich hoffe, das gilt auch für die großen Krabbler." Caitlynn spannte Daumen und Zeigefinger, um zu zeigen, wie groß sie meinte.

„Faustfeuerkäfer?" Birta schmunzelte. „Du willst wirklich einen fangen, der dich erst blutig zwickt und dann sein Feueröl in die Wunde spuckt?"

„Ich passe immer noch in Shinas alte Reithandschuhe."

„Die du danach vergraben kannst, so werden sie stinken."

„Birta!" Meisterin-der-Heilkunst Melana steckte ihren Kopf aus der Küchentür. „Soll das Mus jetzt Fäden ziehen oder nicht?"

„Ja, soll es, dann ist es so gut wie fertig. Ich bringe gleich die Gläser. Zieht schon einmal den Topf vom Herd, Meisterin." Birta lief nach hinten zur Kellertreppe.

Melana gewahrte den Brief in Caitlynns Hand. „Ah, ist er endlich gekommen. Hast du schon gepackt?"

Caitlynn schüttelte den Kopf und erklärte in knappen Worten, warum sie dieses Jahr zum Sternkäferfest nicht auf Ehredar, der Burg ihres Vaters, willkommen war. „Mutter meinte, wenn ich euch drei so sehr vermissen würde, könnte ich das ebenso gut hier im Grünen Haus feiern. Gared und Shina würden das auch verstehen und mich vielmals grüßen."

Die Heilerin strich sich seufzend eine graue Strähne aus der Stirn. „Du hast es gut gemeint, Liebes. Doch bei allen Höflichkeiten, die deine Mutter und ich ausgetauscht haben, seitdem du mein Lehrling geworden bist, hatte ich nie das Gefühl, sie könnte mir verziehen haben."

Caitlynn wollte das Gespräch nicht wieder auf das fehlende Vaterzeichen auf dem Handrücken ihrer Mutter lenken. Nach einigen langen Gesprächen im Frühling letztes Jahr wusste sie, dass ihre Großmutter ihr Schweigeversprechen gegenüber dem namenlosen Großvater niemals brechen würde.

„Es ist doch in Ordnung, wenn ich mit euch feiere?", fragte sie zögernd.

„Natürlich, Kind. Wir freuen uns." Sie rieb sich mit dem Ärmel über die feuchte Stirn und lächelte ihre Enkelin an. „Wir können deine Hände beim Festmarkt gut gebrauchen."

Caitlynn erwiderte das warme Lächeln ihrer Großmutter und der Druck auf ihrer Brust verschwand. Der Festmarkt in Gelbried! Da sie bisher alle Jahresfeste auf Ehredar verbracht hatte, war dies für sie die beinahe letzte Gelegenheit, einen richtig großen Festmarkt zu erleben, ehe sie im Spätherbst, kurz nach Gabendank, das Grüne Haus verlassen würde, um ihre Heilerausbildung im Grünen Turm von Ibjadar zu beginnen. „Nicht, dass sie dir dort noch viel beibringen können", pflegte Melana stolz zu sagen, „aber ohne das Zeichen kann ich dir keine Kranken überlassen."

„Caitlynn", Melanas Stimme riss sie aus den Gedanken, „kannst du Gibbet fragen, wie weit er mit dem Öl ist? Es wird Zeit anzuspannen, damit wir nicht die letzten auf dem Markt sind."

Hinter Caitlynn schnaufte und klirrte es. Birta schleppte eine Kiste mit bauchigen Gläsern die letzten Stufen der Kellertreppe herauf.

„Warte, ich helfe dir!" Melana drängte sich an Caitlynn vorbei, um nach einem der Handlöcher zu greifen. Erleichtert übernahm Birta das andere, und zu zweit trugen sie die Kiste in die Küche, wo das Entenbeerenmus vor sich hin blubberte.

Caitlynn steckte den Brief ein und lief den Gang hinunter zur Hintertür, um über die Terrasse zur zweiten Hintertür zu gelangen, die in Gibbets Medizinraum führte. Sie musste zweimal klopfen, ehe ihr geöffnet wurde. Fettige Spritzer glänzten auf Gibbets weißer Kleiderschürze, die sich über seinem Bauch spannte. Ein breites Lächeln teilte sein rundes Gesicht unter dem grauen Haarkranz, als er Caitlynns ansichtig wurde. „Wie gut, dass du hier bist. Ich brauche eine Meinung."

Neugierig folgte sie ihm zu dem langen Tisch, wo fünf kleine Flaschen in Reih und Glied standen, gefüllt mit dunkelgoldenem Öl und bereit, verkorkt zu werden. „Riech bitte an der ersten und an der letzten. Welche wäre dir lieber, um wunde Stellen einzureiben?"

Caitlynn hielt die Nase über die Flaschenhälse und schnupperte. Die erste Flasche roch leicht bitter, wie frische Rotnusskerne, die letzte süßlich, fast fruchtig. „Diese hier!" Sie tippe auf die süßliche Variante. „Hast du Entenbeeren mit ausgepresst?"

„Nur deren Kerne. Sie geben zu wenig Öl, dass es sich von der Menge her lohnt, aber ein paar Löffel verändern den Duft eines ganzen Kessels meiner Ölmischung." Mit zufriedenem Nicken verkorkte er alle fünf Flaschen, band rote Schnüre um die Flaschenhälse der letzten drei und stelle alle behutsam in den rechteckigen, mit Stroh gefüllten Korb, wo schon ein gutes Dutzend Korken aus dem Stroh ragten. „Nimmst du die Kiste dort drüben?", fragte er und deutete mit dem Kinn auf eine flache Kiste, über er ein grünes Tuch gespannt hatte. „Sei vorsichtig, damit kein Cremetiegel zerbricht."

Caitlynn hob die Kiste hoch, sie wog schwerer als erwartet. „Wie viele hast du denn eingepackt?"

„Alle zwanzig, die ich in den letzten drei Wochen gemischt habe." Er grinste und trug den Korb mit den Ölflaschen zur Tür. „Beeilen wir uns, Birta wird auch noch Hilfe brauchen."

Von der Terrasse hinter dem Haus liefen sie über den Trampelpfad um das Haus herum zum Stall, wo der Wagen bereit stand. Willena, die braune Stute, knabberte an dem Heuballen, den ihr Gibbet nach dem Einspannen hingeworfen hatte. „Die Kiste nach links, neben den Leinensack." Vorsichtig schob Caitlynn den weißen Sack näher zur Medizintruhe hin, sodass sie die Kiste daneben klemmen konnte.

Gibbet legte den Korb darauf, runzelte die Stirn und trat einen Schritt zurück.

„Ich kann sie festhalten", sagte Caitlynn, „wenn ich mich auf den Wassereimer setze, den Rücken zum Ballen."

„Du fährst nicht nach Ehredar?"

„Nein. Ich bleibe." Rasch erklärte ihm Caitlynn den Grund.

„Ihr Verlust ist unser Gewinn!" Grinsend legte ihr Gibbet die Hand auf die Schulter. „Habe ich dir schon gesagt, dass Birtas Maische unwiderstehlich ist? Jedenfalls für Sternkäfer."

Caitlynn warf einen Blick auf das kleine Fässchen, das auf der anderen Seite der Medizintruhe stand. „Und die Glasnussschalen?"

Gibbet schlug mit der Faust in die Handfläche. „Wusste ich doch, dass ich noch etwas vergessen habe. Ich hol rasch den Korb, hilfst du Birta bei den Musgläsern?"

Die Sonne stand bereits ein gutes Stück über dem Horizont, als endlich alles auf der Wagenfläche verstaut war. Caitlynn hatte ihr grünes Festkleid aus dem Koffer gekramt, die langen roten Haare zu zwei Zöpfen geflochten und sie zu einem Kranz hochgesteckt. Das Kleid aus feinstem Fadenglanz war ein Gemeinschaftsgeschenk von Birta, Melana und Gibbet zu Caitlynns siebzehnten Geburtsfest gewesen, und da sie seitdem kaum gewachsen war, passte es noch immer, auch wenn die silberfarbene Spitze die Handgelenke nicht mehr ganz bedeckte und es über ihrer Brust spannte.

Birta legte ihre Decke auf die Medizintruhe und erklärte sich bereit, während der Fahrt auf Gibbets Korb zu achten, während Caitlynn sich auf den umgedrehten Wassereimer setzte, genau zwischen zwei weitere Kisten und dem runden, verschlossenen Korb, welchen Gibbet noch aus dem Keller geholt hatte.

„Es darf ruhig etwas klirren", sagte Birta, als Caitlynn den linken Arm über die Kiste legte.

„Alles bereit?", fragte Melana, die neben Gibbet auf dem Kutschbock Platz genommen hatte und die beiden Wachstücher in das Fach unter dem Kutschbock klemmte. Sie trug ihr übliches Heilergewand, die grüne Hose und die weiße Kleiderschürze, da sie auch an diesem Tag Kranke versorgen würde. So war es mit Sophila, der Vermittlern-der-Allmächtigen beim Tempel von Gelbried, abgesprochen, die für Notfälle einen Raum. Zur Sicherheit hatte Gibbet auch noch einen Papierbogen mit der Aufschrift „Bin auf dem Markt in Gelbried" an den Türrahmen geheftet, damit kein Kranker Melana verfehlen konnte.

Birta stopfte drei Decken in den handbreiten Spalt zwischen Gibbets Korb und der Kutschenwand und machte es sich auf einer vierten Decke bequem. „Fahren wir!"

Caitlynn war dankbar für Birtas Warnung, denn in den Kisten klirrten die Gläser, sobald sie über die Brücke holperten. Dabei würde sich jeder Kutscher der Grauen Kette alle zehn Finger abschlecken, wären seine Gefährte auch nur halb so gefedert wie Melanas Wagen. Einige Minuten später umrundeten sie einen Mann, der mit einem großen Korb auf dem Rücken die Landstraße entlang marschierte. Beim Versuch, sein Gesicht zu erkennen, erhaschte Caitlynn lediglich einen kurzen Blick auf eine markante Nase über einem breiten Mund und einem kantigen Kinn. Die Krempe des tief in die Stirn gezogenen Lederhutes verbarg seine Augen. „Sollten wir ihn nicht fragen, ob er mit möchte?", fragte Caitlynn. „Der Korb sieht schwer aus, und mit Holzpantoffeln ist das ein mühseliger Marsch."

„Täusche dich nicht", sagte Birta, „Alban ist damit flinker als manch einer in polierten Stiefeln."

Alban. So also hieß der Mann. „Wir sind nicht einmal stehen geblieben, um zu grüßen. Kommt er aus Weidenfall oder Aschenhof?"

Birta räusperte sich und warf dem einen Blick in Melanas Richtung, doch die Heilerin drehte sich nicht um. „Weder noch. Wir sind bei seinem Häuschen vorbeigekommen, diesen und letzten Frühling beim Frostblutsammeln."

„Der Einsiedler, der in Ruhe gelassen werden will?"

„Ähm … ja, das ist Alban."

„Und jetzt ist er auf dem Weg nach Gelbried, zum Markt voll mit lärmenden Menschen?"

Birta hob die Schultern. „Er wird etwas brauchen, das er nicht beim nächsten Hof eintauschen kann." Sie rutschte in eine andere Position und verschränkte die Arme. „Was auch immer, es ist seine Sache und wir werden genug zu tun haben, ohne mit jedem zu plauschen, der deine Neugier weckt."

„Verstanden." *Ich soll also nicht mit ihm reden.* Caitlynn streckte die Beine aus und schob die Kiste zurecht. *Zumindest nicht in Birtas Nähe.*

Eine halbe Stunde später erreichten sie das „Weiße Feld der Vielgesichtigen", die größte freigelegte Ruinenansammlung des Ibjadischen Reiches. Beim Tempel der Allmächtigen auf der linken Seite des Feldes, gegenüber einer großen Obstwiese, war das Dach des neuen, zweiten Pilgerhauses bereits gedeckt und die neuen Fenster blinkten in der Vormittagssonne.

Die Leute von Gelbried hatten den Markt wie jedes Jahr entlang der Sonnenflaum-Allee aufgebaut. Zwischen den schlanken, grauen Stämmen wechselten sich schwere Holztische mit den Planwagen der fahrenden Händler ab. An jedem Tisch klebte ein Papierbogen, auf dem zu lesen war, wer hier seine Waren anbot. Caitlynn zählte sechs Wagen. Alle hatten sie ihre Stoffplanen hochgerollt, die Wandteile zwischen den Rippenbögen entriegelt, herausgeklappt und fixiert, sodass sie ihre Waren darauf ausstellen konnten. „Glaswaren, Schmuck, zweimal feine Tücher und Spitzen, ein Papierhändler und", sie stand vorsichtig auf und reckte sich, um auch den hintersten Wagen zu erkennen, „und Zubehör für Alchemie"

„Eine gute Mischung", meinte Birta. Gibbet lenkte den Wagen auf die Obstwiese vor der Allee, wo zwischen den Faustfruchtbäumen schon einige Gefährte standen. Die besten Plätze nahe dem Markt waren schon weg, aber Gibbet meinte, dass es weiter hinten, wo die Bäume dichter standen, für Willena sowieso besser wäre. Die Stute schien den Platz zu mögen, sie knabberte sofort an den grünen Faustfrüchten, ungeachtet ihrer braunen Wurmlöcher. Während Caitlynn, Birta und Melana die Kisten und Körbe zum Markt trugen – die Heilerin hatte wie immer den zweiten Tisch auf der linken Seite, zwischen die beiden Tuchhändler – versorgte Gibbet die Stute mit Heu und füllte den mitgebrachten Wassereimer. Anschließend schleppte er die Medizintruhe und die mitgebrachten Decken zum Tisch, um sie darunter abzustellen.

„Schön, Euch zu sehen, Meisterin Melana." Ein hochgewachsener, junger Mann mit der Purpurschärpe des Dorfsprechers über seinem Hemd aus gelblichem Fadenglanz verbeugte sich vor ihr.

„Beltem", Melana nickte ihm zu. „Also hast du Mirell überzeugen können."

Er strich sich über seinen dünnen, dunkelbraunen Schnauzbart und zupfte die Schärpe zurecht. „Wie man sieht. Die Arme hat sich über zwanzig Jahre lang aufgeopfert, wird Zeit, dass sie in Ruhe ihr Altersgeld genießen kann." Seine Stimme hatte einen quäkenden Unterton, bei dem sich Caitlynns Nackenhaare aufstellten. Wurden Sprecher nicht nach ihrer Fähigkeit ausgewählt, Zuhörer zu begeistern?

Hinter Melanas Rücken schnitt Birta eine Grimasse. Gibbet deutete mit dem Kinn auf zwei weitere Gefährte, die in die Obstwiese abbogen. „Mir scheint, da gibt es noch mehr Begrüßungsarbeit, Dorfsprecher."

„Die kommen noch früh genug an die Reihe", verkündete Beltem leicht verstimmt und stolzierte zum Glashändler gegenüber, um ein kurzes Schwätzchen zu halten.

„Danke!" Birta warf Gibbet eine Kusshand zu. „Lange hätte ich ihn nicht mehr ertragen. Wie konnte er genug Namen sammeln, um Mirell abzulösen? Hat sie nicht jedes Mal den Dorfplatz füllen können, wenn es Neuigkeiten zu verkünden gab?"

„Wir sind nicht ganz unschuldig", sagte Melana und seufzte. „Ich selbst habe Mirell geraten, sich die weiten Fahrten zum Dorfkreis nach Ibjadar nicht mehr anzutun. Ihren Knien hat das Geruckel und das lange Sitzen in der Kutsche gar nicht gut getan."

„Warum hat sie es nicht so gemacht wie der Dorfsprecher von Felsrain?", fragte Caitlynn. „Er wechselt sich alle drei Monate mit seiner Zweitstimme ab, einer bleibt in Ibjadar, der andere im Dorf und sie besprechen alles Wichtige über die Spiegel."

„Zu teuer", brummte Gibbet und Melana stimmte ihm zu: „Ab fünf Reisestunden mit der Grauen Kette gibt es Geld aus der Ratsschatulle für jene Sprecher, die in Ibjadar wohnen bleiben. Doch wer weniger Wegstunden braucht, muss die Dorfschatulle bemühen. Und wer trägt den Silberschlüssel für Gelbried dieses und noch zwei weitere Jahre?"

Veitar, der Wirt des Grauen Rasthauses und Beltems Vater. „Gut, aber gab es sonst niemanden?"

Gibbet schüttelte den Kopf. „Niemanden, dessen Geldbeutel so locker geschnürt ist. Natürlich gönnen viele Mirell ihre Ruhe und die Freude an ihren Enkelkindern, aber ein guter Teil der Namen kam sicher auch durch Beltems Großzügigkeit auf die Liste." Der Alchemist blickte Beltem nach, wie dieser schräg gegenüber vor dem Tisch einer jungen Kerzenmacherin fast jede Kerze betrachtete, auf den Ballen wippte und während des Geplauders ständig nickte. „Seht nur, wie er Bellindra umgockelt."

„Umgockelt?" Birta zog eine Braue hoch. „Wo hast du dieses Wort denn aufgeschnappt?"

„Gerade erst erfunden." Gibbet grinste. „Aber es passt, oder?"

Melana lachte leise. „Und ob."

Inzwischen kamen die Neuankömmlinge mit ihren Waren von der Obstwiese. Cailtynn lächelte erfreut, als sie die bekannten Gesichter sah.

„Klarwetter und einen guten Fang", wünschte sie Hengus, der eine große Kiste zum Tisch zwischen dem Alchemistenhändler und dem Papiermeister weit hinten in der Allee schleppte.

„Was macht der Rücken?", wollte Melana wissen.

Der alte Mann bemühte sich um ein breites Lächeln. „Schon fast wie neu!", versicherte er. „Wenn es wieder zwicken sollte, komme ich vorbei."

„Vergiss es nicht!", sagte die Heilerin, wenig von seiner Vorstellung überzeugt. „Und bück dich nicht, sondern geh in die Knie, wenn du etwas heben musst."

„Ich pass auf ihn auf!", versicherte sein Enkel Hengir, der eine ähnlich große Kiste geschultert hatte, „und auf einen guten Fang!"

Seine hochschwangere Frau Fianna, gewandet in ein dunkelrotes Kleid, dessen Täschchen und Rüschen ihre kugelige Leibesmitte unterstrichen, folgte ihm mit einigen Schritten Abstand, einen Korb in ihren Armen. Ein großer Lederbeutel war mit zwei Schnüren quer über ihren Rücken gebunden. Sie runzelte die Stirn, als sie bemerkte, wie Hengirs Blick gemächlich über Caitlynns grünes Festtagskleid wanderte, und räusperte sich. Der Dachdecker zuckte zusammen und beeilte sich, seinen Großvater einzuholen.

„Wie geht es dir, Fianna?", fragte Melana. „Macht dir der Rücken auch zu schaffen?"

„Nicht mehr als bei den anderen dreien davor", lächelte sie. „Jedes Mal wenn ich sein kraftvolles Strampeln spüre, bin ich mir sicher, es wird ein Sohn."

„Das weiß allein die Allmächtige", sagte Melana. „Auch vier gesunde Mädchen sind Grund zur Freude."

„Sicher, sicher. Und ich bin der Allmächtigen ja dankbar, dass meine drei so munter sind", beeilte sich Fianna zu sagen. „Es ist nur ..." Ihr Blick heftete sich kurz auf Hengirs Rücken, der vor Bellandras Tisch eine Pause eingelegt hatte. Mit einem Seufzer packte sie den Korb fester und watschelte ihm nach.

„Wir sollten schon am Tisch sein, Hengir!"

„Hetz mich nicht, Weib! Noch ist der Markt nicht eröffnet."

Caitlynn warf einen Blick zum Himmel. Beim Anblick der Wolkenfront, die sich im Osten heranschlich, überkam sie ein mulmiges Gefühl. Ein Unwetter war wirklich das letzte, was sie heute Abend beim Käferfang brauchen konnten. „Wenn es regnet, dann vor dem Abend", sagte Gibbet, der ihrem Blick gefolgt war.

„Und danach sind die Käfer umso hungriger", mischte sich eine bekannte Stimme ein. Perrim, der Schmied, und seine Frau Seira waren vor dem Heilertisch stehen geblieben, beide beladen mit großen Weidenkörben, die sie mit breiten Ledergurten auf den Rücken geschnallt hatten. „Wir haben Tizza versprochen, wir bringen ihr eine Girlande mit zehn Käfern mit."

„Wie geht es der Kleinen?", fragte Melana.

„Wieder sehr gut, der Husten ist völlig ausgeheilt. Wir haben sie bei Bauer Jeddrigs Kinderstall gelassen, damit sie an ihrem Girlandenstab basteln kann. Sie und Hengirs Älteste sind sofort losgestürmt, Windblumen zu sammeln." Seira schob ihre Schultergurte zurecht. „Unser Tisch ist gleich da drüben", sagte Perrim und deutete auf jenen neben dem Wagen des zweiten Tuchhändlers. „Euch noch Klarwetter und einen guten Fang heute Abend."

Seira war sichtlich erleichtert, als sie den Korb abstellen konnte. Perrim hatte nicht mit Kohlen und Hammerschlägen gegeizt, wie die große Zahl an Kellen, Messern, Hämmern, Töpfen und Nägeln sowie Rollen aus Silber- und Kupferdraht bewies.

Somit waren alle Tische belegt bis auf den vordersten links und die zwei diesem gegenüber. Vergeblich versuchte sich Caitlynn daran zu erinnern, wessen Namen sie beim Vorbeilaufen dort gelesen hatte. Dreimal denselben, das wusste sie noch. Der halbe Vormittag war so gut wie vorüber, und Beltem gockelte nicht länger. Vielmehr marschierte er an den leeren Tischen vorbei und wieder zurück, starrte abwechselnd in Richtung Obstwiese und zum Himmel.

„Hörst du sie?", Berta hob den Kopf. „Sie sind spät dran."

„Ihr Weg ist auch der weiteste", sagte Melana.

Jetzt hörte auch Caitlynn das Bimmeln von Glöckchen, und sie reckte den Hals, um zu sehen, woher es kam. Ziegen. Drei, nein vier riesige Ziegen bogen in die Allee ein. Sie waren fast so groß wie kleine Pferde, beladen mit Säcken und Körben, die Hörner in Lederhüllen, an denen Glöckchen befestigt waren, die bei jeder Kopfbewegung der Tiere bimmelten. Geführt wurden die Ziegen von zwei Männern und zwei Frauen, alle in bunt bemaltes Leder gekleidet, die langen Haare mit Lederbändern im Nacken zusammengebunden. Beide Männer trugen ähnliche Hüte wie jener des Einsiedlers, der einige Schritte hinter der letzten Ziege auch noch zur rechten Zeit den Markt erreichte.

Sichtlich erleichtert hastete Beltem den Neuankömmlingen entgegen, verbeugte sich vor dem älteren Mann, der in der Gruppe offenbar das Sagen hatte, und wies auf die Tische. Es folgte ein kurzer Wortwechsel, den Caitlynn wegen des Gebimmels nicht verstand, den Gesten nach ging es wohl darum, dass die Ziegen zu den Pferden auf die Obstwiese gebracht werden sollten, was der grauhaarige Mann verweigerte. Beltem fuchtelte mit den Händen und warf immer wieder einen Blick zu einer Gruppe Dorfbewohner, die sich am Anfang der Allee versammelt hatten, beladen mit Körben und Beuteln, und auf die Eröffnung des Marktes warteten. Ein hagerer Mann überragte alle anderen Dorfbewohner um einen halben Kopf. Seine weißen Haare über dem zerknitterten Gesicht waren geölt und streng nach hinten gebürstet. Er hielt sich auffallend gerade, die Brust herausgedrückt, die Arme verschränkt. An seinem steifen Hemdkragen blinkten mehrere Abzeichen. Während die Leute rings um ihn leise tuschelten, nickte er stumm zu Beltems Worten und auch, wenn dieser die Wartenden mit einem Blick bedachte.

Auch der grauhaarige Ziegenführer hatte jetzt die Arme verschränkt und das Kinn gesenkt.

„Das dauert und dauert", murmelte Gibbet. „Wollen die beiden Sturköpfe den ganzen Tag streiten?"

„Dafür habe ich keine Zeit", sagte Melana, band die Schleife ihrer Kleiderschürze neu, strich sich eine Strähne hinters Ohr und marschierte hinüber. Von Neugier getrieben folgte ihr Caitlynn.

„Beltem, wo liegt das Problem?", fragte die Heilerin laut.

Der Ziegenführer zog den Hut, als er sie erkannte. „Meisterin Melana."

Sie neigte den Kopf. „Ganned." Ihr Blick wanderte zwischen ihm und Beltem hin und her. „Was ist los?"

„Es geht um die Ziegen!", zischte Beltem. „Sie gehören auf die Obstwiese."

„Die Tiere sind für uns zu wichtig", gab Ganned zurück. „Wir wollen nicht riskieren, dass sie vergiftet oder gestohlen werden."

„Sowas ist hier noch nie passiert!" protestierte Beltem.

„Weil wir immer jemanden bei den Tieren gelassen haben", konterte Ganned. Er sah über seine Schultern nach hinten zu den beiden Ziegenführerinnen. „Dieses Jahr sollte das Kandra, meine jüngste Enkeltochter, übernehmen."

Diese verschränkte die Arme vor der Brust. „Das hättest du mir sagen müssen, bevor du mich gefragt hast, ob ich mit zum Markt möchte. Ich will mehr sehen als ein paar Faustfruchtbäume und grasende Ziegen."

„Siebzehn, oder?", warf Melana ein.

Er nickte.

Die Mundwinkel der Heilerin zuckten. Sie warf einen Blick über die Schulter auf Caitlynn. Das Mädchen fühlte, wie ihr das Blut in die Wangen schoss. „Ich ... ich wollte doch nur ...", stotterte sie.

„Deine Neugier stillen." Melana winkte sie nach vorn. „Das ist Caitlynn, meine Enkelin und mein Lehrling."

Ganned musterte sie und lächelte. „Nicht zu leugnen." Dann

hob er seine Hände zur formellen Vorstellung. „Ganned aus dem Inneren Wald." Sein Berufszeichen war Caitlynn fremd: Zwei graue Zweige, die sich über einem grünen Blatt kreuzten. Ihr ratloses Gesicht lockte ein breites Lächeln auf das gebräunte Gesicht mit den zwei markanten Kerben am Kinn. „Noch nie einem Waldsiedler begegnet?" Caitlynn wurde noch röter und schüttelte den Kopf.

Ganned rückte seine Hutkrempe zurecht. „Wie lange bist du schon bei deiner Großmutter in der Lehre?"

Caitlynn öffnete den Mund, um zu antworten, aber da mischte sich Beltem mit lauter Stimme ein: „Plaudert später, jetzt müssen wir den Markt eröffnen."

„Kein Problem. Solange die Ziegen bei unseren Tischen bleiben", beharrte Ganned.

„Das geht nicht!" Beltem stemmte die Fäuste in die Hüften und schob seine schmale Brust heraus.

„Weshalb eigentlich nicht?", fragte Melana.

„Weil ... weil sie stinken und lärmen und ... und alles fressen, was sie sehen."

„Nun", Melana zog die Nase hoch, „im Moment rieche ich vieles, aber kaum Ziege. Ihr wisst doch, dass Waldziegen fast keinen Eigengeruch haben, um keine Raubtiere anzulocken."

Beltem lief rot an. „Aber der Lärm! Dieses unerträgliche Gebimmel!"

„Wenn es nur das ist ..." Die andere Waldsiedlerin drängte sich nach vorn. Sie sah Kandra sehr ähnlich, die gleichen langen, schwarzen Haare, das spitze Kinn und die goldgetönte Haut, dazu weiche, braune Augen und eine schmale, herrische Nase. Die Falten um ihren Mund waren stärker ausgeprägt, die Brauen ein wenig schmaler – Caitlynn schätzte sie drei Jahre älter als Kandra.

Mit ihren langen Fingern griff sie an die Hörner der vordersten Ziege und streifte ihr die Lederhülle mit den Glöckchen ab. „Keine Glöckchen, kein Gebimmel."

Beltem klappte den Mund auf und wieder zu, wie ein Fisch auf dem Trockenen.

„Lass sie die Ziegen an ihre Bäume binden", sagte Melana halblaut. „Dann können die Tiere Gras und Gestrüpp von der Böschung des Weißen Feldes fressen."

Der Dorfsprecher blickte wieder zu der Gruppe wartender Marktbesucher hinüber. Der alte Mann mit den blinkenden Abzeichen unterhielt sich gerade mit einer Frau in üppigem Gelb.

„Nun gut, wir haben nicht den ganzen Tag Zeit", murmelte Beltem und zog seinen Kragen zurecht. Er räusperte sich und sagte laut: „Dann nehmt die Ziegen und bindet sie an die Bäume bei euren Tischen. Wenn sie fremdes Gut fressen, werdet ihr es ersetzen."

„Keine Sorge, wir halten die Leinen kurz."

Caitlynn und Melana kehrten zu ihrem Tisch zurück. Während Melana Birta und Gibbet über den Grund für den Zank aufklärte, beobachtete Caitlynn, wie die Waldsiedler die Ziegen an die Bäume banden und ihre Körbe und Taschen entleerten. Indes winkte Beltem einen Jungen mit wirren Krauslocken zu sich und schickte ihn zum Tempel.

Einer der drei Waldsiedlertische wurde mit Lederstücken, Taschen, Gürteln und Hüten beladen, auch Fellstreifen für Krägen und Säume von Wollmänteln waren zu finden. Den zweiten Tisch teilten sich mehrere Körbchen, gefüllt mit Blättern, Beeren, Nüssen und Pilzen. Auf den dritten Tisch luden die Waldsiedler Holzstücke in unterschiedlicher Form und Größe, ebenso verdrehte Wurzeln, verschiedene Zapfen und große Flecken flaumigen, gelben Mooses.

Die Waldsiedler waren mit der Anordnung ihrer Waren noch nicht ganz fertig, da machte sich der Ordensträger unter den Besuchern in Richtung Obstwiese davon. Zur gleichen Zeit kehrte der Junge vom Tempel zurück. Über seinem Flickenhemd spannte sich jetzt eine gelbe Schärpe, und unter den Arm hatte er einen runden Korb geklemmt. An seiner Seite schritt die Vermittlerin-der-Allmächtigen, den weißen Stab locker in der Hand, die zarten Schultern nach hinten gedrückt. Eine Wolke aus fedrig weißen Locken umgab ihr blasses, zerknittertes Gesicht, in welchem ihre großen, nussbraunen Augen fast schwarz wirkten. Beltem ging ihr entgegen und begrüßte sie mit einer tiefen Verbeugung. „Vermittlerin-der-Allmächtigen Sophila. Wir bitten Euch um den Segen für die Eröffnung des Marktes."

Sie nickte, ging langsam die Marktständen ab, musterte die Händler und Handwerker und deren Waren. Im Abstand von gut drei Schritten trotteten die Dorfbewohner hinter Sophila her, bis sie einmal über den Markt und zurück gelaufen war und vor Melanas Tisch stehen blieb. Die beiden Frauen lächelten einander kurz zu. Händler wie Handwerker und Waldsiedler hatten ihre Wagen und Tische verlassen und sich unter die Menge gemischt, um der Segnung beizuwohnen. Die Vermittlerin wartete, bis sich alle in Hör- und Sichtweite aufgereiht hatten, dann hob die sie den weißen Stab. Alles Flüstern und Murmeln verstummte.

„Wir feiern heute den längsten Tag des Sommers", ihre volle, warme Stimme trug ihre Worte bis zur hintersten Reihe, „und haben uns versammelt, um die ersten Gaben der Natur und die Arbeit fleißiger Hände zu tauschen. An diesem besonderen Ort", sie kippte den Stab etwas, dass das Zeichen der Allmächtigen zum Weißen Feld wies, „bitten wir um den Segen der Allmächtigen für diesen Markt und das Fest des Sternenlichtes. Wir bitten, dass Ehrlichkeit und gegenseitige Achtung unsere Worte und unsere Taten lenken mögen, wie der Prophet Ebel es lehrte." Ihr Blick schoss zwischen Beltem und Ganned hin und her. Beide Männer sahen sich an, schluckten und senkten die Köpfe. Caitlynn unterdrückte ein Schmunzeln. *Der Junge muss ihr erzählt haben, warum sie erst so spät gerufen wurde.* Die Vermittlerin schloss die Augen und jeder hielt den Atem an. Anders als bei der Morgenandacht im Tempel war diese Segnung zugleich eine Prüfung. Beherrschten Hader und Missgunst die Herzen der Versammelten, würde die Allmächtige ihren Segen verweigern.

Der goldene Kreis an der Spitze des Stabes, in Hälfte eine stilisierte Welle, in der zweiten die Umrisse einer Flamme, begann blau zu schimmern. Dank der Wolken, die sich vor die Sonne geschoben hatten, konnte jeder sehen, wie sich dieser Schimmer auf einen Punkt an der Spitze des Wellensymbols zusammenzog und von dort aus in einem horizontalen Ring ausdehnte, bis er über den ganzen Markt reichte. Caitlynns Haut prickelte, die feinen Härchen an ihren Armen stellten sich auf. Vorsichtig öffnete sie ihre anderen Sinne, spürte wie ein kühler Hauch ihre Aura berührte und sie bis ins Innerste erschauern ließ. Dann war es auch schon vorüber, das blaue Licht zog sich wieder in die goldene Welle zurück, wo es in kleine Funken zerstob.

Die Vermittlerin öffnete die Augen, sah sich um und lächelte. „Der Segen wurde gewährt. Bewahrt seine Kraft in euren Herzen auch über das Fest hinaus."

Gibbet und Birta unterhielten sich halblaut über einen Markt vor fünf Jahren, bei dem Sophila den Segen nicht verkünden konnte und sie mehr als die Hälfte der Waren wieder zum Grünen Haus zurückbringen mussten, weil niemand auf so einem „Schwarzen Markt" mehr als das Notwendigste erstehen wollte.

Inzwischen lief der Junge mit dem Korb von Stand zu Stand, um die Dankesgeschenke für den Tempel einzusammeln. Als er an Melanas Stand hielt, bemerkte Caitlynn, dass er das Zeichen der Allmächtigen als Familienzeichen trug.

Ein Tempelzögling. Kein Wunder, dass er nicht mit den anderen beim Kinderstall Blumen pflückt. Sicher hat Sophila alle Hände voll zu tun und braucht jede Hilfe.

Gibbet legte ein Glas Entenbeerenmus und eine Flasche seines duftenden Öles hinein. Am Ende der Runde war der Korb bis an den Rand gefüllt und der Junge schnaufte schwer. Einer der Marktbesucher erbarmte sich und bot an, den Korb für die Vermittlerin zum Tempel zu tragen, was diese veranlasste, noch rasch einen Beutel mit Nägeln, drei Glasschalen und fünf dicke Kerzen zu erhandeln und oben drauf zu packen.

Inzwischen waren auch die Waldsiedler mit dem Beladen ihrer

Tische fertig geworden und öffneten für die Vermittlerin zwei große Holzdosen, eine gefüllt mit roten, die andere mit grünen Knospen, so groß wie Gibbets Daumennägel. Sophila ließ sich von beiden Dosen mehrere Häufchen in Pfeilblattrosetten verpacken, welche die ältere der beiden Waldsiedlerinnen geschickt mit Bast zu einem Beutelchen verschnürte.

„Ah, Knospenbissen", hörte Caitlynn Birtas Stimme. „Gibbet, wie viel können wir uns leisten?"

„Noch bevor wir selbst etwas verkauft haben?" Gibbet zog seinen Lederbeutel auf und beäugte ihren Vorrat an Münzen.

„Vielleicht kann ich euren Beutel ein wenig schwerer machen", mischte sich eine andere Stimme ein. Der Einsiedler, auf den während des lautstarken Disputes niemand mehr geachtet hatte, stand vor Melanas Tisch und betrachtete die Salbentiegel. Er hatte den Hut in den Nacken geschoben, dass ein paar Strähnen seines weißblonden Haares nach vorn fielen. Sein gebräuntes Gesicht mit den freundlichen Lippen und den hellgrauen Augen wirkte überraschend jung für einen menschenscheuen Eigenbrötler. „Ich könnte ein gutes Mittel gegen Hitzeröte brauchen."

„Alban, sag nicht, du hast ohne Schutz das Moos auf deinem Dach geerntet?", fragte Birta mit einem Blick auf die bläulichen Verfärbungen an seinen Fingern.

„Von selbst wollte es nicht in den Korb krabbeln", sagte Alban und grinste leicht. „Der Tag war so schön, da wurde es mir im Hemd zu warm."

Melana sah ihn scharf an. Der Einsiedler hob drehte die Handflächen nach außen. „Meisterin, Ihr glaubt doch wohl nicht, ich hätte mir eine Hitzeröte holen wollen?" Er betonte das letzte Wort. „Habt Ihr etwas dabei, das hilft?"

„Wir haben das hier!", Caitlynn schob einen Tiegel mit grünlicher Salbe über den Tisch. „Morgens und abends vorsichtig auftupfen Nicht einreiben, solange die Berührung schmerzt." Sie hatte Gibbet dabei geholfen, diese Salbe anzurühren.

„Besten Dank ...?" Er sah sie fragend an.

„Caitlynn aus Melanas Grünem Haus", sagte sie rasch und zeigte ihre Handrücken.

„Ah, die Enkeltochter, von der sie allen erzählt." Er erwiderte ihre Höflichkeitsgeste nicht. Es hätte auch nicht viel Sinn gemacht, da er trotz Sommerhitze zwei schwarze Halbhandschuhe trug, die Familien-und Berufszeichen verdeckten. „Ich bin Alban", er deutete eine Verbeugung an und zog die Schnüre seines Geldbeutels auf, „wieviel bekommt Ihr für die Salbe?"

Ehe Caitlynn einen Preis nennen konnte, mischte sich Gibbet ein: „Keine Münzen. Lieber etwas vom Moos. Kann ich es sehen?"

„Aber sicher." Alban streifte vorsichtig die breiten Riemen ab, stellte den Korb vor sich hin und nahm eine Hand voll Blaumoos heraus, die er Gibbet reichte. Dieser nahm es vorsichtig in die Hand, roch daran, besah es gründlich und nickte. „Gut wie immer. Zwei Hand voll?"

„Wenn ihr noch ein Glas von Birtas Entenbeerenmus dazugebt."

Birta sah zu Melana hinüber, diese nickte. „Das ist es wert. Wieviel ist noch auf dem Dach?"

„Noch zwei Körbe voll, und bis zu Gabendank wächst genug für nochmal zwei Körbe nach, falls es ausreichend regnet, aber", er sah zu den Waldsiedlern hinüber, „die vier Körbe sind schon an Lissel, Ganneds Älteste, versprochen."

Melana runzelte die Stirn. „Wozu denn? Man kann es nicht essen."

„Die Ziegen schon. Und es hilft ihnen, wenn sie Aschenblätter gefressen haben."

Die Heilerin schüttelte den Kopf. „Eine Verschwendung. Ölwurzsaft wirkt ebenso."

„Wie ich gehört habe, schmeckt der den Ziegen nicht so gut, und Ihr verlangt mehr pro Flasche als ich für drei Hand voll Moos."

Bevor sie etwas erwidern konnte, hob er beide Hände. „Ja, ich weiß, was ich Euch verdanke und schulde und so weiter ..."

„Darum geht es der Meisterin nicht!", platzte Caitlynn heraus. Melana und Alban drehten sich zu ihr um. „Ich meine ...", sie lief rot an, „es ist doch, weil wir das Moos brauchen, wenn die Kinder im Herbst beim Mondbeerenklauben Wurmfrüchte erwischen. Es passiert jedes Jahr, egal wie sehr die Eltern warnen und aufpassen. Und kein anderer Tee wirkt so gut gegen die Wurmkrämpfe."

Alban räusperte sich, nahm den Hut ab und zerrte den weißblonden Zopf unter dem Hemdkragen heraus. „Da war ich wohl etwas voreilig, Meisterin. Tut mir leid, aber ...." Er sah zu den beiden Waldsiedlerinnen hinüber, hob die Achseln und seufzte.

„Ich werde selbst mit ihnen reden. Gibbet, gib mir den Beutel."

Vermittlerin Sophila hatte ihre Einkäufe beendet und wanderte zufrieden zum Tempel zurück. Ihr freiwilliger Träger schleppte den übervollen Korb ächzend hinter ihr her. Die anderen Marktbesucher, die sich bislang aus Respekt zurückgehalten hatten, strömten zu den ersten Ständen.

„Rasch, Gibbet, sonst sind die Knospen weg."

Noch immer zögernd reichte der Alchemist der Heilerin den Münzvorrat. „Wichtiger sind die Pilze."

„Das habe ich nicht vergessen." Melana befestigte den Beutel an ihrem Gürtel und marschierte schnurstracks zum dritten Tisch der Waldsiedler. Noch drängten sich die meisten Besucher vor dem Wagen des ersten Feintuchhändlers und beim Tisch mit den Lederwaren. Caitlynn konnte sehen, wie ihre Großmutter zuerst mehrere Hand voll verschiedener Pilze und vier Blattrosetten mit Knospenbissen erstand, um schließlich mit der älteren der beiden Schwestern ins Gespräch zu kommen. Beide Waldsiedlerinnen hatten ihre mit Blumenmustern bemalten Kapuzenumhänge an den nächsten Baum gehängt und die Ärmel ihrer Leinenblusen bis zu den Ellbogen hochgekrempelt. Als Melana auf Alban und dessen Korb deutete, verschränkte die junge Frau die Arme und schüttelte den Kopf. Die Heilerin redete weiter, gestikulierte, doch ihr Gegenüber blieb hart. Schließlich machte Melana kehrt und stapfte zu ihrem Tisch zurück. „Stures Weib!", schimpfte sie und ließ den Münzbeutel vor Gibbet auf das Holz fallen, dass die Münzen laut klimperten. „Sie denkt wirklich, ich will das Moos nur, damit wir ihnen weiterhin Ölwurzsaft verkaufen können. Glauben die immer noch, dass jeder es auf sie abgesehen hat?"

Alban, der vor Melanas Tisch gewartet hatte, hob die Schultern. „Du hast Ganned gehört, als es um die Ziegen ging", sagte er. „Hundertundeinpaar Jahre reichen nicht aus, um diesen Graben nicht zuzuschütten. Ich kann ihr Misstrauen verstehen." Mit dem Kinn wies er auf den alten Mann mit den Orden, der inzwischen von der Obstwiese zurückgekehrt war und abseits der Menge auf Beltem einredete.

Melana folgte seinem Blick und zog die Brauen hoch. „Du machst dir Sorgen wegen Preused? Niemand nimmt sein Geplapper von einer Coridinverschwörung im Aschenwald ernst, da kann er noch so viele Ehrenzeichen seiner Offiziersvorfahren aus den Coridinkriegen an seinen Kragen heften."

„Vielleicht glauben die Dorfbewohner nicht an eine Verschwörung", wandte Alban ein, „aber Preused spricht nicht wenigen aus dem Herzen, wenn er den Inneren Aschenwald als `ihren´ Wald bezeichnet, den die Waldsiedler ihnen weggenommen hätten. Viele trauern der Zeit nach, als die Dorfleute dort jagen, sammeln und Bäume fällen durften, als der Wald noch dem Herzog gehörte, der sie gewähren ließ. Nicht nur das, Preuseds Mutter war eine sehr gute Bardin. Preused wollte zwar lieber das Fassbindehandwerk seines Vaters lernen, aber ich bin mir sicher, er hat ihre Gabe geerbt, zumindest einen Teil davon. Schau dir Beltem an und wie brav er zu allem nickt, was Preused sagt."

Caitlynn zog die Stirn in Falten. *Er hat einen scharfen Blick und kennt offenbar jeden im Dorf. Passt das zu einem Eremiten?* Das Mädchen nahm sich vor, Birta später genauer auf den Zahn zu fühlen. Bestimmt wusste sie mehr über den „Einsiedler", als sie ihr bislang erzählt hatte.

Melana hob die Achseln. „Wie auch immer, wir werden einen neuen Blaumooslieferanten finden müssen."

„Warum?", mischte sich Caitlynn ein. „Warum können wir das nicht auf unserem Dach pflanzen? Dann sind wir von niemandem abhängig!"

„Unser Dach hat nur Holzschindeln", erinnerte sie Gibbet, „und Albans Dach besteht aus grauen Tonziegeln."

„Oh ..." Caitlynn starrte auf ihre Hände. Ihre Wangen brannten. „Das hatte ich vergessen."

„Trotzdem keine üble Idee", sagte Alban. Caitlynn sah hoch und begegnete seinem breiten Lächeln. Einer seiner Eckzähne stand ein wenig schief. Das erinnerte Caitlynn an eines der Weißhörnchen beim Tempel in der elterlichen Burg. Es hatte sich nie von ihr berühren lassen, auch nicht, wenn sie ihm Nüsse brachte. Irgendwann war es verschwunden, von einem der Hunde gefressen, hatte Gared gemeint und gelacht, als sie deshalb in Tränen ausgebrochen war.

Alban nickte ihr anerkennend zu und fuhr fort: „Ihr braucht ja kein ganzes Dach. Ein paar alte Tonziegel auf einem Holzgerüst genügen. Ich verkaufe euch zwei meiner Ziegel, von denen das Moos auf eure hinüberwuchern kann."

Caitlynn sah, wie es hinter Gibbets Stirn arbeitete. „Hmm ...", meinte der Alchemist schließlich, „einen Schattenspender für die Entenbeerenbüsche wollte ich ohnehin längst bauen." Er kniff die blauen Augen zusammen. „Und wie teuer kommen uns deine Ziegel?"

„Sie ersparen euch viel Arbeit ... sagen wir, zwanzig Silber?"

„Zwanzig? Dafür kaufe ich zehn neue Ziegel und mit dem Moos hier", er tippte auf die zwei Hand voll Blaumoos, mit denen Alban die Salbe und das Mus erhandelt hatte, „sollte es auch ohne deine Ziegel klappen. Zehn Silber, bestenfalls."

„Versucht hast du es noch nie, oder? Ich züchte das Moos seit zwei Jahren, glaube mir, ohne meine Ziegel sind eure Chancen nicht halb so gut. Achtzehn Silber?"

Fasziniert beobachte Caitlynn, wie Alban und Gibbet sich nach wortreichem Feilschen auf fünfzehn Silber einigten.

Mittlerweile waren noch mehr Bewohner aus den umliegenden Dörfern eingetroffen und der Markt nahm Fahrt auf. Alban machte Platz für neue Käufer und schlenderte weiter. Aus den Augenwinkeln sah Caitlynn, wie er mit Bellindra plauderte und die junge Kerzenmacherin mehr als einmal zum Lachen brachte. *Er ist ganz sicher kein Einsiedler.*

Dann erreichte der Haupttross der Kauflustigen Melanas Tisch, und für zwei Stunden hatte Caitlynn alle Hände voll zu tun. Als der Andrang nachließ, war nur noch ein Viertel ihrer Waren übrig.

Melana wischte sich mit dem Ärmel den Schweiß von der Stirn. „Haben wir genug, um Alban das restliche Moos aus seinem Korb abzukaufen?", fragte sie Gibbet. „Ich möchte die Durststrecke bis zu unserer ersten Ernte so kurz wie möglich halten."

„Was ist mit dem Goldwitwenfaden?" Er reichte Melana den Beutel.

Sie zog die Schnüre auf und nahm eine Hand voll Münzen heraus. „Das wird für den Faden reichen müssen. Caitlynn, such Alban, und falls er noch Moos hat, schick ihn her."

„Sofort." Das Mädchen befühlte ihren Zopfkranz, um sicher zu stellen, dass alle Haarnadeln noch an ihrem Platz waren, schüttelte den Rock ihres Kleides aus und strich ihn glatt. Dann trat sie vor den Tisch und spähte nach beiden Seiten. Auch an den Tischen der Waldsiedler war es ruhiger geworden, die meisten Besucher hatten sich auf den Wagen des Glashändlers und den Tisch der Kerzenmacherin verteilt. Wo konnte Alban hingegangen sein? Vielleicht zu einem der Essenstände ganz hinten, von denen der Wind den Duft gefüllter Brote und Beerentaschen bis zu Melanas Stand trug? Während Caitlynn sich durch die Menge schlängelte, marschierte Melana mit den Münzen in der Hand zum zweiten Mal an diesem Tag zu den Waldsiedlern, um zu feilschen. Dieses Mal stand nur die ältere der beiden Schwestern am Tisch. Die jüngere, Kandra, schlenderte durch den Markt und nahm sich Zeit, bei jedem Wagen und Tisch das Angebot genau zu prüfen.

Caitlynn hätte auch gern die Stoffe der beiden Händler befühlt und sich mit einem Stück blauen Fadenglanz oder grüner Spitze unterm Kinn im Spiegel betrachtet. *Später vielleicht.*

Die Zahl von Bellindras Kerzen war um mehr als die Hälfte geschrumpft und sie plauderte mit dem Schmuckhändler, der dabei seine verbliebenen Geschmeide ordnete.

„Alban?", die Kerzenmacherin hob die Schultern. „Keine Ahnung wohin er wollte. Ich glaube, er hatte Hunger."

Das gleiche meinte auch Seira, die Frau des Schmiedes. „Er hat uns zwei Hand voll Nägel abgekauft, eine Kupferrolle und ein Spatenblatt", sagte sie und schob die restlichen Drahtrollen weiter auseinander.

Bei Hengirs Stand war kein Durchkommen. In dreifacher Reihe drängten sich die Kauflustigen vor Hengus' gedrechselten Kerzenhaltern, Schüsseln, Tellern, den Schneidbrettern und geschnitzten Tierfiguren aus honiggelbem Kauholz. Der alte Bauer war sichtlich stolz auf jedes seiner Stücke, deren Schlichtheit einen schönen Kontrast zu Fiannas farbenfrohen Stoffbällen, Kissen und bestickte Kragen bildeten. Hengirs Frau hatte auch nach ihrer Vermählung die Nadel nicht ruhen lassen, um ihrer Familie ein Zubrot zu verschaffen. Mit Erfolg, wie die Kauflaune der Dorfbewohner bewies, Caitlynn hatte Mühe sich durch die Menge zu schieben, bis sie zu den Essenständen gelangte, wo Küchenhelfer aus dem Grauen Rasthaus ihre Köstlichkeiten feilboten.

„Alban?" Ein kleingewachsener Koch runzelte die Stirn und legte das Brot zur Seite, das er gerade füllen wollte, „sicher war er hier. Er hat zwei Brote gekauft, eines für sich und eines für den Jungen"

„Welchen Jungen?"

„Na, den kleinen Romil. Der Junge vom Tempel, der die Gaben für die Vermittlerin eingesammelt hat. Die beiden sind mit den Broten runter zu den Ruinen spaziert."

Caitlynn dankte für die Auskunft und folgte dem Trampelpfad von der Allee zum Ruinenfeld. Mittlerweile war der Himmel war fast gänzlich mit dicken, dunklen Wolken überzogen. Der Gedanke, inmitten der Ruinen begossen zu werden, behagte ihr wenig. Wenn Alban den Jungen zum Tempel zurück begleiten wollte, führte der kürzeste Weg quer durch die Überreste dessen, was vor dem Weltenbruch einmal eine sehr einflussreiche Kultstätte gewesen sein musste. Es war nicht das erste Mal, dass sie vor den Ruinen stand. Schon vorletztes Jahr hatte Gibbet sie auf ihr Drängen mit Melanas Zustimmung hergeführt und ihr erklärt, was er über die Ausgrabung wusste. Da er Alchemist und kein Archivar war, hatte sie kaum mehr erfahren, als in ihren Schulbüchern gestanden hatte. Damals waren sie auch mitten durch das Feld gelaufen, und später die Straße entlang Obstwiese hinauf zum Dorf, um dort im Grauen Rasthaus zu Mittag zu essen. Im Geist rückte sie sich noch einmal den Weg zurecht, wie sie ihn damals genommen hatte. Also um die zwei Mauern herum, über den kleinen Platz drüber, die Gasse hinunter und nach den Säulen gleich links zu dem runden Mosaik und dann …

Die Sonne blinzelte durch die letzte blaue Lücke am Himmel und ihre Strahlen strichen über die grauen Mauerreste. Ein kurzes Aufblitzen zog Caitlynns Blick auf sich. Da, zwischen den gestürzten Säulen glänzte etwas. Sie lief mit langen Schritten darauf zu und erkannte die gesuchten zwei Gestalten, die es sich hinter einem Säulenstumpf bequem gemacht hatten.

„Alban? Romil?", rief sie und winkte.

Die beiden drehten sich gleichzeitig zu ihr um.

„Was ist?", rief Alban laut zurück. Er machte keine Anstalten, ihr entgegen zu kommen oder ihr beim Klettern über die Säulen zu helfen.

Mit rotem Gesicht blieb sie zwei Schritte vor ihm stehen und schnaufte. „Habt Ihr noch Moos übrig?"

Er sah zu seinem Korb, der neben dem Sockel an einer weiteren Säule lehnte, und nickte. „Etwa acht Hand voll."

Sie richtete sich auf und wischte sich den Schweiß von der Stirn. „Meisterin Melana möchte es Euch abkaufen."

Alban grinste. „Sehr schön, aber ich hoffe, sie kann noch etwas warten. Romil und ich müssen erst noch das hier beenden."

„Das hier" war eine lange Lederschnur, an welcher sieben Glasnussschalen aufgefädelt waren. Sie lagen auf dem Sockel neben einem zugespitzten Holzstecken und einem faustgroßen Stein.

„Das wird meine Girlande", sagte Romil stolz. „Eine Stange habe ich schon. Wir müssen nur noch die Luftlöcher für die Käfer stechen."

„Hmm ..." Caitlynn trat an die Girlande heran. Sieben der hühnereigroßen Nussschalen hatten bereits Löcher, fast mehr, als ihnen gut tat. Alle wiesen sie milchige Flecken auf, ein Zeichen, dass die Schalenhälften zu heiß gekocht worden waren.

„Gefällt sie dir?", fragte Romil gespannt.

Caitlynn hob kurz den Kopf, begegnete Albans Blick, schluckte und lächelte. „Sehr gut. Nur, macht die Löcher nicht zu groß, sonst fallen noch die Käfer aus den Nüssen."

„Wir fangen so große, dass sie gar nicht herausfallen können", konterte Alban.

Er setzte sich hin und legte die letzte Nuss zurecht. Romil stellte sich neben ihm, die dunklen Augen gebannt auf die Hände des Mannes gerichtet, als könne allein das Stechen der Löcher die größten und schönsten Sternkäfer in die Nüsse locken.

Caitlynn fühlte sich zurückversetzt in ihre Kindheit, damals als sie acht Jahre gewesen war und zum ersten Mal einen Sternenlichtstab hatte tragen dürfen. *Und dann hat Gared sie zertreten, weil Yadele mir und nicht ihm die größten Nussschalen gegeben hatte. Es war nur ein „Unfall" gewesen, wieder einmal. Shina wollte mir ihre Girlande schenken, aber ich wollte unbedingt eine eigene. Und übrig waren nur noch die Nüsse mit den Flecken, die keiner haben wollte, weil man darin die Käfer kaum sieht.* So war sie mit den fleckigen Nüssen in den Stall gelaufen, um sich bei Jadon auszuweinen, weil die Mutter ja sowieso immer zu Gared hielt. Caitlynn runzelte die Stirn. *Jadon hat mir nicht die Tränen getrocknet, er hat die Flecken aus den Nüssen gerieben.* Sie schloss kurz die Augen, stellte sich Jadons breite, schwielige Hände vor. In der einen ihre Glasnuss, in der anderen ...

„Alban, gibt es hier in den Ruinen Perlknöpfe?", fragte sie laut.

Er sah von seiner Arbeit hoch und deutete mit dem Daumen in Richtung der Mitte des Feldes. „Beim inneren Tempel, da wo die vielen Steinbilder sind."

Das Mädchen ignorierte seinen fragenden Blick und eilte im Zickzack entlang des Pfades aus kreisrunden Trittsteinen zum Zentrum der Ausgrabung. Im Tempel, von dessen Wand gerade mal noch eine hüfthohe Mauer übrig war, hätte Melanas Grünes Haus mühelos Platz gehabt. Obwohl es sie lockte, durch die Reste des Portals zu treten und die Steinbilder der Vielgesichtigen zu betrachten, umrundete sie den Bau lediglich, bis sie die Büsche mit den dunkelblauen Blüten fand. Einige waren schon verblüht, und zwischen den rotgeäderten, herzförmigen Blättern hingen die ersten, noch unreifen knopfgroßen Früchte, deren helles Grün perlmuttfarbene Streifen durchbrachen. Nachdem Caitlynn drei Büsche abgepflückt hatte, quoll ihre Hand fast über, und auf dem Rückweg musste sie sich immer wieder nach verlorenen Früchten bücken.

„Wir sind schon fertig!", verkündete Romil und hielt stolz die Schnur mit den fertig zerstochenen Glasnüssen hoch.

„Noch nicht ganz." Caitlynn ließ die Perlknöpfe vorsichtig auf den Sockel rollen und nahm eine Frucht zwischen Daumen und Zeigefinger. Ohne sich von Albans hochgezogene Brauen aus der Ruhe bringen zu lassen, bat sie Romil um die Schnur. Zögernd, und erst nachdem Alban ihn mit einem Nicken ermutigt hatte, überließ der Junge ihr seine Glasnüsse. Das Mädchen drückte die Frucht, bis aus den Perlmutstreifen ölig glänzende Tropfen austraten und rieb dieses über die Flecken einer Glasnuss. *Bitte ... bitte, es muss klappen ...*

Zunächst tat sich gar nichts. Cailtynn biss die Zähne aufeinander, drehte die Frucht, quetschte erneut, rieb, drehte ... und hielt nach einer gefühlten Ewigkeit eine makellos durchscheinende Glasnuss in der Hand. *Danke, Jadon!*

„Donnerwetter", hörte sie Alban murmeln, „wenn ich das gewusst hätte ..."

„... hättet Ihr nicht so große Löcher genau in die Flecken brechen müssen, oder?" Caitlynn zwinkerte ihm zu.

Er schob seinen Hut zurück und grinste, dass sein schiefer Eckzahn hervorblitzte. „Es war eine Strategie. Nicht die beste, aber ..."

Caitlynn folgte seinem Blick zu Romil, der die glänzende Nuss mit großen Augen betrachtete, und lächelte. „Aber auch keine schlechte. Das Käferlicht ist durch große Löcher auf jeden Fall besser sichtbar."

Kleine Fältchen legten sich um seine Augenwinkel. „Solange die Löcher nicht so groß sind, dass die Käfer herausfallen, oder?" Er zwinkerte ihr zu.

Sie lachte. „Gut erkannt." Es war lange her, dass sie mit jemandem so unbeschwert hatte scherzen können. Kjeron meldete sich nur einmal jeden Monat über den Spiegel im Roten Haus von Gelbried, und dann hatte er Melana meist mehr zu erzählen als Caitlynn.

Eine kleine, warme Hand legte sich in ihre.

„Kann ich auch reiben?", fragte Romil und deutete auf die zweite Nuss in der Reihe. Caitlynn bückte sich, hob einen Perlknopf auf und zeigte ihm, wie er drücken musste, um das Perlöl herauszutreiben. Wortlos ergriff auch Alban eine Frucht. Zu dritt machten sie sich über die verbliebenen Glasnüsse her. Als Caitlynn das nächste Mal zum Himmel sah, hatten die Wolken das letzte Fleckchen Blau geschluckt.

„Angst vor einem Gewitter?" Alban hatte die fünfte Nuss geschafft und war ihrem Blick gefolgt.

„Habt Ihr denn keine? Hier ohne Dach, ohne Schutz vor den Himmelsfeuerrädern?"

Er klopfte auf die Steinsäule. „Das hier ist Schutz genug." Mit der Nuss, die er noch in den Händen hielt, rieb er über den grauen Stein. Darunter kam ein klares Weiß zum Vorschein, durchsetzt mit haarfeinen glasklaren Adern. „Gleißenstein, die durchsichtigen Linien sind Kristalladern. Weißer Kristall, wie jener in den Spiegeln, der die Gabe des Hüters aufnimmt und speichert. Vermittlerin Sophila hat mir von Himmelsfeuerrädern erzählt, die ein Stück durch die Ruinen jagten, ehe sie auf eine Mauer trafen und von ihr aufgesogen wurden. In bis zu zehn Nächten danach hätte dann das Stück Mauer geleuchtet. Hat damals bestimmt die eine oder andere Fackel gespart und die simplen Geister der Gläubigen beeindruckt."

„Ihr wisst eine Menge über das Feld", sagte Caitlynn. „Seid Ihr Archivar?"

Alban ließ den Kopf in den Nacken fallen und lachte. „Nein, so sehr liebe ich den Staub alter Wälzer nun auch wieder nicht. Dafür höre ich gern zu, wenn andere erzählen."

„Ihr vergrabt Euch nicht in Eurem Häuschen, um nicht von Menschen belästigt zu werden?"

Er zog eine Braue hoch. „Wie kommt Ihr darauf?"

Caitlynn wich seinem Blick nicht aus. „Birta. Sie hat Euch einen Einsiedler genannt."

Ihre Antwort wischte das Grinsen aus seinem Gesicht. Alban seufzte und rieb sich den Hinterkopf. „So ganz Unrecht hat sie nicht. Ich ziehe es vor, die Menschen selbst zu suchen, wenn ich welche sehen will. Wer mich besuchen kommt, muss auf dem Boden sitzen und aus dem Krug schlürfen, denn mehr als einen Stuhl und einen Becher hab ich nicht."

Sein Gesicht nahm einen verschlossenen Ausdruck an und Caitlynn schluckte ihre restlichen Worte hinunter. „Das Moos ...", erinnerte sie Alban.

„Bin gleich auf dem Weg." Er zog die Knoten an den Glasnüssen fester. „So", sagte er und reichte die Girlande dem Jungen. „Jetzt fehlen nur noch Blumen und ein bisschen Grün für deinen Stab."

„Und die Käfer."

„Natürlich die Käfer. Warum läufst du nicht zum Tempel, zeigst deine Glasnüsse und fragst die Köchin, ob ihre Maische schon fertig ist?"

„Kommst du nicht mit?"

Alban griff nach seinem Korb und schüttelte ihn kurz, um den Inhalt zu lockern. „Ich muss erst noch mein Moos abliefern. Hättest du gern noch eine Beerentasche?"

Romil nickte eifrig und lief in Richtung Tempel davon, den Stab mit den Nüssen vor sich hertragend, als hätte der Festumzug schon begonnen.

„Weshalb hatte man im Tempel keine sauberen Glasnüsse für ihn?", fragte Caitlynn. „Die im Tempel kochen doch immer sehr viele davon."

Alban zuckte die Achseln. „Die hängen alle im Altarraum für die große Schlussandacht nach dem Festumzug. Wenn die Tempelzöglinge welche für sich selbst haben wollen, bleiben eben nur die fleckigen Nüsse übrig." Er sah sie fragend an. „Dachtet Ihr, die schönen Nüsse bekäme Sophila und die schadhaften Nüsse wären für die Kinder?"

Caitlynn biss sich auf die Unterlippe und wünschte, sie könnte ihre unbedachte Frage zurücknehmen.

An die Festbeleuchtung habe ich gar mehr nicht gedacht.

Alban legte den Kopf leicht schief und musterte sie von oben bis unten. „Seid Ihr immer so kämpferisch, wenn Ihr glaubt, einer Ungerechtigkeit auf der Spur zu sein?"

Sie spürte, wie sie rot anlief, dennoch senkte sie ihren Blick nicht. „Leider ja. Ich war zu vorschnell." *Wieder einmal.*

Sein Lächeln löste den Klumpen in ihrem Magen.

„Ihr habt es ja nicht vor Romil gesagt, also ist nichts passiert. Lasst nicht zu, dass Scham und Angst Euer Feuer ersticken. Weisheit und Vorsicht kommen mit den Jahren, hab ich mir sagen lassen. Ich warte immer noch darauf."

Caitlynn erwiderte sein Lächeln. „Danke."

„War mir ein Vergnügen." Er schultere den Korb und rückte die Riemen zurecht. „Ich mache noch einen kleinen Umweg wegen der Beerentaschen", sagte Alban und steuerte auf das hintere Ende der Allee zu.

„Und ich sage der Meisterin Bescheid, dass sie das Silber bereithalten soll", erwiderte Caitlynn und schwenkte in Richtung von Melanas Stand. Im Stillen bedauerte sie, dass sie sich nicht länger mit ihm unterhalten konnte. Melana wartete schon zu lange auf das Moos und darauf, dass Caitlynn von ihrem Botengang zurückkam.

In Gedanken versunken schlenderte sie um einen Mauerrest herum und erkannte, dass sie sich in ihrem Weg ein wenig verschätzt hatte und sich genau hinter Hengirs Stand befand. Noch während sie sich überlegte, wo sie am geschicktesten durch das kniehohe Gestrüpp zwischen Ruinen und Allee stapfen sollte, hörte sie Hengir leicht ungehalten fragen: „Wollt Ihr jetzt etwas kaufen, oder nicht?"

Er und Hengus hatten ihr Angebot neu aufgefüllt, sodass der Tisch auch nach dem Hauptansturm noch gut mit Holzwaren und Nähwerk gefüllt war. Der Tross der Kauflustigen hatte sich inzwischen zerstreut, und vor Hengir stand eine der beiden Waldsiedlerinnen, welche mal dies, mal jenes in die Hand nahm, betrachtete und wieder hinlegte.

„Lass sie nur schauen, Hengir", brummte Hengus, „ist ja nicht so, dass sie jemandem das Licht nimmt."

Die Waldsiedlerin lachte hell und warf ihr langes, dunkles Haar nach hinten. Die Stimme gehörte Kandra, der jüngeren der beiden Schwestern. Hengirs Antwort konnte Caitlynn nicht verstehen, auf jeden Fall war sie nicht geeignet, Kandra vom Tisch zu vertreiben.

Caitlynn stapfte ein paar Schritte zur Seite, dann nach vorn, sorgsam darauf bedacht, nicht mit dem Kleidersaum an den Zweigspitzen und Dornen hängen zu bleiben. An dieser Stelle des Weißen Feldes wuchsen die Pinselblumen besonders zahlreich. Ein

Glück, dass es noch nicht geregnet hatte, sodass ihre Blüten noch geschlossen waren. Birta würde furchtbar schimpfen, wenn sie ihr Kleid mit dem roten Blütenstaub bekleckerte, der sich nur mit viel Seife aus den Kleidern waschen ließ.

Das Mädchen war noch gut sechs Schritte von ihrem Ziel, dem Durchgang zwischen dem Baumstamm neben dem Dachdeckertisch und dem Wagen des Papierhändlers, entfernt, da tauchten Lissel und der junge Waldsiedler hinter Kandra auf.

„Was treibst du hier noch?", fragte die ältere Schwester gereizt. „Hast du noch nicht genug eingekauft?"

„Ich hab noch Silber." Kandra hielt einen kleinen Beutel hoch und schüttelte ihn. „Außerdem genügen drei von uns für drei Tische, oder?"

„Nicht für den ganzen Nachmittag. Kommst du jetzt mit uns zurück?" Lissel fasste nach Kandras Arm.

„Nicht sofort", Kandra riss sich los und langte nach einem der geschnitzten Tiere. „Ich möchte das hier kaufen."

Verdeckt durch den Wagen des Papierhändlers und dem Baumstamm daneben gab Caitlynn ihrer Neugier nach und reckte den Kopf, um zu sehen, was Kandra ausgewählt hatte.

„Warum gerade das? Bist du nicht zu alt für Säuglingsspielzeug aus Kauholz?"

„Es ist eine Ziege, Lissel. Sie sieht ein wenig aus wie Peoni mit dem verdrehten Horn, nicht wahr? Und ich habe nicht gesagt, dass ich darauf herumkauen würde."

„Na gut. Bezahle sie, damit wir gehen können."

„Vielleicht mag ich noch etwas anderes. Der Ball da drüben, der rote."

„Kandra, wir haben Lederbälle genug in der Siedlung. Und nicht mal Heslias Jüngster spielt mehr damit, außerdem ..." Lissel beendete den Satz nicht. Ihr Blick blieb an einer Gruppe Schneidbretter hängen. Sie sog scharf die Luft ein und zog eines davon heraus. Ein Graues.

Ohje...

„Ascheneiche." Lissels Stimme kletterte eine halbe Oktave in die Höhe. „Wie kommt Ihr zu einem so perfekten Stück Herzholz?"

Hengir schickte Hengus einen scharfen Blick hinüber, doch der zuckte gleichmütig die Achseln. „Mit viel Glück und Geschick."

„Von wegen!" Die junge Frau ließ das Brett zurück auf den Stapel fallen. „Wir werden den Stumpf finden, der von dem Baum geblieben ist. Und ich hoffe für Euch, dass er nicht im Inneren Wald gewachsen ist."

„Hetzt Ihr sonst Eure Ziegen auf mich?"

Kandra kicherte.

„Da gibt es nichts zu lachen", zischte ihre Schwester sie an, ehe sie sich Hengus zuwandte, die Arme verschränkt, die Stirn in steile Falten gelegt. „Ich brauche keine Ziegen, um Waldfrevlern das Handwerk zu legen, Hengus. Der alte Fürst mag sich nicht um unsere Klageschreiben gekümmert haben, doch Großvater Ganned war im Winter bei der Angelobung von Fürst Veleris dabei und dieser hat ihm versichert, dass er uns unterstützen wird, damit wir im Wald wohnen bleiben. Es würde ihm, als direktem Nachfahren von König Veldim, nicht gefallen, wenn wir mit Sack und Pack nach Thelmark zurückkehren."

Hengus presste seine Kiefer zusammen. Hengir legte seinem Großvater die Hand auf die Schulter und lächelte die drei Waldsiedler an. „Es braucht keiner bis Schloss Ibjadon zu marschieren, Lissel. Um des Friedens zwischen uns Willen, was verlangt Ihr für das Holz?"

Sie hob das Brett wieder auf, wog es in der Hand. „Es ist aus einem Stück. Bei so viel Herzholz war der Baum drei Arme rund, also ..." sie sah zu dem Waldsiedler, der hinter ihr stand und sich bisher zurückgehalten hatte, „... acht Gold, Tolbeg, oder was meinst du?"

„Sie haben ihn selbst gefunden, gefällt und verarbeitet. Sechs Gold sind genug."

Hengus schnappte nach Luft, Hengirs Finger gruben sich in seine Schultern. „Die sollt ihr haben."

Er ließ seinen Großvater los, nestelte die Schnüre seines Geldbeutels auf und zählte drei Gold und dreißig Silberstücke auf den Tisch.

„Was soll das?", erklang Fiannas helle Stimme von den Essständen her. Sie hielt einen Korb mit gefüllten Brötchen in Händen. „Warum gibst du ihnen unser schwer verdientes Gold?" Trotz ihres gewölbten Leibes zwängte sich geschickt zwischen dem Baum und ihrem Tisch hindurch

„Weil ...", Hengir schob die Münzen über den Tisch zu Lissel, „... weil mein Großvater ein Schneidebrett aus Ascheneiche zur Schau stellen musste. Eines aus Herzholz."

„Ah ..." Fianna schluckte. Sie stellte die Schüssel vor Hengus hin, der mit einem Knurren eines der Brötchen packte und mit drei Bissen hinunterwürgte.

„Wie habt Ihr den Baum gefunden und gefällt, ohne dass wir oder die Ziegen euch bemerkt haben?", bohrte Lissel, während sie die Münzen in ihren Geldbeutel fallen ließ.

„Das ist doch unwichtig", mischte sich Kandra ein, ehe Hengus etwas sagen konnte. „Hengir ist Dachdecker, also hat er keine Angst vor Höhe. Er wird auf einen Baum gestiegen sein und erkannt haben, wo unter dem grünen Blätterdach ein grauer Fleck hervorschaut. So machen wir es doch auch." Sie drehte die Ziege in ihren Händen und lächelte Fianna an. „Mit welchen Tieren spielen eure Kinder besonders gern?"

Hengirs Frau sah sie überrascht an. Dann hob sie die Figur eines Fisches hoch. „Das war das Lieblingstier aller meiner drei Mädchen, besonders als die ersten Zähne kamen. Inzwischen sind sie zu groß für Kauholz und spielen lieber mit den Bällen."

„Dann will ich auch noch den Fisch." Kandra streckte ihre Handfläche hin. Fianna wandte sich fragend zu Hengir, auf dessen Stirn sich der Schweiß sammelte. „Gib ihn ihr", sagte er. „Beide Tiere sind ein Geschenk. Der rote Ball noch dazu."

„Wenn ihr glaubt, dass ich auf eine Antwort verzichte ...", zischte Lissel und stemmte die Fäuste in die Hüften, während ihre jüngere Schwester sich von Fianna die „Geschenke" reichen ließ.

„Lass es gut sein, Lissel", sagte Tolbeg. „Kandra hat recht Jeder, der klettern kann und schwindelfrei ist, kann die Ascheneichen finden."

Lissels Lippen schrumpften zu einem dünnen Strich. Ihr Blick zuckte zwischen Kandra und Tolbeg hin und her. „Ihr zwei seid immer einer Meinung, wie?", zischte sie. „Zufällig bist du mein Mann und nicht ihrer, also hast du auf meiner Seite zu sein."

Tolbeg trat einen halben Schritt zurück und hob beide Hände. Schweißtropfen glänzten auf seiner hohen Stirn. „Zieh mich nicht in euren Schwesternstreit hinein, Lissel! Wahrheit bleibt Wahrheit, und das hat überhaupt nichts damit zu tun, dass du meine Gemahlin bist."

„Ach so?", Lissel verschränkte die Arme. „Wenn das so ist, dann wirst du Kandra dabei helfen, die Ziegen zur Obstwiese zu bringen, wo sie den Rest des Marktes auf sie aufpassen darf."

Kandras Mundwinkel sackten nach unten. „Lissel, wir haben doch abgemacht ..."

„Dass du einkaufen darfst, was du magst. Richtig. Mehr als genug Zeit dafür hattest du, oder? Die Ziegen haben alles abgefressen, was sie erreichen konnten, und wir wollen ja nicht, dass sie anfangen, an den Feinstoffballen beim Tuchhändler zu knabbern, sobald wir die Leinen länger machen, nicht wahr?"

„Du bist gemein! Ich hasse dich!" Ihre Einkäufe fest umklammert drehte sich Kandra auf den Hacken um und stapfte in Richtung der Waldsiedlertische davon.

„Wirklich, Lissel, du ...", fing Tolbeg an.

Sie zog die Brauen zusammen und schob das Kinn weiter vor. Die Flügel ihrer geraden Nase bebten und ein feuchter Glanz trat in ihre Augen. „Auf welcher Seite stehst du, Tolbeg? Habe ich nicht die Wahrheit gesagt? Über die Ziegen, die Abmachung?"

Mit seinen beiden großen Händen fuhr er sich durch das Haar. Die beiden maßen sich zwei Atemzüge lang mit stechenden Blicken, bis er zur Seite sah, schluckte und wortlos Kandra nach stapfte. Lissel schloss die Augen, atmete langsam aus und ließ die Arme sinken. Ihre Finger zitterten leicht, als sie den schweren Geldbeutel an ihrem Gürtel festband. Ohne die drei hinter dem Dachdeckertisch eines weiteren Wortes zu würdigen, folgte sie Tolbeg mit gemächlichen Schritten, die Augen mehr auf den Boden als auf die Menschen ringsum gerichtet.

„Hattet ihr Ärger mit dem Pack?" Wie aus dem Boden geschossen stand mit einem Mal Preused vor dem Tisch.

„Kann man so sagen." Hengus spuckte auf den Boden. „Sechs Gold haben sie uns abgeknöpft, wegen dem hier!" Er hob das graue Schneidebrett und wedelte damit in der Luft herum.

„Hier." Eine Goldmünze blinkte auf Preuseds Handfläche. „Ein schönes Brett. Beste Eiche."

„Großvater, das ist zuviel." Fianna schüttelte den Kopf. „Dafür könntest du zwanzig Schneidbretter bekommen."

„Ich will aber dieses eine." Seine hagere Hand schnellte vor und packte das Brett. Die Goldmünze wechselte den Besitzer.

„Danke, Preused", sagte Hengus. „Jetzt fehlen uns nur noch fünf."

„Das lass mal meine Sorge sein." Die dünnen, faltigen Finger nestelten an den Orden. „Ich gebe Beltem einen Wink, dass er das Wort herumgehen lässt. Bis zum Abend sind eure Beutel wieder voll."

„Ich mag das nicht, es schmeckt nach Almosen", wehrte sich Fianna. Ihr Gesicht wurde erst rot, dann bleich. Sie packte die Kante des Tisches und lehnte sich schwer dagegen.

„Fianna, was ist?" Hengir fasste sie an der Schulter. „Ist was mit dem Kind?"

Raschen Schrittes zwängte sich Caitlynn zwischen dem Papierhändler und dem Baum hindurch. „Ich hole die Meisterin!", rief sie

Hengir und Fianna zu und rannte mit flatterndem Rock die Allee hinunter. Vor dem Heilertisch war es ruhig geworden, obwohl noch einiges des Verkaufs harrte, denn es schlenderten nur noch einzelne Kauflustige von Tisch zu Tisch.

„Das hat aber gedauert!", empfing sie Berta. „Hast du Alban nicht gefunden?"

„Doch", Caitlynn holte tief Luft, „er kommt sicher gleich, und Moos hat er auch noch, aber Fianna! Fianna geht es schlecht."

Melana nickte Gibbet zu, der nach dem Medizinkasten griff. „Ich dachte mir schon, dass sie sich übernimmt", murmelte die Heilerin. „Ihr zwei bleibt am Tisch?"

„Keine Sorge", Birta klopfte auf ihren Geldbeutel, dass die Münzen klingelten. „Ich habe genug für das Moos."

„Gut." Melana schritt mit langen Schritten in Richtung des Dachdeckertisches, während Gibbet mit roten Wangen hinter ihr herschnaufte

„Fianna hätte daheim bleiben sollen", sagte Birta kopfschüttelnd. „Den ganzen Tag draußen bei der Wärme, dann der ständige Lärm ..."

„Das ist nicht alles." Caitlynn erzählte von dem Streit mit den Waldsiedlern.

„Typisch Dickkopf Hengus. Er und Preused sind eines Geistes, wenn es gegen die Waldsiedler geht."

„Werden die Leute wirklich mehr für Hengus' Sachen bezahlen, wenn Beltem ihnen vom Streit mit den Waldsiedlern erzählt?"

Birta hob die Achseln. „Manche ja. Preused ist seit Öffnung des Marktes dabei, sein Gift in jedes geneigte Ohr zu träufeln, doch es ist eine Sache, zu seinen Triaden zu nicken und eine andere, den eigenen Geldbeutel zu öffnen." Die hagere Frau sah sich um. „Wo Alban nur bleibt ..."

„Wegen Alban ...", Caitlynn suchte nach den richtigen Worten, „ich habe mich mit ihm unterhalten, da unten bei den Ruinen. Er weiß viel, und so richtig ein Einsiedler ist auch nicht. Warum sind bei ihm beide Handrücken unter Handschuhen versteckt?"

Birta schob die verbliebenen Salbentigel zurecht und mied Caitlynns Blick. „Wenn er wollte, dass du es weißt, hätte er es dir gezeigt, oder? Ein bisschen mehr Respekt vor den Geheimnissen anderer täte dir gut. Und jetzt hilf mir, die Flaschen müssen dort hinüber und die drei Einmachgläser hier vorn hin."

Der verkniffene Zug um den Mund der Haushälterin verbat jegliches weitere Nachhaken. Seufzend tat Caitlynn wie geheißen. Die beiden waren mit dem Umordnen der verbliebenen Ware noch nicht fertig, als Melana zusammen mit Gibbet und Alban zurückkam. Zwischen der Heilerin und dem Einsiedler ging Fianna, einen Arm schwer um Albans Schultern gestützt. Ihr Gesicht war nicht mehr ganz so blass. Drei Schritte hinter ihr kam Gibbet mit der Medizintruhe.

Vor dem Tisch hielten sie an. „Alban und ich bringen Fianna zum Tempel, da kann sich in einem kühlen Gastraum ausruhen. Hier", Melana reichte Birta Albans Korb, „nimm du das Moos heraus und leg für jede Handvoll acht Silbermünzen hinein. Es müssten so etwa sieben Handvoll darin sein."

„Ich hol den Korb später wieder ab", sagte Alban.

„Ihr müsste euch nicht solche Umstände machen", sagte Fianna und atmete schwer. „Ich schaffe es auch allein."

„Papperlapapp", gab Alban zurück und klopfte auf den Leinenbeutel, den er sich umgehängt hatte. Den Flecken nach musste dieser zuvor beim Moos im Korb gelegen haben. „Ich muss sowieso noch eine Beerentasche im Tempel abliefern."

„Können wir weiter, Fianna?", fragte die Heilerin.

Die Angesprochene nickte, und langsam setzte sich das Dreigespann wieder in Bewegung.

„Sie hätte wirklich zuhause bleiben sollen", wiederholte Birta und Gibbet brummte zustimmend, ehe er die Medizintruhe an ihren Platz unter dem Baum stellte und sich mit einem Tuch den Schweiß vom

Gesicht rieb. Die Sonne blinzelte kurz durch eine der letzten Wolkenlücken. Ein leichter Wind kam auf und vertrieb die muffige Wärme, die sich zwischen den Tischen und Wagen gestaut hatte.

Als Melana und Alban vom Tempel zurückkehrten, klebten ihnen das schweißfeuchte Haar an Stirn und Schläfen. „Wird höchste Zeit für einen Guss", meinte Alban und ließ sich von Birta den Korb reichen, um die Münzen zu zählen. „Ihr habt doch Wachstücher dabei, oder?"

„Natürlich. Sie liegen noch im Wagen. Wie geht es Fianna?", fragte Caitlynn.

„Ihr und dem Baby geht es gut. Das Grüne Tuch hat kein Auramuster gezeigt, also ist es eher eine Kopfsache. Ein wenig Ruhe im kühlen Pilgerhaus wird ihr guttun." Melana griff nach der Wasserflasche und nahm einen tiefen Schluck, ehe sie die Flasche an Alban weiterreichte, der sich gleich drei Schlucke gönnte, ehe er seinen Korb schulterte. „Ihr solltet nicht mehr zu lange warten", meinte er mit Blick auf den dunklen Himmel. Wenn ihr euren Tisch erst abdeckt, sobald der Regen fällt, ist es zu spät."

Er war nicht der einzige, der so dachte. Die reiserfahrenen Händler räumten ihre Waren fort und zogen die Planen herunter. Die letzten Besucher verließen die Allee in Richtung Rasthaus, um das Unwetter bei einem Umtrunk auszusitzen.

„Ich hole unsere Wachstücher", sagte Caitlynn. „Soll ich Willena fester anbinden?"

„Hier ... das ist besser." Melana klappte die Medizintruhe auf und fischte eine getrocknete Faustfrucht heraus. Sie schimmerte tiefrot und in ihren Runzeln glitzerten grauweiße Zuckerkristalle. „Gib sie Willena. Es wird ihr helfen, wenn sie die Himmelsfeuerräder fallen sieht. Wasch dir danach gründlich die Hände."

„Ist da Wolkenzucker dran?"

„Ja, gerade genug, um sie gelassener zu machen. Aber was gerade genug für eine Stute ist ..."

„Ist viel für einen Menschen." Caitlynn befestigte erst einen Wasserschlauch an ihrem Gürtel, ehe sie die Frucht vorsichtig entgegen nahm.

Auf der Obstwiese war bereits die Anspannung vor dem Gewitter zu spüren. Die Pferde drängten sich an die Bäume an welchen sie festgebunden waren, und schnaubten, als sie vorbei lief. Auch Willena scharrte mit den Hufen Löcher in den weichen Wiesengrund. Sie ließ es zu, dass Caitlynn ihr den Hals klopfte, und als das Mädchen ihr die Faustfrucht auf der flachen Hand präsentierte, griffen ihre weichen Lippen sofort zu.

Caitlynn spülte sich mit dem Wasser aus dem Schlauch den Zucker von den Händen und goss den Rest direkt in den Wassereimer der Stute. Willnea trank gierig daraus, während Caitlynn die zwei Wachstücher aus dem Fach unter dem Kutschbock holte. *Wir hätten noch eines mitnehmen sollen. Mindestens.*

Weiter hinten, wo die Obstwiese in ein kleines Wäldchen überging, bimmelte es. Die sechs Waldziegen scharten sich um den letzten und wohl auch größten Faustfruchtbaum der Wiese. Auch sie waren bereits unruhig in Erwartung des Gewitters. Drei Schritte weiter, an einen kleineren Baum gelehnt, hockte Kandra. Die Waldsiedlerin starrte gedankenverloren vor sich hin, einen Grashalm zwischen den Zähnen, und ließ einen roten Stoffball von einer Hand in die andere fallen. Das Gewitter, das sich über ihren Köpfen zusammenbraute, schien sie wenig zu kümmern.

Caitlynn zuckte die Achseln, packte ihre Wachstücher und eilte zurück. Eine seltsame Stille lag über dem Markt. Die letzten Waren wurden in Sicherheit gebracht, die Wachstücher ausgebreitet. Als Caitlynn an den Tischen der Waldsiedler vorbeiging, packte Lissel gerade die beiden Umhänge, die sie zuvor an zwei Aststümpfen aufgehängt hatten. Einer fiel sofort herunter, der andere hatte sich verhakt, und sie musste heftig daran reißen, bis sie auch ihn im Arm hatte.

„Großvater, ich bringe Kandra ihren Umhang!", tönte ihre aufgeregte Stimme, die bis ans Ende der Allee zu hören sein musste. „Sonst wird sie noch nass bis auf die Knochen." Lissel warf sich den Kapuzenumhang mit den roten Blüten über und lief mit dem zweiten im Arm in Richtung der Obstwiese.

„Warum löst du deine Schwester nicht ab?", rief Ganned ihr nach. „Du kannst es besser mit den Ziegen! Kandra soll unter einen der Wagen kriechen!"

Die ersten Tropfen fielen. Caitlynn rannte zu ihrem Tisch. „Endlich!" Gibbet riss ihr die Tücher fast aus der Hand. Mit Birtas Hilfe breitete er das eine über dem Tisch aus, dass es ringsum noch gut fünf Handbreit über die Kante hinaus ragte. Das zweite legte er über den Haufen aus Medizintruhe, Körben und Kisten, den er unter dem Baum zusammengestellt hatte.

„Rasch runter!"

Birta hatte unter dem Tisch Decken ausgebreitet und teilte sich mit Melana die linke Hälfte. Caitlynn kroch bis ganz nach vorn, damit Gibbet hinter ihr den letzten freien Winkel besetzen konnte.

Auf der gegenüberliegenden Seite der Allee hatte es sich Alban mit dem Glashändler unter dessen Wagen bequem gemacht und winkte Caitlynn zu. „Das wird heftig!"

Sie winkte zurück. „Gut für den Käferfang."

Seine Antwort ging im Trommeln des Regens unter. Aus dem Trommeln wurde ein Prasseln, das Blätter von den Bäumen hämmerte und im Nu jede Rille im Boden mit Wasser füllte. Der dichte Vorhang aus großen Tropfen und der feinen Dunst, der bis unter die Tische kroch, machte es schwer, sein Gegenüber noch zu erkennen.

Dann fiel das erste Himmelsfeuerrad. Wo der hüfthohe Kreis aus goldroten Flämmchen zuerst gelandet war, vermochte Caitlynn nicht zu sagen. Gebannt sah ihm nach, wie es die Allee hinunterrollte. Knapp vor der Stelle, wo der Weg vom Tempel zum Dorf sich mit jenem der Allee kreuzte, blieb es stehen, wirbelte um sich selbst und schoss wieder gen Himmel, wo es in den Wolken ver-

schwand. Erst einmal in ihrem Leben hatte Caitlynn ein Himmelsfeuerrad berührt. Das Rad war damals, vor etwas mehr als zehn Jahren, einfach durch sie hindurch geschossen und dann in einer Wiese ausgerollt. Sie erinnerte sie sich noch an das kalte Kribbeln, das
durch ihren Körper geflutet war, daran, wie ihre Haare auf einmal
zu leuchten begonnen hatten und den seltsamen Geschmack nach
Metall auf der Zunge. Es war vorbei gewesen, ehe sie es begreifen
konnte, und da mit dem Rad auch das Leuchten verschwunden
war, hatte sie sich entschlossen, niemandem davon zu erzählen.
Vor allem Gared nicht.

Der Regen begann nachzulassen. Plötzlich platschten schwere
Schuhe durch die Pfützen. Das Geräusch riss Caitlynn aus ihren Gedanken und sie rückte zur Seite, um nicht nassgespritzt zu werden.
Aus den Augenwinkeln erhaschte sie einen Blick auf einen
dunklen, geschlossenen Umhang, die große Kapuze verbarg das
Gesicht. Dann war die gebückte Gestalt auch schon am Heilertisch
vorbeigehastet.

*Wer läuft mitten im Gewitter freiwillig durch die Allee, wenn
jederzeit das nächste Himmelsfeuerrad fallen kann?*

Minuten verstrichen, es nieselte nur noch, und Caitlynn glaubte
schon, das Schlimmste wäre vorüber. Sie hob den Rand des Wachs-
tuchs in die Höhe, um einen besseren Blick auf den Himmel zu haben. Die Wolken schienen nicht mehr ganz so tief zu hängen. Moment, war da nicht ein goldrotes Licht? Es formte einen Faden, ein
Band und schlängelte sich aus einer Wolke genau über ihnen. In jenem Augenblick, da sich sein Ende aus der Wolke gelöst hatte, rollte es sich zusammen, schrumpfte und fiel als Himmelsfeuerrad in
die Tiefe. Lautlos landete es nur einen Schritt vor Caitlynn mitten
in einer Pfütze, wäre sie gestanden, hätte es sie um Armeslänge
überragt. Die goldroten Flammen zischten nicht und das Wasser
schien ihm nichts anhaben zu können. Es war so nah und stand so
still, sie musste sich nur ein wenig vorlehnen und die Hand ausstrecken ...

„Bist du verrückt?!" Gibbet riss sie zurück unter den Tisch. „Willst du, dass es deine Augen kocht und dein Herz brät?"

Caitlynn öffnete den Mund, um ihm von ihrer ersten Berührung eines Himmelsfeuerrades zu erzählen und dass ihr damals auch nichts passiert sei, aber ein Blick in Gibbets weit aufgerissene Augen, in denen sich das Licht der goldroten Flammen spiegelte, drängte die Worte in ihre Kehle zurück. Sie hustete und nickte. Gibbet stieß den Atem aus und ließ sie los.

Vor ihrem Tisch kam Bewegung in das Rad. Wie jenes zuvor rollte auch das große, den Fahrrillen folgend, die Allee hinunter, doch dieses schaffte es über die Wegkreuzung, ein Stück die Obstwiese entlang, ehe es, warum auch immer, stehenblieb, herumwirbelte und in die Wolken zurückkehrte.

Für fünf Wimpernschläge hielt der Regen den Atem an, ehe die Schleusen sich erneut öffneten und es prasselte, was das Zeug hielt. Nach einer gefühlten Ewigkeit kam endlich Wind auf, der Regenvorhang riss und das letzte Tröpfeln erstarb. Entlang der Allee krabbelten die Menschen unter ihren Tischen und Wagen hervor. Caitlynn streckte sich und blinzelte in die Sonne, welche durch die ersten Wolkenlücken stach. Bald schon würden die Käfer fliegen.

Melana und Birta hatten sich bereits darangemacht, das Wasser vom Wachstuch zu streifen. Gibbet und Caitlynn zogen die Decken unter dem Tisch hervor und schüttelten sie so gut es ging aus. Auf der anderen Seite der Allee öffnete der Glashändler seinen Wagen und Alban half ihm dabei, seine Waren so zu ordnen, wie sie vor dem Gewitter gestanden hatten.

Mitten in diese Geschäftigkeit platzte Lissels verzweifelter Ruf: „Melana! Melana!" Die junge Frau stolperte auf den Heilertisch zu, die Augen riesengroß im bleichen Gesicht.

„Was ist los?", fragte Melana und trat auf sie zu.

Lissels zitternde Hände packte sie an den Schultern.

„Kandra! Jemand hat Kandra niedergeschlagen. Sie rührt sich

nicht und da ist so viel Blut!" Tränen liefen ihre Wangen herab. „Du musst sie retten!"

„Caitlynn!" Melana drehte sich kurz um. „Komm mit!"

Gibbet zog das Wachstuch vom Haufen unter dem Baum und deutete auf die Medizintruhe, auf der zwei Körbe und eine Kiste standen. „Meisterin, soll ich …?"

Die Heilerin schüttelte den Kopf. „Wenn wir die Truhe brauchen, schicke ich danach." Sie sah Lissel an, die sich wieder etwas gefangen hatte. „Zeig uns, wo sie liegt!"

Lissel fegte herum und stürmte davon, Melana dicht hinter ihr. Caitlynn, die nicht ganz Schritt halten konnte, spürte die neugierigen Blicke der Umstehenden auf ihrem Rücken.

Eilige Schritte platschten hinter ihr durch die Pfützen. Sie legte sich einige harsche Worte zurecht und wandte sich um, bereit neugierige Gaffer zu verscheuchen. Doch da war keine Meute, lediglich Alban, der zu ihr aufschloss und sein Tempo dem ihren anpasste. Caitlynn schluckte, als sie seinen Gesichtsausdruck sah: Die Lippen waren zu einem dünnen Strich gepresst, die Brauen zusammengezogen, die Kiefermuskeln so angespannt, als wollten sie Nussschalen zu Staub zermahlen. Seinen Korb und den Hut hatte er beim Glashändler zurückgelassen und sein weißblonder Zopf war ihm aus dem Kragen gerutscht. Alban sah Caitlynn nicht an, seine Augen klebten an Melanas Hinterkopf. Zu viert hetzten sie den Weg hinunter, über die Kreuzung, auf die Obstwiese, dort zwischen Bäumen, Pferden und Wagen hindurch bis nach zum großen Baum vor dem Wäldchen, wo die Waldziegen meckerten.

Die Tiere waren immer noch am gleichen Faustfruchtbaum festgebunden. Zwei Schritte neben dem Stamm, knieten Ganned und Tolbeg neben einer gekrümmten Gestalt im blumenbedruckten Umhang.

„Der Allmächtigen sei Dank!", begrüßte der grauhaarige Waldsiedler Melana. „Bitte hilf ihr!"

Melana scheuchte mit einer Handbewegung die beiden Männer

sowie eine Handvoll lautlos tanzender Juwelenfliegen zur Seite und kniete sich ins Gras. Kandra wimmerte leise, als die Heilerin die blutdurchtränkten Haare zurückschob, um die klaffende Wunde an ihrem Hinterkopf zu betrachten.

Caitlynn ließ sich neben der Meisterin im Gras nieder. Als Melana das Grüne Tuch beschwor und sich das Auramuster dunkelpurpurn darauf abzeichnete, sog Caitlynn scharf die Luft ein. *Sie hat schon so viel Lebenskraft verloren.*

Kandra öffnete die Augen, doch die Leere in ihrem Blick verhieß nichts Gutes. „Bitte halte jetzt ganz still, Kandra, auch wenn es weh tut." Melana strich der Waldsiedlerin sanft über die Wangen. Doch diese wischte die Finger der Heilerin beiseite und versuchte, ihre Wunde mit den Händen zu ertasten.

„Taubzucker?", fragte Caitlynn zweifelnd.

Die Meisterin schüttelte den Kopf. „Nein, sie muss wach bleiben, damit ich die Wirkung abschätzen kann."

„Dann bin ich wohl an der Reihe." Alban war auf die andere Seite der Verletzten getreten und ließ sich auf die Knie nieder.

Melana seufzte. „Wohl ist mir nicht dabei."

„Kandras Leben zählt mehr", entgegnete Alban ruhig. Sein Blick ließ den ihren nicht los. „Weißt du einen anderen Weg, ihr den Schmerz zu nehmen?"

Die Heilerin seufzte erneut, blickte über die Schulter in die flehenden Gesichter von Ganned, Tolbeg und Lissel und seufzte schwer. „Bist du schon soweit?"

„Ja", entgegnete Alban ruhig und fasste sich unter den Kragen seines Hemdes. „Dank dir und der zwei friedlichen Jahre. Ich bin genesen."

Seine Finger zogen eine dünne silberne Kette hervor, an der ein silberner Anhänger von der Größe einer Walnuss befestigt war. Er hatte Form eines spitz zulaufenden Schneckenhauses, dessen breites Ende an der Kette hing. Alban fasste die Spitze und drehte sie nach rechts, wodurch sich das untere Drittel des silbernen

Schneckenhauses löste. Darunter kam ein großer, glasklarer Kristall zum Vorschein, der mit dem verbliebenen Drittel der Schneckenkapsel verschmolzen war. Caitlynns Augen weiteten sich. *Ein Schmerzstein! Alban ist ein Vollstrecker!*

Hinter ihr schnappten die drei Waldsiedler hörbar nach Luft. *Sie haben es auch nicht gewusst?*

Alban schenkte ihnen keine Beachtung, stattdessen streifte er seine Kette ab, sodass der klare Stein im Licht funkelte.

„Caitlynn, zwei von zehn."

Das Mädchen riss den Blick von dem Kristall los und nickte ihrer Großmutter zu. „Wird das reichen?"

„Hoffen wir es."

Seit den Geschehnissen auf Schloss Faelin hatte Caitlynn der Meisterin dreimal bei einer direkten Heilung helfen dürfen. Inzwischen vertraute die Heilerin Caitlynn soweit, dass das Mädchen mit seiner Gabe zeitgleich mit ihr eine eigene Brücke zu den Patienten schlagen und Lebenskraft übertragen durfte. Diese parallele Heilung funktionierte erstaunlicherweise sogar besser als jene Übertragung, welche Melana damals bei der Heilung der kleinen Tizza angewandt hatte.

Sobald Caitlynn ihre Brücke in Kandras Aura verankert hatte, spürte sie Melanas Brücke neben der ihren. Kandra wimmerte erneut und versuchte, an ihren Kopf zu fassen. Melana musste ihre Brücke abreißen lassen, um Kandras Hände von der Wunde fernzuhalten.

Alban senkte die Kette herab, bis der Kristall Kandras Stirn berührte, atmete tief ein, schloss die Augen und sprach laut: „Gib frei deinen Schmerz."

Kandras Hände sackten herab und sie lag still da. „Caitlynn, jetzt!"

Zu gern hätte Caitlynn verfolgt, was Alban genau bewirkte und wie, doch sie konzentrierte sich darauf, ihre Lebenskraft in Kandras zu speisen. Da die Waldsiedlerin sich nicht mehr bewegte, blieben beide Brücken stabil. Nach und nach erholte sich Kandras Lebenskraft. Die Risse in ihrem Schädelknochen schlossen sich, die Schwellung des Hirns bildete sich zurück, der Blutstrom versiegte.

„Genug!", flüsterte Melana, nachdem beide zwei von zehn Teile ihrer Lebenskraft geopfert hatten.

Erleichtert zog Caitlynn ihre Brücke zurück und stützte sich schwer atmend mit den Handflächen im nassen Gras ab. Als ihr verschwommener Blick sich klärte, sah sie geradewegs in Albans schweißüberströmtes Gesicht. Er hob die Kette höher. „Geschafft."

Der vormals klare Kristall war nun durchzogen von einem feinen Netz aus roten Linien, in deren Zentrum ein großer Blutstropfen hing, die Essenz von Kandras Schmerz.

„Wie geht es dir?", fragte Melana den Vollstrecker.

„In etwa wie euch beiden", gab er zurück und stemmte sich in die Höhe. „Ihr alle seid meine Zeugen. Der Schmerzstein war klar und ist nun gefüllt worden. Wer immer das Kandra angetan hat, wird denselben Schmerz erleiden."

„So sei es. Mörderpack!" Ganneds Augen brannten. „Wird sie wieder gesund?"

„Wir sind erst am Anfang", sagte Melana und stand langsam auf. „Sie ist jetzt stabil genug, dass ich sie ins Grüne Haus bringen kann, um ihre Genesung zu überwachen. Tolbeg, such Gibbet und sag ihm, er soll mit der Medizintruhe kommen. Du, Lissel, läufst in den Tempel und beschaffst uns eine Trage und saubere Decken. Wir müssen sie so weich wie möglich betten."

Widerstrebend nickten die Angesprochenen und liefen davon, ihre Aufträge zu erfüllen. „Und ich?", fragte Ganned.

„Habt Ihr noch trockene Wachstücher?"

Er nickte. „Zwei."

„Gut. Bring sie zu meinem Wagen, unsere sind alle leider nass, und ich will die Decken nicht auf die nasse Ladefläche legen."

Kandra hatte ihre Augen geschlossen und atmete ruhig. Melana hatte sich wieder auf die Knie niedergelassen und rief alle paar

Atemzüge ein neues Grünes Tuch, um ihren Zustand zu überwachen. Alban schraubte die Kapsel zu und streifte die Kette über, dass der silberne Anhänger offen über seiner Brust baumelte.

„Was hast du erfahren?", fragte Melana, ohne den Blick von Kandra zu nehmen.

„Es war sehr plötzlich", sagte er und schloss die Augen, um die Gefühle zu ordnen, die auf ihn eingestürmt waren. „Sie hat den Angreifer weder gehört noch gesehen. Da war nur eine Ahnung von Gefahr, ein klammes Gefühl, als ob einem jemand voll Hass im Nacken sitzt. Dann ein kurzer, sehr heftiger Schmerz und Ende. So richtig weh hat es erst getan, als sie mit klaffendem Schädel aufgewacht ist."

„Hmm ..." Melana sah ihn prüfend an.

Er wich ihrem Blick nicht aus. „Es ist im Kristall. Alles."

„Caitlynn!"

„Ja, Meisterin?"

„Ruf ein Grünes Tuch für Albans Kopf und zwar so, dass ich es sehen kann."

„Das ist wirklich nicht ...." Er schluckte den Rest des Widerspruchs hinunter, seufzte und setzte sich ins Gras, damit Caitlynn sich über ihn beugen und ein Grünes Tuch vom Scheitel bis zu Kinn spannen konnte. Eine schwache Aura für Erschöpfung, ein Echo von Schmerz, aber keine akute Verletzung oder Krankheit zeichnete sich darauf ab.

Melana nickte. „Gut. Du hast nichts abgezweigt."

„Das sagte ich doch." Er erhob sich und blickte sich um. „Was denkt Ihr? Stein oder Ast?"

Die Heilerin wedelte mit der Hand zwei besonders hartnäckige Juwelenfliegen weg und strich sacht über das blutverklebte Haar. „Ein Ast, würde ich sagen, nicht zu dick und hartes Holz. Ein Stein hätte das Gehirn noch schlimmer verletzt."

„Danke", murmelte Alban und schritt langsam um die Bäume herum, an denen die Pferde angebunden waren, den Blick auf das

Gras gerichtet. Ab und zu hob er einen Ast vom Boden auf, um ihn in der Hand zu wiegen und genau zu betrachten.

Caitlynn beobachtete ihn. *Ich würde so einen Ast mit Blut und Haaren dran nicht dorthin werfen, wo ihn früher oder später jemand, der nach seinem Pferd schaut, finden muss, sondern ...* Sie drehte sich zum Wäldchen hinter der Obstwiese. *Wie weit könnte ich einen solchen Ast werfen?* Sie bückte sich nach dem nächstbesten Ast, einen, den Alban schon begutachtet und wieder fallen gelassen hatte, holte aus und schleuderte ihn mit aller Kraft auf das Dickicht zu, das ein Stück des Wäldchens säumte. Die biegsamen Zweige federten den Aufprall ab und der Ast verschwand im grünen Gewirr. Entschlossen marschierte Caitlynn zum Gebüsch und begann, Schritt für Schritt die Zweige auseinander zu biegen. Vergeblich wie es schien, denn nach fünf Schritten hatte sie lediglich jenen Ast gefunden, den sie selbst geworfen hatte. Sonst gab es unter der Blätterdecke nur Moos, Steine und altes Laub. Die Ärmel ihres Kleides waren inzwischen so durchnässt wie der Rock, doch Caitlynn gab nicht auf. Fünf Schritte weiter, knapp vor der Böschung, schwirrten ihr Juwelenfliegen ins Gesicht, kaum dass sie in die Zweige griff. *Wenn das kein Zeichen ist ...* Sie beugte sich vor, um bis zum Boden spähen zu können. *Da unten ...* Ihre Finger fasten nach einem Ast, der zwischen den Ranken hing, welche sich um die dickeren Zweige gewickelt hatten. Sie zog ihn vorsichtig heraus und vertrieb die gierigen Juwelenfliegen, die von dem salzigen Geruch des Blutes angezogen wurden. Der Ast war etwas länger als ihr Unterarm, lag gut in der Hand, und am unteren Ende überzog getrocknetes Blut die weißgelben Rindenflecken, auch klebten lange dunkle Haare daran.

„Ich habe ihn gefunden!", rief sie aufgeregt und lief mit dem Ast zu Alban.

Der Vollstrecker wog ihn in der Hand, besah sich das blutverkrustete Ende und runzelte die Stirn. Dann schlug er mit dem Ast einige Male in die Luft und nickte. „Nicht allzu dick, trotzdem relativ schwer. Faustfruchtholz ist das keines."

„Rotnuss." Caitlynn deutete zum Rand der Obstwiese. Entlang der Böschung zur Straße, welche von der Allee zum Dorf führte, wechselten Rotnussbäume mit Faustfruchtbäumen ab. Die Lücken dazwischen füllten mannshohe Glanzblattbüsche und Federweiden, deren Zweige, dicht wie silbergrüne Vorhänge, fast bis zum Boden reichten. „Wer immer das getan hat, hat sich wohl von dort angeschlichen, und bei Lärm des Regens hat Kandra ihn gar nicht hören können."

„Alban!" Tolbeg kam mit langen Schritten über die Obstwiese, Gibbet im Schlepptau, der unter dem Gewicht der Medizintruhe schwitzte. Ganned erschien kurz darauf mit den beiden Wachstüchern. „Ist Lissel schon zurück?"

„Noch nicht." Alban übergab Caitlynn den Ast. „Passt kurz darauf auf, bitte." Sie stand da und wusste nicht recht, was sie mit dem Ast anfangen sollte, während er Ganned half, die Ladefläche von Melanas Wagen mit den Wachstüchern abzudecken, damit die Decken nicht nass wurden. Gibbet war dabei, die Medizinkiste zu verladen, als Lissel zurückkam. Sie trug eine Krankenbahre und einen Stapel Decken. Unter Melanas strengem Blick wurden die Decken zu einem Bett geschichtet, die noch immer schlafende Kandra erst auf die Bahre und dann mitsamt dieser auf die Decken gebettet. Gibbet schirrte Willena an und Ganned half Melana auf die Ladefläche. Als er auch selbst hinaufklettern wollte, schüttelte die Heilerin den Kopf.

„Ich und Gibbet, wir schaffen sie zu zweit ins Grüne Haus. Ihr habt mein Wort, dass wir uns gut um sie kümmern werden."

Nur widerstrebend ließ sich Ganned von Lissel von dem Wagen wegziehen. „Wir brauchen dich hier, Großvater. Was, wenn dieses Mörderpack es auf uns alle abgesehen hat?"

„Was ist mit mir?", fragte Caitlynn Melana, „soll ich nicht mitkommen, falls es nochmal eine Heilung braucht?"

Die Meisterin winkte sie und Alban näher zum Wagen heran, sodass sie sich außerhalb der Hörweite der drei Waldsiedler befanden.

„Es wird sich nicht verhindern lassen, dass du den suchst, der das getan hat", sagte die Heilerin leise zu Alban.

„Es ist meine Aufgabe, ihn zu überführen und zu richten", entgegnete er ruhig.

„Damit er nie wieder eine solche Tat begehe und so weiter, ich weiß." Sie wedelte mit der Hand, als wären die Worte lästige Fliegen. „Meine Meinung dazu kennst du ja. Auf jeden Fall wird Caitlynn in meinem Auftrag ein Auge auf dich haben."

Das Mädchen schluckte. „Werde ich?"

„Deshalb habe ich dich ja das Grüne Tuch für ihn rufen lassen. Du wirst an ihm kleben bis der Schmerzstein geleert ist. Falls du ihn dabei beobachtest, wie er die Kapsel mit dem Stein auf und zu schraubt, rufst du ein Grünes Tuch. Zeigt sich darauf, dass er Schmerzen leidet, ohne verletzt zu sein, nimmst du ihm den Schmerzstein weg."

Caitlynn schnappte nach Luft. *Einem Vollstrecker den Schmerzstein wegnehmen?*

„Danke für dein Vertrauen, Meisterin Melana", entgegnete Alban trocken.

„Gern geschehen", kam es genauso trocken zurück. „Ich habe dich nicht geheilt, damit du von neuem in diesen Wirbel gerätst."

Sie maßen sich zwei Atemzüge lang. Es war Alban, der zur Seite blickte und sich räusperte. „Es ist trotzdem unnötig."

„Hoffentlich." Melana richtete sich auf und winkte Gibbet. „Wir können los."

Gibbet führte Pferd und Wagen auf die Straße, kletterte auf den Kutschbock und schnalzte ganz leicht mit den Zügeln, dass Willena in gleichmäßigem Trab fiel und der Wagen ohne viel zu holpern in Richtung Grünes Haus davon rollte.

„Und jetzt?", fragte Lissel den Vollstrecker.

„Jetzt", er trat zu Caitlynn und streifte den rechten Handschuh ab, sodass das Vollstreckerzeichen auf seinem Handrücken sichtbar wurde, „jetzt werde ich jeden befragen und jeden Stein umdrehen, bis die Wahrheit offenliegt."

Nicht nur Caitlynn musste beim harten Klang seiner Worte schlucken. Verschwunden war der liebenswerte, leicht verschrobene Einsiedler. Hatte es ihn je wirklich gegeben?

„Gut!", Ganned nickte und ballte die Fäuste. „Wir werden helfen."

„Das freut mich." Keine Wärme lag in Albans schmalem Lächeln. „Denn mit euch werde ich beginnen." Er drehte sich zu Lissel. „Ihr habt eure Schwester wann zuletzt wohlbehalten gesehen?"

Die Waldsiedlerin verkrampfte ihre Finger ineinander. „Kurz bevor das Gewitter losging. Ich habe ihr den Umhang gebracht und ihr gesagt, sie soll unter einem Wagen Schutz suchen oder sich durch mich ablösen lassen." Sie holte tief Luft. Tolbeg legte seinen Arm um ihre bebenden Schultern. „Sie ... sie wollte sich nicht ablösen lassen. Die Ziegen wären ihr die liebere Gesellschaft, meinte sie. Den Umhang hat sie gern genommen. Meinen Umhang." Lissel drehte sich zur Seite, um die Rückseite ihres Umhangs zu zeigen. Große feuchte Flecken ließen die blauen Blüten darauf dunkler erscheinen. „Das ist Kandras Umhang und als sie dies hier gesehen hat", sie griff nach hinten an den Nacken und zog das Leder auseinander, wodurch ein handlanger Riss sichtbar wurde, „wollte sie meinen haben. Ich hatte keine Lust auf Streit und habe ihn ihr gelassen." Ihre Stimme zitterte, und Tolbeg zog sie zu sich heran. Dankbar lehnte sie den Kopf an seine Schulter. „Dann bin ich zum Markt zurück, auf halber Strecke hat der Regen begonnen."

„Das stimmt", sagte Tolbeg. „Ich habe sie unter den Tisch kriechen sehen."

„Gegenüber von Eurem?", hakte Alban nach.

Der Waldsiedler nickte. „Ja, ich und Ganned saßen unter den Tischen auf der einen Seite, da wäre wegen den ganzen Körben und kein Platz für sie gewesen. Und jemand musste ein Auge auf die Waren unter dem dritten Tisch haben. So war das abgesprochen."

„Seid Ihr noch jemandem begegnet, Lissel?"

Sie schüttelte den Kopf. „Durch die Kapuze hab ich schlecht nach links und rechts sehen können und der Regen war so laut."

„War das alles?" Ganned trat an Lissels Seite und nahm ihre Hand. „Solltet Ihr nicht lieber auf dem Markt sein und Preused suchen?"

Alban zog eine Braue hoch. „Ihr denkt, das war Preuseds Werk?"

„Ob er selbst zugeschlagen oder jemanden angestiftet hat, was macht das für einen Unterschied?" Ganned schob sein Kinn vor. „Wenn Ihr ihn nicht befragen wollt, kann ich das übernehmen."

„Das werdet Ihr bleiben lassen!", entgegnete Alban scharf. „Kümmert Euch um Eure Ziegen und Eure Tische und lasst mich meine Arbeit machen. Jeder wird befragt, auch Preused."

Der Vollstrecker nahm Caitlynn den Ast ab und stapfte über die Wiese in Richtung Markt. Das Mädchen beeilte sich, mit ihm Schritt zu halten, während hinter ihren Rücken die Waldsiedler lautstark zu streiten begannen, wer denn nun bei den Ziegen zurückbleiben sollte.

„Ihr habt wirklich vor, an meinen Fersen zu kleben?", knurrte Alban mit einem unfreundlichen Seitenblick auf Caitlynn.

„Das ist mein Auftrag", sagte sie. „Zudem ..."

„Ja?"

Sie bemühte sich um ein Lächeln. „Zudem ist es eine Ehre für mich, Euch zu helfen."

Er sah sie an, warf den Kopf zurück und lachte rau. „Helfen? Ich brauche keine Hilfe von kleinen Mädchen."

Caitlynn unterdrückte den Wunsch, eine Handvoll Maische zu holen und ihm ins Gesicht zu klatschen. Immer noch lächelnd deutete sie auf den Ast in seiner Hand. „Dann ist der hier wohl in Eure Hand geflattert wie ein Vögelchen."

Schlagartig verschwand das Grinsen aus seinem Gesicht. Seine hellen Augen bohrten sich in ihre. „Punkt für Euch, Heilermädchen. Trotzdem werdet Ihr Euch brav und still im Hintergrund halten und mir nicht", er betonte das Wort, „in meine Nachforschungen pfuschen."

Sie senkte den Blick keinen Fingerbreit. „Was meinte Meisterin Melana mit dem Satz über den Wirbel?"

Der Vollstrecker atmete tief durch „Warum wollt Ihr das wissen?"

„Weil ich Euch besser helfen kann, wenn ich weiß, woran Ihr leidet."

„Litt. Nicht `leide´. Ich bin geheilt. Auch das hat die Meisterin gesagt." Alban wandte sich ab und beschleunigte die Schritte.

Das Mädchen biss die Zähne zusammen und lief ihm hinterher. Da sie ihm nur bis zum Kinn reichte, hatte sie Mühe, mit seinen langen Beinen Schritt zu halten. „Ich kann Birta fragen", sagte sie laut, als sie die Straße erreicht hatten und die Allee in Sicht kam. „Sie weiß es sicher auch."

Er hielt inne, fegte herum und sog scharf die Luft ein. „Ihr seid verdammt lästig."

„Danke. Ihr auch." Caitlynn wartete nicht auf eine Entgegnung, sondern nahm ihren Mut zusammen und legte ihre Hand kurz auf seinen Arm. „Bitte. Ich ... ich ..." Sie konnte die verräterische Röte spüren, wie sie in ihre Wangen kroch und wünschte sich eine Kapuze, um ihr Gesicht zu verstecken. „Ich will, ich muss wissen, was mich erwartet, worauf ich schlimmstenfalls vorbereitet sein muss. Ihr seid der erste Patient, den meine Meisterin mir anvertraut, ohne dass sie dabei ist."

Die harten Linien um seinen Mund milderten sich. Sein Blick ging an Caitlynn vorbei in die Ferne. „Ich war ein Schmerztrinker."

Caitlynn runzelte die Stirn. „Sind das nicht alle Vollstrecker?"

Alban schüttelte den Kopf. „Zum Glück nicht. Wir lenken den Schmerz durch unsere Gabe und unseren Willen und achten darauf, dass er unsere Lebensaura nicht berührt. Sonst würden ja wir und nicht die Schuldigen darunter leiden und der Schmerz würde sich verbrauchen. Wer das nicht kann, wird erst gar nicht in den Turm aufgenommen. Doch man ist jung, neugierig, probiert aus, wie es sich für die Verurteilten anfühlt. So ein bisschen Schmerz aus dem Stein bringt einen nicht um ..." Er rieb sich den Hinterkopf und seufzte. „Die Allmächtige hat unserem Körper die Fähigkeit gegeben, sich gegen Schmerzen zu wehren, aber das wisst Ihr als Heilerin selbst." Sie nickte, ohne ihn zu unterbrechen, und er fuhr fort: „Man entdeckt, dass der Schmerzlöscher der Allmächtigen sich gut anfühlt. Zu gut. Viel zu gut. Dann nimmt man wieder ein bisschen Schmerz und noch etwas mehr ... und wenn man keinen im eigenen Schmerzstein hat, schleicht man sich hinunter in die Schmerzenskammer und saugt an einem Speicherkristall. Bis ... bis die eigene Lebensaura zerfressen ist und man zusammenbricht."

Seine freie Hand ballte sich zur Faust und entspannte sich wieder. „So bin ich hier gelandet. In dem Schwarzen Haus, das keiner als solches erkennt Als Vollstrecker, den hier niemand braucht, weil „sowas wie Mord" hier nie passiert." Er tippte mit den Fingerspitzen auf die silberne Kapsel, die über seiner Brust baumelte. Sein Blick kehrte in die Gegenwart zurück, wanderte über Caitlynns Gesicht, als suche er nach einem Zeichen der Verachtung, der Abscheu. Doch sie empfand nichts dergleichen und wich seinem Blick nicht aus.

„Danke für Euer Vertrauen, Vollstrecker-des-Königs Alban", sagte sie, straffte die Schultern und wies nach vorn, wo mit den Tischen der Waldsiedler der Markt begann. „Handelt einfach, als wäre ich nicht da."

Genau das tat er auch. Alban zog von Tisch zu Tisch, von Wagen zu Wagen und befragte jeden, auch die Besucher, welche sich nach und nach wieder eingefunden hatten, wo sie sich zur Zeit des Gewitters aufgehalten hatten. Die Menschen zeigten sich entsetzt über das, was Kandra angetan worden war und erstaunt, dass ihnen der „Einsiedler" Alban als Vollstrecker-des-Königs gegenüber-trat. Birta war natürlich keineswegs überrascht. Als sie erfuhr, dass Caitlynn zusammen mit Melana geheilt hatte, bestand sie darauf, dass das Mädchen sich auf eine umgedrehte Kiste setzte, Wasser trank und gleich drei getrocknete Faustfrüchte aß, die Birta als Notvorrat mitgebracht hatte. Obwohl Caitlynn es nicht laut aussprach, war sie froh über die Pause. Jetzt, da die erste Aufregung nachgelassen hatte, spürte sie die Erschöpfung. Erst nachdem sie auch ihre Knospen verzehrt und ein bisschen gedöst hatte, winkte ihr Birta, sich wieder auf den Weg zu machen. Alban überließ ihr auch den Ast zur Aufbewahrung während er zum Papierwagen lief, um beim Papierwagen ein Notizbuch mitsamt braunem Reibestift zu erstehen.

„Damit sich niemand wundert, warum Ihr an mir klebt, während ich Fragen stelle", sagte er und überreichte beides Caitlynn. Sie zögerte nur kurz, bedankte sich bei Melana für die Pause, dann ergriff sie den Stift und klappte das Notizbuch auf. Alban hatte eine Skizze der Allee gemacht und alle Tische und Wagen eingezeichnet.

Langsam schritten sie Seite an Seite die Allee hinunter. „Macht einfach die Notizen, die ich Euch ansage: Valdian und sein Bruder Tarlin, die beiden Tuchhändler, hockten unter ihren Wagen und haben die Einnahmen gezählt, Bellindra kauerte unter ihrem Tisch bei ihren Kerzen. Wir beide haben uns gegenseitig während des Regens gesehen, Melana habe ich auch gesehen und bezeugt Ihr, dass Birta und Gibbet hinter Euch und der Heilerin gesessen sind?"

„Das sind sie." Caitlynn schrieb so leserlich wie sie es mit dem klobigen Stift vermochte.

„Kjan, der Schmuckhändler verbrachte das Gewitter in seinem Wagen bei den Waren. Bellindra hat ihn hineinklettern und wieder herausklettern sehen, aber während des Regens selbst hat sie den Wagen nicht beobachtet. Yassil, der Glashändler war während des Gewitters die ganze Zeit neben mir."

„Und ich war auch in meinem Wagen", betonte Raskep, der Papierhändler. „Perrim und Veira, sowie Hengus und Hengir vom Dachdeckertisch, die hab ich beide noch unter ihre Tische krabbeln sehen. Danach habe ich meine Plane verschlossen. Als das Gewitter vorbei war, kamen allen vier wieder hervor und haben Ordnung gemacht."

„Die Essensstände gegenüber waren schon leergeräumt, oder?"

„Ja, als die ersten Besucher ins Rasthaus geflüchtet sind, hat Beltem den Küchenhelfern Beine gemacht. Sein Vater brauche sie in der Rasthausküche, Velda könne den ganzen Tross nicht allein bekochen. Da haben sie die Kochfeuer gelöscht, alles zusammengepackt und ins Dorf getragen. Jaskin hat ihnen geholfen."

„Der Alchemistenhändler?"

Raskep nickte. „Jaskin hat gern etwas Abstand zwischen sich und seinem Wagen, wenn Himmelsfeuerräder im Spiel sind. Einige der Pülverchen in seinen Fässern mögen Funken und Flammen ganz und gar nicht."

Caitlynn runzelte die Stirn. „Zwischen den Bäumen ist man vor den Himmelsfeuerrädern doch sicher, sie fallen nur dort, wo sie frei rollen können."

„Wenn ihnen der Sinn danach steht, können sie überall fallen und überall hin und durch jeden und alles hindurch rollen", sagte Raskep nachdrücklich. „Deshalb machen wir ja immer die Wagen zu. Nicht nur wegen des Regens, auch damit die Himmelsfeuerräder nicht sehen, was es anzuzünden gibt."

„Sehen? Himmelsfeuerräder?", wunderte sich Caitlynn.

„Oh ja, diese Feuergeister haben Augen. Wenn man ihre Nabe genau anschaut, sieht man sie. Zwei Feueraugen. Auf jeder Seite des Rades eines und Dinge mit Augen können denken."

Augen? Ich schau immer auf die Flammen, vielleicht habe ich sie deshalb noch nie bemerkt. Alban beantwortete ihren fragenden Blick mit einem Schulterzucken.

Perrim erklärte, er habe Raskep in seinen Wagen klettern sehen, mehr jedoch nicht. „Veira fürchtet sich vor den Himmelsfeuerrädern. Sie starren einen an, sagt sie, also saß ich mit dem Rücken

230

zur Allee und sie mir gegenüber, damit sie die Dinger nicht sehen muss. Unsere Kisten und Körbe hatten wir zusätzlich noch als Sichtschutz aufgebaut."

„Feurräder haben wirklich Augen." Seira verschränkte die Arme. „Du schließt deine ja immer, wenn sie vorbei rollen."

„Und du vergräbst dein Gesicht in meinem Hemd", konterte Perrim. Er wandte sich Alban zu. „Ich hatte Seira das ganze Gewitter über im Arm, und gehofft, dass es schnell vorbei sein möge, weil ich einen Krampf im Fuß bekam."

„Habt ihr etwas oder jemanden gehört?"

„Nur den Regen."

„Und das Platschen", ergänzte Seira. „Jemand ist in die große Pfütze vor unserem Tisch getrampelt." Sie wies auf die mit Schlammspritzern befleckten Kupferkellen, die sie noch vor sich liegen hatte. „Ich muss die alle wieder aufpolieren. Mit den Tellern bin ich gerade fertig geworden."

Caitlynn biss auf das Ende ihres Stiftes. *Genau! Da ist jemand in der Zeit zwischen den beiden Himmelsfeuerrädern Richtung Obstwiese gelaufen.*

Auch Alban schien sich jetzt an diese Gestalt zu erinnern. „Wieviel habt Ihr gesehen, Heilermädchen?", fragte er sie.

„Zwei Schuhe, einen dunklen Umhang. Er lief sehr schnell."

„Er? Warum ´er´?"

Sie überlegte. „Die Schuhe. Sie waren plump und groß. Die Länge der Schritte und die breitbeinige Art zu laufen." Caitlynn sah Alban an. „Ihr habt ihn doch auch gesehen. Woran erinnert Ihr Euch?"

Er zupfte an seiner Nase. „An die Geschichte, die mir Yassil da gerade erzählte und wie das Wasser in sein Gesicht gespritzt ist und er geflucht hat. Da war der Läufer schon an uns vorbei, ich habe nur noch seinen Umhang von hinten gesehen."

Er lief zur Obstwiese, schlug Kandra nieder ... und dann? Ich habe niemanden durch die Allee zurücklaufen sehen.

„Wenn er danach ins Dorf gelaufen ist oder hinaus auf die Landstraße …", fing sie an.

„Werden wir ihn hier nicht finden", ergänzte Alban und verschränkte die Arme. „Aber noch wissen wir nicht, ob er überhaupt
der Schuldige ist, vielleicht lief er ja an der Obstwiese vorbei und
sonstwohin." Er gab sich einen Ruck. „Ein Schritt nach dem anderen. Wir haben Hengus und Hengir noch nicht befragt."

„Preused und Beltem auch noch nicht", fügte Caitlynn hinzu
und freute sich über das „wir", das Alban immer selbstverständli-
cher über die Lippen kam.

„Wo sind die beiden überhaupt?", fragte Alban. Doch Perrim und
Seira konnten ihm da nicht weiterhelfen. Der Papierhändler Raskep
hingegen erinnerte sich, dass Preused getönt hatte, im Rasthaus
weiter Münzen für Hengus sammeln zu wollen, als Ausgleich für
jene, die der alte Bauer nach dem Streit an Lissel hatte zahlen müssen, und dass Beltem ihm eine Gratismahlzeit versprochen hatte.

„Keine Ahnung, ob er wirklich mit den Küchenhelfern, Beltem
und Jaskin gegangen ist, unter einen der leeren Tische habe ich ihn
nicht kriechen sehen", ergänzte Raskep.

Alban seufzte. „Eine kostenlose Mahlzeit und ein Publikum, das
nicht entkommen kann? Das hat sich Preused nicht entgehen lassen, möchte ich wetten."

„Das Käferfangen", mischte sich Seira zögernd ein, „der Umzug
und alles. Wird das Fest stattfinden?"

„Wegen Tizza", fügte Perrim hinzu und legte den Arm um seine
Frau. „Sie hat sich so darauf gefreut."

„Natürlich wird es das", sagte Alban. „Es ist ja keine Seuche ausgebrochen."

„Danke!" Perrim und Seira atmeten durch und lächelten erleichtert.

Alban wandte sich an Caitlynn. „Was genau ist beim Dachdeckertisch vorgefallen, worum ging der Streit mit Lissel?" Das Mädchen
erzählte ihm alles, was sie gehört und gesehen hatte. Er nickte und

hielt sie an, die Einzelheiten in das Notizbuch zu schreiben.

Beim Dachdeckertisch stand nur Hengus, seine faltigen Hände auf die Kante der Tischfläche gestützt, vor sich ein Korb mit Tierfiguren und einen Stapel an Holzgeschirr. Die Kisten mit den Schindeln standen noch auf dem Boden, neben den zerknüllten Wachstüchern. Als Alban sich ihm als Vollstrecker zu erkennen gab, zog er die Brauen zusammen. „Was ist vorgefallen? Hat jemand die Ziegen losgelassen?"

„Nein. Jemand hat Kandra niedergeschlagen."

Hengirs Augen weiteten sich, sein Kiefer klappte herunter und sein Gesicht nahm eine gräuliche Färbung an. „Nicht das kleine Mädchen! Sie ist doch nicht ...?"

„Meisterin Melana hat sie gerettet und bringt sie zum Grünen Haus."

Das Gesicht des alten Mannes entspannte sich etwas. „Sie wird doch wieder gesund? Wer hat ihr das angetan?"

„Das hoffen wir. Noch weiß ich nicht, wer es getan hat", sagte Alban. „Wo ist Hengir?"

„Beim Tempel. Er wollte nach Fianna sehen."

„Ist er durch das Weiße Feld gelaufen?", hakte Alban nach.

„Nein, er nahm den Weg die Allee hinunter. Habt Ihr ihn nicht gesehen?"

„Wir müssen ihn verpasst haben. Wart ihr beide die ganze Zeit während des Gewitters unter dem Tisch?"

„Wo sonst?" Hengus schob den Korb mit den Holztieren beiseite, beugte sich vor und kniff die Augen zusammen. „Fragt Ihr das, weil wir Streit mit Lissel hatten? Bei dieser Wespenzunge würde es mich nicht wundern, wenn ihr jemand übel wollte, aber die kleine Kandra ..."

„Der Verbrecher hat uns vielleicht verwechselt." Lissel stand keine drei Schritte hinter Alban und Caitlynn, die Fäuste in die Hüfte gestemmt. „Kandra und ich sind fast gleich groß, haben beide lange, dunkle Haare und Kandra trug meinen Umhang. Und während des Gewitters war es nicht sehr hell."

Alban rieb sich das Kinn. „Ganz von der Hand zu weisen ist es nicht. Obwohl Kandra die Ziegen zur Obstwiese getrieben hat."

„Ich erinnere mich, laut gerufen zu haben, ich würde ihr den Umhang bringen und dass Großvater Ganned mir hinterher brüllte, ich solle Kandra ablösen." Lissel nagte an ihrer Unterlippe. „Was, wenn er es nochmal versucht?"

„Das wird er nicht." Caitlynn ignorierte Albans hochgezogene Brauen und lächelte Lissel an. „Der Täter hat nicht geplant, Kandra anzugreifen, sonst hätte er doch eine eigene Waffe mitgebracht statt den nächstbesten Ast zu nehmen. Und zweitens wird ihn die ganze Aufregung sicher abschrecken. Wer ist jetzt bei den Ziegen geblieben?"

„Keiner. Wir haben sie wieder bei unseren Tischen angebunden, falls der Mörder es auf noch mehr Waldsiedler abgesehen hat." So ganz überzeugt war sie von Caitlynns Worten nicht.

„Ich fälle Bäume, keine Menschen", gab Hengus zurück.

„Sagt Ihr." Lissel schob das Kinn vor.

„Jetzt mal langsam", Alban hob beide Hände. „Kandra lebt, also gibt es keinen Mörder. Trotzdem, bei der Wucht, mit der zugeschlagen wurde, war es dem Täter vermutlich egal, ob sie daran sterben würde oder nicht. Haltet Euch zurück, Lissel! Vielleicht gab es keine Verwechslung und jemand war so wütend auf Kandra, dass er blind vor Zorn zugeschlagen hat."

„Sie zum Beispiel!" Jetzt war es Hengus, der auf Lissel zeigte. „Ihr habt Euch doch mit der Kleinen gestritten, hier vor meinem Tisch. Die Eifersucht hat aus Euren Augen geleuchtet, weil Euer Tolbeg sich auf ihre Seite geschlagen hatte. War es nicht so?"

Lissel ließ die Arme sinken, Röte stieg in ihre Wangen. „Das … das war doch nichts. Ein kleiner Streit unter Schwestern, mehr nicht. Ihr, Hengus", sie räusperte sich, „Ihr habt viel mehr Grund, mich zu hassen. Sechs Gründe, um genau zu sein. Sechs goldene Gründe."

234

„Wegen der paar Gold erschlage ich keinen Menschen", blaffte Hengus. „Außerdem wollte Preused uns das Geld wieder beschaffen. Deshalb ist er auch ins Rasthaus mitgegangen. Wo Wein fließt, purzeln die Münzen aus dem Beutel, so denn man die richtigen Worte findet, sie zu locken." Er wischte sich mit der Hand den Schweiß von der Stirn, wobei seine Finger zitterten. Caitlynn trat näher an den Tisch, um seine Augen besser zu sehen. Dabei fiel ihr Blick auf das rot lackierte Döschen, das hinter dem Geschirrstapel hervorlugte.

„Sagt, Hengus", fragte sie langsam, „habt Ihr und Hengir jemanden in einem dunklen Umhang vorbeilaufen gesehen?"

Seine Stirn furchte sich. „Ja ... ja natürlich. Er kam von dort." Hengus winkte mit der Hand nach links, zum Ende der Allee hin, wo der Weg einen Knick machte, und vom Weißen Feld nach Gelbried führte. „Wie lange etwa nach dem dritten Himmelsfeuerrad war das?"

Alban öffnete den Mund, doch Caitlynn deutete ihm, zu schweigen.

Hengus rieb sich den Hinterkopf. „Ähm ... zehn Atemzüge vielleicht? So genau habe ich nicht mitgezählt."

„Was redet Ihr für einen Unsinn!", platzte Lissel heraus. „Hier sind keine drei Himmelsfeuerräder gefallen. Habt Ihr das verschlafen?"

Der alte Mann presste die Lippen zusammen und sagte kein Wort. Neue Schweißtropfen bildeten sich auf seiner Stirn.

„Das trifft es ganz gut", sagte Caitlynn, beugte sich vor und langte hinter den Geschirrstapel nach dem roten Döschen. „Das hier hat Gibbet Hengir vor zwei Monden verkauft, nicht wahr? Eine Mischung aus Wolkenzucker und Taubzucker. Die Meisterin hat es Euch angesehen, Euch macht der Rücken wieder zu schaffen, Hengus, und Ihr hättet es ohne die Mischung unter dem Tisch nicht ausgehalten, so gekrümmt, wie jemand Eurer Größe da sitzen muss. Ihr habt das Gewitter über gedöst und seid noch immer nicht so richtig Herr Eurer Glieder."

Hengus lief rot an, entriss ihr das Döschen und stopfte es in seine Hosentasche. „Hab ich das Gewitter eben verdöst, na und? Als Hengir mich wachrüttelte, hat er mir nicht erzählt, wie viele Himmelsfeuerräder gefallen sind oder ob da jetzt ein Mann im dunklen Umhang herumlief oder nicht. Wenn die anderen diesen Mann gesehen haben, muss er von der Seite dort gekommen sein. Woher auch sonst?"

Caitlynn und Alban wechselten einen Blick. „Ins Dorf und uns dort umhören?", fragte Caitlynn zaghaft. Ein nagendes Gefühl sagte ihr, dass sie etwas übersehen hatte. Doch was?

Alban spielte gedankenverloren mit der silbernen Kapsel über seiner Brust. „Erst müssen wir ganz sicher sein, dass Beltem und Preused wirklich im Rasthaus waren. Dann gehen wir zum Tempel und fragen Hengir, was er gesehen hat."

Lissel zog eine Schnute, aber da Hengus jetzt nicht mehr als Täter in Frage kam, marschierte sie grummelnd davon und hätte dabei fast Romil umgerannt, der mit hochrotem Gesicht durch die Allee wieselte und dabei geschickt den Pfützen auswich. „Hengus!", rief der Junge, kaum dass er an Bellindras Kerzentisch vorbei war, und wedelte mit beiden Armen.

„Was gibt es denn?", fragte der alte Mann. Neue Furchen gruben sich in seine Stirn. „Ist etwas mit Fianna?"

Der Junge hielt vor dem Tisch und rang nach Luft. „Ich ... ich soll ihr den Le... Ledersack mit dem zweiten Kleid bringen."

„Das Kind, kommt das Kind schon?"

Romil schüttelte den Kopf. „Davon hat sie nichts gesagt. Sie hat auf ihr rotes Kleid erbrochen."

Die Arme hätte wirklich zuhause bleiben sollen. Die Hitze, das Gewitter und die ganze Aufregung tun ihr gar nicht gut.

„Ich werde nach ihr und dem Kind sehen", sagte Caitlynn laut, was ihr einen dankbaren Blick von Hengus einbrachte. Er reichte Romil den Lederbeutel und murmelte: „Vielleicht wird es wirklich ein Junge, die drei Mädchen haben ihr nie so zugesetzt."

Caitlynn musste sich sehr am Riemen reißen, um nicht die Augen zu verdrehen. *Fiannas Töchter sind ja auch Frühlingskinder.*

Romil packte den Beutel an den Schnüren, warf ihn sich über den Rücken und stürmte davon. „Warte!" rief Alban, doch Caitlynn legte ihm kurz die Hand auf den Arm. „Fianna möchte uns bestimmt nicht in eine Decke gewickelt empfangen", sagte sie.

Der Vollstrecker nestelte an seinem Zopf und seufzte. „Na gut, lassen wir ihm einen Vorsprung."

Die Sonnenscheibe hing nur noch knapp über dem Horizont. An den Tischen begannen die Leute ihre Maischefässchen zu öffnen und den Inhalt durchzurühren. Der Geruch von halbvergorenen Früchten hing in der Luft.

Auch Birta hatte ihr Maischefass geöffnet. Als sie Caitlynn und Alban sah, winkte sie ihnen. „Könnt ihr mir später beim Käferfangen helfen?"

„Sicher doch", Alban nickte, „ich habe Romil ja ein paar besonders schöne versprochen und beim Tempel werden sie Mühe haben, genug für ihre eigenen Nüsse zu fangen. Das ist ziemlich viel Maische für einen Baum."

„Perrim und Seira bekommen die Hälfte. Ihre Maische ist nichts geworden, weil Tizza zu viel Öl hinein geschüttet hat."

„Sie haben gewusst, wen sie fragen", lächelte Caitlynn, „deine Maische ist die beste."

„Die Käfer werden es zeigen." Birta klang zuversichtlich.

„Da sind die beiden!", tönte es laut von den Waldsiedlertischen. „Mörder!"

Caitlynn und Alban rannten zu Ganned und Tolbeg. Der ältere Waldsiedler schüttelte seine Fäuste in Richtung der Wegkreuzung, wo Beltem und Preused standen und sich unterhielten.

„Die haben sich aber lange Zeit gelassen", murmelte Alban und deutete Ganned, sich zurückzuhalten. Dieser schnaubte, das Gesicht hochrot, und stopfte die Fäuste in die Taschen. Lissel, auf der anderen Seite an ihrem Tisch, presste die Lippen aufeinander und verschränkte die Arme. Sie würde ihren Großvater nicht daran hindern, Preused an die Kehle zu springen.

„Was ist hier los?", fragte Beltem Alban.

„Die Waldsiedler haben wohl von ihren Pilzen genascht", spottete Preused und bleckte die Zähne. „Wir sollten Verstärkung holen, ehe wir ihnen zu nahe kommen."

„Sie sind wütend, und das mit gutem Grund." Alban überkreuzte seine Hände vor der Brust, sodass beide sein Vollstreckerzeichen sehen konnten. „Jemand hat das junge Mädchen, Kandra, niedergeschlagen, sodass sie nur mit Glück und Meisterin Melanas Hilfe überlebt hat."

Beltem erblasste. „Wie ... wie schrecklich! Ganz furchtbar. Wir sind entsetzt, nicht wahr, Preused? Erschüttert sind wir!"

Preused legte ein paar Falten mehr in sein zerknittertes Gesicht. Er vergeudete keine Zeit mit Gefühlsbekundungen, sondern musterte Alban scharf. „Ihr wisst noch nicht, wer es war? Verdächtigen diese Coridin etwa uns?"

Alban seufzte. „Hier gibt es keine Coridin, Preused. Diese Diskussion hatten wir schon öfter. Wo wart ihr zwei während des Gewitters?"

„Im Grauen Rasthaus, wo sonst?", gab Beltem zurück, dem die Röte in die Wangen stieg. „Sind wir etwa verdächtig?" Seine Stimme wurde bei jedem Wort lauter.

„Beruhige dich!", Preused lächelte breit. „Das halbe Dorf hat uns gesehen und gehört." Er holte tief Luft. „Ihr da, alle!" Seine Stimme nahm einen weichen, vollen Klang an, der über all das Gemurmel der verstreuten Besucher zu hören war. Alle in Hörweite ließen liegen, was sie gerade in Händen hielten, und wandten sich Preused zu. Zehn Augenpaare richteten sich auf die Kreuzung. Mindestens. „Waren wir beide zusammen mit euch im Rasthaus während des Regens?"

„Ja!"

„Und ob!"

„Natürlich!"

Die Bestätigungen prasselten nur so auf Alban ein. Der Vollstrecker hob die Hände. „Gut. Das wollte ich nur wissen."

„Dann sagt den Coridin, sie können ihre Messer wegstecken", zischte Preused.

Alban seufzte und sah zu Ganned hinüber, der zähneknirschend die Fäuste aus den Taschen zog und sie öffnete, um sich auf der Tischfläche abzustützen. Lissel ließ ihre Arme und den Kopf hängen.

Erst Hengus, jetzt Preused und Beltem. Alle, mit denen sie Streit hatten, sind offenbar nicht schuldig. Wer bleibt noch?

„Danke. Wäre doch zu traurig, wenn noch mehr Menschen heute etwas zustieße", meinte Preused laut genug, dass es auch die Waldsiedler hören konnten. „Wenn Ihr uns jetzt entschuldigen würdet, Vollstrecker. Ich habe ein paar Goldstücke abzuliefern, den Wucherpreis für eine Ascheneiche, deren Laub und Früchte nicht mal Ziegen verdauen können."

„Eines noch", sagte Alban ruhig. „Hat während des Gewitters jemand von den Besuchern das Rasthaus verlassen oder ist jemand hinzugestoßen. Ein Mann in einem nassen, dunklen Umhang vielleicht?"

„Nein und nein", sagte Beltem. „Ihr könnt gern meinen Vater oder die Schankmädchen fragen."

Der Vollstrecker trat zur Seite und gab Preused und Beltem den Weg frei. Die beiden schritten einträchtig zum Markt, wo sich gleich die neugierigen Besucher um sie scharten. Caitlynn beobachtete, wie die Männer und Frauen an Preuseds Lippen hingen.

Neben ihr fluchte Alban halblaut. „Ich hoffe, Preused weiß, woran die Lunte befestigt ist, an die er seine Funken bläst."

Caitlynns Nackenhaare stellten sich auf. *Darauf würde ich nicht wetten.*

Das Knirschen von Wagenrädern ließ sie beide herumfahren. Gibbet war zurück. Der Alchemist sprang vom Kutschbock, kaum dass die erschöpfte Stute zum Stehen gekommen war und lief auf Alban und Caitlynn zu.

„Gibbet!" Im Nu waren auch die drei Waldsiedler zur Stelle und umringten ihn. „Wie geht es Kandra?"

„Ganz gut soweit", sagte Gibbet und wischte sich mit dem Handrücken über die Stirn. „Wir haben sie zu zweit ins Haus tragen und auf eine Liege im Heilraum betten können. Die Meisterin hat nochmals geheilt und jetzt schlafen beide."

Erleichterung wischte die Sorgenfalten aus Lissels Gesicht. „Danke, dass du zurückgekommen bist, um uns zu beruhigen."

„Nicht nur deshalb." Gibbet packte die Zügel fester und sah Alban an. „Bevor sie sich auf die nächste Pritsche gelegt hat, beschwor die Meisterin hat noch ein Grünes Tuch für Kandras ganzen Körper. Das Mädchen erwartet ein Kind. Sie trägt es seit zwei Monaten und es geht ihm gut."

Ganned schnappte nach Luft. „Wer ... wann ...?", stammelte er.

Gibbet hob die Schultern. „Das weiß die Meisterin nicht, und sie wollte Kandra nicht aus dem heilsamen Schlaf reißen, um es aus ihr herauszuholen. Wichtig ist doch, dass das Kind keinen Schaden davon getragen hat."

„Sicher ... sicher ...", stammelte Ganned. „Trotzdem, warum hat sie nichts gesagt?"

Lissels Brauen bildeten einen einzigen Strich. Sie starrte grübelnd auf ihre verkrampften Finger. „Vor zwei Monaten ... kein Wunder, dass sie sich jedesmal freiwillig zum Ziegentreiben gemeldet hat, da war sie ungestört..." Ihr Kopf ruckte ihn die Höhe und ihr Blick stach in Tolbegs Augen. „Du! Vor zwei Monaten hast du die Pilzrunde gemacht, obwohl du erst im Herbst an der Reihe gewesen wärst. Nachdem mir Melana gesagt hat, dass es für mich schwierig werden kann, ein gesundes Kind auszutragen. Ich hab kaum geschlafen, mir ging es so schlecht und du ... du bist davongelaufen."

Tolbeg erblasste und hob beide Hände. „Nicht doch, du weißt, dass Rannel Schmerzen im Knie hatte und froh war, dass jemand mit ihm die Runde tauschte."

„Das hättest nicht du sein müssen. Gib zu, du wolltest weg von mir!" Lissel schlang die Arme um ihren Oberkörper. „Du bist immer auf Kandras Seite, egal was sie sagt, egal was sie tut. Ich hätte es wissen müssen ..." Tränen sammelten sich in ihren Augen.

„Lissel!" Tolbeg fasste sie an der Schulter, doch sie schüttelte seine Hand ab und trat hinter Ganned. „Du, du bist der Vater von Kandras Kind, nicht wahr? Wo warst du während des Gewitters? Als ich zurückkam, in Kandras Umhang, hattest du beim vordersten Tisch die Körbe so gestellt, dass ich nur deinen Haarschopf sehen konnte. Wir haben kein Wort gewechselt, weil es schon regnete und ich nur rasch unter meinen Tisch wollte. Hast du gedacht, ich wäre sie? Und dass ich statt Kandra im roten Blumenumhang bei den Ziegen sitze? Hast du mich loswerden wollen, damit sie meinen Platz einnehmen kann? Du hättest dich hinter den Körben jederzeit weg und wieder zurückschleichen können, der Regen war so dicht, dass ich nur Großvater unter dem Tisch gegenüber sehen konnte."

„Wie ... wie kannst du nur sowas denken!" Sichtlich entsetzt wich Tolbeg einen Schritt zurück. „Ganned, sag ihr, dass sie Unsinn redet!"

Ganneds Kiefer mahlten, seine Fäuste öffneten sich und schlossen sich und sein Blick war starr auf seine Schuhspitzen gerichtet. „Tolbeg", sagte er, ohne den Kopf zu heben, „Tolbeg, ich weiß nicht mehr, was ich denken soll. Du hast Kandra gern, das sieht jeder. Hast du wirklich nicht bei ihr gelegen?"

„Niemals! Sie ist wie eine kleine Schwester für mich. Lissel, du bist meine Frau. Dich liebe ich. Glaubt mir!"

Lissel wich seinem Blick aus. „Nicht ich muss dir glauben. Alban ist der Vollstrecker."

„Aber du bist mir wichtiger!"

Leichte Röte stieg in ihre Wagen und der harte Zug um ihren Mund milderte sich.

Alban räusperte sich. „Sobald das Mädchen wach und munter genug ist, wird ihr Meisterin Melana entlocken, wer der Vater ist. Auch weil er sich um sie zu kümmern hat. Kann das eifersüchtige Gekeife solange warten, Lissel? Dass Tolbeg Euch erschlagen wollte, glaubt Ihr ja selbst nicht, oder?"

Die Röte auf ihren Wagen vertiefte sich. Sie warf einen raschen Blick in Tolbegs blasses Gesicht und nickte zögernd. „Das ... das mit den Körben stimmt aber und dass ich ihn während des Gewitters nicht mehr sehen konnte."

„Ich doch auch nicht", sagte Ganned. Er drehte sich um und nahm Lissels Hände in seine rauen Pranken. „... weil der Baum zwischen unseren Tischen ihn verdeckte. Tolbeg ist eine sanfte Seele und kein Schlächter, daran glaube ich. Und jetzt kommt! Wir müssen unseren Familienzwist nicht vor dem Vollstrecker austragen." Er nahm Lissels Arm mit der einen, Tolbegs mit der anderen und zerrte beide zu den Tischen zurück.

Gibbet atmete auf. „Ich bringe den Wagen auf die Obstwiese und helfe dann Birta mit der Maische", sagte er zu Alban und Caitlynn.

Die beiden sahen ihm nach, wie er die Stute zwischen den Bäume und den anderen Wagen hindurch führte. „Das hätte ich nicht erwartet", sagte Caitlynn leise. „Haltet Ihr es für möglich, dass Tolbeg ...?"

Alban fuhr sich durch die Haare und seufzte. „Unwahrscheinlich, aber nicht unmöglich. Er hatte die Zeit und die Gelegenheit."

„Könnt Ihr ...", Caitlynn stockte. „Könnt Ihr denn nicht erspüren, ob jemand die Wahrheit sagt?" So stand es nämlich in den Büchern, wo von Vollstreckern die Rede war. *Ich wollte schon immer wissen, wie sie das machen.*

Der Vollstrecker krallte die Finger um die silberne Kapsel. „Früher konnte ich es. Eure Großmutter vermochte meine Lebensaura zu heilen, meine Gabe jedoch nicht."

Caitlynn spürte den Schmerz, der in seinen Worten schwang.

Betreten senkte sie den Blick. Warum kann ich nicht den Mund halten? „Verzeiht meine Frage."

„Nicht doch." Er legte seine Hand auf ihre Schulter, dass sie die Wärme durch den dünnen Stoff spürte. „Ihr wisst erstaunlich viel über uns."

Sie sah hoch in seine hellen Augen und schluckte. *Zeit, Farbe zu bekennen.* „An meinem dreizehnten Geburtsfest wollte ich Vollstreckerin werden. Und irgendwie ...", sie schloss die Augen und horchte in sich hinein, „ist der Wunsch noch immer da." *Ich habe noch nicht aufgegeben,* dachte sie, verwundert über sich selbst, *egal, was Großmutter über die Vollstrecker denkt, ich mag mich nicht damit abfinden, immer nur hinterher zu heilen, wenn Menschen anderen verletzen, die Hinterbliebenen zu trösten, wenn Menschen andere töten. Ich will verhindern, dass sowas wieder geschieht. Ich will Gerechtigkeit.*

Seine Finger gruben sich schmerzhaft in ihre Schulter. Sie öffnete ihre Augen und erschrak ob dem Feuer in seinem Blick. „Kind, bleib bei deiner Heilkunst", sagte er rau. „Du hast keine Ahnung, wie das ist, den Schmerz der Toten anzunehmen und zu leiten, nicht sehen oder hören zu können, hilflos zu spüren, was sie erlitten haben."

Das „Kind" tat weh. Sie tastete nach seiner Hand und schob sie von ihrer Schulter. „Doch", sagte sie halblaut, sodass nur er es hören konnte, „ich weiß es." Es brach aus ihr heraus, die Erinnerung an jenen Tag, als ihr eigener Vater den Tod des Stallmeisters Jadons Tod in Kauf nahm, damit ihr Bruder Gared in der königlichen Parade auf einem neuen Pferd glänzen konnte, einem Pferd, das erst gezähmt werden musste. Sie verhaspelte sich, so rasch sprudelten die Worte, als sie erzählte, wie sie unwissend seinen Todeskampf angenommen hatte, und wie ihr Vater sie zwingen wollte, zu vergessen und sie ihm Jadons Schmerz weitergegeben hatte. Als der letzte Satz gefallen war, hätte sie sich am liebsten die Zunge abgebissen. Sie wagte nicht, Alban ins Gesicht zusehen. *Ich habe Vater verletzt, sein Charisma gebrochen. Er hat es irgendwie gekittet, aber es ist längst nicht mehr so stark wie davor. Bin ich jetzt eine Verbrecherin in Albans Augen?*

„Ich glaube", hörte sie Alban sagen, „ich muss mich entschuldigen, Euch als `Kind´ bezeichnet zu haben, Caitlynn."

Zögernd hob sie den Blick. Er sah sie ernst an, doch lagen kein Missfallen und kein Tadel in seiner Miene. Vielmehr ... Respekt? „Wenn wir dieses Verbrechen entschlüsselt haben und Ihr noch immer Vollstreckerin werden wollt, werde ich nicht mehr versuchen, Euch davon abzuhalten."

Sie atmete auf. „Danke." Ihr Blick glitt an ihm vorbei zum Tempel hinüber. Dort flog die Türe des ersten Pilgerhauses auf, Hengir trat hinaus auf den Weg, Fianna am Arm.

Alban drehte sich um und ging ihnen entgegen. Caitlynn folgte und schlug eine neue Seite in ihrem Notizbuch auf. Fianna trug jetzt ein cremefarbenes Kleid, das genauso mit Rüschen überladen war wie das dunkelrote. Ihr Gesicht war blass und als sie Albans ansichtig wurde, umklammerte sie Hengirs Arm fester. Der Dachdecker warf ihr einen liebevoll-besorgten Blick zu.

Cailtynn spürte, wie sehr es Alban zuwider war, eine empfindsame Frau in Fiannas Zustand mit Fragen quälen zu müssen. Daher schob sie sich vor ihn und empfing das Paar mit einem warmen Lächeln. „Fianna, wollt Ihr Euch nicht lieber noch mehr ausruhen?", fragte sie. „Zumindest bis nach Sonnenuntergang, wenn es kühler wird."

Fianna schüttelte den Kopf. „Ich möchte es nicht den Männern überlassen, die Maische richtig aufzutragen, das ist Frauensache. Und meine drei Mädchen warten auf ihre Käfer." Sie strich über die Rüschen ihres Kleides. „Ein Glück, dass ich das hier dabei habe"

„Es ist sehr hübsch und steht euch wirklich gut", meinte Caitlynn im Plauderton. „Selbst genäht?"

Fianna nickte stolz. „Wartet, bis ihr meine drei Mädchen seht. Deren Kleider sind mir wirklich gut gelungen."

„Darauf freue ich mich." Caitlynn wandte sich dem Dachdecker zu. „Und ihr habt keine zweite Hose dabei, Hengir?" Sie deutete auf die feuchten Flecken und roten Streifen am unteren Rand seiner beiden grauen Hosenbeine. Der Dachdecker kratzte sich am Hinterkopf und versuchte ein Grinsen. „Die ist zuhause. Doch bei diesen vier Grazien um mich herum würde es nicht einmal jemand bemerken, wenn ich ohne Hose dastünde."

Fianna gab ihm einen Stoß in die Seite. Caitlynn sah erleichtert, dass etwas Farbe in das blasse Gesicht der schwangeren Frau zurückgekehrt war. Sie nickte Alban zu und trat zur Seite.

Er räusperte sich und zeigte sein Vollstreckerzeichen. „Ihr beide habt gehört, was Kandra zugestoßen ist?"

„Ja", sagte Fianna und schluckte. „Wie geht es dem Mädchen?"

„Sie wird wieder gesund. Da sie den Täter nicht gesehen hat, muss ich alle Menschen auf dem Markt und ringsum befragen. Hengir, wo wart Ihr während des Gewitters?"

„Er war unter dem Tisch bei seinem Großvater, nicht wahr?", gab Fianna zur Antwort. Ihr Mann nickte. „Erst nach dem Regen ist er zu mir ins Pilgerhaus gekommen."

„Fianna, Ihr wart die ganze Zeit über im Pilgerhaus?", fragte Alban.

„Ja. Nach dem Gewitter war mir auf einmal übel und ich musste mich übergeben. Als Lissel mit Sophila und der Köchin wegen der Decken zum Pilgerhaus kam, stand ich in eine Decke gewickelt beim Waschbottich auf der Terrasse beim Tempelgarten und habe mein Kleid ausgespült. Vermittlerin Sophila wollte mir eines ihrer Gewänder leihen, doch", sie strich über ihren Kugelbauch, „ich habe in keines hineingepasst. Als Hengir kam, wollte ich erst ihn bitten, mein zweites Kleid zu holen, aber Romil hat geschworen, er wäre viel schneller", der Schatten eines Lächelns glitt über Fiannas Gesicht, „da habe ich ihn geschickt. Er ist so ein lieber Junge."

„Das ist er." Alban rieb sich am Hinterkopf. „Ist einem von euch ein Mann in dunklem Umhang aufgefallen? Jemand, der durch die

Allee oder am Tempel vorbei gelaufen ist?"

Er wies auf die drei Fenster des Pilgerhauses, eines das an der Schmalseite zur Kreuzung hin und zwei auf der breiten Vorderseite, zum Weißen Feld gewandt, die alle drei offenstanden.

Fianna schüttelte heftig den Kopf. „Während des Regens waren die Fenster geschlossen, zudem habe ich versucht zu schlafen."

Alban sah Hengir an, doch dieser hob die Achseln. „Da müsst Ihr Hengus fragen. Er saß auf der Alleeseite unter unserem Tisch. Ich habe nicht mal die beiden Himmelsfeuerräder gut sehen können."

Er zog Fianna enger an sich heran. „Habt Ihr sonst noch Fragen?"

„Wir wollen die Käfer nicht verpassen", fügte Fianna hinzu, „und ich muss die Maische noch einmal durchmischen."

Der Vollstrecker zögerte kurz, trat zur Seite und winkte Richtung Allee. „Klarwetter und guten Fang."

Die beiden bedankten sich und machten sich auf den Weg.

Caitlynn nagte an ihrer Unterlippe. „Irgendetwas stimmt nicht", murmelte sie. „Was übersehe ich?"

Alban schenkte ihr ein schiefes Lächeln. „Nicht nur Euch geht es so." Er zog seinen Zopf aus dem Kragen, fingerte daran herum und schob ihn wieder zurück. „Wir müssen noch im Tempel nachfragen."

Die Tür zum ersten Pilgerhaus stand noch offen, dennoch ging Alban dran vorbei zum eigentlichen Tempel. Im Vorraum wie auch der Altarraum trafen sie niemanden an. Die bunten Fenster funkelten. „Wo sind denn alle?", wunderte sich Alban. Sie verließen den Tempel, kehrten zum Pilgerhaus zurück, doch auch in den Schlafräumen war kein Mensch zu sehen. „Die sind im Garten. Riecht Ihr die Maische?" Caitlynn durchquerte das Pilgerhaus. Die Hintertür war nur angelehnt, Caitlynn stieß sie auf und trat hinaus auf die breite Terrasse, über die quer drei Wäscheleinen gespannt waren. Dahinter, dort wo sich rings um mächtigen Rotnussbaum der gepflegte Rasen von Gemüse- und Blumenbeeten gesäumt wurde, stand Vermittlerin Sophila zusammen mit einem jungen Mädchen, einer stämmigen Frau in weißer Kochschürze und Romil. Mit der Kelle strich sie Maische auf ein Brett. „Und hoch damit!", kommandierte sie, woraufhin das junge Mädchen und Romil das Brett packten und es an den Stamm des großen Rotnussbaumes lehnten. Fünf, sechs Bretter lagen noch sauber auf dem Rasen, zwei lehnten schon am Baum.

Alban pfiff durch die Zähne. „Jetzt weiß ich, wie der Tempel so viele Käfer fangen kann." Caitlynn nickte. Entlang der Allee waren jetzt alle beschäftigt, Maische auf die Rinde der Sonnenflaumbäume zu streichen, doch wenn die Käfer von Südosten aus dem „Käfersumpf" kommend, auf der Suche nach faulendem Obst am Tempel vorbeiflogen, würden sie zuerst deren Maische riechen, und erst, wenn auf den Brettern kein Platz mehr war, weiterfliegen zum Obstgarten und zur Allee.

„Vermittlerin Sophila!", rief Alban und winkte ihr zu. „Hättet Ihr kurz Zeit?"

„Kommt her zu uns!", winkte Sophila zurück. „Wir können noch helfende Hände gebrauchen."

Ehe Caitlynn und Alban sich versahen, standen sie neben Dinja, der Köchin des Tempels, die frohgemut nach der zweiten Kelle griff und in das Maischefass tauchte. Alban und Caitlynn nahmen das vollgestrichene Brett und trugen es zur Terasse, um es an die Wand des Tempels zu lehnen.

Die Sonnenscheibe näherte sich dem Horizont, als endlich alle Bretter an Ort und Stelle standen.

„Danke für die Hilfe", sagte Sophila, „was wolltet Ihr fragen?"

Wie sich herausstellte, waren alle fünf zur Zeit des Gewitters in der Küche gewesen, um die gekochten Glasnusskerne zu zerstampfen. „Etwas Öl, Salz und ganz wenig Frostblutzucker. Das gibt ein herrliches Gemüsepüree!", versicherte Dinja. „Genug für zwanzig Gäste." Keiner hatte einen Fremden in dunklem Umhang am Fenster vorbei rennen sehen. „Und kein einziges Himmelsfeuerrad!", fügte Romil mit enttäuschter Mine hinzu. „Nicht eines ist auf den Tempelweg oder in die Ruinen gefallen."

„Ist auch besser so", murmelte Gillnara, das junge Mädchen, dessen samtbraune Zopfschnecken über ihren Ohren wippten. Sie war vielleicht zwei Jahre jünger als Caitlynn, Tempelzögling wie Romil und fest entschlossen, einmal Haushälterin in einem Tempel zu werden oder in einem Roten Haus, jedenfalls dort, wo viele Leute vorbeikamen, die man bewirten konnte. „Himmelsfeuerräder sind unheimlich. Wisst Ihr, dass sie Augen haben?", fragte sie Alban.

„Man hat es mir mehrfach erzählt", sagte er. „Hat jemand während des Gewitters einmal nach Fianna gesehen?"

„Ich!", rief Romil. „Als der Regen kurz mal nachgelassen hatte, habe ich ihr ein Wachstuch aus dem Keller geholt. Sie meinte, eines der Fenster sei nicht ganz dicht."

„Nach dem Gewitter habe ich sie auf der Terasse getroffen", fügte Dinja hinzu. „Die Arme hat ihr Kleid ausgewaschen. Da drüben hängt es!" Sie wies auf die Wäscheleine. Ja, das Stück aus rotem Fadenglanz war zwischen den beiden Decken nicht übersehen. Jetzt, da die vielen Rüschen platt am Rock klebten, wirkte es fast elegant.

Alban bedankte sich und wünschte dem Tempel noch einen guten Käferfang, ehe er auf die Hintertür des Pilgerhauses zusteuerte. Hinter seiner zerfurchten Stirn arbeitete es. Das nagende Gefühl in Caitlynn war ebenfalls stärker geworden. Die eine Hand um das Notizbuch gekrampft, den Blick auf den Boden gerichtet, versuchte sie nach dem Schatten zu greifen, der da irgendwo in ihrer Erinnerung lauerte. Fast wäre sie gegen das nasse Kleid gelaufen, wenn nicht das Blinken der Wasserpfütze darunter sie gewarnt hätte. Ein kleines, funkelndes Etwas schwamm darin. Halb in Gedanken bückte sie sich und fischte es mit der freien Hand aus dem Wasser. Das letzte Sonnenlicht brach sich in den geknickten Flügeln und im roten Insektenpanzer. Caitlynn starrte auf das Tier. *Wie? Warum?* Sie schloss die Finger vorsichtig über der ertrunkenen Juwelenfliege und rannte Alban nach, der das Pilgerhaus bereits durch die Vordertür verlassen hatte.

„Wartet!" Sie überholte ihn, drehte sich um, hielt ihm die Faust hin und öffnete sie vorsichtig. „Aus der Pfütze unter Fiannas Kleid", sagte sie atemlos. Wortlos sahen sie einander an. Die Puzzelstücke wanderten an die richtige Stelle, das Bild war fast vollständig. „Die roten Streifen, die Kauholztiere, die Ascheneichen ... die Himmelsfeuerräder."

„Nein." Alban schüttelte den Kopf, doch sein gequälter Gesichtsausdruck zeigte, dass er die Hinweise verstanden hatte, so gern er sie auch geleugnet hätte. Seine Hand packte die Kapsel mit dem Schmerzstein. Einen Augenblick langfürchtete Caitlynn, er könnte sie sich vom Hals reißen und wegwerfen oder, noch schlimmer, aufschrauben und den Schmerz wegtrinken, um nicht vollstrecken zu müssen.

Doch der Augenblick ging vorüber. Alban straffte die Schultern. „Lasst uns gehen."

Sie nickte und schloss die Finger wieder über der Fliege. Schweigend schritten sie zum Markt. Beim Waldsiedlertisch blieb Alban kurz stehen.

„Ich bin bereit, anzuklagen", sagte er zu Ganned. „Wollt Ihr dem Urteil beiwohnen?"

„Um jeden Preis", sagte Ganned. „Wer hat es getan?"

„Das werde ich dann offenlegen, wenn es soweit ist." Albans Blick wanderte zu Tolbeg und Lissel, die herbeigeeilt waren, um zu hören, was er Ganned zu sagen hatte. „Ihr seid als Familie des Opfers geladen, zuzuhören und nicht, um euch einzumischen oder eure Fäuste gegen den Täter zu erheben."

„Verstanden", murmelte Tolbeg und ergriff Lissels Hand. Sie entzog sie ihm nicht.

Die drei im Schlepptau ging es an allen Ständen und Tischen vorbei bis zum Dachdeckertisch, vor dem sich Preused mit fünf ergebenen Zuhörern aufgebaut hatte, um eine Dankesrede für die gespendeten Münzen zu halten. Als er Alban, Caitlynn und die drei Waldsiedler sah, erblasste er, fing sich jedoch rasch wieder.

„Wollt Ihr etwas von mir?", fragte er laut und schob seine schmale Brust vor.

„Macht Platz!", grollte der Vollstrecker. Widerstrebend wich Preused zurück, seine Anhänger ebenso.

Hengus, der die Nachwirkungen des Taubzuckers abgeschüttelt hatte, stand breitbeinig hinter seinem Tisch, die Arme vor der Brust verschränkt. Am Baum neben seinem Tisch klebte frische Maische. Hengir stellte das Maischefass ab und Fianna ließ den Holzlöffel fallen. „Gibt es noch Fragen?", wollte der Dachdecker wissen und zog seine Frau sacht zu sich heran.

Alban räusperte sich. „Hengir, bleibt Ihr dabei, die beiden Himmelsfeuerräder nicht gesehen zu haben, weil Hengus Euch die Sicht versperrte?"

„Das sagte ich Euch doch schon vorn an der Kreuzung", erwiderte Hengir ungehalten.

„Zwei Himmelsfeuerräder?", Hengus sah seinen Enkel an. „Der Papierhänder sagte mir, bei uns hinten sei nur eines gefallen."

„Genau", hakte Alban ein. „Das zweite landete zwischen dem Glashändler und dem Heilertisch. Ihr konntet von dem zweiten Rad nur wissen, wenn Ihr zu dem Zeitpunkt eben nicht unter eurem Tisch gesessen, sondern viel weiter vorn gestanden oder gelaufen seid. Am Rand der Obstwiese vielleicht? Dann seid Ihr noch im Regen durch das Weiße Feld zurück zu Eurem Tisch gelaufen, das verraten die roten Blütenstaubstreifen der Pinselblumen an Euren Hosenbeinen. Ich denke, der nasse Umhang ist hier irgendwo versteckt, unter den zerknüllten Wachstüchern da hinten vielleicht?"

Hengirs Blick zuckte zwischen Alban und Hengus hin und her. „Ich ... ich ... was sollte ich bei der Obstwiese wollen? Noch dazu im Gewitter."

„Ungestört mit Kandra reden. Sie hat Euch ja praktisch dazu gezwungen, als sie die Kauholztiere so offensichtlich bewunderte und

250

sich nach den Vorlieben Eurer Kinder erkundigt hat." Alban warf Caitlynn einen fragenden Blick zu und sie nickte. „Kandra wollte auch nicht, dass Lissel erfährt, wie Hengus die Ascheneichen aufspüren und unbemerkt fällen konnte. Denn nicht Euer Großvater oder Ihr seid die Bäume hochgeklettert. Das hat Kandra für Euch getan. Sie erwartet Euer Kind, nicht wahr?"

Hengus schnappte hörbar nach Luft. „Du ... du hast das Mädchen verführt, Hengir?"

Der Dachdecker lief rot an. „So war das nicht, Großvater. Sie ist kein Kind mehr und ... sie ... sie wollte weg von der Waldsiedlung. Das hat sie mir auf der Obstwiese gesagt. Ich sollte meine Familie verlassen und mit ihr nach Ibjadar gehen, denn sie wollte in einem richtigen Haus wohnen, nicht länger in einer Hütte, feine Stoffe tragen und Geschmeide. Nur deshalb hat sie mich gelockt und uns geholfen. Noch hatte sie kein sichtbares Bäuchlein und ich wollte Zeit schinden, daher habe ich ihr schön getan und gesagt, dass ich erst mit dir und Fianna reden müsste. " Er sah Fianna an, Tränen in den Augen. „Ich wollte nicht, dass du auf diese Art davon erfährst. Ich ... ich war so dumm!" Seine Hand fasste nach ihrer, doch sie schlug sie weg.

„Ihr seid nicht gerade überrascht, Fianna", sagte Alban langsam. „Ihr hört nicht zum ersten Mal davon, nicht wahr? Ihr wolltet das Fenster zur Kreuzung abdichten, da habt Ihr Hengir auf die Obstwiese laufen sehen. Zu der Zeit hatte der Regen gerade nachgelassen und ihr kennt seine Statur, seine Bewegungen und vor allem seinen Umhang, den Ihr ihm selbst genäht habt. Also habt Ihr das Wachstuch genommen, es über Euren Kopf gehalten und seid die Böschung entlang geschlichen, ihm nach."

Fianna schwieg und presste die Lippen zusammen.

„Ihr standet in Hörweite, gut versteckt, als Euer Gatte diesem jungen Mädchen alles versprach, was Euch und Eure Kinder in Armut und Unglück stürzen würde."

„Niemals!", Hengir schüttelte den Kopf. „Das erfindet Ihr, nicht meine sanfte Fianna."

„Caitlynn hat eine Juwelenfliege in der Pfütze unter Eurem roten Kleid gefunden. Kopfwunden bluten heftig, aber auf eurem roten Kleid habt ihr die Flecken nicht gesehen. Aber die Juwelenfliegen haben sie gerochen und sich als Aastrinker an Euer Kleid gekrallt. Auf dem Weg zurück habt Ihr Euch erbrochen, und daran sind ein paar davon kleben geblieben. Beim Ausspülen hat sich diese eine Fliege wohl in einer Eurer Rüschen verfangen und ist später mit dem Wasser heruntergetropft."

Hengir schüttelte noch immer den Kopf, während Hengus Fianna nur entsetzt anstarrte. „Wie ... wie konntest du nur glauben, dass er dich verlässt, dass er die Kinder verlässt. Er liebt euch doch!"

„Deshalb ist das alles ja auch Unsinn!", tönte Preused in voller Lautstärke. „Beweise erfunden und erlogen aus Angst vor den Coridin. Werden wir zulassen, dass Fianna und ihr Baby den Coridin geopfert werden?"

Die Leute sahen sich an und schüttelten die Köpfe. Was zuvor eine lose Versammlung gewesen war, formierte sich langsam zu einem geschlossenen Mob.

„Preused ... Ihr überschreitet Eure Grenzen", zischte Alban. Er winkte Caitlynn, hinter ihn zu treten und sah den alten Mann drohend an.

„Ach ja?", spottete Preused. Seine Selbstsicherheit war unheimlich. Caitlynn öffnete ihre Sinne, um Preuseds Aura zu spüren. Eine Art purpurner Schleier lag darüber und verstärkte seine Gabe und seinen Willen. Noch nie zuvor hatte Caitlynn etwas Derartiges gespürt. Sie sah, was es mit den Menschen machte, die ihm zuhörten, und ihr Unbehagen wuchs. Sollte sie eingreifen, ihr Charisma einsetzen? Im Gegensatz zu den Heilerbrücken, die sehr genau die richtige Stelle der Lebensaura treffen mussten, würde die Charismabrücke erst abreißen, wenn Preused sich zwanzig oder mehr Schritte von ihr entfernte. *Ich kann ihn vielleicht jetzt zum Schweigen bringen, aber was ist morgen? Zudem, soviele Brücken, wie*

Preused Zuhörer hat, kann ich nicht auf einmal beherrschen. Zu dumm, dass sie beim Shinas Charismatraining für die Prüfungen auf Maesinar nie zugesehen hatte.

Alban straffte die Schultern und drücke den Rücken durch. „Ich, Alban, der Vollstrecker-des-Königs, habe ein Urteil zu sprechen, zu begründen und zu vollziehen. Ihr werdet es akzeptieren, so ist der Wille des Königs."

„Das werden wir ja sehen", Preused trat auf ihn zu und grinste so breit, dass purpurne Schlieren auf seinen Zähnen sichtbar wurden.

„Bardenblut!" Alban sog scharf die Luft ein. „Ihr habt Bardenblut getrunken! Wo habt Ihr es her? Aus Ibjadar?"

„Was ist Bardenblut?", fragte Caitlynn halblaut.

„Ein Gebräu, das nicht ohne Grund von der Krone verboten wurde." Der Vollstrecker schüttelte den Kopf. „Hört auf, Eure Bardengabe zu nutzen!", rief er Preused zu. „Das Bardenblut kostet Euch sonst Euren Verstand."

„Sagt wer?" Preused schloss die Augen und als er sie wieder öffnete, leuchtete seine Pupille in einem Gemisch aus Gelb und Purpur. „Ihr verachtet Euch doch selbst, ein `entsorgter´ Vollstrecker und hilfloser Lakai der Coridin, nicht einmal fähig, die Wahrheit aus den Worten Eurer Zeugen zu lesen." Seine wohlklingende Stimme kroch in jedes Ohr, die Macht dahinter legte sich wie giftiges Öl über den Verstand der Menschen. Selbst die drei Waldsiedler nahmen Abstand von Alban, Misstrauen und Verachtung im Gesicht. Caitlynn zog ihre Abwehr hoch und atmete erleichtert auf, als sie Preuseds Bardenmacht nicht mehr spürte.

Alban begann, schwer zu atmen, er krümmte sich und presste die Hände auf die Ohren, doch Preused lachte nur und legte nach: „Was wollt Ihr mit Eurem Schmerzstein? Legt ihn ab, werft ihn fort!"

„Das werde ich nicht!", quetschte Alban zwischen den Zähnen hervor, doch seine Hände fassten bereits nach der Kette.

Nein, nein! Caitlynn erspürte Albans Aura und schluckte schwer, als sie erkannte, dass er zurecht von einer zerstörten Gabe gesprochen hatte. Seine glich einer zerdrückten Eierschale, von unzähligen Rissen durchzogen, unmöglich, sich damit gegen fremdes Charisma oder diese vergiftete Bardenmacht zu wehren. *Wenn ich heile, gebe ich Lebenskraft, um die Lebensaura zu stärken.* Konnte eine Gabe eine andere heilen? Gespendete Lebenskraft entstand neu, doch verschenkte Gabe ...? Ihre Hände legten sich wie von selbst auf Albans Rücken. Sie spürte seine Wärme durch das Hemd und auch das Zittern seiner Muskeln. Sein starker Wille, war alles, was ihn davon abhielt, seinen Schmerzstein und seine Würde wegzuwerfen Caitlynn schloss die Augen und schlug eine „verkehrte" Brücke, gebildet aus Willenskraft, anstatt aus Gabe, zu Albans Aura. Er erstarrte. „Was tut Ihr da?", fragte er rau und langte nach hinten, um ihr Handgelenk zu greifen.

„Lasst mich. Ich heile." Die Brücke aus Willenskraft stand. *Lass mich nicht im Stich.* Dieses Mal musste Caitlynn nicht erst mühsam darum kämpfen, das Eis über dem Reservoir ihrer Gabe zu durchdringen, wie damals auf Faelin beim Kampf mit dem Herzog. Ihr Verlangen, Alban zu helfen, das tiefe, warme Gefühl für diesen zähen Mann, welches in ihr zu keimen begonnen hatte, zerbrach mühelos die Schicht aus jahrelanger Vorsicht und antrainierter Zurückhaltung. Wie Wasser durch einen geöffneten Damm strömt, so floss ihre Gabe über die Willensbrücke in seine Aura und vereinte sich mit der seinen. Wie sie gehofft hatte, schlossen sich die Risse, und was zerbrochen war, formte wieder ein Ganzes.

Es war getan. Jetzt lag es allein an ihm. Sogleich brach Caitlynn die Brücke ab, und bemerkte erleichtert, wie sich ihre Gabe gleichzeitig von seiner zurückzog. Albans Gabe blieb erhalten. Bei Caitlynn schob sich eine neue, jedoch deutlich dünnere Barriere zwischen ihrem Willen und ihrer Gabe. Noch konnte sie ihre volle Kraft nicht aus dem Stegreif zur Gänze nutzen. Vielleicht würde sie das nie.

Alban ließ ihr Handgelenk los und richtete sich auf. Caitlynn konnte spüren, wie er seine Gabe testete, den purpurnen Schleier, den Preuseds Bardenmacht über seinen Willen gelegt hatte, zerriss und seinerseits hinauslangte, nicht mit einer Brücke, sondern wie ein Baum, der seinen Stamm in Äste und Zweige teilte, sodass seine Gabe alle berührte, die unter Preuseds Einfluss standen.

Der Mob verharrte, Preused heulte vor Wut laut auf und fing an, wirres Zeug zu reden. Was er sprach, verstand niemand, doch der Klang der Worte übertrug seinen Willen, seine Macht, der Alban nun sein Können als Vollstrecker entgegensetzte. Caitlynn beobachtete fasziniert, wie Alban nach und nach an Boden gewann, während Preused rot anlief und ihm der Schweiß die Schläfen hinunter perlte. Die Leute, die zuvor noch bereit gewesen wären, mit bloßen Fäusten für sein Ziel zu kämpfen, rieben sich die Schläfen, hielten sich die Ohren zu und sahen sich verdutzt um. Preuseds Bann war gebrochen. Tränen der Enttäuschung in den Augen, schraubte Preused seine Stimme noch höher, brüllte noch lauter. Sabber trat aus seinem Mund und seine Augenlider zuckten.

„Es ist genug! Hör auf, Preused!", versuchte Alban ihn zum Einlenken zu bringen, doch der alte Hitzkopf war schon weit über den Punkt hinaus, auf die eigene Vernunft zu hören. Schüttelfrost erfasste ihn, er biss sich auf die Zunge, verdrehte die verfärbten Augen und brach mit blutigem Schaum auf den Lippen zusammen.

„Großvater, nein!" Ungeachtet ihrer Schwangerschaft krabbelte Fianna unter dem Tisch hindurch, stolperte zu dem bewusstlosen alten Mann und fiel neben ihm auf die Knie. „Und das alles wegen mir! Ich wollte das doch nicht, ich war nicht ich selbst, es tut mir so leid!"

Alban nickte, und die Umstehenden sahen betreten zur Seite. Nach diesem Eingeständnis mussten sie sein Urteil akzeptieren. Hengus hatte seinen Arm um Hengirs bebende Schultern gelegt. Der Dachdecker schüttelte immer noch den Kopf, als wäre alles ein böser Traum.

„Er hat sich auf die Zunge gebissen", erklärte Alban mit müder Stimme. „Daher hat das Zeug auch den Namen `Bardenblut´. Ich habe von Barden gehört, die sich die halbe Zunge abgebissen haben und nie wieder verständlich sprechen konnten."

„Caitlynn!" Fianna sah sie bittend an. „Kannst du ihm nicht heilen, bitte?"

Seufzend kniete sich Caitlynn neben Fianna auf den Boden und spannte ein Grünes Tuch über Preuseds Kopf. Die Zunge war verletzt, aber nicht durchgebissen. Doch was das Bardenblut in seinem Gehirn zerstört und verändert hatte, dafür reichten vier Teile von zehn an Heilkraft nicht aus. Und sie hatte nur noch zwei zu vergeben. „Ich gebe, was ich kann. Seine Zunge kann ich retten, nicht aber seinen Geist", sagte sie laut. „Dazu braucht es Heiler, die erfahrener sind." Sie baute die Brücke und Preused nahm gierig an Lebenskraft auf, was sie zu ihm hinübersandte. Leicht schwindlig und sehr, sehr müde brach Caitlynn die Heilung ab und ließ sich von Alban auf die Beine helfen.

Preused atmete rasselnd ein und schlug die Augen auf.

„Großvater", Fianna streichelte seine Stirn, „wie geht es dir?"

„Wo bin ich? Was mache ich hier?", fragte er und fuhr sich mit der zitternden Hand übers Gesicht. Sein verstörter Blick wanderte von Fiannas verweintem Gesicht zu Alban, Caitlynn, dann zu Hengus und Hengir, die hinter dem Tisch hervorgekommen waren. „Dich kenne ich doch", sagte er zu Hengus. „Du bist Rojels Sohn. Du bist aber alt geworden."

„Du aber auch, Preused." Hengus schob Fianna zur Seite und half Preused hoch. „Wir fangen gerade Sternkäfer für die Girlanden. Magst du helfen?" Er sah Alban fragend an und dieser nickte. „Reist mit ihm nach Ibjadar. Im Grünen Turm gibt es einige, die Erfahrung mit solchen Patienten haben."

Hengir hatte seine Arme um seine Frau gelegt und drückte sie an sich. „Ich bin an allem Schuld", sagte er, zum Vollstrecker gewandt. „Kann nicht ich für sie den Schmerz tragen?"

„Das sehen die Regeln des Schwarzen Turmes nicht vor", sagte Alban. „Sie hat den Ast aus freien Stücken geschwungen, ohne Zwang und nicht, um sich zu verteidigen, sondern um zu verletzen, zu töten."

Fianna legte beide Hände auf ihren Bauch. „Was ist mit ihm?", fragte sie erstickt. „Muss mein Sohn das mit mir erleiden?"

Alban schüttelte den Kopf. „Wir Vollstrecker sind keine Monster. In Eurem Fall bedeutet es, dass die Vollstreckung des Urteils für drei Jahre ab der Geburt Eures Kindes aufgeschoben wird. Nach diesen drei Jahren meldet Ihr Euch beim Schwarzen Turm in Ibjadar und nehmt dort Eure Bestrafung an." Er drehte sich zu den drei Waldsiedlern. „Akzeptiert auch Ihr das Urteil?"

Ganned nickte. „Und wegen Kandras Kind ..."

„Nehmen wir das in die Hände", mischte sich Lissel ein. „Wir verzichten auf Euer Vaterzeichen, Hengir, und auf jede Hilfe von außerhalb des Waldes. Wenn Kandra weiterhin nach Ibjadar will, soll sie gehen, doch mit eigener Kraft und ohne das Kind und sicher nicht auf die Kosten Eurer Kinder, Fianna. Kandras Kind werden wir für sie großziehen, nicht wahr, Tolbeg?"

Ihr Ehemann nahm ihre Hand und drückte sie fest. „So ist allen geholfen", sagte er ruhig.

„Sie kommen!", ertönten in diesem Augenblick Rufe von den vorderen Tischen. „Die Sternkäfer fliegen!"

Rasch zerstreuten sich die Menschen in alle Richtungen, um sich ihren Anteil an den Käfern zu sichern. Alban nahm Caitlynns Hand und zog sie hinter sich her zu Birta und Gibbet, die schweigend Arm in Arm vor dem Baum zwischen dem Heilertisch und dem zweiten Tuchhändler standen und die Käfer zählten, die sich auf der Maische niedergelassen hatten. Zwei rot glühende, ein gelblicher, drei bläuliche und zwei weitere, die so zwischen gelb und grün blinkten. Caitlynn hielt ganz still, um den Zauber nicht zu zerstören. So müde sie auch war, der feste Druck von Albans Finger hielt sie davon ab, sich einfach ins nasse Gras zu fallen zu lassen und zu schlafen. Mehr und mehr Käfer setzten sich in die Maische und saugten das halb vergorene Gemisch durch ihre kurzen Rüssel

Das war immer der spannendste Moment. War die Maische süß genug, um viele Käfer zu locken? War sie alkoholisch genug, um rasch zu wirken?

Birtas Maische war perfekt. Ein Käfer nach dem anderen, zog seine Beinchen ein und plumpste ins Gras, wo Gibbet ihn aufklaubte und in eine der Glasnüsse steckte, die er aus dem Grünen Haus mitgebracht hatte.

„Fertig!", sagte er und hielt drei Girlanden hoch. Die in den Glasnussschalen gefangenen Käfer schliefen ihren Rausch aus und ihre Unterkörper glühten oder blinkten abwechselnd in den unterschiedlichsten Farbtönen. Am besten gefielen Caitlynn die rotgelben Feuerfäuste, doch die passten in keine Glasnuss, wie sie betrübt feststellte. Die Girlanden würden sie während des Umzugs halten, die geschmückten Stäbe trugen nur die Kinder, weil deren Arme für eine Girlande mit acht bis fünfzehn Nüssen zu kurz waren.

„Romil!" Alban ließ Caitlynns Hand los und fasste sich an die Stirn. „Ich brauche ja noch Käfer für ihn."

„Hier liegen genug!" Birta reichte ihm einen Korb und half ihm beim Einsammeln. Caitlynn konnte ein Gähnen nicht länger unterdrücken und setzte sich auf eine umgedrehte Kiste, den Rücken gegen den Baum gelehnt, der zwischen dem Heilertisch und dem ersten Tuchhändler stand. Alban zählte die Käfer zweimal durch und bedankte sich bei Birta. „Ruht Euch aus", sagte er zu Caitlynn. „Ich fülle Romils Girlande und helfe ihm, sie an den Stab zu binden, bis zum Umzug bin ich zurück."

Sie nickte und legte den Kopf an die graue Rinde.

„Hast du nochmals geheilt?", fragte Birta besorgt.

Caitlynn nickte und nahm dankbar einige tiefe Züge aus dem Wasserschlauch, den die Haushälterin ihr reichte. „Preused hat sich übernommen. Alban kann alles erzählen. Ich bin zu müde."

Überall machten sich die Eltern mit den Girlanden auf den Weg zum Kinderstall, um damit die mit Zweigen und Blumen geschmückten Stäbe der Kinder zu bestücken und sie zum Tempel zu führen, wo der Umzug begann, angeführt von Sophila, die eine Girlande in einer Krone aus Zweigen am Kopf tragen würde. Von dort ging der Umzug dann an der Obstwiese vorbei nach Gelbried, durch das Dorf hindurch, die Straße hinunter zum hinteren Ende der Allee, durch die Allee zum Tempel, wo sie im Altarraum einen besonderen Segensspruch erhalten würden. Bis dahin war der Rausch der Käfer verflogen und wenn die Eltern dann den Kindern halfen, die Nusshälften aufzuklappen, schwirrten die Käfer wieder davon. Es galt als Ehrensache, dass die Käfer ja nicht verletzt werden durften, deshalb trugen alle ihre Girlanden mit Vorsicht und schwenkten sie nur gemächlich beim Gehen. Wer keine Kinder hatte, half am Ende auch mit, die Käfer aus den Girlanden im Altarraum des Tempels zu befreien. Wie sie dann in Scharen davon flogen, der Anblick war jedesmal wunderschön.

„Ruh dich aus", sagte Birta und legte Caitlynn eine Decke um.

„Mhmmm." Caitlynn schloss die Augen. Wenige Atemzüge später war sie eingeschlafen.

„Das waren alle für heute." Melana rieb sich den Rücken und schloss die Tür hinter Beltem, der mit einem Beutel Tee in der Hand davon spazierte. „Ich hoffe, das waren alle Nachwehen des Festes."

„Warum kommen ein paar Leute jedes Jahr auf die Idee, die Reste der Maische zu essen?", fragte Caitlynn und kratzte noch ein paar Worte in ihre Wachstafel. „Das Resultat ist jedes Jahr dasselbe: Kopfschmerzen und Magenkrämpfe."

„Wahrscheinlich eine Art Mutprobe", meinte Melana und begann, den Tisch zu säubern. „Du kannst schon mal deine Notizen ins Reine schreiben. Birta macht heute ihre dunklen Knödel mit den sauren Faustfrüchten."

„Auf die freu ich mich." Caitlynn nahm ihre Wachstafel und machte sich auf den Weg in ihr Zimmer im Wohnbereich des Grünen Hauses.

Nachdem sie die Türe hinter sich geschlossen hatte, setzte sie sich an ihren Schreibtisch und legte die Wachstafel vor sich hin. Ihr Heiler-Notizbuch lag bereit, eine Handbreit neben jenem Blauen, das Alban ihr gekauft hatte. Es war nicht das Notizbuch mit ihrer Mitschrift, das hatte er mitgenommen. Immer noch wurmte es Caitlynn, dass Gibbet und Birta sie hatten schlafen lassen, sodass sie den Umzug verpasst hatte und sich nicht von Alban hatte verabschieden können. Seine Hütte stand jetzt leer. Er war fort. Zwei Tage nach dem Sternkäferfest hatte sein Korb vor dem Grünen Haus gestanden, darin die Ziegel, die er Gibbet versprochen hatte, ein Dankesschreiben an Melana und das Notizbuch, ein kleiner Dank an Caitlynn, wie in dem Schreiben zu lesen war. Gekränkt, dass er sich einfach so davon gestohlen hatte, hatte sie das Buch auf hinterste Ecke ihres Tisches geknallt. Caitlynn blätterte ihr Heiler-Notizbuch durch. Nur noch zwei leere Seiten. Vielleicht sollte sie doch das Geschenk benützen. Sie öffnete das blaue Notizbuch und strich mit dem Daumen über die Seiten bis sie ihre Fingerspitzen an etwas Steifem hängen blieben. Verdutzt bemerkte sie, dass zwei Seiten an den Ecken zusammengeklebt worden waren. Als sie mit den Fingern dazwischenfuhr, um die Blätter zu trennen spürte sie etwas Eckiges. Sie schob es heraus, und ein zusammengelegtes Blatt flatterte auf den Fußboden. Ihr Herz schlug schneller, als sie ihren Namen auf der Außenseite las. Langsam nahm sie es hoch und legte es auf den Schreibtisch, klappte es auf und begann zu lesen:

„Caitlynn, ich weiß nicht, wie ich Euch genug dafür danken kann, dass Ihr bereit wart, Eure Gabe mit mir zu teilen und die meine dadurch geheilt habt. Wenn Ihr diese Zeilen lest, bin ich auf dem Weg nach Ibjadar, um den Schmerzstein zu leeren und dem

Schwarzen Turm meine Dienste anzubieten. Vermutlich wird man mich in ein entlegenes Schwarzes Haus oder einen kleineren Schwarzen Turm versetzen, wo ich mehr gebraucht werde als in dem (hoffentlich wieder lange) friedlichen Gelbried. Ich freue mich auf meine neuen Aufgaben, obgleich mir meine Hütte, die Menschen in Gelbried und Meisterin Melana fehlen werden. Und natürlich Ihr. So kurz unsere Begegnung auch war, ich werde Euren Mut, Eure Beharrlichkeit und Euren Scharfsinn nie vergessen. Solltet Ihr nach wie vor den Wunsch hegen, Vollstreckerin zu werden, sprecht mit Meisterin Melana darüber. Was ich für Kandra tun konnte, das könnt Ihr mit Melanas Hilfe üben. Sie hasst zwar, was wir Vollstrecker tun müssen, und was der Schmerz aus mir gemacht hat, aber so wärt Ihr viel besser auf den Schwarzen Turm vorbereitet als ich es jemals war. Legt Euch auch Worte zurecht, den Meister des Schwarzen Turms zu überzeugen, Euer Anliegen ernst zu nehmen. An dieser Hürde scheitern viele. Sollten sich unsere Wege in einigen Jahren wieder kreuzen, hoffe ich, Euch als Mann von Rang und Würden gegenüberzutreten und nicht mehr als mitleiderweckendes Wrack.

> Mit Dankbarkeit und aufrichtiger Zuneigung.
> Alban, Vollstrecker-des-Königs

P.S. Kümmert Euch bitte um Romil. Kann Gibbet in ein paar Jahren einen Lehrling brauchen?"

Caitlynn spürte die Feuchtigkeit auf ihren Wagen. Verärgert wischte sie die Tränen fort. Wie lange hatte er wohl an diesem gestelzten Geschreibsel gefeilt? Er würde nicht wiederkommen und wenn sie sich die Augen ausweinte. *Ich will nicht, dass Gefühle mich erstarren lassen, mich hilflos machen. Wird sich irgendwas verändern, wenn ich im Bett liege, mich selbst bemitleide wie eine der Damen in Mutters Lieblingslektüren? Nein. Und ich will mich nicht länger belügen. Wenn ich soweit bin, wird Großmutter mich verstehen.*

261

Langsam erhob sie sich, zog die Nadeln aus ihrem Zopfkranz, dass die beiden Zöpfe herabbaumelten wie bei einem kleinen Mädchen. Bedächtig griff sie nach dem Messer, mit dem sie ihre Tuschefedern zu spitzen pflegte. Zwei Schnitte und sie hielt die roten Zöpfe in der Hand. Ihr Kopf fühlte sich leicht an, befreit.

Sie ließ die Zöpfe fallen und trat vor den Spiegel. *Die richtigen Worte.*

Caitlynn schloss die Augen, überlegte einen Moment, ehe sie ihr Spiegelbild anblickte und sprach: „Ich bin Caitlynn und ich bitte um Aufnahme in den Kreis der Vollstrecker. Die Wahrheit sei mein Richtmaß, Schmerz der Weg und Gerechtigkeit mein Ziel, im Dienste aller und im Namen der Krone."

Ende

Der Schwarze Turm

Caitlynn fasste in die Tasche ihres schweren Umhanges bis sie das seidige Päckchen unter ihren Fingerspitzen fühlte.

„Der Weg nach Ibjadar ist weit", hatte ihre Großmutter zum Abschied gesagt. „Überleg dir ein letztes Mal, ob die Lebenden dich nicht mehr brauchen als die Toten. Hier, das ist ein Empfehlungsschreiben an den Ersten Meister der Heilkunst. Du wirst im Grünen Turm willkommen sein."

Sie zog die Hand aus der Tasche, atmete tief durch und hob den Kopf. „Großmutter, es tut mir leid. Die Entscheidung ist längst gefallen!", murmelte sie mit heiserer Stimme und wischte sich mit dem Handrücken über die Augen.

Der Wind zauste ihre kinnlangen, roten Locken. Nur einen Steinwurf entfernt krächzten zwei Blutschnabelkrähen von den schwarz gestrichenen Zinnen des Eckturmes, der die L-förmigen Anbauten um zwei Stockwerke überragte. Fünf breite, fast kniehohe Stufen führten vom grauen Kopfsteinpflaster zur schwarz lackierten Tür, die fest verschlossen schien.

Der Vorwinterregen hatte den Platz vor dem Schwarzen Turm menschenleer gewaschen und noch immer hingen die grauen Wolkenmassen so tief, als wollten sie nur kurz Atem holen, ehe der nächste Schauer die Bäume ihrer letzten Blätter beraubte.

Caitlynn nestelte an dem neuen Halbhandschuh herum, der ihr Familienzeichen auf dem linken Handrücken verdeckte. Sie würde jetzt da hinübergehen, den eisernen Türklopfer fallen lassen, nicht zu heftig, aber auch nicht zu zaghaft und dem freundlichen, hilfsbereiten Vollstrecker sagen, dass sie, dass sie ... *Verwünscht*! Sie hatte den Spruch doch geübt, jeden Morgen seit ihrem siebzehnten Geburtsfest. Bis ihre Großmutter es herausfand. Noch immer sah sie die Sorge in den grüngrauen Augen, die den ihren so sehr glichen. „Willst du das wirklich für dich, mein Kind? Nicht nur wegen ihm?" Der Meisterheilerin war nicht entgangen, wie sehr Albans Abreise Caitlynn betrübt hatte. Nur mit Mühe war es ihr gelungen, ihre Großmutter davon zu überzeugen, dass sie lieber Vollstreckerin als Heilerin werden wollte.

„Ich werde vorsichtig sein und hart arbeiten. Aus mir wird keine Schmerztrinkerin, versprochen!"

Die Meisterin-der-Heilkunst hatte sie lange angesehen und dann geseufzt. „Nun gut. Ich werde deinen Willen prüfen, dir beibringen, wie man den Schmerz der Lebenden lenkt, so wie es Alban beim Markt getan hat. Nur wenn du das erträgst, es dir gelingt, dein Ich vor fremden Schmerz schützen, wirst du den Schwarzen Turm und den Schmerz der Toten überstehen."

Ihre Großmutter hatte Wort gehalten und sie zwei harte, schmerzvolle Jahre lang alles gelehrt, was sie als Heilerin über die Lenkung von Schmerz wusste. Und dennoch, sie hatte nie aufgegeben und Caitlynn parallel dazu auch als Heilerin weiter ausgebildet. Sie hatte wohl immer noch gehofft, dass ihre Enkelin sich für das Leben und gegen den Schmerz der Toten entscheiden würde.

Caitlynn schlang die Arme um ihre Schulter und rieb die Kälte aus ihren Händen. Jetzt war es endlich soweit und ihr Kopf war so leer wie eine Glasnuss. *Nicht verzweifeln!* Der Spruch würde ihr wieder einfallen, sobald sie den Eisenring in der Hand hatte. Ganz sicher.

Langsam setzte sie sich in Bewegung. Sie hatte den Platz noch nicht zur Hälfte durchquert, da bemerkte sie eine stämmige Frau, die sich von der anderen Seite dem Turm näherte. Sogleich zog sie die Kapuze tiefer in die Stirn und beeilte sich, den Brunnen in der Mitte des Platzes zu erreichen. Hinter der massigen Säule, die mitten aus dem Brunnen ragte, hielt sie inne. Von hier aus hatte sie einen guten Blick auf den Turm. Gerade hatte die Frau den Eingang erreicht, eilte die Stufen hoch und zog dabei den gefetteten Rindenhut von ihren dunklen, grau durchzogenen Locken, ehe sie den Klopfer mehrmals auf das Holz fallen ließ. Nach dem fünften Schlag schwang die Türe auf. Ein hagerer Mann, etwas jünger als Alban, so schätzte Caitlynn, trat auf die oberste Treppe, was die Frau dazu zwang, eine Stufe rückwärts hinabzusteigen.

Seine goldbraunen Augen wanderten über den grob gewebten Umhang und den Rindenhut in ihrer Hand. „Wer seid Ihr? Was wollt Ihr", knurrte er.

„Ehrenwerter Vollstrecker, ich bin Jazina vom Schattenhof im hinteren Hellfelsental", stammelte die Frau. Ihre Finger krallten sich in der Hutkrempe fest. „Es ist wegen Windschnell. Jemand hat meine Windschnell getötet, mein einziges Pferd."

„Seid Ihr sicher, dass ein Verbrechen dahinter steckt? Keine Krankheit? Kein Unfall?"

„Sie lag heute Morgen tot im Stall mit grauem Schaum in den Nüstern. Und in ihrem Hafersack waren die da!" Jazina legte den Hut auf die Treppe, zog ein zusammengefaltetes Tüchlein aus der Tasche und hielt es dem Vollstrecker hin. Der beugte sich leicht vor und rümpfte die Nase. „Fauliger Hafer."

„Seht Ihr die kleinen roten Punkte auf dem grauen Stück hier nicht? Da sind auch kleine Löcher auf der Unterseite. Das ist kein Hafer, das muss ein Pilz sein, ein giftiger." Jazina streckte die Hand höher. Der Vollstrecker wich angeekelt zurück. „Behaltet Euer Pferdefutter, Bäuerin. Wenn ihr glaubt, jemand hat es vergiftet, dann geht damit zur Dorfwache."

„Bei denen war ich schon, doch die haben gesagt, sie kennen die grauen Stücke nicht und dass da nur ein Vollstrecker helfen könne."

Der Angesprochene rümpfte die Nase und langte nach dem Türknauf. „Wir haben Wichtigeres zu tun, als uns um jeden grauen Krümel im Pferdefutter zu kümmern. Richtet das den Dorfwachen aus und jetzt stört uns nicht länger!"

Damit knallte er die Türe zu. Einen Augenblick lang stand die Frau wie erstarrt, dann sackte sie in sich zusammen. Die Tropfen, die ihr über die Wangen liefen, waren nicht aus den Wolken gefallen. Mit müden Bewegungen schlug sie das Tüchlein mit der Futterprobe wieder zu.

Zorn kochte in Caitlynn hoch. War das etwa die berühmte Gerechtigkeit der Vollstrecker? Ihre Füße trugen sie schneller über den Platz, als sie einen klaren Gedanken fassen konnte.

„Verzeiht meine Aufdringlichkeit." Die Bäuerin zuckte zusammen und drehte sich zu ihr um. Caitlynn neigte kurz den Kopf. „Mein Name ist Caitlynn. Ich habe ein paar Sätze mitgehört und möchte helfen. Dürfte ich die Pilzstücke sehen?"

Die Augen der Bäuerin wanderten von Caitlynns Gesicht zu ihrer rechten Hand. Caitlynn spürte wie das Blut in ihre Wangen stieg. Dennoch machte sie keine Anstalten zu verheimlichen, dass sie kein Berufszeichen auf dem rechten Handrücken trug.

„Bitte", sagte sie und hielt Jazinas gerötete Augen mit ihrem Blick fest.

Zögernd schlug die Bäuerin das Tüchlein wieder auf, sodass Caitlynn einen Blick auf die grauen Pilzstücke unter dem Hafer werfen konnte. Mit den Fingerspitzen drehte sie die größten zwei Stücke um, sie betrachtete beide sehr genau, hob eines hoch und schnupperte daran, ehe sie das Stück vorsichtig zurücklege und sich die Hände abwischte. „Käfertod", sagte sie leise. „Arme Windschnell."

Jazinas Hand zitterte. „Hat sie... hat sie sehr gelitten?"

Caitlynn überlegte kurz, dann schüttelte sie den Kopf. „Käfertod schmeckt nach nichts und wenn sie den Futtersack auch nur halb geleert hat", Jazina nickte heftig, „kam der Tod schnell. Allein die Stücke in eurer Hand bringen einem gesunden Mann ins Grab."

Die Bäuerin schluckte. Mit spitzen Fingern faltete sie das Tuch wieder zusammen. „Und jetzt?"

Caitlynn trat an Jazina vorbei und packte den Ring. „Lasst mich Eure Stimme sein."

„Meine Stimme?" Langsam schob Jazina das Päckchen zurück in ihre Tasche und kniff die Augen zusammen. „Wie meint Ihr das?"

Caitlynn lächelte. „Vertraut mir und wartet hier draußen auf Nachricht."

Sie ließ den Ring fallen. Nach dem fünften Schlag wurde die Türe aufgerissen und der hagere Vollstrecker baute sich vor ihr auf. Sein Blick ging über ihren Kopf hinweg zur Bäuerin, welche inzwischen zwei Stufen hinab gestiegen war. „Habe ich Euch nicht gesagt, dass...", zischte er sie an und Caitlynn spürte, wie er sein Charisma sammelte, um seinem Wunsch Nachdruck zu verleihen.

„Verzeiht", sagte sie laut. Jetzt erst nahm er sie wahr, ihren schmucklosen Umhang, die ausgetretenen Stiefel ihr schmales, gerötetes Gesicht und die feuchten Locken, die sich um ihre Ohren ringelten.

„Was denn?"

Caitlynn schluckte. Sie legte ihre rechte Hand auf die linke Schulter, sodass der leere Handrücken gut zu sehen war. Stockend und heiser kamen die Worte: „Mein Name ist Caitlynn und ich ersuche um Aufnahme in den Schwarzen Turm."

Die dünnen Brauen über den goldbraunen Augen wanderten nach oben. „Du willst also Vollstreckerin werden?" Die schmalen Lippen zuckten. „Bist du denn schon alt genug, Kleine?"

Sie richtete sich auf, straffte die Schultern. „Mein neunzehntes Geburtsfest liegt hinter mir", sagte sie laut. „Darf ich mein Anliegen dem Ersten Meister des Turms vortragen?"

Die Brauen rückten näher zusammen. „Meister Diacant hat nicht viel übrig für dumme Scherze."

Caitlynn leckte ihre trockenen Lippen ohne jedoch den Blick zu senken. „Ich scherze nicht, Vollstrecker."

Ein zweites Mal maß er sie von Kopf bis Fuß. Ein kaltes, klebriges Gefühl kroch ihren Rücken hinab, als er mit seiner Gabe ihre Aura prüfte, um ihre Absicht zu ergründen. Die Berührung dauerte nur kurz, dann zog er seine Gabe zurück und hob die Achseln.

„Nun gut, ich werde dich zu Meister Diacant führen, aber fasse dich kurz."

Caitlynn nickte. „Danke! Danke!", sie verbeugte sich so tief sie konnte. Sein Lächeln wurde breiter und er trat zur Seite, sodass sie passieren konnte. Sobald sie die Schwelle überschritten hatte, drehte sie sich zu Jazina um, die mit großen Augen und offenem Mund noch immer auf den Stufen stand und zwinkerte ihr kurz zu, ohne dass der Vollstrecker es merkte. Die Bäuerin klappte den Mund zu und setzte ihren Rindenhut auf, als wollte sie sich zum Gehen wenden.

„Na endlich", murmelte der Pförtner und drückte die Tür hinter Caitlynn ins Schloss.

„Komm schon!" Er ließ Caitlynn keine Zeit, die zahlreichen Säulen und Steinbänke unter den ovalen Fenstern genauer in Augenschein zu nehmen. Quer durch den runden Empfangsraum, vorbei an der schmiedeeisernen Wendeltreppe steuerte er auf die linke von zwei Türen zu. Dort fasste er den schlanken Bronzering des Türklopfers mit den Fingerspitzen und ließ ihn einmal sacht gegen das dunkel gebeizte Holz fallen.

Er winkte Caitlynn, einen Schritt hinter ihm zu warten und öffnete die Türe einen Spalt. „Meister Diacant, hättet Ihr kurz Zeit für eine *Anwärterin*?" Das letzte Wort betonte er spöttisch.

„Tretet ein!"

Der Erste Meister des Schwarzen Turms erhob sich aus dem Stuhl hinter seinem mit Schriftrollen und Büchern bedeckten Schreibtisch und musterte Caitlynn neugierig. In ihrem Hals bildete sich ein dicker Kloß. Sollte sie gleich sprechen, oder warten bis er sie fragte?

Als sein Blick ihren Halbhandschuh streifte nickte er kurz. „Wie heißt du?"

„Caitlynn, Meister Diacant."

„Und dein Anliegen?"

Caitlynn holte tief Luft, schlang die Finger vor der Leibesmitte ineinander und schloss für einen Atemzug die Augen. Sie versetzte sich zurück in das Haus ihrer Großmutter, in das Zimmer mit den blauen Vorhängen und dem hohen Wandspiegel, vor dem sie diese Sätze wieder und wieder geübt hatte. Als sie die Augen öffnete, waren die Worte da. „Ich bitte um Aufnahme in den Kreis der Vollstrecker. Die Wahrheit sei mein Richtmaß, Schmerz der Weg und Gerechtigkeit mein Ziel, im Dienste aller und im Namen der Krone."

Kleine Fältchen bildeten sich um die dunkelbraunen Augen. „Schön gesagt", schmunzelte er. „Das hast du lange geübt, oder?"

Sie lockerte ihre Finger, wagte ein kleines Lächeln und nickte.

„An Willen fehlt es dir nicht." Er blickte den Pförtner an. „Sedhal, willst du sie prüfen, als letzte Aufgabe, bevor du deinen Platz als Ratsherr der Krone antrittst?"

Die kühlen Augen des Pförtners leuchteten. „Wenn Ihr es wünscht, Meister Diacant. Charisma oder Schmerz?" Er sah sie an. „Du kannst doch Schmerz lenken, ohne dass er deine Lebensaura berührt, Mädchen, oder?"

Sie nickte.

„Gut. Dann das Charisma zuerst." Meister Diacant wandte sich zu Caitlynn. „Wir fragen nicht nach Zeugnissen oder Empfehlungsschreiben. Hier wird jeder auf die gleiche Art geprüft." Er drehte sich um und nahm eine Sanduhr aus dem Regal. „Sobald ich die Sanduhr umgedreht habe, wird Sedhal etwas von dir verlangen und dabei sein Charisma einsetzen. Du sollst mit deinem dagegen halten und den Gehorsam verweigern. Je länger du widerstehst, desto besser."

Sedhal fasste in seine Tasche und zog ein zerknülltes Tuch heraus und ließ es vor Caitlynn auf den Boden fallen. „Bereit, Mädchen?"

Caitlynn atmete tief aus und verschränkte die Arme hinter den Rücken. Dabei heftete sie ihren Blick auf die welligen, graumelierten Haare des Meisters. Wie sie es bei ihrer Großmutter gelernt hatte, öffnete sie ihren Aura-Spürsinn, richtete ihn auf Sedhal. „Visuali-sierung ist alles", pflegte Heilerin Melana immer zu sagen. Wahr-nehmen, ein inneres Bild formen und es mit Willenskraft verän-dern – nur so konnten Begabte, egal ob Heiler oder Charismanut-zer, ihre magische Gabe als Teil ihrer persönlichen Aura erspüren und einsetzen. Innerhalb eines Atemzugs hatte Caitlynn ihre Gabe zu einem Schutzwall geformt. Keinen Lidschlag zu früh.

„Aufheben!" Der Befehl kam wie ein Schlag. Sedhals Charisma prallte gegen ihre Abwehr. Noch während er nach Schwachstellen suchte, errichtete Caitlynn dahinter die zweite Barriere. Sie spürte seinen Triumpf, als er die Risse in ihrer ersten Abwehr fand, sich darin festhakte und sie mit einiger Mühe sprengte.

Mit einem Schlag fühlte sich Caitlynn um fünf Jahre zurückver-setzt. Sie stand im Hof ihrer elterlichen Burg, nur einen Schritt vor einer Azurschnecke, die ihr älterer Bruder Gared vor sie hingewor-fen hatte. Sie erinnerte sich an die Worte und an ihren boshaften Klang. „Nimm sie auf, Lynna! Nimm sie auf und iss sie!" Wie Sedhal hatte Gared damals ohne Probleme ihre erste Barriere zerstört, doch Caitlynn hatte nicht fünf Jahre lang wieder und immer wieder nachgegeben, wie ihr Vater es von seiner Jüngsten verlangte, aus „Respekt dem Älteren gegenüber", wie er es ausdrückte, ohne et-was daraus zu lernen.

Wie ihr Bruder, so hämmerte auch Sedhal mit Ärger und Brachi-algewalt gegen die zweite Barriere. „Nimm es auf! Nimm es auf!", quetschte er zwischen den Zähnen hervor. Der Vollstrecker war äl-ter, mächtiger und viel erfahrener als Gared. Wie lange musste sie noch durchhalten, ohne sich „richtig" wehren zu können? Schweiß sammelte sich auf Caitlynns Stirn, verfing sich im Bogen ihrer Brau-en. So nicht. Sie schüttelte die Erinnerung ab und versuchte, das Muster seines Angriffs zu erkennen, um ihre Kräfte besser zu bün-deln. Da war ein Puls, ein fester Rhythmus in seinen Schlägen. Cait-lynn nutzte die Atempausen, um ihr passives Charisma zu schonen. Dennoch wurde die Mauer dünner, ihr Widerstand schwächer.

Längst hatte sie die Arme nach vorn fallen lassen, die Hände ausgestreckt. Mehr und mehr sank ihr Blick in Richtung Boden, hin zum zerknüllten Taschentuch. Noch weigerten sich ihre Knie einzuknicken, aber... Mit einem heftigen Ruck hob sie den Kopf und drehte sich Sedhal zu. Die schmalen Lippen, der kalte Ärger in den Augen rief ihr in Erinnerung, wie er die Bäuerin vor dem Tor behandelt hatte. Der Käfertod. Windschnell. Ihr Versprechen. Ihr ruhiger, kontrollierter Widerstand wich einem Wall aus Starrsinn und brennendem Zorn, der darauf lauerte, zum Gegenschlag auszuholen, genau wie damals, als ihr Sieg Gared eine Schneckenmahlzeit und ihr selbst drei Wochen Zimmerarrest eingebracht hatte.

„Danke, das genügt!" Diacants Stimme beendete das Kräftemessen. Sedhal zog sein Charisma zurück. Obwohl sein schweißnasses Gesicht keine Regung zeigte, spürte Caitlynn seinen Widerwillen, Meister Diacant zu gehorchen. Ihre Knie waren wie Gummi und sie stützte sich mit einer Hand auf der Schreibtischkante ab, während sie mit dem Handrücken der anderen über ihre Augen fuhr, in denen der Schweiß brannte.

„Erstaunlich", sagte Diacant und hob die Sanduhr hoch. Die obere Hälfte war leer. Doch Diacants Blick ging an Caitlynn vorbei zu Sedhal. „Erstaunlich, dass ein erfahrener Vollstrecker nicht spürt, wann es genug ist."

„Meister Diacant, ein paar Atemzüge noch und ich hätte...", begann Sedhal.

Diacant hob eine Braue. „Ach ja? Ich habe anderes gespürt." Er sah Caitlynn aufmerksam an. „Woher kam auf einmal dieser Zorn?"

„Es ist...", sie holte tief Luft, sah kurz zu Sedhal hinüber, dann wieder zu Diacant, „wegen Jazina und ihrem Pferd."

In knappen Worten schilderte sie, was sie vor dem Tor gesehen und von der Bäuerin erfahren hatte.

„Käfertod?", hakte Diacant nach. „Bist du sicher?"

„Flacher Hut, helle Lamellen, rote Flecken, riecht nach frischem Gras und gärender Rotnuss."

Meister Diacant sog scharf die Luft ein und stellte sie Sanduhr hart auf den Tisch. „Sedhal, bring unsere neue Schülerin in eines der freien Zimmer."

Sedhal räusperte sich. „Und was ist mit der Schmerzprobe, Meister Diacant?"

„Ach ja", Diacant schritt um den Schreitisch herum, an Sedhal und Caitlynn vorüber zur Tür. „Solveig müsste in der Schmerzenskammer sein, nimm ihn als Zeugen."

„Und Ihr?"

Diacant nahm die Hand vom Türgriff. „Ich", Frost durchdrang seine Stimme, „ich werde mit der Bäuerin sprechen und mir die Pilzstücke ansehen." Sein Blick ruhte kurz auf Caitlynns gespanntem Gesicht, ehe er zu Sedhal zurückwanderte. „Sobald Caitlynns Prüfung abgeschlossen ist, klopfst du den Kutscher und den Wächter-der-Wege, aus ihren Räumen. Ich werde dich auf dem Weg beim königlichen Schloss absetzen."

„Aber ... aber ... es ist doch nur ein Pferd. Und Ihr als Erster Vollstrecker und Meister des Turmes ...", stammelte Sedhal.

„Genau deshalb." Diacant zog die Türe auf und eilte mit langen Schritten quer durch die Eingangshalle.

Caitlynn rührte sich nicht. Sie spürte, wie es in Sedhal brodelte. Der Vollstrecker atmete mehrmals tief ein, ehe er sich ihr zuwandte. Seine Lippen kräuselten sich leicht. „Meister Diacant ist sehr nachsichtig." Zwischen seinen Augen bildeten sich zwei senkrechte Falten. „Ich bin es nicht. Folgt mir in die Schmerzenskammer!"

Sie hatte Mühe, mit ihm Schritt zu halten. Auf dem Weg durch die Eingangshalle erhaschte sie einen Blick auf Diacant und die Bäuerin, die in der offenen Türe standen. Der Erste Meister betrachtete gerade die Probe aus dem Futtersack. Beim Klang ihrer Schritte hob er kurz den Kopf und nickte Caitlynn zu. Erleichtert stieß sie die Luft aus. Sie hatte sich nicht geirrt. Sedhal presste seine Lippen fester zusammen und beschleunigte seine Schritte. Er führte sie die schmiedeeiserne Treppe hinunter in den Keller des

Turms. Die letzte Stufe endete vor einer rot gestrichenen Türe mit tropfenförmigem Türknauf. Der ringförmige Raum dahinter nahm mit Ausnahme des gemauerten Treppenschachts, die gesamte Fläche ein. An jeder der dreizehn rot gestrichenen Säulen hingen halbrunde Glasschalen, in denen Lichtkiesel glühten. An der Außenwand reihte sich Regal an Regal, gefüllt mit flachen Holzschatullen, an deren Vorderseite mit rotem Lack jeweils ein eine Zahl und der Name eines Königs gemalt worden war.

Caitlynn blieb nicht viel Zeit, sich genauer umzusehen, denn Sedhal steuerte auf einen der drei im Raum verteilten Sekretäre zu, an dem ein rundlicher, kleiner Mann gerade seinen Federkiel in das Tintenfass tauchte. „Hüter Solveig", sagte Sedhal laut, blieb vor dem Sekretär stehen und neigte knapp den Kopf.

Solveig kniff die Augen zusammen und erwiderte den Gruß ohne sich zu erheben. „Vollstrecker Sedhal. Was wünscht Ihr?"

Für einen Augenblick maßen sich ihre Blicke, dann trat Sedhal zur Seite und winkte Caitlynn an den Tisch heran. „Anwärterin Caitlynn, dies ist der Hüter-des-Geheimwissens Solveig. Er wird bezeugen, ob du genügend Schmerz aushalten kannst, um als Anwärterin aufgenommen zu werden."

Solveig pfiff durch die Zähne und stemmte sich von seinem Hocker hoch, um Caitlynn in Augenschein zu nehmen. „Hat sie die Charismaprüfung schon bestanden?"

„Das hat sie", erwiderte Sedhal knapp.

„Wer hat dich geprüft, Mädchen? Der Meister selbst?"

Caitlynn schüttelte den Kopf. „Vollstrecker Sedhal."

Ein breites Grinsen zog sich über Solveigs Teiggesicht und ein Funkeln trat in seine hellblauen Augen.

„Ich war milde", sagte Sedhal. „Wie Meister Diacant es wünschte."

„Aha..." Solveig grinste noch breiter. „Und was wünscht Meister Diacant für die Schmerzprüfung?"

„Drei Steine der ersten Reihe."

Das Grinsen des Hüters erlosch. „Das ist zu viel auf einmal, selbst für einen fertigen Vollstrecker. Und sie ist doch...“

„Habt Ihr Zweifel an meinem Wort?“, unterbrach ihn Sedhal.

Ein schmerzhaftes Ziehen machte sich in Caitlynns Handflächen bemerkbar. Sie öffnete den Mund, wollte sprechen, da drehte Sedhal sich zu ihr um. „Es steht dir natürlich frei, die Prüfung zu verweigern. Den Weg zum Ausgang kennst du ja.“

Ihr Blick wanderte von Solveigs Stirnfalten zu Sedhals Lächeln, das mit jedem Atemzug breiter und breiter wurde. Sie steckte die schweißfeuchten Hände in die Taschen ihres Umhangs. Ihre Finger streiften den Brief für den Grünen Turm. Wenn sie jetzt ging, konnte sie das Schreiben Ihrer Großmutter dort vorlegen und die Ausbildung zur Heilerin abschließen ... Nein. Nicht so. Nicht ohne es versucht zu haben. Sie zog die trocken geriebenen Hände aus den Taschen und neigte den Kopf. „Danke, Vollstrecker. Ich möchte die Prüfung ablegen. Was muss ich tun?“

Sedhals Mundwinkel rutschten nach unten. „Du überträgst den Schmerz dreier alter Lagerkristalle in neue. Solveig!“

Der Hüter seufzte und griff unter seinen Tisch, um eine Holzschatulle wie jene, die in den Regalen standen, herauszuziehen und aufzuklappen. Sie war mit Samt ausgepolstert und in dreimal sechs Kästchen unterteilt. In zwölf davon lagen milchige Würfel von der Größe einer Rotnuss. In allen Würfeln glänzten blutrote Tropfen umgeben von einem Netz aus roten Äderchen.

„Die leeren Lagerkristalle, Solveig.“

Mit einem Seufzer zog der Hüter drei leere, klare Kristallwürfel unter dem Tisch hervor. „Einer würde doch völlig...“

„Das ist nicht Eure Entscheidung“, schnitt ihm der Vollstrecker das Wort ab. „So, Caitlynn. Nimm einen der milchigen Kristalle in eine Hand und einen der frischen Lagerkristalle in die andere. Wie man Schmerzen transferiert, weißt du, oder?“

Sie ignorierte seinen lauernden Unterton und nickte kurz.

„Worauf wartest du dann noch?“

Caitlynn trat an den Schreibtisch heran griff mit der linken Hand nach dem mittleren der drei klaren Würfel. Solveig packte ihr Handgelenk. „Du musst das nicht tun, Mädchen. Ich werde mit Meister Diacant sprechen."

„Mischt Euch nicht ein!", zischte Sedhal. „Sie hatte die Wahl."

Caitlynn legte ein zuversichtliches Lächeln auf, obwohl der Knoten in ihrem Magen mit jedem Atemzug zu wachsen schien. „Bitte, Hüter Solveig."

Zögernd ließ er sie los und sah zu, wie sie einen der milchigen Lagerkristalle mit der rechten Hand aus der Schatulle hob. Beide Kristallwürfel ruhten jetzt auf ihren Handflächen. Ohne auf die beiden Männer zu achten, tastete sie mit ihrer Gabe nach dem Netz, das den Blutkern umgab, ohne jedoch das Zentrum zu berühren. Verzweiflung, bittere Wut, Angst strömten auf sie ein, gefolgt von scharfen Schmerzen in den Finger, Händen, wie von Glasscherben, Schlägen gegen ihre Zehen, Finger – heftiger, schneller, bis das Fleisch platzte und die Knochen brachen.... Sie biss die Zähne zusammen, schob die Gefühle in jenen isolierten Bereich ihres Bewusstseins, den sie durch die Übung im Haus ihrer Großmutter entwickelt hatte, um nicht vor Schmerz den Verstand zu verlieren. Der zweite Griff ihrer Gabe galt dem klaren Würfel, der sofort reagierte. Den Blick fest auf Sedhal und Solveig gerichtet schleuste sie Teil um Teil des Schmerzes von dem milchigen Kristalls in den klaren Würfel. Atemzug um Atemzug. Fünf. Acht. ... Fünfzehn. All ihren Bemühungen zum Trotz schwappte immer wieder etwas von dem Schmerz in ihr Bewusstsein. Wie sehr musste dieser Mann gelitten haben! Tränen rannen Caitlynn über die Wangen, sie bis auch die letzte Spur von Rot aus dem alten Kristall verschwunden war.

Ihre Hände bebten, als sie die beiden Kristalle vor Solveig auf den Tisch legte. Der Hüter hob sie beide auf und betrachtete sie gegen das Licht. „Gute Arbeit, Caitlynn."

„Danke, Hüter." Sie stütze sich auf der Tischplatte auf atmete tief ein und aus. „Was ist diesem Mann passiert? Warum ist sein Schmerz nicht gesühnt worden?"

Solveig seufzte. „Die Schatulle stammt aus dem zwölften Jahr der Kronzeit von Königin Herethea. Er war wohl eine der armen Seelen, an denen die Verrückten des Bastardclans beim ersten Aufstand in Thelmark ein öffentliches Exempel statuieren wollten." Er tippte auf das Buch, in welchem er bei ihrem Eintreten geschrieben hatte. „Die Aufzeichnungen sind leider sehr lückenhaft." Behutsam legte er den Würfel in jenes Kästchen, in dem zuvor der milchige Würfel gelegen hatte. „In meinen Augen habt Ihr damit die Schmerzprüfung bestanden." Solveig fixierte Sedhal mit ruhigem Blick. „Meint Ihr nicht auch, Vollstrecker?"

Sedhal schnaubte. „Ein einziger, das bekommt jeder Schüler am Ende des ersten Jahres hin."

„Damit hast du entschieden, dass sie bereits ins zweite Jahr aufsteigen könnte, ginge es nur um Schmerz", erklang es von der offenen Türe her.

„Meister Diacant!" Solveig verbeugte sich lächelnd.

Diacant schmunzelte und erwiderte Solveigs Gruß mit freundlichem Nicken. „Wie ich sehe, ist die Prüfung schon beendet." Er klopfte der erleichterten Caitlynn auf die Schulter. „Sedhal, du hast noch einen Auftrag zu erfüllen." Als der Angesprochene ihn verwirrt anblickte, fügte er hinzu. „Die Kutsche, Sedhal. Oder soll ich den Wächter-der-Wege selbst rufen?"

Sedhal öffnete den Mund, schloss ihn wieder und schluckte, ehe er wortlos zur roten Tür stapfte. Hinter dem Rücken des Hüters warf er Caitlynn einen langen kalten Blick zu, ehe er im Treppenschacht verschwand. Meister Diacant folgte ihm, in der Tür blieb er stehen und drehte sich noch einmal um. „Am besten holst du gleich dein Hab und Gut aus der Herberge, Caitlynn. Solveig wird dich zum Zimmer führen, im zweiten Stock müsste noch eines frei sein."

*

Caitlynns Füße flogen förmlich über das Pflaster, als sie zwei Stunden später, mit zwei prallen Reisesäcken beladen, auf die Tür des Schwarzen Turms zustürmte.

Sie griff nach dem Türklopfer und ließ ihn einmal fallen. Da niemand öffnete, drehte sie den Knauf und die Türe schwang auf. Offenbar hatte Meister Diacant vergessen nach Sedhals Abgang einen Ersatzpförtner zu bestellen, jedenfalls war der Empfangsraum mit den vielen Säulen leer.

Leisen Schrittes bewegte sich Caitlynn auf die Wendeltreppe zu, in Erwartung Solveig unten in der Schmerzkammer aufzusuchen, der ihr ja das Zimmer zeigen sollte.

Gerade hatte Sie die Wendeltreppe erreicht, da hörte sie mehrere aufgeregte Stimmen aus der Richtung des längeren Anbaus, der durch eine breite Tür mit dem Turm verbunden war.

Rasch lief Caitlynn die ersten Stufen hinab. Sie hatte den Blick nicht vergessen, mit dem Sedhal ihre Reisekleider gemustert hatte. Bestimmt war es besser, sich erst frischzumachen, ehe sie den anderen Vollstreckern gegenüber trat.

Die Türe flog auf und Caitlynn blieb wie versteinert stehen, als sie eine der vier Stimmen erkannte, die lebhaft miteinander diskutierten und lachten. Alban.

Dem Geräusch ihrer Schritte nach, bewegten sich die Männer in die Mitte der Halle.

„Und wenn du nach Halphir kommst", sagte einer von ihnen, „vergiss nicht, etwas von dem Perlkornbräu dort zu probieren. Ich habe gehört, sie nehmen das Wasser aus besonders tiefen Quellen und nach drei Humpen dieses Bräus erschienen einem alle Mädchen nochmal so schön."

„Typisch Hogran, denkt nur an das eine", murmelte eine zweite Stimme und sogleich brachen alle vier in Gelächter aus. Es tat gut, Alban so befreit und locker zu erleben.

Caitlynn hörte, wie die Eingangstür geöffnet wurde und das Lachen erstarb.

„Was tut ihr alle hier?" Das war Sedhals Stimme. „Hogran, Talgot
– ihr beide solltet für Archivar Josper doch einen Aufsatz schreiben
und du, Vendrim, bist du nicht zum Küchendienst eingeteilt worden? Ab mit euch!"

„Vollstrecker Sedhal, wir wollten uns nur von Vollstrecker Alban
verabschieden", entgegnete eine etwas kratzige, junge Stimme. „Immerhin wird er mehr als vier Jahre unterwegs sein."

Caitlynn war, als hätte jemand sie mit Eiswasser übergossen.
Mehr als vier Jahre?

Seit sie gelesen hatte, dass Vollstrecker häufiger zu zweit arbeite-
ten, war es ihr Ziel gewesen, mit Alban zusammen der Gerechtigkeit zum Sieg zu verhelfen. Wie oft hatte sie sich ausgemalt, wie sie
ihm auf Augenhöhe gegenüber trat und er sie bewundernd anblickte, in ihr nicht mehr nur das „Heilermädchen", sondern seine zu-
künftige Partnerin sah. Und jetzt?

„Das habt ihr offenbar ja erledigt", tönte Sedhal, „was bis hinaus
auf die Straße zu hören war. Also zurück zu euren Aufgaben!"

Mit halblauten Abschiedsgrüßen zogen sich drei der Stimmen
zurück und ihre Schritte entfernten sich durch die Tür, durch welche sie gekommen waren.

„Das war nicht nötig", sagte Alban und Caitlynn konnte hören,
wie verärgert er war. „Sie haben es ja nur gut gemeint."

Sedhal ging nicht darauf ein. „Solltest du nicht auf deinem
Zimmer sein und packen, Alban? Ich an deiner Stelle würde mich
beeilen, sonst sind die besten Mietpferde vergeben und es ist ein
langer Weg nach Ibjadon Stadt."

„Ich habe längst gepackt", erwiderte Alban. „Willst du mir nicht
eine gute Reise wünschen, alter Freund?"

„Freund?" Kaum verwundene, tiefe Kränkung sprach aus Sedhals
Erwiderung. „Vor Freunden versteckt man nicht, was sie in Schwie-
rigkeiten bringen könnte. Man belügt sie nicht und schiebt ihren
Rat beiseite, als wäre er nichts wert." Er atmete tief ein. „Wenn du
von deiner Rundreise zurück und voll rehabilitiert bist …

vielleicht ..." Den Rest des Satzes ließ er in der Luft hängen und stapfte geradewegs durch dieselbe Tür davon, durch die auch die anderen drei verschwunden waren.

Caitlynn merkte nicht, dass die Schnüre des einen Reisebeutels immer weiter von ihrer Schultern geglitten waren bis dieser jetzt vollends herunterrutschte und dabei gegen das Geländer schlug.

„Wer ist da?"

Sie blickte hoch – geradewegs in Albans Gesicht. Er war längst nicht mehr so gebräunt wie damals auf dem Markt und die weiß-blonden Haare trug er kurz. Beides ließ ihn jünger aussehen als die sechsundzwanzig Jahre, die sie aus ihrer Großmutter herausgelockt hatte. Der Blick aus seinen hellgrauen Augen glitt über ihr Gesicht und seine Lippen verzogen sich zu einem ungläubigen Lächeln. „Das Heilermädchen!"

Sie streckte den Rücken durch. „Nicht mehr. Vollstrecker Alban, ich bin heute als Adeptin in den Schwarzen Turm aufgenommen worden."

Alban schluckte und räusperte sich. „Heute? Die Schmerzprüfung ...?" Besorgnis lag in seiner Stimme.

„Die habe ich schon bestanden", sagte sie und lächelte. „Jetzt bin ich auf der Suche nach Hüter Solveig, der mir mein Zimmer im zweiten Stockwerk zeigen soll, wie Meister Diacant angeordnet hat."

„Im zweiten Stock? Dann weiß ich, welches Zimmer er meint. Ich werde dich hinaufführen."

„Hüter Solveig wird das vielleicht nicht recht sein", sagte sie zögernd, erfreut, dass er sie mit dem vertrauten Du ansprach, nicht mit dem formellen „Ihr" wie in seinem Abschiedsbrief.

„Ach was! Er ist froh, wenn er nicht all die Treppen hinauf und hinunter schnaufen muss", winkte Alban ab. „Komm!"

Caitlynns Herz machte einen Sprung. So blieb ihr noch ein wenig Zeit in seiner Nähe. Rasch bückte sie sich nach dem Reisesack, der auf die Stufen gefallen war und stieg wieder hoch in die Eingangshalle, wo Alban sie von oben bis unten musterte. „Du bist gewachsen." Das stimmte. Sie reichte ihm jetzt immerhin bis zur Nase. So in etwa.

„Ein wenig", sagte sie, erleichtert über den leichten Ton, den er angeschlagen hatte.

Er wollte noch etwas sagen, entschied sich dann jedoch dagegen und wandte sich zur Treppe. Caitlynn folgte seinen forschen Schritten die Stufen hoch bis in den zweiten Stock.

Ein langer Flur, alle drei Schritte eine Tür, dazwischen kugelige Schalen mit Lichtkieseln, die mit Bronzeringen an den weiß gestrichenen Wänden befestigt waren.

Alle Türen waren verschlossen bis auf eine.

„Es ist das einzige noch unbewohnte Zimmer hier", erklärte Alban und stieß die Türe weiter auf. Der Raum dahinter entsprach in der Größe ihrem Zimmer in Melanas Grünem Haus. Platz genug für ein Bett, eine Kommode mit Spiegel und Waschschüssel, ein hoher Schrank für die Kleider, eine Truhe am Fußende des Bettes und ein Schreibtisch genau unter dem einzigen Fenster. Keine Bilder, keine Figuren keine Zierdeckchen. Das Bücherregal leer und blank poliert.

„Wer wohnt noch hier in diesem Stockwerk?", fragte Caitlynn, während sie die beiden Reisesäcke vor der Türe auf den Boden gleiten ließ und sich die Schultern rieb.

„Die anderen Anwärter und zwei, drei fertige Vollstrecker, die noch keine Anstellung in einem der anderen Türme gefunden haben", erklärte Alban.

„Und du?"

„Mein Zimmer ist im ersten Stock." Er seufzte. „Ich sollte wohl besser sagen, mein bisheriges Zimmer." Sein Blick suchte den ihren. „Wenn ich gewusst hätte, dass du kommst, ich hätte sie um Aufschub gebeten. Nur ein paar Tage, um dir bei der Eingewöhnung zu helfen." Er versuchte erst gar nicht, seine Sorge um sie zu verbergen.

Energisch schüttelte Caitlynn den Kopf. „Ich bin froh, dich überhaupt noch angetroffen zu haben." Für einen Moment zögerte sie, ehe sie sich einen Ruck gab und fortfuhr: „Meine Großmutter lässt fragen, wie du dich fühlst. Ob es Rückfälle gegeben hat."

„Einmal Schmerztrinker, immer Schmerztrinker?" Ein bitteres Lächeln spielte um seine Lippen.

Ehe sie widersprechen konnte, hob er seine Hand. „Sag nichts, sie hat nicht Unrecht, die meisten schaffen es nicht. Ich aber", sagte er und sie spürte, wie er eine Brücke von seiner Aura zu ihrer schlug, reine Gabe, kein Willen, völlig offen, ohne Schutz, „habe dich getroffen. Melana hat meine Lebensaura geheilt, du meine Gabe." Gleichzeitig ergriff er ihre Hand und legte sie auf seine Brust. „Prüfe mich", flüsterte er heiser. „Sind da Brüche in meiner Gabe, so wie damals?"

Sein Griff war fest, fast schmerzhaft. In dem Augenblick, als ihre Gabe sich mit der seinen verband, waren die vergangenen zwei Jahre wie ausgelöscht. Sie standen wieder auf dem Festmarkt in Gelbried und wie damals spürte sie die Wärme seiner Haut durch den dünnen Stoff seines Hemdes. Dieses Mal auch seinen Herzschlag. Bildete sie es sich ein, oder schlug es schneller und härter, je länger er ihre Hand dort festhielt?

„Dein Haar ...", hörte sie ihn murmeln und hob den Kopf, sodass sich ihre Blicke wieder trafen.

Mit zitternden Fingern ihrer freien Hand schob sie eine Strähne hinter ihr Ohr. „Ich habe es abgeschnitten. Vor zwei Jahren, als du verschwunden bist."

„Wegen mir?", fragte Alban leise.

„Ja und nein", antwortete sie ehrlich. „Es war einfach an der Zeit. Ich wollte kein Kind mehr sein."

„Das ... das warst du schon damals nicht. Nicht für mich", hörte sie ihn murmeln. „Ich habe gehofft, gewartet ... und jetzt ..."

Er ließ ihre Hand los, fasste sie an den Schultern und zog sie näher zu sich heran. Zaghaft streckte sie die Hand aus, berührte seine

Wange. Sogleich packte er ihre Hand und drückte sie gegen seine kühle Haut. Seine freie Hand strich durch ihr Haar, seine Finger wanderten über ihre Schläfen, ihre Wangenknochen, so als wollte er sich jeden ihrer Gesichtszüge aufs Neue einprägen.

Caitlynn wagte kaum zu atmen. Was vor zwei Jahren zart in ihrem Inneren gekeimt war, was sie gehegt und durch Hoffnung genährt hatte, verwandelte sich durch seine Nähe, seine Blicke und Berührungen in pulsierende Wärme, lockend, berauschend. Sie wollte mehr.

Alban schien es zu spüren und er zog sie in seine Arme. „Wenn ich doch nur mehr Zeit hätte ...", hörte sie ihn in ihr Haar murmeln, spürte seine Lippen auf ihrem Haaransatz.

Sacht legte er die Finger um ihr Kinn hob es an und beugte sich zu ihr hinab. Seine Lippen tupften Küsse auf ihre Stirn, ihre Augenlider, ihre Nasenspitze. Mit dem Daumen malte er die Konturen ihrer Lippen nach, sodass sie innerlich erbebte. Albans hellgraue Augen verdunkelten sich. Er senkte den Kopf tiefer, seine rauen Finger wanderten über ihre Kehle hinunter zu ihrem Halsansatz. Gebannt schloss sie die Augen, hob das Kinn höher und – genau in diesem Augenblick fiel im Zimmer gegenüber ein schwerer Gegenstand zu Boden.

Das dumpfe Geräusch brach den Zauber und die beiden fuhren auseinander. Jemand trampelte in Richtung Tür und eine Männerstimme fluchte.

Mit einem bedauernden Seufzer wich Alban einen halben Schritt zurück und Caitlynn ebenso. Dann räusperte er sich. „Ich werde sehr lange fort sein", sagte er. „Mehr als vier Jahre, vielleicht auch fünf. In der Zeit wirst du bestimmt einen anderen ..."

„Kaum", erwiderte sie, ohne darauf zu warten, dass er den Satz beendete. „Ich werde mich auf meine Ausbildung konzentrieren." *Und auf dich warten, wenn du willst.* „Und du? Die schönen Mädchen in Halphir?", nahm sie den Scherz auf, den sie unten mitgehört hatte.

Seine Mundwinkel zuckten. „Die sind vor mir sicher", sagte er und ließ sie durch seine Aura spüren, dass es ihm völlig ernst damit war. „Ich werde schreiben so oft ich kann. Wirst du mir antworten?"

Sie nickte und versuchte ein Lächeln.

Im Zimmer gegenüber rumpelte es erneut.

Alban zuckte zusammen. „Ich muss los."

„Gute Reise", flüsterte sie und zwang sich, den dicken Kloß in ihrem Hals hinunter zu schlucken.

Lächelnd deutete er eine elegante Verbeugung an. „Danke."

Ein letztes Mal trafen sich ihre Blicke. „Pass gut auf dich auf", sagte er ernst. „Weil du ein Mädchen bist, werden sie dich härter in die Mangel nehmen und mehr von dir verlangen als von den anderen. Denn viele der wenigen weiblichen Vollstrecker, die es bislang gegeben hat, haben nach einigen Jahren den Verstand verloren. Doch von denen, die durchgehalten haben, wurden drei sogar Erste Meisterin eines der Schwarzen Türme."

Mit diesen Worten drehte er sich um. Sie sah ihm nach, wie er den Flur hinab eilte. An der Treppe blieb er noch einmal stehen und nickte ihr zu. „Ich werde Solveig Bescheid sagen, dass du dein Zimmer bezogen hast."

Damit verschwand er aus ihrem Blickfeld. Caitlynn gab sich einen Ruck, hob die beiden Reisesäcke auf und trug sie in ihr Zimmer.

Rasch waren die wenigen Dinge, die sie ihr Eigentum nannte, verstaut. Als sie anschließend in den Spiegel blickte, erschrak sie.

Müde sah sie aus, blass und mit dunklen Ringen unter den Augen. Nein, so wollte sie ihren Mit-Anwärtern und den anderen Vollstreckern nicht gegenübertreten.

Energisch wusch sie sich das Gesicht und bürstete sich den Reisestaub aus den Haaren. Als sie die Kleider wechselte, fiel der Brief ihrer Großmutter aus der Tasche des Umhangs. Sie hob ihn auf und legte ihn behutsam in die Truhe.

„Danke für alles, Großmutter", sagte sie dabei halblaut. „Ich habe es geschafft. Auch dank dir."

Entschlossen richtete sie sich auf und straffte die Schultern. Die Ausbilder würden doppelt so streng mit ihr sein, hatte Alban sie gewarnt. Sollten sie ruhig. Sie war vorbereitet. Als sie wieder in den Spiegel blickte, spürte sie, wie ihr Kampfeswillen die Enttäuschung über Albans Abschied in den Hintergrund drängte. Mit stolzem Lächeln nickte sie ihrem Spiegelbild zu. „Willkommen im Schwarzen Turm von Ibjadar, Anwärterin Caitlynn."

Ende

Das Rätsel von Baeldin

1

Die Kutsche rumpelte über einen Stein. Der Schlag riss Caitlynn aus ihren Gedanken. Sie beugte sich vor und presste die Nase auf das kalte Glas des Kutschenfensters. Durch den Vorhang aus weißen Flocken sah sie hinaus auf die Hügel, die sich wie ein Meer aus großen, weißen Wellen nach Norden hinzogen. Wenn sie die Augen zusammenkniff, konnte sie gerade noch die dunklen Umrisse des nördlichen Grenzgebirges erkennen. Fröstelnd lehnte sie sich zurück und rieb ihre behandschuhten Hände. Vor einer halben Stunde hatten sie Forlas verlassen, die letzte Stadt vor Schloss Baeldin. Die Kutsche kam nur langsam voran, immer wieder neigte sie sich zur Seite. Caitlynn packte eine der ledernen Schlaufen, die von der Decke hingen. Zu oft war sie auf dieser Reise schon in eine Ecke geschleudert worden.

Vielleicht zum zwanzigsten Mal rief sie sich jenen Morgen vor fünf Tagen ins Gedächtnis, als sie nichtsahnend dem Ruf des Meisters vom Schwarzen Turm gefolgt war.

„Ihr wünscht mich zu sehen, Meister Diacant?", fragte Caitlynn, als sie den Besprechungsraum betrat.

Der hagere Mann mit den welligen, grauen Haaren und den

285

schwarzen Augen nickte. „Tretet näher, Caitlynn. Ich habe einen Auftrag für Euch.“

Sie schloss die Tür hinter sich und trat vor den Schreibtisch, auf dem sich Pergamentrollen türmten. „Einen Auftrag? Für mich allein? Aber …“

„Ich weiß, Euer Zeichen ist noch keine drei Wochen alt, und eigentlich solltet Ihr einem erfahrenen Vollstrecker als Helferin dienen, bis Ihr genug gelernt habt, um Eure eigenen Urteile fällen zu können, aber“, er zog eine Rolle aus dem Stapel und blickte Caitlynn eindringlich an, „die Königin braucht Eure Dienste sofort.“

Sie fasste sich und fragte mit ruhiger Stimme: „Worum geht es, Meister?“

„Auf Schloss Baeldin fand man heute Morgen die Leiche einer jungen Zofe. Sie wurde ermordet.“

„Baeldin liegt fast an der nördlichen Grenze. Gibt es keine Vollstrecker in diesem Fürstentum?“

„Hätte ich sonst davon erfahren?“ Der Meister klopfte mit der Schriftrolle auf den Tisch. „Liarod, der führende Vollstrecker von Forlas, hat dem Schwarzen Turm einen Ruf geschickt. Zwar war das Opfer eine Bürgerliche, aber das Verbrechen geschah im Heim eines Hochadligen. Ich war verpflichtet, die Königin davon zu unterrichten.“

„Und Ihre Majestät wollte, dass ich diesen Fall übernehme?“

„Immer noch so voreilig, Caitlynn?“

„Verzeiht, Meister.“ Sie senkte den Blick. „Was hat die Königin gesagt?“

„Schon besser. Ihre Majestät meinte, dass das keine Aufgabe für einen Provinzvollstrecker wäre. Es sei jemand vonnöten, der sich sowohl unter Herrschaften des Hochadels wie auch unter Dienern bewegen kann, ohne anzuecken. Die Königin nannte keinen Namen, aber Ihr seid die einzig erreichbare Vollstreckerin, auf die beides zutrifft.“

Sie sah ihn überrascht an. Er beugte sich vor.

„Allerdings müsst Ihr noch lernen, Euren Willen im Ernstfall richtig einzusetzen."

Sie blickte zu Boden. „Ich werde mich bemühen, Meister."

„Bemühen!" Er warf die Schriftrolle zurück auf den Stapel. „Ihr bemüht Euch immer – mit halbem Herzen."

Caitlynn schob das Kinn vor, öffnete den Mund. Ihr Blick maß sich mit dem des Meisters. Sie biss sich auf die Lippen und starrte auf die Tischfläche.

„Gut. Wenn Ihr die Wahrheit meiner Worte nicht leugnet, besteht Hoffnung." Der Meister verschränkte die Finger ineinander. „Dieser Auftrag könnte die Herausforderung sein, die Ihr braucht, um zu beweisen, dass Ihr Eurem Zeichen gerecht werdet."

„Was soll ich tun, Meister?" fragte Caitlynn gepresst, ohne den Blick zu heben. Später war immer noch Zeit, mit den Zähnen zu knirschen, sobald der Meister sie nicht mehr sehen oder hören konnte.

„Das, wozu wir Euch ausgebildet haben, Vollstreckerin-der-Gerechtigkeit. Geht nach Baeldin. Füllt Euren Schmerzstein. Findet den Mörder der Zofe, beweist ihm seine Tat, sprecht ein gerechtes Urteil und vollstreckt es."

Er stand auf und legte seine rechte Hand auf das Herz. Sie schluckte und erwiderte die Geste.

Der Meister sprach zuerst. „Das Leid des Opfers sei die Strafe, die den Täter trifft."

„Denn was nicht wieder gut gemacht werden kann, muss gesühnt werden."

„Auf dass der Schuldige nie wieder eine solche Tat begehe."

„Zum Schutz der Hilflosen und Unschuldigen."

„So will es das Gesetz der Krone", beendete der Meister den feierlichen Eid der Vollstrecker. „Beweist, dass Ihr keine leeren Worte gesprochen habt."

Und da saß sie jetzt. In einer muffigen Kutsche auf dem Weg nach Schloss Baeldin. Caitlynn seufzte. Fünf Tage lag das Verbrechen jetzt zurück. Der Schuldige konnte längst über alle Berge sein. Zudem kannten die örtlichen Vollstrecker die Verhältnisse auf dem Schloss bestimmt viel besser. Die ersten Schritte hätte Meister Diacant getrost ihnen überlassen können. Es sei denn, hinter dem Tod der Zofe steckte mehr, als es den Anschein hatte ...

Der Gedanke war nicht von der Hand zu weisen. Immerhin hatte der schwarze Turm ihr einen Wächter-der-Wege mitgegeben. Ohne seinen magischen Schutz hätten sie dreimal so lange gebraucht, wären im letzten Schneesturm steckengeblieben oder hätten sich mit diesem lausigen Haufen Wegelagerer kurz vor Forlas herumschlagen müssen.

Ein Ruck riss sie aus ihren Gedanken. Die Kutsche war stehengeblieben. Caitlynn zog den Vorhang vor dem Wagenfenster zurück. Sie waren an der Weggabelung angelangt, den Wegweisern nach genau die Stelle, wo die Zufahrt nach Baeldin von der Handelsstraße abzweigte.

Caitlynn band ihren Umhang zu, streifte die gefütterte Kapuze über ihr Haar und drückte den Wagenschlag auf. Eisige Luft biss ihr ins Gesicht. Sie schnappte sich ihre Reisetasche und stieg aus. Weiße Wölkchen standen vor den Nüstern der Pferde und ihre Flanken glänzten vor Schweiß. Sie hatten Schwerstarbeit geleistet, die Kutsche durch den Schnee bis hierher zu bringen. Caitlynn schulterte die Tasche, warf den Wagenschlag zu und blickte zu dem Mann hoch, der neben dem Kutscher saß. Er schien die Kälte nicht zu spüren, obwohl er nur eine blaue Seidenrobe trug.

„Mein Vorschlag gilt noch immer", sagte er.

„Habt Dank für Eure Fürsorge, Wächter-der-Wege, aber Ihr habt mir schon genug geholfen", erwiderte Caitlynn und deutete auf die Pferde. „Sie haben sich einen warmen Platz im Stall beim nächsten Gutshof mehr als verdient."

Der weißhaarige Wächter schüttelte den Kopf. „Niemand erwartet von Euch, dass Ihr durch einen Schneesturm marschiert, um Eure Willensstärke zu beweisen, Vollstreckerin", sagte er in väterlichem Tonfall. „Ihr werdet erfrieren, ehe Ihr das Schloss erreicht."

Caitlynn warf einen Blick in das dichte Schneetreiben und hob die Schultern. „So schlimm wird es nicht werden. Es sind nur ein paar Schritte." Sie straffte die Schultern. Auch wenn der Wächter es zu überspielen versuchte, seine Erschöpfung war ihr nicht entgangen. Der ständige Gebrauch seiner Gabenkraft hatte ihn ausgelaugt. Mochte er auch so tun, als wären seine Reserven endlos, Caitlynn wusste es besser. Er würde Mühe haben, sich selbst, das Gespann und den Kutscher bis zur nächsten Herberge vor dem Schneesturm zu schützen.

Ihre Blicke kreuzten sich, sie erkannte, dass er verstand. Und dass sie seinen Stolz verletzt hatte.

„Ich werde Meister Diacant von Eurer Sturheit berichten."

„Tut es. Sagt ihm auch, dass ich mich so bald als möglich selbst bei ihm melde." Sie zwang sich zu einem Lächeln. „Nochmals Dank für Eure Hilfe, Wächter. Ich bin sicher, Eure Dienste werden anderswo dringender benötigt."

Der Wächter presste die Lippen kurz zusammen. „Ich lebe um zu dienen", sagte er steif.

„Das tun wir alle." Sie machte zwei Schritte von der Kutsche weg. „Gute Heimreise. Möge der Segen der Allmächtigen mit Euch sein."

„Ihr werdet ihn doppelt so nötig haben, Vollstreckerin." Der Wächter-der-Wege gab dem Kutscher ein Zeichen. Der dickliche Mann schnalzte mit der Zunge, und die Grauschimmel trabten los.

Mit der Kutsche verschwand auch der letzte Rest des Schutzes des Wächters, und der Wind peitschte ihr die großen Flocken ins Gesicht. Sie wickelte sich in ihren Umhang und legte einen Arm vor Nase und Mund. Mit gesenktem Kopf stapfte sie auf den Hügel zu. Sie musste sich mit dem ganzen Gewicht gegen den Wind stemmen, um voranzukommen. Bei jedem Schritt versank sie bis zu den Knien im Schnee. Er klebte an ihren Stiefeln und rieselte trotz Pelzfutter und Schnüre in den Schaft. Bald fühlten sich ihre Füße wie

Eisklumpen an, und die Luft stach in ihren Lungen. Caitlynn biss die Zähne zusammen und kämpfte sich weiter.

Sie war völlig durchgefroren, als sie endlich vor dem Schlosstor stand. Baeldin hatte nichts mit den verspielten Schlössern der südlichen Fürsten gemein. Jeder der grauen Quader trotzte seit vielen hundert Jahren den Winterstürmen.

Eis überzog den Gong neben dem Tor. Caitlynn fasste den Hammer mit ihren klammen Fingern und schlug dreimal auf die Mitte der Scheibe. Der Widerhall dröhnte in ihren Ohren. Sie stellte sich vor das Guckloch und lud die Reisetasche auf die andere Schulter.

Endlich schob eine Hand die Klappe des Guckloches auf.

„Wer begehrt Einlass nach Baeldin?" fragte eine dunkle Stimme.

„Ein Wanderer bittet den Herrn von Baeldin um den Schutz seiner Mauern und die Wärme seines Feuers. Ich komme in Frieden", antwortete sie laut.

„Wie heißt Ihr und woher kommt Ihr?"

„Ist das so wichtig? Ich erfriere."

„Antwortet!"

Caitlynn stellte ihre Tasche ab und verschränkte die Arme. „Gilt das Gastrecht auf Baeldin nicht?"

Ein Knurren antwortete ihr. Die schweren Riegel wurden zurückgezogen, und das Tor schwang auf. Fünf Schlosswachen in langen Umhängen und Kettenhemden musterten sie. Der kleinste von ihnen trat vor.

„Kommt herein."

Caitlynn bemerkte das zornige Blitzen der braungoldenen Augen über dem dicken, grauen Schal, der den Rest seines Gesichtes verhüllte. Sie unterdrückte einen Seufzer, packte ihre Tasche und trat ein. Hinter ihr schlossen die Wachen das Tor. Neugierig sah sich die Vollstreckerin um.

Wie auf den Plänen, die sie im schwarzen Turm studiert hatte, bildete der fürstliche Wohntrakt mit den Gesindehäusern, den Ställen und Werkstätten einen weitläufigen Halbkreis um den Schloss-hof, in dem zwanzig Kutschen Platz gefunden hätten.

Eine U-förmige, schulterhohe Mauer schnitt die nördliche Ecke des Hofes ab und schuf einen zweiten, kleinen Hof, in dessen Mitte der Tempel der Allmächtigen stand. Die weiße Marmorkuppel wirk-te inmitten der grauen Mauern sonderbar fremdartig.

Der Soldat winkte Caitlynn zum Wohntrakt und öffnete die Tür zur großen Halle. Ein Diener eilte herbei, nahm die Umhänge und Caitlynns pralle Reisetasche entgegen. Der Soldat stellte sich vor einen der beiden großen Kamine und nahm seinen Schal ab. Das unstete Licht huschte über sein ebenmäßiges Gesicht.

„Ich bin Sandor, der Hauptmann-der-Wache. Ihr seid nun im Schutz der Mauern und genießt die Wärme des Feuers. Wollt Ihr jetzt meine Fragen beantworten?" Er streifte die Handschuhe ab und sah Caitlynn auffordernd an.

Caitlynn erkannte das Rangabzeichen auf seinem rechten Hand-rücken. Sie spürte, wie er seine schwache Charismamagie gegen sie einsetzte, um seinem Wunsch mehr Nachdruck zu verleihen. Seiner Aussprache nach war er kein Adliger, vielleicht der Sohn eines Meisterhandwerkers oder Großbauern. Wilde Talente wie er konn-ten es an entlegenen Höfen wie diesem mit etwas Geschick zu Ruhm und Wohlstand bringen.

Caitlynn blockte sein Charisma ab, schüttelte stumm den Kopf. Er verzog den Mund und ließ den Blick über ihr besticktes Woll-hemd und ihre Hose aus Hirschleder gleiten. „Ihr seid unziemlich gekleidet", sagte er. Die Qualität ihrer Gewänder irritierte ihn sicht-lich. „Zeigt mir Euer Zeichen."

„Ich möchte zum Fürsten geführt werden", erwiderte Caitlynn und straffte die Schultern. „Sofort."

Er ignorierte ihre Bitte und versuchte sein Charisma ein weiteres Mal gegen sie einzusetzen. Sie seufzte hörbar und verschränkte die Arme. „Irgendwann wird der Fürst erfahren, dass ich hier auf ihn warte." Sie senkte die Stimme zu einem heiseren Flüstern. „Und ich möchte nicht in Eurer Haut stecken, wenn er erfährt, gegen wen Ihr Euer Charisma eingesetzt habt."

Der Hauptmann zuckte zusammen und zog sein Charisma hastig zurück. Schweißtropfen bildeten sich auf seiner Stirn. „Ich werde Eure Ankunft dem Fürsten melden."

„Nichts anderes habe ich von Euch erwartet, Hauptmann-der-Wache", erwiderte sie freundlich und sah ihm nach, wie er vor Eile fast über seine eigenen Füße stolperte.

Erst als er durch die Tür zum kleinen Audienzsaal verschwunden war, atmete sie tief durch. Es wäre leicht gewesen, ihr eigenes Charisma gegen ihn einzusetzen, aber nichts war ihr mehr zuwider. Zudem klang ihr der Rat von Meister Diacant noch in den Ohren: „*Du musst ihnen nicht gleich auf die Nase binden, dass du aus Ibjadar kommst. Die Menschen sind offener, wenn sie dich für ein kleines Licht halten. Nutze den Vorteil, denn da oben im Norden bist du auf dich allein gestellt.*"

Neben dem Kamin hing ein großer Spiegel. Caitlynn betrachtete seufzend ihr schmales Gesicht. Die großen, graugrünen Augen ließen sie viel jünger erscheinen, als sie tatsächlich war. Dreiundzwanzig Jahre reichten nicht aus, um ehrfurchtgebietende Falten zu bekommen. Sie schnitt eine Grimasse und bemühte sich vergeblich, ihre kinnlangen, dunkelroten Locken zu ordnen.

Hinter ihr öffnet sich die weiße Tür, und ein Diener trat aus dem Audienzsaal in die Halle.

„Der Herr von Baeldin erwartet Euch", meldete er und verneigte sich leicht. „Wenn Ihr mir bitte folgen würdet…" Caitlynn bemerkte seinen abschätzenden Blick. Sie straffte ihre zierliche Gestalt und schritt ihm nach.

Der Audienzsaal hätte zweimal in die Eingangshalle gepasst. Dicke Wandteppiche schmückten die Wände und hielten zusammen mit den großen Kohlenbecken die Winterkälte fern. Caitlynns Blick suchte nach dem Fürsten, der am oberen Ende des Saales auf einem geschnitzten Eichenstuhl thronte. Hinter ihm, genau vor der bestickten Seidentapete mit dem Wappen des Fürstentums, stand eine junge Frau in dunkelrotem Kleid. Etwas abseits, zwischen zwei hohen Spitzbogenfenstern, saß ein junger Mann in weißer Robe auf einfachen Sessel. Sandor lehnte neben ihm an der Wand, starrte hinaus in das Schneetreiben.

Caitlynn blieb keine Zeit sich weiter umzusehen. Der Fürst erhob sich, und aller Blicke richteten sich auf ihn. „Ich bin Ardon, Herr von Baeldin, Träger-des-Goldenen-Reifs und heiße Euch in meinem Schloss willkommen". Der massige Mann mit dem goldenen Reif in seinen dichten, rotblonden Haaren legte seine Hände überkreuzt unterhalb der Schultern auf die Brust, um die Zeichen auf seinen Handrücken zu präsentieren. Links das Familienzeichen der Shaleg, rechts das Zeichen seiner Fürstenwürde, das Wappen Baeldins gekrönt mit einem goldenen Reif. Der Fürst verharrte einige Atemzüge, senkte dann die Hände und deutete mit dem Kinn auf Caitlynns Hände. „Gebt Euch zu erkennen, Fremde!"

Gelassen streifte Caitlynn ihre Fellhandschuhe ab. Allerdings trug sie an der linken Hand darunter noch einen ledernen Teilhandschuh, der ihr Familienzeichen bedeckte.

Sie erwiderte die Grußgeste. „Ich bin Caitlynn, Vollstreckerin-der-Gerechtigkeit."

Sandor sog scharf die Luft ein.

Der Fürst setzte sich und runzelte die Stirn. „Warum habe ich noch nie von Euch gehört? Mir sind alle Vollstrecker aus Forlas bekannt." Er gab ihr keine Gelegenheit zu antworten. „Wo sind Liarod und Albaric? Beide haben schon viele gerechte Urteile vollstreckt."

Sie senkte die Hände und verneigte sich kurz. „Ein gerechtes Urteil ist das Ziel aller Vollstrecker, Fürst Ardon. Mein Meister setzt sein volles Vertrauen in mich."

Die junge Frau beugte sich über seine Schulter und flüsterte ihm etwas zu. Caitlynn fing nur ein paar Wortfetzen auf. „... aufregen ... Missachtung ... nur eine Zofe ..."

Der Fürst nickte kurz. Er musterte Caitlynns schmale Gestalt und hob die Achseln. „Nun gut. Mir bleibt keine Wahl, als mich dem Urteil Eures Meisters zu beugen, Vollstreckerin." Er wies auf die junge Frau. „Dies ist Lady Tiana, meine Erbin." Die gleichen dichten, geraden Wimpern, dieselbe scharfe Nase, idente Ohrläppchen – kein Zweifel, sie war sein Blut. Tiana warf ihr glattes, braunes Haar zurück und machte das Willkommenszeichen. Ihr rechter Handrücken war leer. Ob sie jemals den Goldreif tragen würde, entschied sich erst nach ihres Vaters Tod bei der Erbstreitprüfung aller tauglichen Mitglieder ihrer Sippe. So war Lord Arden, wie sich Caitlynn flüchtig erinnerte, mit dem vorigen Herrn von Baeldin auch nur über drei Ecken verwandt gewesen.

„Wann wollt Ihr mit Eurer Arbeit beginnen?" Die Frage des Fürsten riss sie aus ihren Gedanken.

„Jetzt sofort. Wer hat das Opfer gefunden?"

„Ich", Tiana trat neben ihren Vater. „Beryllis war meine Zofe. Als sie an diesem Morgen ihren Dienst nicht antrat und sich auch nicht entschuldigen ließ, ging ich zu ihrer Kammer."

„Ist das üblich?"

„Nein, aber sie war immer sehr pflichtbewusst. Ich ... ich wollte von ihr wissen, was sie von ihrer Arbeit abhielt. Sie hätte ja krank sein können."

Hätte sie nicht jemanden schicken können, der Nachschau hielt? Caitlynn schluckte die Frage hinunter und nickte nur, worauf Tiana fortfuhr: "Die Türe war nur angelehnt. Ich stieß sie auf und bemerkte das Blut, das hinter dem Bett hervor geronnen war..."

„Habt Ihr die Kammer betreten?"

„Ich machte vielleicht fünf, sechs Schritte um das Bett bis ich ihren Körper sah." Ihre Stimme schwankte. „Dann rannte ich zu meinem Vater." Sie legte die Hand auf die Schulter des Fürsten. Er drückte sie kurz.

„Habt Ihr noch mehr Fragen an meine Erbin, Vollstreckerin? Nachdem sie mir berichtet hat, was Beryllis zugestoßen ist, habe ich Notwendige in die Wege geleitet. Kerit kann das bestätigen. Kerit!"

Der hellhaarige junge Mann in der weißen Robe erhob sich von seinem Stuhl und verneigte sich tief vor dem Fürsten. „Das ist Kerit, unser Vermittler-der-Allmächtigen. Sagt Ihr, was nach dem Fund getan wurde."

Der Vermittler neigte kurz den Kopf vor Caitlynn. „Vollstreckerin. Nachdem mir klar wurde, dass Beryllis wirklich tot ist, habe ich das Zimmer persönlich versiegelt. Währenddessen hat der Fürst die Vollstrecker in Forlas benachrichtigt. Niemand hat seitdem Baeldin verlassen oder betreten, bis auf Euch."

Caitlynn atmete auf. Der Schuldige befand sich also wahrscheinlich noch im Schloss. Sie tastete nach der glatten Kapsel, die unter ihrer Kleidung auf ihrer Brustmitte ruhte. „Ich möchte Beryllis sehen. Der Schmerzstein muss gefüllt werden."

Der Fürst entspannte sich und nickte. „Natürlich. Kerit wird Euch führen."

„Habt Ihr die Seele des Opfers schon befreit", fragte Caitlynn den Vermittler, während sie die Treppen hinaufstiegen.

„Haltet Ihr mich für so gedankenlos? Wir haben die Fenster geöffnet. Die Winterkälte und mein Siegel haben den Körper der armen Beryllis konserviert. Dafür könnt Ihr dankbar sein, denn wir hatten nicht damit gerechnet, solange auf einen Vollstrecker warten zu müssen."

„Der Schneesturm verzögerte meine Ankunft." Mehr erklärte sie nicht, obwohl der Vermittler ihr einen zweifelnden Blick zuwarf. Er setzte zu einer weiteren Frage an, aber ihr abweisendes Gesicht belehrte ihn eines Besseren.

Beryllis Zimmer lang ganz am Ende des Ganges. Das weiße Kreidezeichen hob sich deutlich vom schwarzen Holz der Türe ab. Caitlynn wollte es berühren, aber eine unsichtbare Schranke wies sie zurück.

„Gute Arbeit", lobte Caitlynn den Vermittler. „Würdet Ihr das Siegelzeichen bitte lösen?"

„Sofort, Vollstreckerin." Kerit legte die rechte Hand auf das Kreidezeichen, die linke auf den Türstock. Obwohl Caitlynn keines der geflüsterten Worte verstand, fühlte sie, wie die Barriere sich auflöste. Der Vermittler zog ein Tuch aus seinem Ärmel und wischte die Kreide ab. „Ihr könnt nun eintreten."

Caitlynn schob die Türe auf. Ein Schwall kalter Luft schlug ihr entgegen. Eine dünne Schicht Schnee lag auf dem Boden, wie auf dem Bett, dem Waschtisch und dem Kleiderschrank. Schneeflocken trieben durch das Fenster herein.

„Beryllis liegt auf der anderen Seite des Bettes vor dem Fenster."

„Habt Ihr einen Bann auf das Fenster gelegt?" fragte Caitlynn.

„Nein, das war nicht nötig. Die Kammer liegt zu hoch, als dass jemand mit einer Leiter einsteigen könnte."

„Aber mit einem Seil und einem Haken wäre das kein Problem, oder?"

„Ihr habt recht." Kerit erblasste. Seine Hand tastete nach dem Beutel, in dem er seine geweihten Kreiden aufbewahrte.

„Das Pferd wäre längst aus dem Pferch, Vermittler", sagte Caitlynn. Sie wies auf die unberührte Schneedecke. „Hoffen wir das Beste." Caitlynn umrundete das Bett und schloss das Fenster.

„Kann ich Euch helfen?" fragte Kerit eifrig.

„Ich werde einen Zeugen brauchen."

Kerit schloss die Tür und stellte sich neben das Bett. Währenddessen kniete Caitlynn neben der Leiche nieder und wischte den Schnee vom Körper der Zofe. Ihr wurde fast übel, als sie die Wunden sah. Zahlreiche Schnitte entstellten das blasse Gesicht. Teile des zerfetzten Nachtgewandes waren hart von getrocknetem Blut. Um die Hand- und Fußgelenke zogen sich rote Einschnitte, die rechte Schläfe des Leichnams wies einen bläulichen Flecken auf.

„Beryllis war die schönste Frau auf Baeldin", sagte Kerit mit erstickter Stimme. „Die Allmächtige strafe den Schlächter."

„Das wird sie tun, durch mich." Caitlynn warf Kerit einen prüfenden Blick zu. Der Vermittler hielt seine Augen starr auf das Ge-

296

sicht der Toten gerichtet.

„Ich kann jemand anderen bitten, als Zeuge einzutreten", sagte sie behutsam.

„Wie?" Kerit schüttelte den Kopf, als müsse er einen bösen Traum verjagen. „Nein, Vollstreckerin, ich bin bereit. Je schneller wir es hinter uns bringen, desto eher kann ich ihrer Seele den letzten Dienst erweisen."

„Wie Ihr meint." Caitlynn zog die goldene Kette aus ihrem Ausschnitt hervor, an der eine walnussgroße Kapsel hing. Sie streifte die Kette über den Kopf und schraubte die Kapsel auf. Ein schwarzer, unregelmäßiger Edelstein ragte aus der oberen Kapselhälfte hervor.

„Ist das ...?", fragte Kerit und trat einen Schritt näher.

„Ja, das ist mein Schmerzstein." Caitlynn atmete tief durch. Sie legte die leere Kapselhälfte in den Schnee.

„Dürfte ich vielleicht einmal ...?" Kerit streckte die rechte Hand nach der Kette aus.

„Leiht Ihr mir Euren Heiligen Stab der Elemente?" fragte Caitlynn ruhig, ohne die Kette zurückzuziehen.

Kerit zuckte zusammen. Seine Finger verharrten eine Handbreite vor dem schwarzen Edelstein. Beschämt senkte er den Kopf.

„Verzeiht mir. Es ist nur, ich habe noch nie ..." Er schluckte.

„Schon gut. Stellt Euch bitte so, dass Ihr mich, den Stein und die Verstorbene gut im Blick habt."

Der junge Vermittler postierte sich neben dem Kopfende des Bettes und verschränkte die Hände hinter dem Rücken. „Ihr könnt beginnen."

Caitlynn nickte und senkte die Kette herab, bis der Schmerzstein die fahle Haut auf Beryllis Stirn berührte.

„Gib frei deinen Schmerz", sprach sie laut und richtete ihre Gabe auf die Barriere, hinter welcher die Seele der toten Zofe wartete. Fünf Tage lang war die Barriere gewachsen, Caitlynn musste sich mühsam dagegen stemmen, als wollte sie allein mit ihrer Körperkraft einen Baum umstürzen. Atemzug um Atemzug verrann. Normalerweise half die Seele mit, aber ihre Rufe nach Beryllis verhallten hier ungehört. Der Schweiß lief ihr die Ärmel hinab, die warmen Tropfen fraßen Löcher in den Schnee. Endlich spürte Caitlynn, wie die Barriere an einer winzigen Stelle nachgab. Sie langte hindurch, und einen Herzschlag darauf versank die Welt um sie herum in rotem Nebel. Caitlynn erlebte Beryllis Todesstunde. Sie konnte weder sehen noch hören, was die Ermordete in ihrer Todesstunde erlebt haben musste, sie teilte lediglich deren Empfindungen, aber schon das war mehr, als die meisten Menschen ertragen konnten. Gefühle stürmten auf sie ein, die sie erst nach und nach zu entwirren vermochte. Zunächst spürte sie Erstaunen, das sich rasch zu Ärger und Unwillen wandelte. Doch dann keimten Schrecken und Furcht, steigerten sich zu panischer Angst, gefolgt von Verzweiflung und Schmerz, Welle um Welle von Schmerz. Er drang auf Caitlynn ein, zerrte an ihren sorgfältig errichteten Schutzwällen. Allmächtige, was musste Beryllis gelitten haben! Caitlynn griff mit ihren Gedanken nach dem Schmerzstein, klammerte sich daran fest, und der Schmerz strömte von ihr auf das Juwel über. Endlich ein letzter, scharfer Stich, und danach eine große Leere. Caitlynn sank zusammen.

„Geht es Euch gut?" Kerit fasste sie an den Schultern. „Vollstreckerin?"

„Nur einen Augenblick." Caitlynn richtete sich langsam auf. Ihre Hände zitterten.

Kerit ließ ihre Schultern los und beugte sich vor. „Bei der Allmächtigen, der Stein...!"

Caitlynn hielt ihn ins Licht. Der vormals schwarze Kristall war nun durchscheinend hell, und sein Kern schimmerte rot wie frisches Blut.

„Ich habe die Schmerzen von Beryllis Todeskampf auf ihn übertragen", erklärte sie dem Vermittler. „Der Stein wird Beryllis Schmerz solange bewahren, bis der Mörder gefunden und verurteilt ist." Sie schraubte die Kapsel zu. Ihre Knie fühlten sich weich und kraftlos an, als sie aufstand. „Jetzt könnt Ihr Beryllis Seele befreien, Vermittler."

„Vielleicht solltet Ihr Euch draußen ein wenig ausruhen. Die Allmächtige wird meine Gebete hoffentlich rasch erhören."

Caitlynn war zu erschöpft, um etwas zu erwidern. Gebückt tappte sie aus der Kammer. Im Gang lehnte sie sich gegen die Wand und streifte die Kette über, sodass die Kapsel gut sichtbar über ihrer Brust baumelte. Nach und nach klang der Nachhall des Gefühlssturmes ab, und sie fühlte sich wieder wie sie selbst. Wenig später gesellte sich der Vermittler zu ihr.

„Es ist vollbracht", sagte er. Sein glattes, sandfarbenes Haar war zerzaust und seine Augen brannten. „Wisst Ihr schon, wer es getan hat, Vollstreckerin?"

Sie schüttelte den Kopf. „Ein Vollstrecker kann nur den Schmerz eines Opfers teilen, nicht dessen Wissen um die Person des Täters."

„Könnt Ihr nicht einfach alle befragen, ob sie etwas mit Beryllis Tod zu tun haben und fühlt sich jemand schuldig, ist er der Mörder. So was könnt ihr doch spüren, als Vollstrecker, oder?"

Caitlynn seufzte. „Kennt Ihr die Geschichte von Retar?"

„War das nicht der erste Vollstrecker?"

„Nicht ganz. Retar gründete den Schwarzen Turm, aber lange vor ihm gab es schon Vollstrecker, wenn sie sich auch damals „Wahrheitssucher" nannten. Zu der Zeit gab ein Wahrheitssucher sein Amt und sein Wissen an einen einzigen, auserwählten Schüler weiter. Leider starb Retars Lehrmeister, bevor er ihn in alle Geheimnisse und Gesetze eingeweiht hatte. Retar war noch keine drei Tage Wahrheitssucher in seinem Dorf, da fand man die Leiche einer jungen Frau am Fuß einer Klippe. Zunächst dachten alle an einen Unfall."

„Es war keiner?"

„Nein. Retar füllte seinen Schmerzstein und kam dahinter, dass jemand die junge Frau die Klippe hinunter gestoßen hatte. Retar hatte die junge Frau von Kindheit an gut gekannt, er war voller

Zorn und wollte den Mörder um jeden Preis finden. Also tat er, was auch Ihr mir vorgeschlagen habt. Er begann jeden aus der Familie des Opfers zu fragen: 'Habt Ihr Schuld an ihrem Tod?'. Die Antwort war nein, und er spürte, dass sie es ehrlich meinten. Als nächstes fragte er den Verlobten des Opfers. Und dieser sagte: 'Ja, ich bin schuld an ihrem Tod.' Retar spürte, dass der junge Mann wirklich meinte, was er sprach, also fragte er nicht nach Einzelheiten. Er übertrug den Schmerz der Getöteten auf den jungen Mann. Der wurde dabei halb wahnsinnig, rannte aus dem Dorf und sprang über die Klippen. Als man seine Leiche zurückbrachte, brach eine Freundin der Toten zusammen und gestand, sie sei die Mörderin."

„Eine Lüge?"

„Die Wahrheit."

„Aber ..."

„Hört zu! Die Mörderin war ebenfalls in den jungen Mann verliebt. Es gelang ihr, einen Keil zwischen die Verlobten zu treiben. Nachdem sich das Paar oben auf den Klippen gestritten hatte, rannte der Mann wütend davon, die junge Frau blieb allein zurück. Ihre Freundin hatte die beiden beobachtet und ging zur Weinenden hin, tat, als wollte sie diese trösten. Sie lockte ihr Opfer an den Rand der Klippe und stieß sie hinab."

„Aber warum hat der junge Mann die Schuld glaubhaft gestehen können?" fragte Kerit verwirrt.

„Weil er sich schuldig fühlte. Hätte er seine Verlobte nicht allein gelassen, wäre sie noch am Leben. So muss er gedacht haben. Zerfressen von Schmerz und Reue war er nur zu bereit, das Urteil zu ertragen."

„Was wurde aus der wahren Mörderin."

„Der Schmerz des ersten Opfers war verloren. So übertrug Retar ihr einen Teil jenes Schmerzes, den der junge Mann gelitten hatte. Ihr Herz war nicht stark genug, das zu ertragen. Sie starb bei der Vollstreckung."

„Warum nur einen Teil?"

„Weil Retar sich am zweiten Tod mitschuldig gemacht hatte. Hätte er nicht vorschnell geurteilt, sich nicht ausschließlich auf sein Gefühlsgespür verlassen, wäre es nie zu der Tragödie gekommen. Retar überstand es und beschloss, eine Schule für Vollstrecker zu gründen. Nie wieder sollte ein Wahrheitssucher aus Überheblichkeit und Unwissenheit denselben Fehler machen."

„Der Schwarze Turm."

„Richtig. Versteht Ihr nun, warum das Gesetz Beweise verlangt? Hier im Schloss könnten sich drei Menschen schuldig an Beryllis Tod fühlen, ohne ihr auch nur einen Stich zugefügt zu haben. Der wahre Mörder aber denkt vielleicht, er habe irgendein höheres Urteil vollstreckt, die Zofe für etwas bestraft, oder so ähnlich. Wenn er keine Schuld empfindet, kann ich auch keine aufspüren."

„Was werdet Ihr jetzt tun?"

„Alle und jeden befragen, jeden Schrank durchwühlen und jeden Stein umdrehen und untersuchen."

„Darf ich Euch dabei helfen?"

„Das ist *meine* Aufgabe. Teilt bitte dem Fürsten mit, was Ihr in der Kammer gesehen habt. Ist schon alles für die Einäscherung vorbereitet?"

Kerit öffnete den Mund, um noch etwas zu sagen, überlegte es sich aber anders. Erst nickte er ruckartig, dann schüttelte er den Kopf und stakste davon.

Caitlynn wartete, bis er über die Treppe verschwunden war, gab sich einen Ruck und ging zurück in die Kammer. Sie zog alle Schubladen auf und durchsuchte den Kleiderschrank. Wollstrümpfe lagen neben handgestrickten Socken, Fäustlingen und Schals. Einfache Wollkleider in Grau und dunklem Blau hingen neben weißen, gestärkten Schürzen. Darunter standen zwei Paar abgewetzte, mit Schafwolle gefütterte Stiefel, und unter dem Bett lugte ein Paar braune Filzpantoffel hervor.

Caitlynn schloss den Schrank und runzelte die Stirn. Wenn die glatte Haut und das reiche, dunkelblonde Haar nicht gewesen wären, hätte sie Beryllis aufgrund ihrer Habe auf fünfzig geschätzt. Keine duftenden Salben, keine Fläschchen mit Blütenwasser, bestickte Tüchlein, Spitzenhemdchen oder sonst etwas, das auf eine junge Frau mit einer durchschnittlichen Portion Eitelkeit hinwies. Die schönste Frau von Baeldin – und kein Schmuck, keine getrockneten Blumen oder Briefe von Verehrern. Es hatte den Anschein, als habe eine selbstlose, bescheidene Zofe hier gehaust, ein Wesen ohne menschliche Schwächen – oder jemand, der diese Rolle perfekt zu spielen verstand.

Von der Waffe fand sich keine Spur, aber das beunruhigte Caitlynn weniger als das Fehlen der Fesseln. An den Abdrücken um die Handgelenke gab es nichts zu deuten. Der Mörder hatte die arme Beryllis mit einem Schlag betäubt, gefesselt und geknebelt, ehe er sein blutiges Werk begann. Das erklärte auch, warum niemand von der Dienerschaft Schreie gehört hatte.

Die Vollstreckerin kniete auf der Seite des Bettes nieder, welche der Tür zugewandt war, und fuhr mit dem Arm unter das hölzerne Gestell, bis sie mit der Schulter an die Matratze stieß. Sie wollte die Hand schon zurückziehen, da berührten ihre Fingerspitzen einen kantigen, harten Gegenstand. Sie legte sich flach auf den Bauch, streckte sich und bekam eine Ecke zu fassen. Ein kräftiger Ruck, und eine armlange Holzkiste glitt unter dem Bett hervor.

Caitlynn wischte ihre staubigen Finger an einem Tuch ab und hob den Deckel. Unter drei präzise gefalteten Wolltüchern lagen fünf kleine, mit Leinwand bespannte Rahmen. Darunter, auf dem Boden der Kiste, reihten sich gläserne Farbtöpfchen aneinander, ganz in der Ecke standen zwei bauchige Flaschen mit durchsichtiger Flüssigkeit. Zwischen den Farbtöpfchen klemmten sechs Pinsel unterschiedlicher Stärke.

Caitlynn nahm eines der Töpfchen aus der Kiste und löste den Verschluss. Glänzendes, cremiges Rot. Ein leichter Duft nach Kupferkraut stieg ihr in die Nase. Auf der Innenseite des Verschlusses glänzten zwei ineinander verschlungene silbrige Buchstaben. S und

J. Darunter der schwarze Umriss eines Pinsels. Sahra und Jemma. Kein Zweifel, Caitlynn war schon oft an dem Laden vorbei gelaufen, auf dem Weg zum schwarzen Turm in Ibjadar. Nur wer sehr gut von seiner Kunst leben konnte oder ein Vermögen für ein Steckenpferd auszugeben bereit war, kaufte dort ein. Gespannt betrachtete Caitlynn Leinwände. Drei Bilder waren fertig, soweit sie das beurteilen konnte. Doch eine Künstlerin war Beryllis nicht gewesen. Das erste sollte eine winterliche Berglandschaft darstellen, das zweite wohl den Schlosshof. Keine Arbeit, für die irgendjemand mehr bezahlt hätte als für den leeren Rahmen. Das dritte Bild zeigte die Landkarte, welche auch im Audienzsaal hing. Beryllis hatte sie bis ins kleinste Detail perfekt abgemalt. Die Ränder waren ungleichmäßig und flüchtig, als wäre das Bild eine Fingerübung gewesen, nicht bestimmt für andere Augen als jene der Malerin. Caitlynn stellte das Farbtöpfchen wieder in die Kiste. Dabei blieb ein Streifen grüne Farbe auf ihrer Hand zurück.

Caitlynn rieb mit Schnee darüber – vergeblich. Auch das Seifenpulver vom Waschtisch der Zofe half nicht. Irgendwie musste Beryll selbst auch solche Flecken losgeworden sein. *Die beiden Flaschen!* Caitlynn schraubte die linke auf und roch daran. Lösungsmittel. Sie tränkte das Eck eines der Wolltücher damit und rieb über die Stelle, bis alle Farbe verschwunden war. Ihhh – das brannte! Die Vollstreckerin tauchte die Hand in die Waschschüssel und spülte Farbreste und das Lösungsmittel ab. Eine gerötete Stelle blieb zurück, die heftig juckte.

Eine billigere Farbe, die sich mit Seife lösen ließ, hätte für eine Zofe ausgereicht, oder? Caitlynn hob ein zweites Töpfchen hoch und schraubte es auf. Ein samtiges Schwarz und der leichte Geruch wie nach Minze und Fisch. Sie hatte das schon einmal gerochen, vor drei Monaten.

„Seid Ihr zufrieden?"
Caitlynn hob den Kopf, lächelte den jungen Maler an und nick-

te. *„So habe ich es mir vorgestellt. Meister Diacant hat Euch zu Recht empfohlen."*

Das kleine Bild eines schwarzen Sechsecks, umrahmt von silbernen und grünen Ranken, die über dem Sechseck eine Krone andeuteten – ihre eigene, ganz persönliche Version des Standeszeichens der Vollstrecker: Gerechtigkeit im Namen der Krone.

„Legt Eure Hand daneben, Vollstreckerin." *Er streifte alle Ecken glatt. „Und stellt euch vor, wie es morgen auf Eurer Haut aussehen wird."*

Caitlynn tat, wie geheißen. „Das Schwarz wird genauso glänzen?", fragte sie. „Auch in zehn Jahren noch?"

„Auf jeden Fall." Der Künstler hielt ihr seine Palette hin. Der dicke, schwarze Klecks glänzte samtig und roch ein wenig nach Minze und Fisch. „Sarah und Jemma. Sie mischen die besten Farben des Reiches. Jeder, der sich Meister-der-Zeichen nennen darf, kauft dort ein."

Caitlynn starrte auf ihre nasse Hand. Das Lösungsmittel hatte dem Vollstreckerzeichen nichts anhaben können. Es war bei der Aufnahmezeremonie unter der Mitwirkung von vier Hütern-des-Geheimwissens vom Pergament auf den Handrücken übertragen worden, und Magie ließ sich nicht mit Lösungsmitteln abwischen.

Gleiches galt für das Familienzeichen unter ihrem Halbhandschuh. Nur waren dafür die Vermittler-der-Allmächtigen zuständig.

Caitlynn trat noch einmal zur Leiche. Das Familienzeichen auf dem linken Handrücken der Zofe war im Tod blass wie die Haut, aber die Farben des Zofenstandes leuchteten.

Dass ihr das nicht vorher aufgefallen war!

Caitlynn nahm das feuchte Tuch und wischte über das Familienzeichen. Wie erwartet geschah nichts. Es bedurfte dreier Vermittlers und ihrer Kräfte, um ein Familienzeichen zu ändern. Als sie jedoch über den Rand des Zofenzeichens fuhr, löste sich die Farbe. Die Haut darunter schimmerte weiß.

Caitlynn warf das Tuch in die Kiste zurück, machte sie zu und schob sie wieder unter das Bett. Lange stand sie vor dem Fenster und blickte in das Schneetreiben hinaus. Erst Kerits Rückkehr riss sie aus ihren Grübeleien.

„Der Fürst hat ein Gemach im Westflügel für Euch vorbereiten lassen. Er bittet Euch, am Abend mit seiner Familie zu speisen", sagte er.

Caitlynn folgte dem Vermittler zurück in die große Halle. Von dort führte sie ein Diener zu ihrem Gemach.

Eine ältere Frau mit flinken Augen stand wartend neben Caitlynns Bett. „Ich habe Euch einen Badezuber füllen lassen, Vollstreckerin, Eure Gewänder hängen im linken Schrank."

„Vielen Dank." Caitlynn ließ sich aus den Kleidern helfen und sank mit einem dankbaren Seufzer in das heiße Wasser. Der Duft von Lavendel und Rosmarin lullte sie ein. Nur widerwillig stieg sie aus dem Bottich und rieb sich mit einem vorgewärmten Tuch ab.

„Wie heißt du?" fragte sie die Zofe, während diese ihr das Haar trockenbürstete.

„Zeldea, Vollstreckerin. Welches Gewand möchtet Ihr zum Abendessen tragen?"

„Nimm das graue mit den Silberstickereien." Es war ihr wärmstes Kleid. Am wohlsten fühlte sie sich in Hose und Bluse, aber für ein formelles Abendessen war ihre Arbeitskleidung zu unkonventionell.

„Hast du Beryllis gut gekannt?" fragte sie Zeldea.

„Niemand kannte die Zofe der Lady gut, Vollstreckerin", erwiderte Zeldea und streifte Caitlynn das Kleid über. „Lady Tiana brachte sie erst vor sieben Wochen aus der Hauptstadt mit."

„Und davor hatte Lady Tiana keine persönliche Zofe?"

„Doch, doch. Aber Silara hat sich im Sommer das Ruhegeld auszahlen lassen. Die junge Esmena hatte bei ihr gelernt, und übernahm ihre Dienste." Zeldea schloss die vielen kleinen Knöpfe auf der Rückseite des Kleides und zupfte den Spitzenkragen zurecht.

„Weshalb hat Lady Tiana dann noch Beryllis gebraucht?"

„Esmena erkrankte an Nesselfieber, als der Fürst und seine Familie zum Krönungsjubiläum nach Ibjadar reisen wollten, und Lady Tiana meinte, es gäbe genug Zofen auf dem Königsschloss, die aushelfen könnten."

„Aha, so also kam sie zu Beryllis."

„Ja." Zeldea nahm den passenden Gürtel und hielt ihn Caitlynn hin. „Egal, was andere über Beryllis sagen, sie kannte jeden Kniff, der aus einer Provinzadligen eine schicke Hofdame macht. Was sie mit einem Kamm und ein paar Haarnadeln zauberte, hat Silara nicht mal zu ihren Glanzzeiten fertig gebracht. Also hat sich Lady Tiana entschieden, Beryllis zu behalten."

„Wie hat Esmena darauf reagiert?"

„Sie hat die Gelassene gespielt, aber ich schlafe in der Kammer neben ihr. An dem Abend haben die Wände gezittert, so hat sie getobt. Und dann hat ihr Beryllis auch noch Sandor ausgespannt, den hübschen Hauptmann-der-Wache."

„Ich habe ihn schon getroffen. War es ihr ernst?"

„Das hat sie behauptet. Er wollte sie im Frühling heiraten. Obwohl..."

„Obwohl was?"

„Sandor trank in letzter Zeit mehr, als ihm guttat. Dann geriet er leicht in Wut und wurde ausfallend."

„Auch im Dienst?"

„Dazu nimmt er seine Pflichten zu ernst. Aber nach Dienstschluss habe ich ihn in den letzten Wochen immer wieder mit einem vollen Weinkrug im Wachzimmer verschwinden sehen."

„Hatte er denn einen bestimmten Grund, sich allein zu betrinken?"

„Na, den Kummer und Ärger mit seiner 'Verlobten'. Die hat jedem Mann im Schloss schöne Augen gemacht. Es hieß, sie wolle in Camlayns Bett zurück."

„Camlayn?"

„Lord Camlayn, der Sohn des Fürsten. Er sieht nicht so gut aus wie Sandor, aber..." Zeldea machte eine unbestimmte Geste. "Wenn Ihr ihn seht, werdet Ihr verstehen, was ich meine. Er und Beryllis waren sich irgendwie ähnlich, und in Ibjadar hat sie sein Bett gewärmt, bis er ihrer müde wurde und sie verstieß."

Der Gong erklang zum ersten Mal.

Zeldea zuckte zusammen. „Ich tratsche und tratsche und Ihr seid nicht fertig." Ihre Hände zitterten leicht während sie versuchte, Caitlynns Haar zu ordnen. Die Vollstreckerin ließ sie gewähren in der Hoffnung, noch etwas nützlichen Klatsch aufzuschnappen, aber Zeldea biss sich auf die Lippen und konzentrierte sich auf ihre Arbeit. Mit einer goldenen Spange, die irgendwie in Caitlynns Reisetasche geraten war hielt sie die frechsten Strähnen der linken Seite zurück und kämmte die Strähnen rechts nach vorn, wodurch Caitlynns Frisur fast verwegen wirkte.

Der Gong erklang ein zweites Mal.

Ein Diener klopfte an die Türe und meldete, dass er hier wäre, um die Vollstreckerin in den Saal zu geleiten. Caitlynn dankte Zeldea und folgte dem Diener die Treppe hinunter. Der breite Gang führte zu einer grün lackierten Türe. Der Diener öffnete sie mit viel Schwung.

„Die Vollstreckerin, mein Fürst", verkündete er laut und verbeugte sich.

„Sie soll hereinkommen. Die Suppe wird gleich aufgetragen."

Der Diener trat zur Seite, sodass Caitlynn den lang gestreckten Raum betreten konnte. Am Kopfende der Tafel, welche den Raum beherrschte, saß der Fürst und winkte sie zu sich heran. Dank der vielen Kerzen hatte Caitlynn keine Mühe, die Gesichter reihum zu studieren.

Der Fürst bemerkte, wie ihr Blick über die Versammelten glitt, und erhob sich. „Den Vermittler, meine Tochter, sowie Hauptmann Sandor brauche ich Euch nicht mehr vorzustellen. Dies ist Camlayn, mein Sohn."

Der junge Mann zu seiner Linken überkreuzte die Hände. Wie bei seiner Schwester war sein rechter Handrücken weiß. Er besaß ein schwächeres Charisma als sein Vater und seine Schwester und machte keine Anstalten, es zu verbergen. Auf Caitlynn wirkte es fast nachlässig, so als habe er es nur halbherzig ausgebildet. Während der Fürst der Tradition gemäß Autorität verströmte, strahlte Camlayn einen überwältigenden Charme aus. Als er lächelte, fiel Caitlynn das spöttische Funkeln in seinen dunklen Augen auf. Trotzdem konnte sie nicht anders, sie musste sein Lächeln erwidern.

„Und das hier ist Lord Olbin, der Verlobte meiner Erbin." Caitlynn riss ihre Augen von Camlayn los und begrüßte den stämmigen Mann an Tianas Seite. „Der dritte Sohn des Fürsten von Thelmark", fügte der Fürst noch hinzu.

Eine alte Narbe verlief quer über Olbins Stirn. Sein Charisma konnte sie nicht einschätzen, da er es aus Höflichkeit Tiana und dem Fürsten gegenüber komplett unterdrückte. Trotz seines ruhigen, freundlichen Blickes nahm sich Caitlynn vor, ein Auge auf ihn zu haben. Die Menschen in Thelmark galten als harter, verschlossener Menschenschlag, die mit den kriegerischen Stämmen der Coridin von jenseits der nördlichen Grenze besser auskamen als mit den eigenen Landsleuten aus dem Süden.

„Telloc, unser Hüter-des-Geheimwissens", stellte der Fürst den letzten Unbekannten vor. Pockennarben entstellten dessen sanftmütiges Gesicht. Zwischen ihm und Camlayn war ein Platz frei gehalten worden. Sie nickten allen freundlich zu und ließ sich dort nieder.

Der Fürst klatschte in die Hände. Eine unscheinbar weiß gestrichene Türe gleich neben dem Kopfende der Tafel wurde aufgerissen und ein Diener schob einen hölzernen Servierwagen mit einer großen Suppenschüssel herein. Ein zweiter Diener nahm jeweils einen der Suppenteller von den Gedecken, füllte ihn bis zur Hälfte und stellte ihn wieder zurück. Caitlynn versuchte am Duft zu erraten, was in der weißen Cremesuppe mit grünen Schlieren verkocht worden war.

„Unreife, gesäuerte Moosbeeren, getrocknete Baumohren, zerriebene Erdfäuste und gelierte Eier", murmelte Camlayn mit einer leichten Grimasse. „Das gibt es hier jeden zweiten Tag."

Tiana zog eine Braue hoch. „Du bist herzlich eingeladen, ein paar Schneehühner zu schießen, mein Bruder. Dann bekommst du deine geliebte Hühnersuppe."

„Bei dem Wetter?" Camlayn schüttelte sich und tauchte seinen Löffel in die Suppe. „Dann lieber Moosbeeren."

Caitlynn fand die Suppe vorzüglich. Sie genoss jeden Löffel in schweigender Andacht und nickte dankbar, als ihr Teller zum zweiten Mal gefüllt wurde.

Als die Teller abgeräumt wurden, wandte sich Caitlynn an Telloc. „Ich hätte eine Bitte an Euch, Hüter-des-Geheimwissens", sagte sie. „Könnt Ihr morgen früh einen Spiegel für mich öffnen?"

„Darf ich fragen warum?"

„Ich brauche einige Antworten, die nur mein Meister mir geben kann."

„Liarod musste nie um Hilfe bitten", warf der Fürst ein.

„Habt Ihr etwas dagegen, dass ich mich mit meinem Meister berate?" Caitlynn vermied es, ihren Meister beim Namen zu nennen.

„Wie kommt Ihr darauf? Tut, was Ihr für nötig haltet, um den Mörder zu fassen."

„Das werde ich."

„Gibt es schon eine Spur?" fragte Lady Tiana.

„Es wäre unklug, hier darüber zu sprechen."

„Soll das heißen, dass Ihr uns verdachtigt?"

„Wie jeden im Schloss, bis ich mehr weiß." Caitlynn griff nach ihrem Besteck.

„Wie... wie könnt Ihr es wagen!" stieß Tiana wütend hervor. Sie funkelte Caitlynn an, und die Vollstreckerin spürte, wie die Erbin des Fürsten ihre magischen Kräfte sammelte. Lord Olbin strich mit den Fingern sacht über Tianas Arm. Lady Tiana sah ihn an, ihr Gesicht entspannte sich, und sie lächelte dünn. „Ihr müsst noch viel lernen, Vollstreckerin. Als Anfängerin tätet Ihr gut daran, Eure Worte in Gegenwart der fürstlichen Familie sorgfältiger zu wählen."

Der Fürst hieß seinen Dienern, den Hauptgang aufzutragen. Butterweicher Lammbraten mit Feuerkraut und Weizenküchlein, dazu glasierte Scheiben von Erdfäusten. Noch nie hatte Caitlynn diese unscheinbare Knolle so sehr genossen.

Tiana schob ihr Lamm auf dem Teller hin und her, ohne Caitlynn aus den Augen zu lassen. „Warum sandte Euer Meister keinen ranghöheren Vollstrecker aus Forlas oder bemühte sich selbst hierher? Immerhin geschah der Mord im Schloss des Fürsten. Stattdessen einen so blutjungen Niemand zu schicken..." Sie schickte etwas von ihrem Charisma gegen Caitlynn, die es problemlos abblockte. Tiana runzelte die Stirn. Caitlynn konnte spüren, wie sie mehr von ihrer Macht sammelte, um sie auf die Probe zu stellen.

Es reichte. Spätestens morgen würden es ohnehin alle wissen. Caitlynn legte ihr Besteck hin und straffte die Schultern.

„Ich mag jung sein, aber Meister Diacant hätte mich nie hierher geschickt, wenn ich ein Niemand wäre."

Lady Tiana reagierte nicht sofort. Sie zog eine Augenbraue hoch und spießte Stück Braten auf.

„Diacant", murmelte Olbin halblaut und furchte die Stirn. „Den Namen kenne ich doch... Das ist der oberste Vollstrecker der Königin, nicht wahr?"

„Richtig."

Lady Tianas Gabel landete klirrend auf dem Teller. Hastig zog sie ihr Charisma zurück. „Ihr", sie schluckte und sah Caitlynn ungläubig an, „Ihr kommt vom Schwarzen Turm?"

„Was ist so seltsam daran? Immerhin geschah der Mord im Schloss eines Fürsten."

Der Fürst beugte sich vor. „Hat Euch die Königin geschickt?"

„Ihre Majestät wählt keine Vollstrecker aus. Das ist Meister Diacants Aufgabe", sagte Caitlynn.

„Aber es war ihr Wille, einen Adepten des Schwarzen Turmes zu schicken, oder?", bohrte der Fürst. Als Caitlynn nickte, fragte er: „Aber warum? Beryllis war doch nur eine Zofe."

Hauptmann Sandor atmete scharf ein.

„Entschuldigt, Hauptmann. Ich meinte das nicht abwertend. Als in meiner Jugendzeit der Stallmeister des damaligen Fürsten hinterrücks erschlagen wurde, überließ man den Fall auch dem ranghöchsten Vollstrecker von Forlas. Es liegt sehr lange zurück, dass ein Adept des Schwarzen Turmes ein Urteil in Baeldin gesprochen hat."

„Es steht mir nicht zu, die Entscheidungen der Königin zu hinterfragen", sagte Caitlynn.

„Aber Ihr müsst Euch doch Gedanken darüber gemacht haben", drängte Lady Tiana.

„Und wenn es so wäre?"

„Dann sagt uns, was dahinterstecken könnte."

„Legen die ehrenwerten Vollstrecker aus Forlas ihre Gedanken bloß, wenn Ihr es wünscht?"

„Das nicht, aber ..."

„Hier gibt es kein *Aber*, Mylady. Wenn die Zeit gekommen ist, ein Urteil zu fällen, werdet Ihr alle Zeugen sein. Doch nun würde ich gerne mein Mahl genießen."

Lord Olbin drückte Tianas Arm. Sie warf ihm einen ärgerlichen Blick zu, woraufhin er den Kopf schüttelte. Schließlich machte sie sich aus seinem Griff los und langte nach ihrem Besteck, um ihre Gabel tief in das Fleischstück zu treiben. Dabei schenkte sie Caitlynn ein Lächeln von der Wärme frostigen Stahls. „Aber sicher, Vollstreckerin. Es freut mich, dass unsere bescheidene Küche mit den Köstlichkeiten des Schwarzen Turmes verglichen werden kann."

Caitlynn kaute betont lange auf dem letzten Bratenstück herum. Es war landesweit bekannt, dass in allen Türmen eine einfache Küche serviert wurde, denn Völlerei galt bei den Meistern als eine Ursache für Unpünktlichkeit und Schlamperei bei der Arbeit.

„Enthaltsamkeit hat auch ihre Vorteile, Mylady", sagte Caitlynn ruhig.

„Ach ja?"

„Unsere Gewänder müssen selten geändert werden. Ein Kleid weiter zu nähen kostet den Dienst einer guten Schneiderin und zusätzlichen Stoff."

„So? Das hatte ich noch nie nötig."

„Gewiss nicht, Mylady. Edle Damen wie Ihr können sich eine komplett neue Garderobe leisten."

Giftpfeile schossen aus Tianas Augen. Der Fürst griff ein und fing an, sich mit Olbin über die Situation an Thelmarks nördlicher Grenze zu unterhalten.

Caitlynn hörte den beiden aufmerksam zu. „Was lehrt der Schwarze Turm über die Coridin?" wandte sich Lord Olbin an sie.

„Nicht sehr viel. Ein kurzes Stück Grenze des Fürstentums Baeldin verläuft entlang dem Coridingebiet, oder?"

„Das ist Sumpfland, Vollstreckerin", sagte Camlayn. Bisher hatte er kaum ein Wort zur Unterhaltung beigetragen. Er hatte eine sehr angenehme, warme und sinnliche Stimme. „Nicht einmal die besten Krieger der Coridin könnten es durchqueren. Baeldin ist vor den Coridin sicher. Oder glaubt Ihr, dass sie mit Beryllis Tod zu tun haben?"

„Ich habe mit meinen Nachforschungen erst begonnen, Mylord. Könnt Ihr mir mehr über die Coridin erzählen, Lord Olbin?"

Tianas Verlobter nickte. „Wir in Thelmark teilen fast die gesamte Grenze mit ihnen. Weite Wälder, Steppen und leider nur wenig Sumpf. Lord Camlayn hat nicht unrecht. Sumpf ist so ziemlich das einzige, das einen Coridin aufhalten kann."

„Ich habe nie verstanden, warum unsere beiden Völker nicht einfach getrennt in Frieden leben können", sagte Caitlynn.

„Sie verachten, ja verabscheuen uns, weil wir die Allmächtige verehren. Eine weibliche Gottheit ist ein krankhaftes Hirngespinst, das sagen ihre Priester. Der eigentliche Grund ist banaler. Als ihre Clans wuchsen, rückten sie näher an unsere Grenze und es kam immer wieder zu Auseinandersetzungen um Jagdgebiete, Quellen und Ackerland. Zu unserem Glück haben die Coridin keine Ahnung von organisierter Kriegführung. So konnten wir sie immer wieder zurückdrängen. Also suchten sie andere Wege."

„Unterwanderung?"

„Ein zahmes Wort. Sie überfielen unsere Dörfer nahe der Grenze. Bei ihren Raubzügen kennen die Coridin keine Gnade. Jedes Mal brennen sie Häuser nieder, erschlagen alle männlichen Einwohner, auch Kinder, und vergewaltigten jede Frau und jedes Mädchen, das ihnen bis zur Schulter reicht. Das geht seit zwei Jahrhunderten so. Deshalb fließt heute in fast einem Achtel aller Thelmarker Coridinblut."

„Haben Thelmark deshalb schon zweimal versucht, sich von der Krone loszusagen?"

Olbin schnitt eine Grimasse. „Das Haus meines Vaters ist alles andere als stolz darauf. Die Straßen nach Thelmark sind im Winter unpassierbar, und die gewöhnlichen Thelmarker lebten schon immer etwas abseits vom Rest des Reiches. Nur wenige waren jemals im Süden. Die Südländer, die es nach Thelmark verschlägt, sind rücksichtslose Pelzjäger und raffgierige Händler. Bei uns gilt das Sprichwort 'Näh den Geldbeutel zu und schließ deine Töchter ein – ein Südländer ist im Dorf.' Zwar sind heute die meisten Thelmarker der Krone treu ergeben, doch gibt es ein paar Hundert Abtrünnige. Sie glauben, ein Bündnis mit den Coridin wird Thelmark ein eigenes Reich bescheren."

„Von denen hab ich gehört." Caitlynn versuchte, sich zu erinnern. „Wie nennen sie sich noch – auch Clan und irgendwas, nicht wahr?"

„Clan der Freiheit", half ihr Olbin. „Diese Brut ist sogar in sich organisiert wie ein echter Coridinclan. Wir Thelmarker sprechen von ihnen als dem Bastardclan. Reinblütige Coridin findet man in Thelmark genauso wenig wie anderswo im Reich. Dennoch sind nicht alle dieser Rebellen Mischlinge. Genügend reinblütige Thelmarker reiben sich mit ranzigem Fett ein und ziehen Wolfsfellkittel über. Sie baden ihr Gesicht im Blut eines Hirsches und verschlingen sein rohes Fleisch, bis es ihnen den Magen umdreht. Dann tanzen sie um ein harziges Feuer, wälzen sich in Asche und Kot und bilden sich ein, sie wären echter als die echten Coridin. Einige Alte des Bastardclans, die einem eigenen Skaal-Kult huldigen, besitzen genügend wildes Charisma, um Ärger zu machen. Bisher waren sie zu unserem Glück erst zweimal stark genug, um ausreichend Thelmarker außerhalb ihres Clans für eine offene Rebellion gegen die Krone zu gewinnen."

„Der erste Aufstand wurde von Königin Heretha und der zweite von König Justral zerschlagen", warf der Fürst ein.

„Zu einem hohen Preis." Olbin lehnte sich zurück und legte die Fingerspitzen aufeinander. „Beide Monarchen haben den Einsatz von so viel Charisma mit ihrem Leben bezahlt. Deshalb, so glauben wir, fürchtet jeder König und jede Königin das Wiedererstarken der Coridin mehr als irgendeine andere Bedrohung des Reichsfriedens."

„Können wir jetzt von etwas Anderem reden?" Lady Tiana stocherte lustlos in ihrem Feuerkraut herum.

„Aber ja, meine Liebe. Oder habt Ihr noch mehr Fragen zu den Coridin, Vollstreckerin?" fragte Olbin.

„Für den Augenblick habe ich genug gehört. Vielen Dank, Lord Olbin." erwiderte Caitlynn.

Das restliche Mahl hindurch drehte sich die Unterhaltung nur noch um alltägliche Dinge, wie die Jagd und die Aussaat im nächsten Frühling. Caitlynn zog sich nach dem letzten Gang, einem süßen Beerenkuchen, in ihr Gemach zurück, wo Zeldea auf sie wartete, um ihr beim Auskleiden zu helfen. In dieser Nacht hatte sie wirre Träume von einem gesichtslosen Coridin, der sie mit einem langen Dolch durch endlose, staubige Gänge jagte.

2

Caitlynn erwachte noch vor Morgengrauen. Der Sturm hatte sich ausgetobt, aber noch immer hing eine graue Wolkendecke über dem Land. Sie stand auf und entzündete eine Kerze. Als sie frisches Wasser in die Waschschüssel goss, klopfte es leise an ihre Tür und Zeldea huschte herein.

„Einen gesegneten Morgen, Vollstreckerin. Soll ich die Kohlenbecken entzünden?"

„Auch dir einen gesegneten Morgen. Ich wäre für etwas Licht und Wärme dankbar." Sie rieb sich die Arme. „So kalt ist es nicht einmal in einem Verlies."

„Ihr hättet ruhig noch ein paar Stunden schlafen können, Vollstreckerin. Um diese Zeit ist das ganze Schloss ein Eisblock. Wir heizen die Kohlenbecken und die Kamine so früh wie möglich an, aber es dauert, bis die Räume warm sind."

„Darauf kann ich leider nicht warten. Ich will die Morgenandacht nicht versäumen."

Zeldea beeilte sich. Als sie sah, wie Caitlynn ihre Hose und eine Bluse aus dem Schrank nahm, räusperte sie sich.

„Der Fürst heißt es nicht gut, wenn Frauen Männerkleider tragen."

„Sollte mich das stören?"

„Ein Kleid hält Euch sicher wärmer als diese dünnen Lederhosen."

„Ich kann nicht schon wieder das Graue tragen."

Zeldea trat zum Schrank. „Wenn Ihr erlaubt." Sie zog einen grünen Samtrock hervor und hielt ihn neben die Bluse. „Der Wind am Morgen schneidet durch Fleisch und Knochen. Aber damit seid Ihr gut gerüstet. Euer Umhang ist auch trocken, und Eure Stiefel habe ich gestern frisch poliert."

„Wer sich im Wald verirrt, muss mit den Wölfen heulen", sagte Caitlynn und seufzte. Zeldea lächelte zufrieden.

Wenig später verließ Caitlynn ihre Kammer. Mittlerweile fand sie sich in diesem Teil des Schlosses einigermaßen zurecht. In der großen Halle traf sie auf eine schwarzhaarige, junge Frau, die ein rotes Kleid über dem linken Arm trug. Sie knickste kurz im Vorbeigehen. Caitlynn eilte ihr nach und vertrat ihr den Weg.

„Bist du Esmena, die Zofe der Lady?"

„Und wenn es so wäre?" fragte die junge Frau schnippisch, sorgsam bedacht, ihr Standeszeichen unter dem roten Kleid zu verstecken.

„Du musst es sein, denn dieses Kleid hat Lady Tiana gestern Abend getragen. Weißt du, wer ich bin?"

„So viele Fremde gibt es im Schloss nicht, Vollstreckerin."

„Fein, dann weißt du auch, dass du mir ehrlich antworten sollst. Sofern du das kannst."

„Ich lüge nie. Ich bin keine falsche Schlange, nicht wie ...", fuhr sie auf und brach ab.

„Nicht wie Beryllis?"

„Das habt Ihr gesagt."

"Du warst keine Freundin der Ermordeten, oder?"

Esmena zog die schmalen Brauen zusammen. „Hat Zeldea geklatscht?"

„Ich möchte eine Antwort."

„Ich konnte das Weib nicht leiden, na und?" Esmena stemmte die freie Hand in die Hüfte. „Erst schmeichelt sie sich bei meiner Lady ein, dann stiehlt sie mir meinen Sandor."

„Wie ich hörte, war es die große Liebe."

„Liebe? Diese ... diese Schlange wusste nicht einmal, wie man Liebe buchstabiert. Sie hat doch jedem Mann schöne Augen gemacht. Nicht einmal Lady Tianas Verlobter..." Sie hielt inne und presste die Hand auf den Mund.

„Sprich weiter." Caitlynn lächelte. Jetzt wurde es interessant.

Esmena schüttelte den Kopf. „Ich sollte das Kleid ausbürsten, statt mit Euch zu tratschen."

„Nicht einmal Lady Tianas Verlobter konnte ihr widerstehen. Wolltest du das sagen?" Esmena presste die Lippen zusammen und starrte auf den roten Stoff an ihrem Arm.

Caitlynn musterte sie zweifelnd. „Hmmm.... Falls es stimmt, woher weißt du davon? Oder hast du nur wilde Gerüchte ausgestreut, um Beryllis in Verruf zu bringen?"

„Gerüchte?" Esmena hob ruckartig den Kopf. Ihre dunklen Augen blitzten. „Mit eigenen Ohren habe ich gehört, wie Lady Tiana ihr befahl, die Finger von Lord Olbin zu lassen..." Sie holte tief Luft, rote Flecken brannten auf ihren Wangen. „Lady Tiana hätte sie gleich vor die Tür setzen sollen."

„Damit alles wieder so wird wie zuvor?"

„Was wäre schlimm daran? Die Stelle der ersten Zofe und Sandor, beide waren sie mein, ehe sie auftauchte."

„Deine Stelle hast du wieder. Sandor kehrt vielleicht in ein paar Wochen oder Monaten in deine Arme zurück. Beryllis Tod hat deine Wünsche besser erfüllt, als wenn sie einfach nur gegangen wäre. Es hätte ja sein können, dass Sandor dann mit ihr geht, oder?"

Esmena wich einen Schritt zurück. „Wollt Ihr damit andeuten, ich hätte etwas mit dem Mord zu tun?"

„Grässliche Schnitte haben Beryllis Schönheit für immer zerstört. Sieh in dich hinein, Esmena! Hast du dir nie gewünscht, Beryllis hübsche Larve zu zerkratzen?"

Esmena schüttelte verzweifelt den Kopf. Sie wollte die Beschuldigung zurückweisen, aber kein Wort drang über ihre Lippen.

„Keine Antwort ist auch eine. Danke. Du hast mir sehr geholfen." Sie ließ Esmena stehen und eilte zum Tor.

„Ich bin unschuldig, bitte glaubt mir!" rief Esmena ihr nach.

„Wenn das die Wahrheit ist", sagte Caitlynn laut genug, dass Esmena es gerade noch hören konnte, „hast du nichts zu befürchten."

Sie trat durch das Tor und schritt über den schneebedeckten Hof zum Tempel.

Die Andacht hatte noch nicht begonnen. Der Fürst und seine Familie knieten gemeinsam mit dem Hüter, Hauptmann Sandor und einigen Bediensteten vor dem Altar.

Schräg hinter Lord Olbin kniete ein großer Mann im Schatten einer Säule. Caitlynn konnte sein Gesicht nicht erkennen. Er hielt sich abseits von den Bediensteten, so als wollte er nicht gesehen werden. Caitlynn wunderte sich, aber da lächelte Lord Camlayn ihr zu und sie vergaß den Fremden. Der junge Lord rückte ein Stück zur Seite, sodass sie sich zwischen ihn und Hauptmann Sandor quetschen konnte. Es war kein unangenehmes Gefühl, ihm so nah zu sein. Ihre Schultern berührten sich, und Caitlynn konnte die Wärme seiner Haut durch all die Kleiderschichten spüren. Sie errötete und zwang sich, das Gefühl zu ignorieren.

Ein Gong ertönte. Der Vorhang links hinter dem Marmoraltar raschelte, und Vermittler Kerit trat ein. Er verneigte sich vor dem Symbol der Allmächtigen, das an der Wand über dem Altar hing. Es war der übliche zweigeteilte, goldene Ring, in der einen Hälfte eine stilisierte Welle, in der zweiten eine Flamme. Auf dem Altar standen ein schlichter Tonkrug und eine kleine Kupferschale. Zwischen den Gefäßen lag eine Handvoll Weizenähren.

Kerit begrüßte die Gläubigen, sie sangen gemeinsam die Lobpreisungshymne. Danach bat der Vermittler um den Segen der Göttin. Aus dem Nichts erschien eine handgroße, honiggoldene Flamme. Sie schwebte über der Kupferschale ohne zu flackern oder zu rauchen. Jetzt betete jeder still für sich. Caitlynn bat um Kraft und Weisheit für ihre Aufgabe.

Der Vermittler legte die Ähren in die Flamme. Sie verbrannten lautlos. Kein Flöckchen Asche blieb über. Der Duft frisch gebackenen Honigkuchens zog durch den Tempel. Die Farbe der Flamme wechselte zu strahlend weiß. Sie sangen das Dankeslied.

Kerit nahm den Krug. Ein einziger Tropfen Wasser perlte heraus. Es zischte nicht, als er das Herz der Flamme traf. Sie wechselte zu leuchtendem Violett und verschwand.

Ein letztes gemeinsames Gebet für den kommenden Tag, und die Andacht war beendet.

Caitlynn beeilte sich, der verwirrenden Nähe Lord Camlayns zu entrinnen. In ihrer Hast stieß sie beinahe mit Lord Olbin zusammen.

Er unterhielt sich gerade mit dem großgewachsenen Fremden. Als Caitlynn diesen ungeniert musterte, bemerkte sie den öligen Schimmer seiner gelbbraunen Haut, die nach oben gezogenen Augenwinkel und das massige Kinn mit der doppelten Kerbe – der Mann war wenigstens zum Teil Coridin.

„Larog, mein Kammerdiener", stellte ihn Olbin hastig vor.

Caitlynn grüßte höflich. Als Larog den Gruß erwiderte, sah sie, dass er zwar das richtige Standeszeichen trug, aber sein Familienzeichen fehlte. Der Kammerdiener murmelte etwas und eilte aus dem Tempel.

Olbin blickte ihm kopfschüttelnd nach, hob die Achseln und ging zu seiner Verlobten. Caitlynn wollte ihm nach, überlegte es sich jedoch anders und nickte stattdessen dem Hüter-des-Geheimwissens zu. Sein lahmes Bein hinterließ eine Schleifspur im Schnee, als er sich zu ihr gesellte. „Einen gesegneten Tag, Vollstreckerin. Habt Ihr einen Wunsch an mich?"

„Auch Euch einen gesegneten Tag, Hüter. Wäre es möglich, den Spiegel noch vor dem Frühstuck zu öffnen?"

„Ja, natürlich. Bitte folgt mir." Er führte sie hinauf in den obersten Stock des fürstlichen Wohntrakts. Vor einer schwarzen Türe hielt er inne. Caitlynn sah kein Kreidezeichen, dennoch spürte sie den Schutzzauber, der auf dem Eingang lag. „Ein spezieller Siegelzauber", erklärte der Hüter. „Kerit hat ihn für mich angepasst. Wenn Ihr etwas zur Seite treten würdet..." Er sprach leise die Schlüsselformel. Ein sanfter Druck, und die Tür schwang auf.

Der Arbeitsraum des Hüters war angefüllt mit dicken Wälzern und Schriftrollen. Was auf den überfüllten Regalen keinen Platz gefunden hatte, stapelte sich auf dem großen Tisch, den Sesseln und sogar auf dem Boden. Durch ein schmales Fenster fiel das Morgenlicht auf den Spiegel, der neben der Türe an der Wand hing. Silberne Runen schmückten den dunklen Rahmen. Die glasklare Scheibe aus Kristall warf Caitlynns Spiegelbild makellos zurück.

Der Hüter zog einen gewundenen Kristallstab aus einem der vielen Fächer seines Schreibtisches.

„Seid Ihr bereit?" fragte er sie.

Caitlynn nickte. Telloc hob den Stab und malte ein verschlungenes Zeichen auf das Spiegelglas, wobei er die Öffnungsformel flüsterte. Die letzte Silbe hing noch in der Luft, da färbte sich der Spiegel schwarz. In der Mitte erschien ein Lichtpunkt.

„Der Spiegel ist bereit", sagte er und trat zur Seite.

„Ich würde gern ohne Zeugen mit meinem Meister sprechen."

Tellocs Gesicht verzog sich zu einer vernarbten Fratze. „Mir könnt Ihr vertrauen, Vollstreckerin."

„Kann ich das wirklich? Kann ich irgendjemandem in diesem Schloss vertrauen?"

„Dann habt Ihr das gestern Abend ernst gemeint?"

„Dachtet Ihr, ich scherze?" Caitlynn zog beide Brauen hoch.

„Aber Ihr verdächtigt nicht ernsthaft den Fürsten?", stammelte Telloc fassungslos.

„Könnt Ihr jeden seiner Schritte in der Mordnacht bezeugen? Wart Ihr sein Schatten in jeder Minute, während jedes Atemzuges?"

„Das nicht, aber..." Telloc rang nach Worten.

„Mehr gibt es nicht zu sagen."

„Er ist der Fürst!"

„Und sein Charisma sorgt dafür, dass seine Untertanen ihm treu ergeben sind. Ich dachte, ein Hüter sei gegen Adelscharisma zumindest teilweise gefeit. Gilt Eure Treue nicht länger der Krone und dem Roten Turm?"

Der Hüter blickte sie erbost an. „Darf ein Hüter seinen Fürsten nicht achten und respektieren?"

„Ardon ist nicht der Goldene Reif, er trägt ihn nur. Wie lange liegt der Tag seiner Prüfung zurück? Achtundzwanzig Jahre, oder sind es mehr?"

„Was soll das heißen?"

„Damals bestätigten die Hohen Vermittler des Weißen Turmes seine Lauterkeit. Aber Menschen verändern sich. Sagt mir, ist der Träger des Goldenen Reifs weniger menschlich, als eine Magd, die in der Schlossküche Teller wäscht?"

Tellocs Hände ballten sich zu Fäusten und öffneten sich wieder. Mehrmals setzte er zu einer Antwort an, brachte jedoch kein Wort heraus. Schließlich fragte er heiser. „Diene ich schon zu lange auf Baeldin?"

„Solange ihr dies noch fragen könnt, nein."

„Vollstreckerin, glaubt Ihr wirklich, dass der Fürst ...", er konnte den Satz nicht beenden.

„Ich muss alles prüfen und darf nichts für unmöglich ansehen, solange sich nicht das Gegenteil beweisen lässt. Allein Kerit ist eindeutig unschuldig."

„Der Vermittler? Aber wieso?"

„Die Andacht. Hätte er Beryllis getötet, wäre seine Seele so verdorben, dass die Allmächtige ihm ihre Gunst entzogen hätte."

„Ihr habt recht. Die Flamme, das Korn, der Duft, alles war wie immer. Der Segen der Göttin ruht noch immer auf ihm."

„Kann ich jetzt mit dem Schwarzen Turm sprechen – allein?"

„Wie Ihr wünscht. Ich warte solange draußen."

Kaum hatte Telloc den Raum verlassen, stellte sich Caitlynn vor den Spiegel und tippte auf den Lichtpunkt. „Der Schwarze Turm von Ibjadar."

Der Lichtpunkt wuchs, bis der ganze Spiegel hell erstrahlte. Caitlynn blickte in das sauertöpfische Gesicht von Solveig. Der Hüter-des-Geheimwissens vom Schwarzen Turm hatte seinen guten Tag.

„Seid gegrüßt Caitlynn. Wie ist das Wetter auf Baeldin?"

„Kaum besser als bei Euch. Würdet Ihr mir bitte, Meister Diacant vor den Spiegel rufen?"

„Ist Euch der alte Solveig nicht mehr gut genug?"

„Bitte, Hüter. Ich habe keine Zeit für Eure spitze Zunge."

„Schade. Geduldet Euch einen Moment."

Caitlynn wartete, ohne zu murren, bis der Meister vor den Spiegel trat. „Wie kommt Ihr voran, Caitlynn?" fragte er.

„Hier gehen seltsame Dinge vor, Meister Diacant. Die ermordete Zofe trug ein falsches Standeszeichen."

„Seid Ihr da sicher?", fragte der Meister.

„Ich konnte es mit Lösungsmittel abwischen. Ihr rechter Handrücken ist leer. Meister", Caitlynn senkte die Stimme, „gibt es neue Gerüchte zu den Rebellen in Thelmark? Lady Tiana von Baeldin ist mit Lord Olbin von Thelmark verlobt."

„Aha, daher weht der Wind." Der Meister dachte kurz nach. „Soll ich meine Fühler ausstrecken?"

„Das würde nicht viel bringen, fürchte ich. Bei offiziellen Anfragen geben sich die Meister des Grauen Turmes verschwiegen wie die Monolithen. Vielleicht erreiche ich mehr als Ihr."

„Es wäre einen Versuch wert. Solveig wird Euren Ruf an den Meister des Grauen Turmes weiterleiten. Viel Glück."

Der Meister trat zurück, und Solveig erschien wieder im Spiegel.

„Ich werde meinen Kollegen im Grauen Turm vorwarnen. Dann müsst Ihr Euch nicht mit ihm und den niederen Geheimniskrämern abmühen. Allerdings könnte das etwas dauern."

„Das ist es mir wert. Danke, Solveig."

„Für Euch tue ich das gern. Meldet Euch bald wieder."

„So rasch es Neues zu berichten gibt."

Solveig zog einen Kristallstab hervor, und der Spiegel wurde schwarz. Als er sich nach wenigen Minuten wieder klärte, stand Caitlynn dem Meister vom Grauen Turm gegenüber. Meister Horim glich mehr einem reichen Kaufmann als einem Meisterspion. Doch sein freundliches Lächeln war genauso täuschend wie seine Unbeholfenheit und der Schalk in seinen Augen.

„Ich habe von Euch gehört, Vollstreckerin", sagte er.

„Dann wisst Ihr auch, an welchem Fall ich gerade arbeite?"

„Ihr sucht den Mörder einer Zofe."

„Einer falschen Zofe."

„Ach nein?" Sein feistes Gesicht starrte sie verblüfft an.

„Dass sie falsch war, kann ich beweisen. Und ich glaube, Ihr wisst das genauso gut wie ich."

„Wie kommt Ihr denn darauf?" Er lachte, dass seine Hängebacken wabbelten, und hielt sich mit seinen ringgeschmückten Wurstfingern den Bauch.

„Erspart mir Eure hohen Künste der Verstellung, Meister Horim, oder wollt Ihr, dass der grausame Mord ungesühnt bleibt?"

Schlagartig verschwand das Grinsen aus dem roten Gesicht. „Hat sie sehr gelitten?"

„Mehr als Ihr Euch vorstellen könnt."

„Ihr werdet den Mörder finden und ihn richten." Es klang wie ein Befehl.

„Dazu brauche ich ehrliche Antworten von Euch, Meister Horim."

„Ist das eine offizielle Anfrage?"

„Damit Ihr mich mit hohlen Phrasen hinhaltet, bis die Krone Euch erlaubt, mir ein paar Kleinigkeiten zu verraten?"

„Was wollt Ihr wissen?"

„Lasst uns ein wenig spekulieren. Angenommen, die falsche Zofe wäre eine Agentin der Krone gewesen, warum hätte der Graue Turm sie nach Baeldin gesandt?"

„Vielleicht wegen der Gerüchte, die Rebellen in Thelmark hätten begonnen, auch Adelige auf ihre Seite zu ziehen. Falls das wahr wäre, könnte durch die Heirat Lady Tianas mit Lord Olbin auch aus Baeldin eine Brutstätte des Verrates werden."

„Gäbe es denn Beweise, dass das Fürstenhaus von Thelmark oder das von Baeldin mit den Rebellen sympathisiert?"

„Diese Agentin, die es nie gegeben hat, hätte mir vielleicht berichtet, dass sie auf eine Spur gestoßen wäre, ohne mir Einzelheiten zu nennen. Und sie hätte möglicherweise auch um ihre Entlassung gebeten."

„Um zu heiraten?"

„In der Tat. Diese falsche Zofe wäre nach Abschluss des Auftrags eine echte Zofe geworden."

„Beryllis hätte sicher nicht zu den "Gesichtslosen", gehört oder?"

Der Meister lächelte traurig. „Nein. Jana", er schluckte. „Beryllis wäre eine 'Fackel' gewesen, welche fast jeden Mann im Reich hätte bezaubern können."

„Auch den dritten Sohn eines Fürsten?"

„Selbst, wenn er der erste Sohn und über neunzig gewesen wäre. Aber", Meister Horim machte eine wegwerfende Geste, „das ist alles nur Spekulation, ein Gedankenspiel, nichts weiter. Es hat nie eine Agentin namens Beryllis gegeben."

„Natürlich nicht."

„Viel Erfolg, Vollstreckerin."

Sein Bild verschwand. Caitlynn rief Telloc herein. Auf ihre Bitte hin schloss der Hüter den Spiegel.

„Wie gut kanntet Ihr Beryllis?" fragte sie ihn.

„Nicht sehr gut. Wir sahen uns nur bei den Andachten und an der Tafel des Fürsten."

„Ihr habt Euch nicht um ihre Gunst bemüht?"

„Wie kommt Ihr darauf? Sie war Lord Camlayns Geliebte, ehe sie auf Sandors hübsches Gesicht hereinfiel."

„Ihr mögt Sandor nicht? Weshalb?"

„Er war ihrer nicht wert. Wenn er zu viel getrunken hatte, konnte das halbe Schloss ihn grölen hören. Er geriet wegen jeder Kleinigkeit in Zorn und warf Beryllis vor, ihn zu betrügen. Ich bin sicher, er hat sie in einem seiner Wutanfälle getötet. Sie hätte jemand besseren verdient..."

„Jemanden wie Euch?"

„Ich sagte doch schon ...", wiederholte Telloc, aber etwas am Klang seiner Stimme ließ Caitlynn aufhorchen.

„Ein Hüter sollte wissen, dass man eine Vollstreckerin nicht belügen darf."

„Wie kommt Ihr darauf, dass ich Euch belüge?", fuhr er auf.

Hastig errichtete er einen magischen Schild um seine Gefühle zu verbergen, doch seine Gabe war darin nicht geübt. Unerbittlich blieb Caitlynns Blick auf sein Gesicht gerichtet, als sie sagte: „Ihr könnt Euer wahres Selbst nicht vor mir verbergen. Vielleicht kann ich Euch nicht zur Wahrheit zwingen, aber ich werde jede Eurer Lügen entlarven, und wenn Ihr Euch hinter zehn Schilden versteckt."

Telloc zuckte zusammen, beeilte sich, seine Abwehr zu verstärken und setzte ein störrisches Gesicht auf. Schwer seufzend nutzte Caitlynn ihre Gabe wie eine Speerspitze, fand die schwächste Stelle seines Schildes und schlug die halbherzige Abwehr in Stücke.

Telloc stützte sich schwer auf seinen Schreibtisch und schnappte nach Luft. „Wie könnt Ihr nur, ich bin ein Hüter und nicht mal der Fürst wäre in der Lage...", keuchte er.

Caitlynn ging darauf nicht ein, zu unangenehm war ihr das Thema. „Wollt Ihr mir jetzt die Wahrheit erzählen? Was war zwischen Euch und Beryllis?"

Der Hüter sank in sich zusammen. „Ich habe sie begehrt. Aber sie war Camlayn verfallen. Er spielte mit ihr, bis er ihrer überdrüssig war. Ich hätte sie getröstet, doch sie warf sich Olbin an den Hals."

„Das ist nur ein Gerücht, oder wisst Ihr mehr?"

„Ich habe die beiden gesehen."

„Wo?"

„In Olbins Zimmer, in seinem Bett."

Sie runzelte die Stirn. „Unmöglich."

Der Hüter wich ihrem Blick aus. „Ich tauschte den normalen Spiegel in Lord Olbins Gastgemach gegen einen magischen aus. Es war nur ein kurzer Blick, aber das hat genügt. Mir wird jetzt noch übel, wenn ich daran denke."

Es war Hütern streng verboten, ihre Spiegel zur privaten Spionage einzusetzen, aber Caitlynn sah im Moment darüber hinweg. „Habt Ihr jemandem davon erzählt?"

„Nein."

„Auch nicht Lady Tiana?"

„Warum sollte ich? Es hätte ihr nur Schmerz bereitet."

„Ihr habt nicht versucht, Beryllis mit Eurem Wissen zu erpressen?"

Telloc starrte zu Boden.

Caitlynn wartete.

Er fuhr sich durch die Haare, ohne den Blick zu heben. „Nicht sofort. Ich wollte warten bis die Sache mit Olbin vorbei war und mich ihr dann wieder nähren. Aber es verging keine Woche, nachdem Olbin mit ihr gebrochen hatte, da hatte sie sich schon Sandor geangelt."

„Also habt Ihr aufgegeben?" Caitlynn musterte ihn aus schmalen Augen. „Habt Ihr Beryllis nie Eure Liebe gestanden?"

Telloc wandte den Kopf, sodass Caitlynn sein Gesicht nicht sehen konnte. „Müsst Ihr das wirklich wissen?"

„Ich brauche alle Informationen, die ich bekommen kann", sagte Caitlynn, und fügte sanft hinzu, „Bitte."

„Nun gut." Telloc räusperte sich und starrte zum Fenster hinaus. „Ein einziges Mal gestand ich ihr, dass ich sie liebte."

„Was sagte sie?"

Tellocs Hände krampften sich zu Fäusten. „Sie wies mich ab."

„Freundlich?"

„Freundlich?" Telloc lachte kurz. „Mit einer Missgeburt wie mir würde sie sich nicht einmal dann einlassen, wenn ich der einzige Mann im ganzen Reich wäre." Er sah Caitlynn an, die Augen dunkel vor unterdrückter Wut. „Erst dann habe ich es mit Erpressung versucht. Ich wollte, dass sie zittert, dass sie sich windet."

„Gab Beryllis nach?"

Telloc lachte, es war ein bitteres Lachen. „Nein, sie ahnte, wie ich ihrem Geheimnis auf die Spur gekommen war. Ein Wort von mir, und sie würde mich beim Meister vom Roten Turm verpetzen, sagte sie."

„Also hatte sie Euch in der Hand statt umgekehrt."

„So kann man es sehen. Welche Wahl hatte ich denn? Ich bin seit fast fünfzehn Jahren auf Baeldin. Der Fürst, seine Familie und die Bediensteten respektieren mich, sie sind meine Familie, mein Zuhause. Ich brachte den richtigen Spiegel zurück. Sie hatte mich in der Hand, und sie genoss es. An diesem Tag habe ich sie gehasst, damals wünschte ich mir, ich könnte sie ..." Er hielt inne und schluckte.

„Sie was? Töten?"

Telloc nickte widerstrebend. „Aber ich habe es nicht getan. Das schwöre ich." Seine Gefühle waren ein wirres Durcheinander. Caitlynn spürte den Zorn, der wieder in ihm brodelte, aber auch Schmerz und ehrliche Trauer um Beryllis. Hass oder Liebe – was hatte in der Mordnacht die Oberhand in seinem Herzen?

„Ich danke Euch für Eure Hilfe, Hüter Telloc", erwiderte Caitlynn und wandte sich dem Ausgang zu.

„Ihr glaubt mir doch, oder?" fragte Telloc. „Ihr müsst mir glauben."

An der Türschwelle drehte Caitlynn sich noch einmal kurz um. „Ich muss nur eines, den wahren Mörder finden", sagte sie und ließ einen sehr verwirrten Hüter zurück.

Auf ihre Bitte hin führte sie ein Diener zu den Privatgemächern des Fürsten. Bei ihrem Eintreten saß er in seinem Schreibzimmer am Tisch, einen halb beschriebenen Bogen Pergament vor sich, und einen Stapel beschriebener Bögen an der Seite liegen. Er steckte die Schreibfeder ins Tintenfass und fragte: „Habt Ihr von meinen Bediensteten alles erfahren, Vollstreckerin?

„Ich habe einige Antworten gefunden, aber noch längst nicht alle", sagte Caitlynn.

Er beugte sich vor, die Arme auf die Tischplatte gestützt. „Wollt Ihr Euer Wissen mit mir teilen?"

„Kann ich mich auf Eure Verschwiegenheit verlassen?"

„Ich bin der Träger-des-Goldenen-Reifs." Er ließ sie kurz sein Charisma spüren.

Sie nahm es zur Kenntnis ohne ihre Schilde zu verstärken oder dagegen zu halten. „Ihr seid Herr eines Hauses, in dem ein Mörder umgeht."

Er runzelte die Stirn und zog sein Charisma zurück. „Ich werde niemandem auch nur eine Silbe verraten. Zufrieden?"

Sie blieb wachsam. „Gebt Ihr mir Euer fürstliches Wort darauf?"

Der Fürst maß sie mit einem Blick, den er wohl für besonders schwerfällige Untergebene übrig hatte. „Wenn Ihr darauf besteht." Die Fingerspitzen seiner rechten Hand berührten kurz seine Stirn. „Bei meiner Ehre als Fürst". Die zweite Hand mit seinem Familienzeichen legte er auf die Mitte seiner Brust. „Bei meinem Seelenheil und der Gnade der Allmächtigen."

Caitlynn nickte. „Ich danke euch." Sie senkte die Stimme. „Solltet Ihr Euer Wort brechen, wird die Krone davon erfahren."

„Die Krone? Warum bringt Ihr die Königin ins Spiel? Es geht doch nur um den Mord an einer Zofe, oder ist da mehr?"

Caitlynn sah ihn eindringlich an. „Beryllis war weit mehr als eine Zofe. Sie war eine Fackel des Grauen Turmes."

3

„Beryllis – eine Agentin? Lächerlich."

„Der Meister des Grauen Turmes hat nicht gelacht, als ich ihn darauf ansprach."

Seine Hände schlossen sich zu Fäusten. „Wie habt Ihr es herausgefunden?"

„Ihr rechter Handrücken. Das Zofenzeichen war aufgemalt."

„Sie hätte eine Hochstaplerin sein können."

Caitlynn schüttelte lächelnd den Kopf. „Sie hat mit ihrem Können der besten Zofe im Schloss den Rang abgelaufen. Beryllis hätte leicht die nötigen Prüfungen bestehen können, um ein rechtmäßiges Zofenzeichen zu erhalten."

Der Fürst zog die Brauen zusammen. „Aber weshalb sollte die Krone eine Agentin nach Baeldin entsenden?"

„Eure Tochter ist mit einem Fürstensohn aus Thelmark verlobt."

„Es geht um die neue Rebellion, die sich angeblich zusammenbraut?"

„Ihr wisst davon?"

„Gerüchte lassen selbst den Wind hinter sich. Ich kann Euch versichern, dass das Fürstenhaus von Thelmark sich nie mit diesen Bastardcoridin und ihrem Gefolge einlassen würde. Lord Olbin ist über jeden Zweifel erhaben." Seine Stimme war bei jedem Wort lauter geworden.

Caitlynn lächelte. „Ich glaube Euch. Schließlich hatte Jana Zeit genug, ihn auf Herz und Nieren zu prüfen."

„Jana?"

„Beryllis wahrer Name."

„Wie meint Ihr das 'auf Herz und Nieren prüfen'?"

„Ihr wisst davon, oder?"

Das Gesicht des Fürsten gefror. „Drückt Euch genauer aus!"

„Jana hat nicht nur einem Lord das Bett gewärmt."

Der Fürst stemmte die Fäuste auf die Tischplatte und stand langsam auf. „Ihr seid auf dem falschen Weg, Vollstreckerin. Das sind Lügen und Gerüchte. Ihr solltet in einer anderen Richtung weitersuchen."

Sein Blick bohrte sich in Caitlynns Augen. Die Vollstreckerin spürte, wie er seinen Willen sammelte. Sie musste ihn aufhalten. Eilends baute sie einen Schutzwall auf. „Lasst das!" sagte sie mit schneidender Stimme. „Wollt Ihr den Goldreif riskieren, um Eure Tochter zu schützen, die vielleicht gar keines Schutzes bedarf?"

Der Fürst zuckte zusammen. Seine Attacke verpuffte ins Leere, ohne Schaden anzurichten. Schwer atmend ließ er sich in den Sessel fallen. „Ihr wandelt auf gefährlichem Boden, Vollstreckerin" sagte er.

„Damit verdiene ich mein Brot." Sie legte die Hand wie zufällig auf den Schmerzstein. „Lady Tiana wusste also von Lord Olbins Untreue."

Der Fürst sagte nichts. Caitlynn wartete. Endlich wandte Fürst Ardon den Kopf zu dem großen Bild, das gegenüber an der Wand hing. Die freundlich lächelnde Frau, die darauf einen Blumenstrauß betrachtete, glich Camlayn sehr. Leise begann der Fürst zu sprechen: „Ich spürte, dass Tiana etwas bedrückte. Erst weigerte sie sich, darüber zu sprechen, aber dann hat sie sich bei mir ausgeweint. Ich wollte die Zofe sofort aus dem Schloss jagen und die Verlobung lösen."

„Das wäre die übliche Lösung."

„So dachte ich auch. Aber Tiana sagte, sie werde es auf ihre Weise regeln."

„Und nun fürchtet Ihr, dass 'ihre Weise' Jana das Leben gekostet hat."

„Dabei hatte sie keinen Grund mehr. Nachdem sich Beryllis mit Sandor verlobt hatte, war die Affäre mit Olbin beendet." Der Fürst sprach mit solchem Nachdruck, als müsse er sich selbst überzeugen.

„Aber die Gerüchte brodelten weiter, nicht wahr? Jana soll es mit der Treue nicht so genau genommen haben. Gekränkter Stolz und Eifersucht sind starke Kräfte, Fürst."

„Meine Tochter würde nie einen Menschen töten!"

„Vor der Seele jedes Menschen hängen tausend Schleier." sagte Caitlynn ruhig. „Manchmal kennen wir nicht einmal uns selbst."

„Habt Ihr noch mehr Fragen?" quetschte der Fürst zwischen den Zähnen hervor. Caitlynn spürte, dass seine Beherrschung auf wackligen Beinen stand.

„Vielleicht später." Sie berührte noch einmal kurz die goldene Kapsel, verbeugte sich und ließ den Fürsten allein.

Beim Mittagessen schien niemand recht Appetit zu haben. Schweigend stocherten sie im Essen herum. Camlayn versuchte, die Stimmung aufzulockern, und erzählte Caitlynn von seinen Besuchen am Königshof. Seine amüsanten Anekdoten heiterten die Vollstreckerin auf, und ihr Widerstand gegen seinen Charme schmolz.

„Hat Euch schon jemand durch Baeldin geführt?" fragte er.

„Nein."

„Dann erlaubt mir, Euer Führer zu sein. Nach dem Essen zeige ich Euch das Schloss."

Der Fürst sah von seinem Teller auf und warf Camlayn einen mahnenden Blick zu. „Vergiss die Einäscherung nicht."

„Wir werden rechtzeitig beim Tempel sein", versprach Camlayn.

Er erwies sich als kundiger und unterhaltsamer Führer. Sie besichtigten die Ahnengalerie, die Uhrensammlung, die Waffenkammer und das Musikzimmer. Zuletzt zeigte Camlayn ihr mehrere Räume, die mit Spielzeug und kleinen Möbeln angefüllt waren.

„Hier haben ich und meine Schwester die Kindheit verbracht. Die Tür links führt in das Zimmer, wo das Kindermädchen schlief, und dort rechts geht es in den Stall."

„Ein Stall mitten im Schloss?" fragte Caitlynn ungläubig.

Camlayn lachte. „Mit acht bekam ich mein erstes Pony, es hieß Sidara. Keine Minute wolle ich mich von ihm trennen. Es gab einen harten Kampf, aber Mutter überzeugte alle, dass der Weg vom Kinderzimmer bis in den Stall für mich zu weit war. So baute man das Nähzimmer meiner Schwester zu einem Ponystall um."

Caitlynns Blicke glitten über die seidenen Tapeten und die dicken Teppiche auf dem polierten Holzboden. Sie dachte an Pferdeäpfel und scharfe Hufe und schüttelte den Kopf. „Ihr habt wohl immer bekommen, wonach Euch der Sinn stand?"

Es gelang Camlayn, gekränkt auszusehen. „Schließlich bin ich der einzige Sohn."

„Wolltet Ihr Beryllis auch so sehr wie das Pony?"

Ein Schatten glitt über Camlayns Gesicht. „Furchtbar, was mit ihr passiert ist. Sie war so zauberhaft, so süß und zart wie ein Schmetterling..."

„Den Ihr eingefangen habt."

„Sie war meine Geliebte, na und? Immerhin hatte sie es mir zu verdanken, dass sie im Königsschloss meine Schwester bedienen durfte. Ich wollte sie in meiner Nähe haben. Leider entwickelte sie auf Baeldin plötzlich Besitzansprüche. Sie jammerte mir vor, ein ehrliches Verhältnis zu wollen." Er zuckte die Achseln. „Ich bin kein Mann, der wegen einer Zofe seine Freiheit opfert. So leid es mir tat, ich musste sie verstoßen." Camlayn streifte Caitlynn mit bewunderndem Blick. „Ihr seid ganz anders als sie. Ich spüre eure Ernsthaftigkeit und die Kraft, die unter eurer stillen Oberfläche lauert. Ihr seid etwas Besonderes, Caitlynn."

Die Art, wie er ihren Namen aussprach, schickte ihr einen wohligen Schauer über den Rücken. Seine Hand fasste sie an der Schulter. Eingelullt durch sein Charisma vermochte sie sich nicht von der Stelle zu rühren. Er strich mit dem Daumen über ihre Unterlippe. Gebannt starrte sie in sein Gesicht.

Camlayns Lippen verzogen sich zu einem selbstgefälligen Lächeln. Sofort brach der Zauber, und Caitlynn beeilte sich, eine Barriere zwischen ihr und seinem magischen Charme zu errichten. Sie sah ihn missbilligend an und trat einen Schritt zurück. „Vielen Dank für die Führung, Lord Camlayn. Aber ich denke, es ist an der Zeit, dass wir uns zum Tempel begeben."

Für einen Augenblick vermeinte sie, Ärger in seinem Gesicht zu sehen, doch dann hob er die Hände und lächelte. „Wie Ihr wünscht, Vollstreckerin."

Sie beschränkte sich auf ein knappes Nicken und machte sich mit langen Schritten auf den Weg in den Tempelhof.

In der Halle trafen sie auf Lady Tiana und Lord Olbin.

„Geht ihr beide bitte voraus", bat Tiana. „Ich möchte mich mit der Vollstreckerin unter vier Augen unterhalten."

Als die Männer außer Hörweite waren, wandte sie sich an Caitlynn. „Wie gefällt Euch Baeldin?"

„Beeindruckend. Lord Camlayn hat mir auch den Kindertrakt gezeigt."

„Ein Berg Spielzeug für ein einziges Kind."

„Für ein einziges Kind?"

Tiana nickte. „Ich bin drei Jahre älter als Camlayn, aber meine Spielsachen hätten kaum zwei Kisten gefüllt. Wann immer meine Mutter Camlayn und mich nach Forlas oder in eine andere Stadt mitnahm, fand mein Bruder etwas, das er unbedingt haben wollte. Reichte sein Charme nicht aus, so halfen Wutanfälle. Er setzte seinen Willen durch. Meist verlor er nach einigen Tagen das Interesse am neuen Spielzeug und warf es in eine Ecke. Einige Sachen schenkte er den Dienstbotenkindern oder mir. Das allermeiste verstaubte in den Schachteln und Kisten. Ich durfte keines davon auch nur anfassen, obwohl er selber nicht mehr damit spielte." Tiana holte tief Luft. „Aber eigentlich wollte ich nicht über meine Kindheit plaudern."

„Das habe ich mir fast gedacht."

„Mein Vater sagte mir, dass Ihr mich verdächtigt, Beryllis getötet zu haben."

Caitlynn seufzte. „Es ist wohl besser, Ihr wisst es auch. Beryllis hieß in Wirklichkeit Jana, und sie war eine Fackel des Grauen Turms."

Lady Tiana ließ sich davon noch schwerer überzeugen als ihr Vater. Schließlich riss Caitlynn der Geduldsfaden. „Macht es so viel Spaß, die Märtyrerin zu spielen, oder seid Ihr einfach unfähig zu vergeben?"

Tiana musterte die Vollstreckerin aus schmalen Augen. „Worauf wollt Ihr hinaus?"

„Jana tat, was sie tun musste. Lord Olbin hatte keine Chance, der Magie einer Fackel zu widerstehen. Jana hat genug gelitten, und Lord Olbins Liebe kann nicht ewig Eurer Verbitterung trotzen. Streift das Gift von Eurer Seele, um Eures Glückes willen."

Lady Tiana setzte eine hochmütige Miene auf. „Ihr redet Unsinn. Es gibt nichts zu vergeben."

„Soll ich Lord Olbin fragen? Oder", der Gedanke kam ihr erst jetzt, „Esmena?"

Tiana presste die Lippen fester aufeinander. Doch ihre Rüstung zeigte die ersten Risse.

„Esmena hat die beiden gesehen, nicht wahr? Vielleicht hat sie nur an der Tür gelauscht und das Liebesgeflüster …" Weiter kam Caitlynn nicht.

Tiana blieb mit einem Ruck stehen. Sie schlang die Finger ineinander und starrte auf den Schnee zu ihren Füßen. „Diese Schlange hat immer getan, als könne sie kein Wässerchen trüben. Ich sagte Ihr, sie solle die Finger von Olbin lassen oder …"

„Oder?"

„Oder ich würde ihr das Gesicht zerkratzen und sie hinausjagen in den nächsten Schneesturm, nur mit dem dünnen Fähnchen am Leib, mit dem sie in sein Gemach schlich." Sie hob ruckartig den Kopf. Ihre Augen loderten. „Wie konnte sie es wagen, ihn mir wegzunehmen? Mir, der Tochter des Fürsten?"

„Ihr habt immer um alles kämpfen müssen, nicht wahr?"

Tiana starrte ins Leere. „Als Mutter noch lebte, ließ sie mich jeden Tag spüren, wie sehr sie Camlayn an meine Stelle wünschte. Aber mein Charisma ist stärker. Ich bin die Erbin des Goldreifs."

Caitlynn verzichtete darauf, Tiana daran zu erinnern, dass sie sich erst mit anderen möglichen Erben würde messen müssen. Da war doch noch etwas, eine Frage, die sie noch nicht gestellt hatte...

Noch während sie überlegte, rief sie der Gong. Die beiden Frauen beschleunigten schweigend ihre Schritte und holten die Männer noch vor dem Tempelhof ein.

Sie hatten Jana auf den Scheiterhaufen gebettet. Die Sonne blinzelte durch eine Lücke im Wolkendach. In ihrem harten Licht traten die Wunden in grausamer Deutlichkeit hervor.

Hauptmann Sandor stand mit dem Fürsten und Telloc auf der linken Seite des Haufens, rechts hatten sich die Bediensteten des Schlosses versammelt. Olbin, Camlayn, Tiana und Caitlynn gesellten sich zum Fürsten. Über den Holzhaufen hinweg beobachtete Caitlynn, wie Larog sich leise mit einem bulligen Mann unterhielt, dessen Gesichtszüge ebenfalls Coridinblut verrieten. An seinem Gürtel steckte eine Lederpeitsche, das Standessymbol der Kutscher. Die beiden hielten sich bewusst abseits.

Der Gong erklang zum zweiten und gleich darauf zum dritten Mal. Kerit stieg die Stufen vom Tempel herab, in der Hand den weißen Stab mit dem goldenen Symbol der Göttin. Neben Sandor blieb er stehen und hob den Stab über seinen Kopf.

„Als Ebel, der Erste Prophet der Allmächtigen, auf dem Sterbebett lag, versammelten sich seine Anhänger um ihn und wehklagten. Da hieß er sie zu schweigen und sprach: 'Was weint und jammert ihr? Meine Seele schickt sich an, die Herrlichkeit der Allmächtigen zu schauen. Fürwahr, glaubt ihr etwa, ihr würdet mich verlieren, nur weil mein Körper verdirbt? Habe nicht ich euch gelehrt, dass alle Seelen durch IHRE Macht verbunden sind, egal ob gefangen oder frei? Darum klagt nicht, sondern bereitet euch darauf vor, mir zu folgen, wenn eure Zeit gekommen ist.' Mit diesen Worten verschied der Prophet, und seine Seele begab sich in die Hände der Allmächtigen. Sein Körper jedoch wurde getreu seinen Wünschen mit den Elementen der Schöpfung vereint, um wieder in den Kreislauf des Lebens einzutreten. So steht es in der Heiligen Überlieferung geschrieben."

„Wir vertrauen auf IHRE Worte", murmelten alle im Chor.

„Die Seele der so plötzlich von uns gegangenen Beryllis war nicht frei von Schuld, wie die Seele des Propheten. Aber im Ritus der Reinigung bereute sie und erneuerte ihren Glauben. Durch die mir verliehene Macht als Vermittler löste die Allmächtige Beryllis Seele aus den irdischen Ketten, und sie fand Eingang in IHRE Herrlichkeit."

„Möge auch uns diese Gnade widerfahren."

„Wir haben uns hier versammelt, um Beryllis Körper getreu der Überlieferung dem ersten Element der Schöpfung zu übergeben, dem Feuer. Ein Drittel ihrer Asche wird der Wind davontragen, das zweite Drittel wird auf die Felder gestreut, und das letzte Drittel wird der Fluss verschlingen. So tritt Beryllis Körper wieder in den ewigen Kreislauf der Schöpfung ein."

„So hat der Erste Prophet es uns gelehrt."

Der Vermittler senkte den Stab und schloss die Augen. Seine Lippen bewegten sich, als er die Allmächtige um Beistand anflehte. Eine Flamme zuckte aus der Mitte des Stabes und setzte den Scheiterhaufen in Brand. Man hatte Janas Körper und auch das Holz mit duftenden Ölen übergossen und mit Feuerpilzpulver bestreut. Es dauerte keine drei Lidschläge, da stand der Haufen in Vollbrand. Schweigend betete jeder still für sich, bis die Flammen den Körper verschlungen hatten.

Die Dienstboten zogen sich als erste zurück, dann Telloc und Camlayn. Der Fürst machte als nächster das Zeichen der Allmächtigen. Lord Olbin und Lady Tiana folgten kurz darauf. Caitlynn schloss sich ihnen an. Sandor würde Kerit dabei helfen, die Asche des Scheiterhaufens in drei geweihte Kupfergefäße zu füllen und den Ritus abschließen. Das war angemessen, da er Jana am nächsten gestanden hatte.

Caitlynn ging zwei Schritte hinter Olbin und Tiana her. Die Tochter des Fürsten redete leise auf ihren Verlobten ein. Caitlynn sah das Erstaunen auf seinem Gesicht und ärgerte sich. Sie hatte vergessen, Lady Tiana um Geheimhaltung zu bitten. Olbin hätte als letzter von Beryllis wahrer Identität erfahren sollen.

„Vollstreckerin?" Lady Tiana blieb stehen und drehte sich zu ihr um, „wisst Ihr, warum die Krone uns eine Agentin geschickt hat?"

Caitlynn wiederholte, was sie vom Meister des Grauen Turmes erfahren hatte. Lord Olbin wurde abwechselnd rot und blass. „Die Krone glaubt, dass mein Haus mit den Rebellen unter einem Fell steckt?" Die Ader an seiner Stirn trat hervor. „Mit diesen Verrätern, die Thelmark an die Coridin verschachern wollen?"

Tiana legte ihm eine Hand auf den Arm. „Die Vollstreckerin hat auch gesagt, dass die Agentin dich von jedem Verdacht freisprach." Sie strich ihm leicht über die Narbe in seinem Gesicht. „Erzähl ihr davon."

Olbin packte Tianas Hand, als wollte er sie zurückstoßen. Aber dann drückte er sie und sah Caitlynn offen an. „Ich habe meine jüngste Schwester Carinda an einen Coridinüberfall verloren, derselbe Überfall hat mir dieses 'Andenken' eingebracht. Wir hängen das nicht an die große Glocke, aber wir haben bis heute nicht herausfinden können, wer den Coridin den Hinweis gegeben hat, wo sie mir und Carinda auflauern konnten."

Er fuhr sich durchs Gesicht, wie um die Erinnerung abzustreifen. „Vater hob jedes bekannte Rebellennest aus und ließ die Gefangenen durch einen Adepten des Schwarzen Turmes befragen. Keiner schien etwas zu wissen."

„Trotzdem umgebt ihr Euch mit Dienstboten, die halbe Coridin sind?"

„Ihr meint Larog und Thelb, den Kutscher? Die beiden sind bei uns auf dem Schloss aufgewachsen und dienen seit jeher meiner Familie. Mein Vater hat sie bei seinen Angriffen auf die Coridin aus einem ihrer dreckigen Dörfer gerettet, wo sie als Mischlingskinder wie die Hunde gehalten worden sind. In ihrem Herzen sind sie so wenig Coridin wie Ihr und ich. Hier halten sie sich abseits, weil sie das Misstrauen spüren, das ihnen entgegenschlägt. Larog könnte ein schönes Zimmer im Dienstbotentrakt haben, aber er schläft lieber bei Thelb im Stall."

„Habt ihr das alles auch Jana erzählt?"

Lord Olbin vermied es, in Tianas betont gelassenes Gesicht zu blicken. „Das habe ich. Eine harmlose Frage hier, ein wenig Mitgefühl da, sie war beinahe so gut wie Ihr."

„Kurz darauf hat sie das Verhältnis beendet. War es ein sanftes oder ein brutales Ende?"

Seine Wangen röteten sich, er straffte die Schultern. „Sie ließ einfach die Maske fallen. Ich sei ein lausiger Liebhaber, und sie habe sich nur mit mir eingelassen, um Camlayn eifersüchtig zu machen." Er kratzte sich am Hinterkopf. „Ich bin nicht stolz auf meine Reaktion. Aber egal wie ich tobte oder sie zu umschmeicheln versuchte, sie lachte mich nur aus. Ich hätte sie auf der Stelle erschlagen können, so wütend war ich." Tiana schnappte nach Luft. Lord Olbin sah sie fest an. „Ich habe es nicht getan, ich habe sie nicht ermordet." Er ließ alle Barrieren fallen, sodass Caitlynn seine widerstreitenden Gefühle gut zu deuten vermochte. Scham, Reue, Bedauern, aber auch immer noch ein Rest von Ärger.

Caitlynn sah ihn offen an. „Zumindest fühlt Ihr Euch nicht schuldig an ihrem Tod."

„Mein Verlobter sagt die Wahrheit", fauchte Lady Tiana. „Wie könnt Ihr ... Ihr Niemand an seinem Wort zweifeln."

Die Schale war verdächtig dünn geworden. Lady Tiana hielt sich nur mit Mühe zurück, ihr mächtiges Charisma zu Olbins Schutz einzusetzen. Caitlynn überprüfte ihren eigenen Schutzwall, ehe sie betont kühl sagte: „Ich wage zu zweifeln, weil dies meine Aufgabe ist. Lord Olbin ist weise genug, sein Charisma nicht gegen eine Vollstreckerin zu richten." Sie hatten das große Wohngebäude erreicht. Caitlynn klopfte den Schnee von ihren Stiefeln. „Ich bin sicher, als Tochter eines Fürsten steht ihr Eurem Verlobten darin nicht nach."

„Zu Eurem Glück", zischte Tiana und gewann ihre Selbstkontrolle zurück.

„Bei meiner toten Schwester, Vollstreckerin, ich habe Beryllis kein Haar gekrümmt."

„Jana.", sagte sie bestimmt.

„Wie?" Er runzelte die Stirn.

„Sie hieß Jana, nicht Beryllis. So bitter es sein mag, Lord Olbin. Gesteht Euch ein, dass sie war, wer sie war."

„Macht das einen Unterschied?", fragte er zögernd.

„Einen großen. Eine bildschöne Zofe verliebt sich in Euch – das ist die Seite, die Eurem Mannesstolz gefällt. Eine Fackel des Grauen Turmes verführt Euch, um Euch auszuhorchen – das ist die Wahrheit. Je eher Ihr sie akzeptiert, desto eher kommt Euer geknickter Stolz darüber hinweg."

„Wenn Ihr meint." Lord Olbin drückte die Tür zur großen Halle auf. „Aber Ihr glaubt mir doch, dass ich unschuldig bin?"

„Ich glaube, dass Ihr es glaubt. Und wenn Ihr wirklich unschuldig seid, habt Ihr nichts zu befürchten."

Weder Lord Olbin noch Lady Tiana schienen damit sehr zufrieden zu sein. Als sie die große Halle verließen, blieb Caitlynn allein zurück. Sie setzte sich auf eine Bank und wartete. Große Holzscheite brannten in beiden Kaminen. Gut zwei Stunden lang starrte sie in die Flammen. Endlich ging die Tür auf und Sandor trat herein. Seine Lippen waren blau vor Kälte. Er überließ seinen Umhang einem Diener, stellte sich vor den nächsten Kamin und rieb die roten Hände. Caitlynn verlagerte ihr Gewicht, es knarrte leise. Sandors Kopf ruckte herum.

„Habt Ihr auf mich gewartet, Vollstreckerin?" fragte er.

„Gibt es einen Ort, wo wir uns in Ruhe und ungestört unterhalten können?"

„Gehen wir in die Wachstube", schlug Sandor vor.

Caitlynn folgte dem Hauptmann den langen Korridor hinunter. Nicht weit von Tellocs Bibliothek entfernt öffnete er die Tür zu einem kleinen, quadratischen Raum. Aus dem großen Fenster konnte man den Schlosshof überblicken. Mehrere Stühle standen um einen kleinen Schreibtisch herum, der von losen Blättern, Schriftrollen und Büchern bedeckt war. Sandor ließ sich hinter dem Schreibtisch nieder. Caitlynn zog einen Stuhl zum Schreibtisch und setzte sich Sandor gegenüber.

„Was wollt Ihr von mir?" fragte der Hauptmann und verschränkte die Arme.

Caitlynn beschloss, es kurz zu machen. „Beryllis diente dem Grauen Turm."

Sandors Augen weiteten sich. „Das wusste ich nicht." Er legte die Hände auf den Schreibtisch und murmelte halblaut: „Sie hat mich zum Narren gehalten."

„Könnt Ihr nichts anderes, als Euch in Selbstmitleid wälzen?" fragte Caitlynn. Ihre Stimme war kalt und unter ihrem Blick verlor Sandor seine gezwungene Ruhe. Er ballte die Fäuste und lief rot an.

„Wisst Ihr, wie es da drinnen aussieht?", er schlug sich auf die Brust. „Ich habe sie geliebt." Er stockte und fügte leise hinzu: „Jeder wusste, dass sie erst Camlayns und dann Olbins Geliebte gewesen ist, doch mir versprach sie Treue."

„Sie muss Euch wirklich geliebt haben."

„Meint Ihr? Eines Morgens erwischte ich sie draußen auf dem Flur, noch vor der Dämmerung. Sie weigerte sich mir zu sagen, wo sie gewesen war."

„Wahrscheinlich in der Bibliothek, um eine Nachricht an den Grauen Turm zu schicken, ehe Telloc wach wird. Jeder Agent der Krone besitzt genug Gabe und Wissen, um einen Spiegel ohne die

Hilfe eines Hüters benützen zu können."

„Warum hat sie mir nicht vertraut? Ich hätte sie niemals verraten."

„Was hätte sie Euch sagen sollen? 'Ich liebe dich, Sandor, trotzdem kann es sein, dass ich Olbin nochmals verführen muss, denn mein Meister verdächtigt den zukünftigen Schwiegersohn deines Fürsten, mit Rebellen zu paktieren?' – Wie hättet Ihr reagiert?"

„Ich ... ich hätte es verstanden."

„Ach ja?" Caitlynns Stimme troff vor Sarkasmus. „Ganz sicher wärt Ihr auch nie auf die Idee gekommen, Lord Olbin zu verteidigen."

Er warf den Kopf zurück. „Lord Olbin würde sich nie mit Rebellen einlassen. Außerdem schulde ich dem Fürsten Treue, und Lord Olbin gehört schon fast zur Familie."

„Beryllis, oder Jana wie sie richtig hieß, schuldete dieselbe Treue der Königin und dem Grauen Turm. Geheimhaltung war ihre Pflicht. Um Euch zu beruhigen, offenbar fand sie noch vor ihrem Tod heraus, dass er persönlich nicht in das Komplott verstrickt ist."

„Weshalb hat sie dann mit seinem Diener Larog geflirtet?"

Caitlynn runzelte die Stirn. „Seid Ihr sicher?"

„Ich sah doch die Blicke, die sie ihm beim Vorbeigehen zuwarf. Am Tag vor ihrem Tod beobachtete ich sie zufällig, wie sie aus dem Stall geschlichen kam, die Haare zerrauft und die Kleider schmutzig und zerknittert. Als ich sie zur Rede stellte, behauptete sie, es sei nichts zwischen ihr und Larog. Trotzdem wollte sie mir nicht sagen, was sie im Stall gemacht hatte. Ich sagte, dann würde ich eben mit Larog reden, worauf sie mir drohte, unsere Verlobung platzen zu lassen."

Caitlynn dachte scharf nach. Die Nachricht an den Grauen Turm hatte Olbin entlastet, nicht seine Diener. Wollte Jana vor dem Ende ihrer Zugehörigkeit zum Grauen Turm auf Nummer sicher gehen und auch die beiden Diener auf ihre besondere Art testen?

Sie schob den Gedanken beiseite. Vorerst. „Habt Ihr Janas Drohung ignoriert?", fragte sie den Hauptmann.

„Sie konnte sehr überzeugend sein. Ihre Geheimniskrämerei trieb mich fast zum Wahnsinn. Ich schrie sie an. Sie schwieg. Ich hämmerte mit den Fäusten auf dem Tisch herum. Sie zuckte mit keiner Wimper. Am liebsten hätte ich ein Geständnis aus ihr heraus geprügelt. Als ich sie beschuldigte, eine eiskalte Schlange zu sein und mich nie geliebt zu haben, ließ sie mich einfach stehen wie einen Dorftrottel."

„Seid Ihr Jana gefolgt?"

„Was hätte ich noch tun sollen? Sie auf Knien anflehen? Vollstreckerin, ich habe meinen Stolz!"

„Der Euch zur Flasche greifen ließ?"

„Das habt Ihr sicher von Esmena. Die klebt ihre Ohren überall hin, wo sie nichts zu suchen hat. Ist doch meine Sache, ob und wie viel ich trinke, wenn ich nicht im Dienst bin. Jedenfalls, nach der dritten Flasche muss ich eingeschlafen sein. Am nächsten Morgen war sie tot."

„Was verheimlicht Ihr mir? Ihr habt bestimmt nicht die ganze Nacht über in der Gesindeküche geschlafen."

„Doch, so war es."

Das hätte er besser nicht gesagt. Caitlynn war das Versteckspiel leid. Fast jeder im Schloss schien gegen sie zu arbeiten.

Sandor war mit jenem geringen, zufälligen Potential geboren worden, das ihn befähigte, sich gegenüber den einfachen Soldaten durchzusetzen. Die schwach Begabten unter den Bürgern und Bauern brachten es so zu einfachen Heilern, Händlern und Barden und mitunter zu Haushofmeistern und Offizieren. Doch die Gabe der Adeligen und ganz besonders ihr Charisma waren über Jahrhunderte durch Auslese, Heirat und sorgfältige Ausbildung gesteigert worden. Dazu kamen noch Caitlynns Lehrjahre im Schwarzen Turm.

Ohne große Anstrengung fegte sie Sandors brüchige Abwehr zur Seite, beugte sich weit vor und hielt seinen flackernden Blick fest.

„Jemand hat Euch wachgerüttelt und in Euer Quartier geschickt",

sagte sie gefährlich leise. "Aber dorthin seid Ihr nicht gleich gegangen, oder?"

„Ich ..." Sandor presste die Kiefer aufeinander, doch Caitlynns
Gabe zwang ihn zur Wahrheit. „Ich ... ich wollte noch einmal in
Güte mit ihr reden. Ihre Tür stand einen winzigen Spalt offen, ich
stieß sie auf, trat ein, sah das Bl...", er stockte, „u... und da lag sie,
meine schöne Beryllis. Ein Dolch, ihr Dolch, lag neben ihr. Dieser
Schlächter hat sie mit ihrem eigenen Dolch umgebracht."

„Wo ist der Dolch jetzt?"

Sandor zog einen kleinen Schlüssel aus der Tasche, öffnete das
unterste Fach seines Schreibtisches und zog mit zitternder Hand
einen kleinen Dolch hervor. Getrocknetes Blut klebte an der
schlanken Klinge und am edelsteinverzierten Griff.

„Es ist ganz sicher Janas Dolch?"

„Beryllis", er klammerte sich an den Namen, „trug ihn am Tag an
ihren linken Schenkel geschnallt, und in der Nacht legte sie ihn unter ihr Kissen."

„Ich hätte ihn gern früher gesehen – am Tatort."

Sandors Faust Schloss sich langsam um den Griff. Sein vor Hass
glühender Blick bohrte sich in ihre Augen. „Wer immer das meiner
Beryllis angetan hat, ich werde es ihm mit gleicher Münze heimzah-
len, mit dem gleichen Dolch."

Caitlynn schüttelte den Kopf. „Ich fälle das Urteil, und ich voll-
strecke es."

„Ihr?" Hohn sprach aus seiner Stimme. „Bisher habt Ihr nichts
getan, außer Fragen zu stellen, unwichtige Fragen."

Die Vollstreckerin hatte solche Vorwürfe schon oft gehört. „Welche Fragen soll ich Eurer Meinung nach stellen?" fragte sie ruhig.

„Was weiß denn ich? Ihr seid die Vollstreckerin, oder?" Sandor
lehnte sich zurück und löste die Hand vom Dolch. „Habt Ihr schon
einen Verdacht?"

„Das kann ich Euch nicht sagen." Sie nahm den Dolch vom Tisch
und erhob sich.

Sandor packte ihren Arm. „Ihr kennt den Mörder. Wer ist es?"

Caitlynn befreite sich mit einem Ruck. „Ihr würdet eine Dummheit begehen."

Sandor rang mit sich. „Versprecht mir, ein gerechtes Urteil zu fällen. Keine Gnade, keine Milde, Schmerz für Schmerz."

„Ich kenne meine Pflicht. Schweigt über unser Gespräch, ich will nicht, dass noch mehr Gerüchte verbreitet werden."

Sandor nickte. Caitlynn steckte den Dolch in ihren Gürtel und ließ ihn allein.

4

Sie ging zurück zu Janas Kammer. Der Schnee war geschmolzen, und die Bohlen glänzten feucht. Dort, wo Janas Körper gelegen hatte, gab es noch dunklere Stellen. Noch hatte sich niemand die Mühe gemacht, die Blutflecke zu entfernen. Vielleicht würden sie für immer bleiben.

Caitlynn durchkämmte noch einmal den Raum. Sie klopfte die Holztäfelung ab und untersuchte Bohle für Bohle. Keine Spur von einem Geheimversteck. Welchem Geheimnis Jana auch immer auf die Spur gekommen war, sie hatte es mit ins Feuer genommen.

Unzufrieden verließ Caitlynn die Kammer. Dabei streifte ihr Blick zufällig den Türrahmen. Sie trat näher heran. Tatsächlich, in jedem Winkel gab es ein paar graue Schlieren. Auf der Außenseite der Türe selbst waren auch einige, aber woher diese kamen, wusste sie. Die anderen – es gab nur einen Menschen, der ihr weiterhelfen konnte.

In der Halle fand sie einen Diener, der ihr den Weg zu Kerits Kammer erklärte. Der junge Vermittler saß über eine Schriftrolle gebeugt, als sie eintrat.

„Ich hörte Euch nicht klopfen, Vollstreckerin."

„Ich habe nicht geklopft."

„Womit kann ich Euch helfen?"

„Als ich vorhin vor Janas Kammer stand, sah ich Spuren von weißer Kreide am Türrahmen. Seltsam, findet Ihr nicht?"

„Wer ist Jana?"

Caitlynn kläre ihn auf.

„Eine Agentin-der-Krone. Deshalb also ..." er verstummte und starrte vor sich hin.

„Ich kann keine Gedanken lesen, Vermittler", Caitlynn nickte ihm zu. „Sprecht frei von der Leber weg, bitte."

„Wie? Ach so, die Zeichen. Die habe ich angebracht. Drei Tage vor ihrem Tod bat mich Beryllis oder Janka...?"

„Jana."

„Jana bat mich um einen besonderen Schutzbann."

„Eine ähnliche Barriere, wie ich sie gesehen habe?"

„Nein, viel verborgener, spezieller. Der Bann sollte jeden, der ihr übelwollte, am Eintreten hindern."

„Dann war der Mörder stärker als Ihr. Er hat Eure Zeichen gelöscht."

„Hat er nicht. Nachdem Lady Tiana dem Fürsten von ihrem schrecklichen Fund erzählt hatte, ließ er mich rufen. Ich entfernte das Zeichen, noch ehe der Hauptmann und der Hüter eintrafen. Es war nutzlos geworden."

„Hätte der Mörder das Zeichen unwirksam machen können, ohne es zu löschen?"

„Ich kann es mir nicht vorstellen."

„Warum habt Ihr mir nicht früher davon erzählt."

Kerit kämpfte mit sich. „Weil ich, weil ich schuld bin."

„Was?"

„Ich bin schuld, dass sie tot ist." Er barg das Gesicht in den Händen. Seine Schultern bebten.

Caitlynn spürte, dass es ihm völlig ernst war.

„Und was soll ich nun tun?" fragte sie sanft.

„Gebt mir ihren Schmerz." Er blickte sie aus feuchten Augen an. Seine zitternde Hand tastete nach der Kapsel.

„Nein." Caitlynn trat einen Schritt zurück. „So leicht mache ich es Euch nicht."

„Ihr müsst Gerechtigkeit üben."

„Sicher, aber eins nach dem anderen. Zuerst brauche ich klare Antworten. Wie oft habt Ihr auf sie eingestochen?"

„Ich weiß es nicht."

„Was sagte sie, als Ihr Euren Dolch aus der Tasche nahmt?"

„Daran kann ich mich nicht erinnern."

Caitlynn seufzte. „Wo habt Ihr die Mordwaffe versteckt?"

„Keine Ahnung. Ich war völlig verwirrt, verrückt, wenn Ihr wollt. Vielleicht habe ich sie in den Brunnen geworfen oder im Schnee vergraben."

„So kommen wir nicht weiter. Ich bin nicht Retar."

Kerit sah sie verstört an.

„Erinnert Ihr Euch an die Geschichte, die ich Euch erzählt habe, die Geschichte über den Gründer des Schwarzen Turmes? Es reicht nicht aus, sich schuldig zu fühlen."

Kerit zog die Augenbrauen zusammen, dann erinnerte er sich. Ein schwacher Hoffnungsschimmer huschte über sein gerötetes Gesicht. Er nickte.

„Gut." Caitlynn sah sich nach einem Stuhl um, zog ihn näher zu Kerit heran und setzte sich. „Ich brauche Beweise, Fakten, um die Wahrheit zu finden. Helft mir, sonst wird der, welcher wirklich zugestochen hat, weiterhin ungestraft in den Tag hinein leben können. Weshalb genau fühlt Ihr Euch schuldig an Janas Tod?"

Kerit atmete tief durch, lehnte sich zurück und begann mit stockender Stimme zu erzählen: „Diese Bannzeichen sind sehr mächtig. Es bedarf eines komplizierten Rituals und der besonderen Anrufung der Allmächtigen, um sie wirksam werden zu lassen. Beryllis, nein Jana, sie wollte, dass niemand davon erfuhr. Also musste ich sie in der Nacht anbringen. Sie trug nur ein Nachthemd, als sie mich einließ." Er stockte. Mit sichtlicher Überwindung fuhr er fort: „Ich hatte sie noch nie so gesehen. Sie war so schön und ich ..." Er rang die Hände.

„Ihr seid ein junger Mann aus Fleisch und Blut. Ihr müsst Euch deshalb nicht schämen."

„All meine Liebe gehört der Allmächtigen. Ich habe Ihr Treue geschworen."

„Das heißt nicht, dass Ihr Eiswasser in den Adern haben müsst.

Auch Vermittler heiraten und gründen Familien."

„Aber sie begehren nicht Frauen, die anderen versprochen sind und verleiten sie zu Untreue und Betrug." Er seufzte schwer. „Ich tat oder sagte nichts, trotzdem muss sie gespürt haben, was in mir vorging."

„Sie hat doch nicht versucht, Euch zu verführen, oder?"

„Nein", er lächelte halb traurig, halb ironisch, „sie tätschelte mir die Wange, wie man einen Hund tätschelt. Sie behandelte mich wie einen dummen, kleinen Jungen."

„Seid froh. Wenn sie Euch wie einen Mann behandelt hätte, wärt Ihr ihrer Magie ausgeliefert gewesen. Sie tat, was sie konnte, um Euch abzuschrecken."

„Es hat gewirkt. Ich fühlte mich, als wäre ich in einen Bergbach getaucht worden. Aber ich kam dennoch nicht von ihr los. Ihr Bild folgte mir in allen Träumen, lockte mich und stürzte mich in tiefste Verzweiflung."

„Wie lange habt Ihr es ertragen?"

„Zwei Nächte. Am Abend vor ihrem Tod ging ich in den Tempel. Ich fürchtete den Schlaf. Ich habe gebetet, ich habe die Allmächtige angefleht, diese Versuchung zu ... zu vernichten." Jetzt war es heraus.

„Ist das alles?"

„Versteht Ihr denn nicht? Mein Gebet – die Allmächtige hat es erhört und nahm ihren Segen von den Bannzeichen. So konnte der Mörder in ihre Kammer eindringen und sie töten. Hätte ich doch nur um Stärke gebetet..." Seine Lippen bebten.

„Seid Ihr Euch völlig sicher, dass die Zeichen unwirksam waren? Habt Ihr sie so einfach wegwischen können?"

Kerit zog die Stirn kraus. „Ich sprach die Gegenformel, ehe ich sie löschte."

„Fühlte es sich falsch an?"

„Eigentlich nicht. Trotzdem, mein Versagen ist die einzig mögliche Erklärung."

„Seid da nicht so sicher. Könnte ein Coridin Euren Bann aufheben?"

„Ausgeschlossen. Die Allmächtige ist hier viel stärker als alle drei Coridingötter. Nicht einmal ein Günstling des Totengottes Skaal hätte den Bann ankratzen können."

„Somit war der Bann noch wirksam?"

„Ich sagte Euch doch, mein Gebet ..." Weiter kam er nicht.

„Schluss damit. Glaubt Ihr wirklich, wenn Euer Gebet mit schuld an einem so grausamen Mord wäre, würdet Ihr noch in der Gnade der Allmächtigen stehen? Sie hat Euer Opfer angenommen, ihre Flamme hat den Scheiterhaufen verzehrt, was für Beweise wollt Ihr noch, ehe Ihr aus Eurem Schlammloch des Selbstmitleids krabbelt?"

Kerits Augen wurden groß. Ein Leuchten ging über sein Gesicht. „Daran habe ich noch gar nicht gedacht. Aber wie kam der Mörder an meinen Zeichen vorbei?"

„Habt Ihr sie auch auf das Fenster gemalt?"

„Nein. Glaubt Ihr, er kam durch das Fenster? Aber dazu gehört eine Leiter oder ein Haken mit Seil, das Fenster war verschlossen und unbeschädigt."

„Ich habe nicht gesagt, dass der Mörder durch das Fenster gekommen sein muss. Es gibt noch eine andere Möglichkeit."

„Welche?" fragte Kerit gierig.

„Darüber möchte ich nicht sprechen. Es ist noch zu früh." Caitlynn stand auf. „Ihr habt mir sehr geholfen, Vermittler."

Draußen ertönte der Gong zum Abendessen. „Kommt Ihr?"

Der Vermittler schüttelte den Kopf. „Ich werde in den Tempel gehen und beten. Entschuldigt mich beim Fürsten."

Das Essen war wiederum reichhaltig und köstlich. Caitlynn langte herzhaft zu. Camlayn hatte sich neben sie gesetzt und berührte während des Essens mehrmals scheinbar zufällig ihren Arm, ihre Hand, ihre Hüfte. Ihre Haut prickelte unter seinen streichelnden

Fingern, und Caitlynn musste sich zusammennehmen, um ein unbeteiligtes Gesicht zu machen.

Nach dem Abendessen folgte ihr Camlayn bis zur ihrem Gemach.

„Was wollt Ihr?" fragte sie ruhig.

„Müsst Ihr das fragen?"

„Ich bin nicht Beryllis."

„Beryllis, dauernd Beryllis. Könnt Ihr an nichts Anderes denken? An das, was zwischen uns geschieht?" Er trat näher.

Caitlynn spürte, wie er sein Charisma einsetzte. Er stülpte es über sie wie eine Glocke aus daunenweichem Glas. Das lockende Funkeln in seinen Augen zog sie unwiderstehlich an. Sie machte einen halben Schritt auf ihn zu.

„Ihr seid wunderbar", flüsterte er. „Euer Haar ist wie getrocknetes Feuer."

Wie poetisch er war. Feuer – das Wort erinnerte sie an etwas, das verschwommen hinter dem Vorhang aus Sehnsucht lauert, der ihre Gedanken umfing. Sie wollte jetzt gar nicht denken, nur fühlen, sich fallen lassen...

Seine Finger streichelten ihr Gesicht. Sie sog den Duft seiner Haut ein, ihre Knie wurden weich. Sie wollte etwas sagen, aber ihre Kehle war wie zugeschnürt. Benommen griff sie sich an den Hals. Ihre Finger trafen auf die goldene Kette, folgten den verschlungenen Gliedern abwärts, bis sie an die schwere Kapsel stießen.

Mit einem Mal zerriss der Schleier. Sie wusste wieder, wo sie war und vor allem wer sie war. Eilends errichtete eine Barriere in ihrem Geist und schloss Camlayns Charisma aus. Dieses Mal tat sie es ganz sacht, sodass er nicht merkte, dass seine Magie unwirksam geworden war.

Caitlynn trat zwei Schritte zurück. Ehe er zu einer verstärkten Attacke ansetzen konnte, sagte sie: „Gute Nacht, Lord Camlayn", huschte in ihre Kammer und schlug die Tür zu.

„So scheu, mein feuerhaariges Reh?", hörte sie seine glutvolle Stimme durch die geschlossene Türe dringen. "Gut, genießen wir beide die Jagd noch ein wenig." Er lachte und spazierte pfeifend den Gang hinab.

Zeldea stand neben Caitlynns Bett. Sie ließ sich nicht anmerken, ob sie Camlayns Verführungsversuch mitbekommen hatte. Schweigend half sie Caitlynn aus ihrem Kleid und in ihr Nachtgewand. Sie schlug das Bett auf und schüttelte die Kissen zurecht.

„Benötigt Ihr noch etwas, Vollstreckerin?"

„Nein, danke für deine Hilfe. Angenehme Nachtruhe."

„Angenehme Nachtruhe, Vollstreckerin." Zeldea betonte das Wort „Ruhe", auf merkwürdige Art. Aber Caitlynn war viel zu müde, um sich über die Anspielungen der Zofe zu ärgern. Sobald sie allein war, zog sie den blutverkrusteten Dolch aus ihrem Kleid hervor und schob ihn unter das Kissen. Sie blies die Glut in dem kleinen Kohlenbecken neu an und zog die Vorhänge auf, sodass das Sternenlicht hereinfiel. Bald würde der Mond aufgehen.

Bevor sie sich schlafen legte, schraubte sie die Kapsel des Schmerzsteins auf. Vorsichtig sog sie etwas von dem Schmerz aus dem Juwel und speicherte ihn in einem gesonderten Winkel ihres Bewusstseins.

Stunden später schreckte sie aus ihrem leichten Schlaf auf. Jemand machte sich an ihrer Tür zu schaffen. Sie öffnete die Augen einen winzigen Spalt. Die Türe schwang mit leisem Knarren auf, und eine Gestalt huschte herein. Caitlynn konnte im Mondlicht nur die Umrisse, jedoch nicht das Gesicht erkennen. Sie schloss die Augen und zwang sich, tief und gleichmäßig zu atmen. Leise Schritte tapsten zum Bett. Eine Hand streifte das Laken von ihrer Schulter und berührte zart ihre Haut.

Caitlynn fuhr mit der Hand unter das Kissen und riss den Dolch heraus. „Lasst mich in Ruhe!" zischte sie.

„Was zierst du dich, Kleine", flüstere eine heisere Männerstimme. „Du willst es doch genauso wie ich." Er fasste sie am Arm. Caitlynn entzog sich ihm und fauchte: „Verschwindet! Sucht Euch eine Küchenmagd für Eure Spielchen."

„Du solltest der Allmächtigen dankbar sein, dass sich ein Mann wie ich überhaupt für dich interessiert."

„Ein Mann?" lachte sie. „Wo denn? Ich sehe keinen Mann, nur einen verzogenen, kleinen Jungen. Da wären mir sogar Larog und Telloc lieber."

Mit einem heiseren Wutschrei entwand er ihr den Dolch, packte sie an den Haaren und riss ihren Kopf zurück. Sie spürte den kalten Stahl an ihrer Kehle.

„Nein", flüsterte er. „Du sollst es nicht leichter haben als sie." Er holte aus, um ihr den Griff an die Schläfe zu schmettern. Doch da schleuderte sie ihm den Schmerz entgegen, den sie für diesen Augenblick gesammelt hatte.

Er taumelte und musste ihren Kopf loslassen. Der Dolch landete klirrend auf dem Fußboden. Caitlynns Hand zuckte vor und traf ihn voll am Kehlkopf. Röchelnd brach er zusammen.

Caitlynn sprang aus dem Bett, ,hob den Dolch auf und schmetterte den Griff gegen seine Schläfe, dass er benommen zusammensackte. Rasch fühlte sie seinen Puls. Er würde eine Weile bewusstlos sein. Sie fachte das Feuer im Kohlenbecken neu an und entzündete alle Kerzen, die sie finden konnte. Es war Lord Camlayn. Unter seinem schwarzen Umhang trug er nur ein knielanges Seidenhemd. Caitlynn schnitt die Vorhangkordeln los und fesselte ihn an einen Bettpfosten. Die zwei goldenen Schnüre um den Kragen seines Umhangs wiesen bräunliche Stellen auf. Caitlynn erinnerte sich an die blutig gescheuerten Abdrücke auf Janas Hand- und Fußgelenken. Die Stärke passte und das Muster auch.

Caitlynn überprüfte die Fesselknoten, dann machte sie sich auf die Suche nach Hauptmann Sandor. Seine Kammer war leer, aber aus dem Wachzimmer tönte lautes Schnarchen. Caitlynn schob die Tür auf. Sandors Kopf ruhte auf einem Aktenstapel neben einem randvoll gefüllten Weinkrug. Der Becher, den er umklammert hielt, war knochentrocken. Caitlynn rüttelte Sandor wach.

„Vollstreckerin, was wollt Ihr schon wieder?" fragte er.

„Ihr sollt den Mörder Janas in eine Zelle sperren."

Er setzte sich kerzengerade auf. „Ihr habt ihn?"

„Er liegt gut verschnürt in meinem Zimmer."

„Wer ist es?"

Sie sagte es ihm. Sandor wollte es nicht glauben. „Lord Camlayn? Seid Ihr ganz sicher?"

„Ich werde morgen mein Urteil sprechen."

Gemeinsam gingen sie zu Caitlynns Kammer. Der Gefangene lag noch so da, wie sie ihn verlassen hatte.

„Könnt Ihr ihn aufwecken?" fragte Sandor.

„Ja, aber lasst Euch nicht von ihm provozieren."

Sie kniete neben Camlayn nieder, löste die Fesseln vom Bettpfosten und schnürte seine Handgelenke sorgfältig zusammen. „Sicher ist sicher." Sie berührte den Schmerzstein und sog ein Quäntchen Schmerz ab, das sie auf Camlayn übertrug. Er zuckte zusammen und riss die Augen auf.

„Was soll das?" fragte er und zerrte an den Fesseln. „Ihr habt kein Recht, mir dies anzutun. Ich werde mich bei der Königin beschweren."

„Ihr seid über mich hergefallen, erinnert Ihr Euch? Ich klage Euch des Mordes an Jana, alias Beryllis an. Hauptmann Sandor wird Euch bis zur Urteilsverkündung einsperren."

„Ich? In eine Zelle? Ich bin Lord Camlayn, der Sohn eines Fürsten. Fußvolk wie Ihr kann mich nicht so einfach einsperren wie einen steuersäumigen Bauern." Er setzte ein Lächeln auf. „Das alles ist doch nur ein Missverständnis", schnurrte er mit samtiger Stimme. „Lasst mich frei, und ich werde Euch verzeihen." Caitlynn spürte, wie er sein Charisma einsetzte, um sie und Sandor von seiner Unschuld überzeugen. Der Hauptmann warf ihr einen unsicheren Blick zu.

Doch ein drittes Mal ließ sie sich nicht einlullen. Mit strahlenden Augen und einem seligen Lächeln, beides so falsch wie sein Unschuldsblick, fing sie Camlayns Charisma-Magie ab und warf sie auf ihn zurück. Kreidebleich japste er nach Luft, ein glasiger Schimmer trat in seine Augen.

„Nun, Hauptmann-der-Wache, tut Eure Pflicht. Sperrt ihn in eine Zelle, aber es darf keine Wache in der Nähe sein, gegen die er sein Charisma einsetzen könnte. Bringt den Schlüssel mir, und sprecht zu keinem Menschen darüber. Ich will nicht, dass am Ende doch noch eine verblendete Küchenmagd Lord Camlayn befreit. Sicher ist sicher."

„Wie Ihr wünscht." Sandor packte den benommenen Lord am Arm und zerrte ihn in die Höhe. „Die dunkelste, schmutzigste Zelle ist noch zu fein für Euch."

Als die beiden die Kammer verlassen hatten, schraubte Caitlynn die goldene Kapsel wieder zu und atmete tief durch. Bis zuletzt hatte sie gehofft, eine falsche Spur zu verfolgen. Sie setzte sich auf das Bett und wartete, bis der Hauptmann ihr die Schlüssel brachte.

„Er ist in Zelle drei", sagte er.

„Kann ihn dort jemand auch ohne Schlüssel befreien?"

„Nur mit einem Rammbock oder Magie."

„Gut. Das wird genügen. Ich möchte die Verurteilung bis zur Andacht hinter mich bringen. Sorgt dafür, dass sich morgen kurz vor Sonnenaufgang alle Bewohner des Schlosses in der Halle versammeln, aber verratet nicht den Grund. Wir werden Lord Camlayn gemeinsam zu seiner Familie führen."

„Wie Ihr befehlt." Der Hauptmann verließ das Zimmer. Es dauerte lange, ehe Caitlynn endlich einschlief.

Als der Hauptmann kurz vor Sonnenaufgang an ihre Tür klopfte, war sie längst wach. Sie trug eine schwarze Seidenrobe mit silbernen Aufschlägen und grünem Saum, die Amtskleidung der Vollstrecker. Auf dem Weg zu Camlayns Zelle erzählte ihr Sandor, dass die Familie noch nichts von der Gefangennahme Lord Camlayns wusste. „Sie vermuten alle, dass es um die Auflösung geht, aber sie rechnen noch nicht mit einer Verurteilung."

Die Nacht in der Zelle hatte Camlayn nicht gebessert. Er empfing sie mit unschuldigem Gesicht, ernster, ja betrübter Stimme und einer gut vorbereiteten Charismaattacke. Caitlynn war gewappnet und fing seine Magie auf die gleiche Weise ein, wie in der Nacht zuvor. Dieses Mal verkraftete er den Rückschlag jedoch besser.

Halblautes Gemurmel empfing sie, als sie die Halle betraten. Bei Camlayns Anblick verstummten alle. Der Fürst lief rot an. „Das muss ein Irrtum sein. Sag, dass es ein Irrtum ist, Camlayn."

Camlayn sah seinen Vater flehend an. „Sie glauben mir nicht, sag du es ihnen, mach, dass sie es glauben müssen. Hilf mir!"

Vergessen war die erste Pflicht eines Fürsten, der Krone zu dienen und sein Volk zu beschützen. Ardon sah nur seinen niedergedrückten, geketteten Sohn.

„Hauptmann-der-Wache. Bei dem Eid, den Ihr mir geschworen habt, befehle ich Euch, meinen Sohn freizulassen."

Sandor hatte keine Wahl. Das Charisma des Fürsten zwang ihn, seine Hände von Camlayns Schulter zu lösen. Mit abgehackten Bewegungen griff er nach dem Schlüsselbund, der an seinem Gürtel hing. Grinsend hielt Camlayn ihm seine gefesselten Hände hin.

„Haltet ein!" Caitlynns Stimme traf Sandor wie ein Peitschenknall. Er erstarrte.

„Was erdreistet Ihr Euch!" Die Stimme des Fürsten knisterte vor Zorn. „Ich bin Herr auf Baeldin. Mein Wille ist Gesetz. Öffnet seine Fesseln, Sandor."

Sandor löste die Schlüssel und hob den Arm. Seine Bewegungen waren langsam, als wären seine Glieder aus Blei.

„Nein!" Wieder stoppte ihn Caitlynns Ruf. Sandors Arm sackte herab. Die Schlüssel entglitten seinen Fingern.

Caitlynn hasste es, Ihr anerzogenes Charisma einzusetzen. Es fühlte sich einfach falsch an, jemandem auf diese Art Gehorsam und Loyalität abzutrotzen.

„Mischt Euch nicht ein. Ihr habt genug angerichtet." Tiana trat an die Seite ihres Vaters. „Ich kümmere mich um sie, Vater." Ihr

Charisma legte sich wie eine flaumige Wolke um Caitlynns Geist. „Ruhig, ganz ruhig Vollstreckerin. Was der Fürst sagt und tut, ist gut und richtig", murmelte sie.

Wie einfach das klang. Und doch barg es eine tiefe Wahrheit. Weshalb sich Sorgen machen, wenn ein gütiger, weiser und gerechter Fürst sich um alles kümmert. Mit gelassenem Lächeln sah Caitlynn zu, wie Sandor die Schlüssel wieder aufhob und Camlayns Fesseln öffnete. Der Fürstensohn schüttelte die Ketten ab. Grinsend trat er vor sie hin. „Ihr seid nicht einmal einem von uns gewachsen, kleine Vollstreckerin. Warum packt Ihr nicht Eure Reisetasche und lasst uns in Frieden? Der Mörder ist längst über alle Berge. Wenn Ihr Euch beeilt, erwischt Ihr ihn vielleicht noch, ehe er die Grenze erreicht." Er lachte. Sein Spott stach Löcher in Caitlynns watteweiche Zufriedenheit. Tiana in ihrer Selbstsicherheit merkte nicht, dass sich der Eigensinn der Vollstreckerin zu regen begann.

„Ihr habt genug Charisma, um es mit einer Fürstenfamilie aufzunehmen", so hatte sich Meister Diacant am Ende Ihrer Ausbildung ausgedrückt, *„aber es braucht einen Schneesturm, um es freizulegen."*

Von drei Seiten bedrängt, bäumte sich Caitlynns Starrsinn auf und schüttelte die erstickende Wolke ab. Tiana merkte es als erste und schnappte nach Luft. Ihr Bruder hingegen grinste immer noch. Auch als Caitlynn nach dem Schmerzstein langte. Erst als sie die Hand auf Sandors Arm legte und ihn mit einem Schmerzimpuls aus Ardons Charismabann befreite, begriff er.

„Vater!" Sein Schrei kam zu spät.

Sandor zuckte zusammen, richtete sich auf und blickte Caitlynn erstaunt an.

„Was ist geschehen."

„Etwas, was niemals hätte geschehen dürfen. Fesselt Lord Camlayn wieder."

Sie packte den Fürstensohn am Handgelenk. Ehe er sich aus ihrem

Griff befreien konnte, hatte sich Sandor die Ketten geschnappt und sie um Camlayns Gelenke geschlungen. Mit einem hörbaren Klicken rastete das Schloss ein.

Fassungslos hatten der Fürst und seine Tochter zugesehen. Als Camlayn jedoch wieder „Vater hilf mir!" wimmerte, sammelte Ardon seinen Willen zu einem neuen Angriff.

„Es genügt!" sagte Caitlynn. Sie strich eine Locke zurück und stellte sich zwischen Sandor und den Fürsten. „Bei Eurer Loyalität zu Eurem Amt und Eurem Treueschwur gegenüber der Königin fordere ich Euch und Eure Tochter auf, sich dem Gesetz der Krone zu beugen."

Hinter Caitlynns ruhiger Maske brodelte es. Sie schob alle Bedenken beiseite und griff nach der Lücke in jener Barriere, die den Hauptteil ihrer Gabe umschloss. Es fiel ihr so leicht wie damals auf dem Jahrmarkt, als sie um Alban gefürchtet hatte. Doch dieses Mal war es Zorn, der ihr die Kraft dazu verlieh, mehr und mehr Gabe einzusetzen, um dem Fürsten und seiner Tochter die Stirn zu bieten. Es war wahrscheinlich das erste Mal, dass jemand außerhalb seiner Sippschaft Charisma-Magie offen gegen ihn einzusetzen wagte. Sein Gesicht wurde kalkweiß, seine Wangenmuskeln zuckten. Er stemmte sich mit all seiner Macht dagegen, aber Caitlynns Wille blieb unbeugsam. Ihr Charisma zwang ihn geistig in die Knie.

„Werdet Ihr gehorchen?" fragte sie.

„Ich werde gehorchen", knirschte er.

„Und Ihr, Lady Tiana?"

Sie war von der Macht der Vollstreckerin noch härter getroffen worden. Die Augen weit aufgerissen, zitterte sie am ganzen Körper. Lord Olbin legte ihr den Arm um die Schultern. „Muss das sein, Vollstreckerin?" Er hielt sich mit aller Macht zurück, um Caitlynn nicht noch mehr zu reizen.

„Werdet Ihr Euch dem Gesetz der Krone beugen, Lady Tiana?"

„Mir bleibt wohl keine Wahl", zischte sie und klammerte sich an Olbin. „Ihr seid zu stark für mich." Zum ersten Mal schwang echter

Respekt in ihrer Stimme. „Ich muss mich fügen."

„So sei es denn." Caitlynn nahm ihr Charisma wieder zurück. Das Gesicht des Fürsten bekam wieder Farbe. „Wie kann das sein? Ihr seid doch nur eine kleine Dienerin der Krone."

Auf diese Frage ging Caitlynn nicht ein. „Ihr habt mich gerufen, um ein furchtbares Verbrechen aufzuklären. Wollt Ihr die Lösung erfahren?"

Mühsam kämpfte der Fürst seine Vaterinstinkte nieder. „Wir sind bereit."

Caitlynn und Sandor führten Camlayn in die Mitte der Halle. Die Vollstreckerin forderte die Anwesenden auf, einen großen Kreis zu bilden. Dann nahm sie Camlayn die Fesseln ab und deutete Sandor an, sich zu den anderen zu gesellen.

„Das Gesetz gebietet mir zu untersuchen, zu urteilen und dieses Urteil zu vollstrecken. Dasselbe Gesetz befiehlt, dass ich mein Urteil vor jenen rechtfertigen muss, die dem Opfer und seinem Mörder nahestehen, damit sie bestätigen können, dass nicht Willkür, sondern Gerechtigkeit mein Urteil bestimmt."

Caitlynn ließ ihren Blick über die Betroffenen schweifen. Der Fürst hielt sich dicht an Lady Tiana, die ihrerseits Lord Olbins Arm umklammerte. Ihre Gesichter waren bleich. Esmena schluchzte leise vor sich hin. Der Vermittler hatte seine Finger zum Symbol der Allmächtigen verschlungen und murmelte ein Gebet. Telloc starrte zu Boden, die Hände in die Ärmel seiner Robe gekrampft.

„Einige von euch hatten Grund, Jana Übles zu wünschen. Dennoch kommen sie als Täter nicht in Frage. Kerit, der Vermittler-der-Allmächtigen brachte einen Schutzzauber an ihrer Tür an. Lady Tiana, Lord Olbin, Esmena oder Telloc, sie alle verspürten Wut auf Jana, wie Beryllis in Wahrheit hieß. Der Zauber hätte keinen von ihnen vorbeigelassen. Trotzdem kam Jana grausam um. Natürlich hätte der Vermittler selbst den Zauber jederzeit aufheben können."

Kerit zuckte zusammen. Caitlynn hob eine Hand. „Doch einem Mörder, ja selbst dem Helfer eines Mörders, hätte die Allmächtige ihre Gunst entzogen. Zwei Personen haben in der Mordnacht ihre Kammer betreten. Sandor wollte sich mit ihr versöhnen. Daher hat der Zauber ihn nicht am Betreten der Kammer gehindert. Aber als er Jana fand, war sie bereits tot."

Aller Augen richteten sich nun auf Camlayn. „Lord Camlayn hatte Jana fallen lassen, nicht umgekehrt. Trotz ihrer Verlobung mit Sandor glaubte er immer noch, dass sie nur ihn liebte und sich insgeheim nach ihm sehnte. Mit dieser Überzeugung ging er zu Jana. Sie hatte sich mit Sandor gestritten, das ganze Schloss wusste davon. Er glaubte, sie würde ihn mit offenen Armen empfangen. Da er beim Betreten ihres Zimmers keine böse Absicht hegte, ließ ihn der Bann passieren." Sie machte eine Pause und nickte Kerit zu. „Ihr habt keinen Fehler gemacht, Vermittler. Der Schutz hat so funktioniert, wie Jana ihn haben wollte. Sie hat einfach nicht mit Lord Camlayn gerechnet. Seit seiner Kindheit hat sein magischer Charme jedes weibliche Wesen im Schloss bezaubert. Lord Camlayn konnte nicht wissen, dass Jana ausgebildet war, dem Charisma des Adels zu widerstehen. Sie hatte sich ihm an den Hals geworfen, um nach Baeldin zu gelangen und nicht, weil sie seinem Charme erlegen war. Vielleicht erwartete Lord Camlayn ein wenig Ziererei, aber bestimmt hatte er nicht damit gerechnet, dass sie ihn mit einem Dolch bedrohte.

Jana wollte ihn nicht verletzen und griff zur selben Taktik, die sie bei Lord Olbin und Hüter Telloc angewandt hatte. Sie überschüttete ihn mit Spott und Hohn. Das war ein Fehler, denn sie traf seinen männlichen Stolz und seine Eitelkeit. Sie hatte besser ihr Messer benutzt."

Caitlynn hielt inne und sah Lady Tiana an. „Was wurde aus dem Pony, das Euer Bruder unbedingt im Schloss haben wollte?"

Tiana blickte sie einen Augenblick lang verständnislos an, ehe sie zögernd sagte: „Es blieb nicht lange. Camlayn wollte allen beweisen, was für ein toller Reiter er sei. Er sprang über eine Hecke, die für das Pony zu hoch war. Es warf ihn ab, und er verstauchte sich den Fuß. Daraufhin verbannte man es auf seinen Wunsch zu den alten Mähren auf die hinterste Koppel."

„War das alles?"

„Drei Wochen später öffneten Diebe in der Nacht das Gatter und trieben die Pferde in den Wald. Die alten Stuten konnten unbeschadet wieder eingefangen werden. Nur das Pony nicht. Die grausamen Strolche hatten es an einen Baum gebunden. Zwei Jäger fanden es, oder was die Wölfe von ihm übrig gelassen hatten, keine halbe Stunde von hier ein einem Dickicht."

„Warum glaubt ihr, dass es Diebe waren? Sie haben keine wertvollen Pferde gestohlen, sondern ein Pony freigelassen. Warum sollten Fremde einen solchen Hass auf das hilflose Tier haben?"

Tianas Blick wanderte von Caitlynn zu ihrem Bruder. Sie holte erschrocken Luft. „Das ist nicht wahr, du ... du warst erst acht, und du hast Sidara vergöttert!" Sie presste die Hand auf die Lippen.

Camlayn lachte rau. „Vergöttert? Diese Schindmähre, die mich vor aller Augen blamierte? Das störrische Biest hatte die Lektion mehr als verdient!"

„Genauso wie Jana, nicht wahr?" fragte Caitlynn wie unbeteiligt. „Nur leider hat sie die 'Lektion' nicht überlebt."

„Wer war sie denn?", brach es aus ihm heraus. „Eine Zofe, ein Niemand, und trotzdem wagte sie es, mich abzuweisen. Sie sagte, eher würde sie sterben, als sich von mir berühren zu lassen." Er starrte Caitlynn trotzig ins Gesicht. „Sie bekam, was sie wollte."

Sandor wollte sich mit einem heiseren Schrei auf Camlayn stürzen.

„Nein." Caitlynn vertrat ihm den Weg.

Sie musste Charisma einsetzen, um seinen Zorn zu dämpfen. Schwer atmend trat Sandor zurück, die Hand noch immer um seinen Schwertgriff gekrampft.

„Lasst mich!", zischte er und wand sich ihm ihrem geistigen Griff. „Lasst mich, ihm zeigen, wie sich diese Lektion anfühlt!"

„Nein. Nicht so." Caitlynn wandte sich an alle. „Ihr habt gehört, was ich herausgefunden habe, ihr habt gehört, wie er gestand. Seid

Ihr willens, seine Schuld zu bestätigen?"

„Ich bestätige, dass er schuldig ist", sagte der Fürst heiser und trat vor. Caitlynn ahnte, was ihn dieser Satz kostete und ihre Achtung vor ihm wuchs. Einer nach dem anderen tat es dem Fürsten gleich.

„So vernehmt mein Urteil. Lord Camlayn hat Jana gemartert, sie ist unter großen Schmerzen gestorben. Ihre Qualen soll nun auch er erleiden, bis dass der Schmerzstein klar und alle Schuld gesühnt ist. Das Urteil wird sogleich vollstreckt."

Es war eng in Janas Kammer. Sandor, Larog und Thelb, die Olbin zu Hilfe gerufen hatte, zwangen Camlayn, sich auf das Bett zu legen. Caitlynn kniete auf ein Kissen neben seinen Kopf und nahm die Kette mit dem Schmerzstein ab. Als sie die Kapsel aufschraubte, fiel ihr Blick auf den Fürsten, der mit bleichem Gesicht am Fußende stand. Gern hätte sie ihm die Vollstreckung erspart, aber als Herr des Schlosses war er der wichtigste Zeuge.

Sie ignorierte Camlayns hasserfüllten Blick, beugte sich über ihn und senkte die Kette bis der Schmerzstein seine Stirn berührte. „Janas Schmerz werde zu deinem." Sie sammelte ihren Willen und übertrug den Schmerz des Steines auf Camlayn.

Zunächst lag er ganz ruhig da. Jedoch schon Augenblicke später sammelte sich Schweiß auf seiner Stirn. Er ballte die Fäuste und biss sich die Unterlippe blutig. Je mehr Pein Caitlynn freigab, desto mehr verließ ihn seine Beherrschung. Er stöhnte, warf den Kopf hin und her, um der Berührung des Steins zu entgehen. Doch Caitlynns Hand folgte seinen Bewegungen. Sein ganzer Körper zuckte, er winselte, schrie. Die drei Männer mussten ihn mit Gewalt auf die Matratze pressen, sonst wäre er aus dem Bett gefallen. Plötzlich verstummte er. Sein Kopf fiel zur Seite.

„Ist er tot?" fragte Lady Tiana mit bebender Stimme.

„Nein, nur bewusstlos." Caitlynn kletterte vom Bett und hielt den Stein ins Licht, sodass alle seine makellose Schwärze sehen konnten. „Bezeugt ihr, dass das Urteil restlos vollstreckt worden ist?"

„Wir bezeugen es", antwortete der Fürst für alle.

„Gut. Ich möchte, dass meine Sachen gepackt werden. Ihr, Hüter, öffnet für mich den Spiegel zum Schwarzen Turm." Sie sah den Fürsten an. „Könnt Ihr ein gutes Pferd für mich satteln lassen? Ich werde in Forlas auf die Kutsche vom Schwarzen Turm warten."

„Das könnt Ihr doch hier auch", meinte Tiana.

„Meine Aufgabe in Baeldin ist beendet."

Einer nach dem anderen verließ die Kammer. Larog und Thelb folgten Lord Olbin und Lady Tiana. Caitlynn streifte die Kette über, schraubte den Schmerzstein zu und steckte ihn unter ihre Robe.

„Sollen wir ihn so liegen lassen?" fragte Sandor.

„Ja. Er ist frei. Oder denkt Ihr, er habe zu wenig gelitten?"

Der Hauptmann schüttelte den Kopf und ging. Caitlynn atmete tief durch und wandte sich zur Tür, als Camlayn ihren Namen flüsterte. Sie trat an das Bett. Seine Augen standen weit offen, Furchen durchzogen sein graues Gesicht. Der Schmerz hatte ihn um Jahre altern lassen, sein Charisma war für immer zerstört.

„Es tut mir leid", flüsterte er, „ich habe nie..."

„Geahnt, wie tief Schmerz geht?" fragte Caitlynn. „Jetzt wisst Ihr es. Habt Ihr mir etwas zu sagen?"

„Ja. Kurz bevor sie starb, spuckte sie den Knebel aus. Sie hatte nicht mehr die Kraft zu schreien, aber sie stammelte etwas von 'die Latte, die Latte im Stall. Das Zeichen der Trigötter'. Es schien ihr sehr wichtig zu sein, so wichtig, dass sie dafür ihren Schmerz kurz vergessen konnte. Was hat sie damit gemeint?"

„Ich werde darüber nachdenken." Caitlynn richtete sich auf. „Jetzt schlaft. Auf Euch wartet ein neues, hoffentlich besseres Leben."

Sie ließ ihn allein und begab sich in die Bibliothek des Hüters. Der Meister des Schwarzen Turmes sollte erfahren, dass sie auch noch das letzte Rätsel von Baeldin gelöst hatte.

Nachspiel

Fanfaren erklangen. Die vergoldeten Torflügel schwangen auf, und die Hochzeitsgäste erhoben sich. Fürst Ardon geleitete die Braut durch den breiten Korridor in den Goldenen Saal. Tianas goldfarbenes Kleid glänzte im Sonnenlicht, das durch die hohen Fenster oberhalb der Galerie fiel. Dort standen die Bediensteten von Baeldin dichtgedrängt neben jenen des Königsschlosses. Esmena und Zeldea schluchzten in ihre Taschentücher. Die Diener des Königsschlosses hielten sich zurück, sie hatten schon öfters Trauungen wie diese erlebt.

Am Kopfende des Saales kniete ein sichtlich nervöser Lord Olbin, den Blick eisern auf das Zeichen der Allmächtigen geheftet. Hinter dem Altar standen der Meister des Weißen Turmes, als ranghöchster Vermittler des Reiches, und die Königin, die als Schirmherrin der Hochzeit den weltlichen Segen zu sprechen hatte.

Während Tiana am Arm ihres Vaters langsam auf den Altar zuschritt, stimmte eine Gruppe grüngewandeter Barden die traditionelle Hymne an.

Auf der Galerie drängten alle zur Balustrade, ihre Blicke hingen an der Braut. Der Fürst ließ Tianas Arm los und trat zur Seite, sodass sie neben Olbin niederknien konnte. Die Barden hoben zur letzten Strophe an. Die Zeremonie konnte beginnen.

Gut eine Stunde später gesellte sich Caitlynn zu den Hochzeitsgästen, die aus dem Goldenen Saal strömten. Das Paar schritt durch einen Blütenregen zur wartenden Kutsche, die sie weit in den Süden bringen würde, während die Zurückbleibenden den neuen Bund bei Speis und Trank feierten. Erleichtert streifte sie die Falten ihres zu tief ausgeschnittenen, eisblauen Kleides glatt, das ihr Meister Diacant für die Festlichkeiten beschafft hatte. Bald konnte sie die Robe in den Schrank hängen und in etwas Bequemeres schlüpfen. Dann wäre sie auch die Blicke los, die sie in ihrem Rücken gefühlt hatte. Nach dem ersten Kontakt mit den Ausdünstungen nach sexueller Gier und Neugier einiger jüngerer und älterer Mitglieder aus bekannten wie unbedeutenderen Adelssippschaften, hatte sie rasch ihr Auragespür verschlossen und den Fächer mit ihrer rechten Hand öfter als nötig vor ihr Gesicht gehalten, damit ihr Vollstreckerzeichen jeden Möchtegernfreier abschreckte. Jetzt musste sie nur noch ein Weilchen ausharren, am besten, sie machte sie sich auf die Suche nach Meister Diacant. Ihn hatte sie doch kurz zuvor noch in der Nähe des Kuchenbuffets gesichtet…

Sie drehte sich um – und nur zwei Schritte von ihr entfernt, verbeugte sich ein junger Mann, dessen weißblondes Haar in weichen Strähnen bis zu seinem Kinn herabfielen. Er hob den Kopf und ihr Herz machte einen Sprung – Alban. „Vollstreckerin Caitlynn …" Ein Lächeln spielte um seine Lippen und brachte seinen Augen zum Funkeln.

Caitlynn riss sich zusammen und deutete einen Knicks an. Umgeben von gelangweilten Adeligen, für die Klatsch die liebste Unterhaltung zu sein schien, galt es die Form zu wahren

„Vollstrecker Alban", sagte sie mit fester Stimme und erwiderte sein Lächeln. „Ich hatte nicht erwartet, Euch hier zu sehen."

Er trat einen Schritt näher. „Meister Geltrint ist kurz vor seiner Abreise an Sumpffieber erkrankt und war so freundlich, mich als seinen Ersatz auszuwählen." Seine Hand berührte flüchtig die schwarze Schärpe über seinem dunkelgrauen Wams, auf der das Vollstreckerzeichen aufgestickt worden war, zusammen mit dem leuchtend grünen Wappen von Klyador. „So habe ich die Möglichkeit bekommen, dringenden Geschäften nachzugehen", er senkte seine Stimme, „und Menschen wiederzusehen, die ich besonders vermisst habe."

Rasch blickte Caitlynn zur Seite, trotzdem konnte sie nicht verhindern, dass ihr das Blut in die Wangen stieg.

„Würdet Ihr mit mir anstoßen?“

Er winkte einen der Dienstboten herbei, die mit Getränke herumreichten und nahm sich zwei Gläser mit prickelndem Perlwein vom Tablett.

Zögernd nickte sie. Den ganzen Abend hatte sie nur am Wasser genippt, um bereit zu sein, falls nicht alles nach Plan laufen würde. Als sie nach dem schlanken Stiel des Glases griff, das er ihr reichte, berührten sich ihre Finger. Seine Haut fühlte sich kühl an und viel zu rasch war der Augenblick vorüber.

„Auf das glückliche Paar. Mögen sie nie lange voneinander getrennt sein.“ Alban hob sein Glas.

„Auf Olbin und Tiana.“ Caitlynn tat es ihm gleich. *Meint er wirklich die beiden damit?* Ihr Herz klopfte heftiger. Drei lange Jahre waren vergangen seit seiner Abreise aus dem Schwarzen Turm. Er hatte Wort gehalten und ihr geschrieben. Vorsichtig formulierte Briefe, die sie hungrig nach Botschaften zwischen den Zeilen abgesucht hatte, um sich dann jedes Mal zu fragen, ob sie nicht einfach nur herauslas, was sie sich zu finden wünschte…

Albans Augen ließen Caitlynns nicht los, auch als ihre Gläser aufeinander stießen, und sich auf den hellen Klang hin, einige Köpfe nach ihnen umdrehten. Ihre Lippen fühlten sich auf einmal sehr trocken an und sie nahm einen kleinen Schluck. Warm und kalt zugleich, süß und scharf brannte sich der Perlwein seinen Weg durch ihre Kehle. Unerwartet. Verheißungsvoll. Ihre Augen weiteten sich und sie sog scharf die Luft ein.

„Darf ich Euch später zum Schwarzen Turm zurückgeleiten?“ Seine Augen hatte eine dunkle, sturmgraue Farbe angenommen. „Ich selbst nächtige im Goldenen Ochsen, gleich beim Südtor und muss morgen in aller Früh abreisen.“

Sie schluckte und nickte.

Er senkte die Stimme zu einem heiseren Flüstern. „Wie lange

musst du noch bleiben? Ich habe gesehen, wie dieses Gesindel dich begafft.“

Schwang da Eifersucht in seinen Worten? Ein warmes Gefühl breitete sich in ihr aus. „Ich wollte noch mit Meister Diacant …“, sagte sie halblaut.

„Höre ich da meinen Namen?“

Wie aus dem Nichts war der Meister des Schwarzen Turmes neben Alban auf. „Unsere Caitlynn hat beste Arbeit geleistet, nicht wahr?“

„Allerdings“, Alban prostete ihr zu. „Auf Euren Erfolg bei Eurem ersten Fall.“

Sie bedankte sich. „Habt Ihr mich gesucht, Meister Diacant?“

„Nicht Euch, ihn.“ Meister Diacant deutete auf Alban. „Kommt mit, ich möchte Euch jemandem vorstellen.“ Dabei nickte er in Richtung der großen Treppe, wo sich gerade eine ausladende Gestalt an das vergoldete Geländer lehnte. Als hätte er Diacants Blick gespürt, drehte er kurz den Kopf, und ein joviales Lächeln teilte sein teigiges, breites Gesicht. Meister Horim.

Was will der Meister des Grauen Turmes von Alban, schoss es Caitlynn durch den Kopf, da hatte Diacant den widerstrebenden Alban bereits am Arm gepackt und wandte sich zu Caitlynn. „Ihr werdet allein zum Turm zurückkehren müssen. Ich und Alban haben noch ein paar Dinge zu klären.“

Mühsam schluckte Caitlynn ihre Enttäuschung hinunter und neigte den Kopf. „Dann wünsche ich Euch noch eine gute Reise zurück nach Klyador, Vollstrecker Alban.“ Ihre Stimme zitterte nur ganz wenig.

Er erwiderte die formelle Geste. „Habt Dank. Euch noch viel Erfolg bei Euren Aufgaben.“

Dann waren sie in der Menge verschwunden. Caitlynn seufzte und reichte das noch fast volle Glas dem nächsten Diener, der mit einem Tablett vorbeikam. Ihr war die Lust zum Feiern vergangen.

„Vollstreckerin.“ Caitlynn wandte sich um. Der Hauptmann der

Schlosswache neigte respektvoll den Kopf. „Ihr werdet im Blauen Salon erwartet."

„Danke. Ich kenne den Weg." Sie drängte sich durch die jubelnde Menge und betrat das Schloss durch ein Seitenportal. Sie schritt vorbei an Dienern, die Krüge und Platten für das Festmahl schleppten bis zu einer blaubespannten Türe.

Sie legte die Hand auf die Klinke und drückte sie vorsichtig auf. Eine hohe Gestalt stand am Fenster. Caitlynn schloss die Tür, ließ sich auf ein Knie nieder und wartete.

Die Königin drehte zu ihr um und hob die linke Hand. Der Handschuh, der sonst immer ihr Familienzeichen bedeckte, fehlte. „Wir sind unter uns, Caitlynn."

Die Vollstreckerin lächelte und streifte ebenfalls den linken Handschuh ab. Ihre beiden Familienzeichen glichen sich aufs Haar.

„Ich habe deinen Bericht gelesen. Wir sind also keinen Schritt weiter", sagte die Königin.

„Das Versteck im Stall gehörte eindeutig Larog", erwiderte Caitlynn. „Jana muss die beiden im Stall belauscht haben, nachdem Larog ihr gegenüber eine unbedachte Andeutung gemacht hatte. Das Zeichen der Trigötter war nur mit Wachs aufgetragen. Man musste mit der Hand darüber streichen, um es zu spüren. Ich habe es nur gefunden, weil Jana auf den vier angrenzenden Brettern eine kleine, rote Farbspur hinterlassen hat. „Olbin ist aus allen Wolken gefallen, als ich ihm die krude Zeichnung für das neue Familiensymbol Larogs zeigte."

Die Königin lächelte leicht. „Das kann ich mir gut vorstellen. Nicht jeden Tag erfährt man, dass der angebliche Waisenjunge, mit dem man aufgewachsen ist, glaubt, ein Halbbruder zu sein und das Anrecht auf den Thron von Thelmark zu haben." Sie wurde schlagartig ernst. „Doch das allein ist kein Beweis, dass er oder beide etwas gegen die Krone planen. Auch die Anbetung der Trigötter ist nicht verboten."

„Deshalb konnte ich sie auch nicht festnehmen lassen." Caitlynn runzelte die Stirn. „Auf jeden Fall ist Lord Olbin gewarnt und sein Vater auch. Wer weiß, was passiert wäre, wenn er die beiden hierher mit zur Hochzeitsfeier gebracht hätte."

„Noch nie haben die Rebellen gewagt, die Krone direkt anzugreifen."

„Zweimal haben deine Vorgängerinnen den Rebellen den sicheren Sieg verdorben. Wenn dir etwas zustößt, dauert es wieder Monate, bis eine neue Königin oder ein neuer König gefunden würde. Je länger das Chaos des Interregnum andauert, desto besser für sie."

„Du bist auch noch da."

Caitlynn hob abwehrend die Hände. „Nein danke. Du weißt, wie sehr ich es hasse, Charisma anwenden zu müssen."

„Du trägst Vater die Sache mit Jadon noch immer nach, und er kann dich nicht mehr um Vergebung bitten."

„Das würde er nie, selbst wenn er noch lebte", erwiderte Caitlynn und seufzte. „Irgendwie muss ich ihm sogar dankbar sein. An jenem Tag habe ich erkannt, was ich wirklich will."

„Vollstreckerin zu werden." Shina lächelte leicht. „Auch deine Gabe hätte für die Teilnahme am Erbstreit um den Kristallreif gereicht, und das weißt du."

„Was hätte das Reich von einer Königin, die ihr Charisma verabscheut?" Caitlynn sah ihre Schwester voll Wärme an. „ Vater und Mutter haben nie wahrhaben wollen, dass du viel mehr als Gared das Zeug zur Königin hast. Aber ich habe es immer gespürt. Dein Charisma ist stärker als das jedes Herzogs im Reich. Du würdest auch eine Rebellion überstehen. Ich bin zufrieden, eine einfache Vollstreckerin zu sein."

„An dir ist nichts einfach, Caitlynn. Meister Diacant behauptet, dass du die beste Vollstreckerin bist, die er jemals ausgebildet hat."

„Zu mir hat er etwas ganz Anderes gesagt." Caitlynn konnte sich ein Schmunzeln nicht verkneifen.

„Du wirst noch merken, dass er an dieses Lob einige Aufgaben knüpfen wird."

Caitlynn zog eine Grimasse, und Shina lachte.

„Ohne ausreichenden Verdacht", fuhr Caitlynn fort, „durften wir Larog und Thelb nicht mit Charisma bearbeiten, um zu erfahren, wer noch zum inneren Kern der Rebellen gehört. Der Fürst von Thelmark hat sie des Landes verwiesen und über die Grenze zu den Coridin gejagt. Aber ob das ausreicht, um den Brand im Reich zu löschen?" Sie hob die Achseln. „Die beiden waren auch zu unbeholfen, um die treibende Kraft oder die Hauptstrategen hinter den letzten Unruhen zu sein. Wir tappen immer noch im Dunkeln."

Die Königin straffte die Schultern, nahm ihren Halbhandschuh vom Fensterbrett und streifte ihn über. Die Privataudienz war vorbei. „Wir sind gewarnt und danken Euch im Namen des Reiches, Vollstreckerin."

„Es ist mein Leben, der Krone zu dienen, Majestät." Caitlynn verbeugte sich tief. Sie zog ihren Halbhandschuh an, während sie rückwärts zur Tür schritt.

Die Königin drehte sich wieder zum Fenster.

„Wir suchen weiter, bis wir das Nest des Übels gefunden und das Geschmeiß zertreten haben. Das ist das Versprechen meines Turmes an Euch, Majestät." Damit verneigte sich Caitlynn ein letztes Mal und schloss leise die Türe hinter sich.

Ende

Offizielle Zeittafel
des Ibjadischen Reiches
aus dem Jahre 880
nach dem Weltenbruch

beglaubigt durch den Großen Kreis der Archivare und Archäologen, empfohlen vom Gelben Turm des Freien Wissens für den Unterricht an Dorf- und Stadtschulen im Herzogtum Ibjadon

Von der Nebelzeit, also den Jahren vor dem Weltenbruch, existieren lediglich Legenden und mündliche Überlieferungen in Form von Liedern und Reimen, alle schriftlichen Unterlagen sind zerstört oder verschollen, weswegen die Zeitrechnung hier neu beginnt. Dies steht in keinem Widerspruch zu den Niederschriften der Legenden des Weißen Turmes über das Leben, Wirken und Sterben von Ebel, dem Ersten Propheten der Allmächtigen, dessen Tod sich demzufolge im Jahre 513 vor dem Weltenbruch zugetragen hat.

Jahr 0 – Weltenbruch: die Erde erzittert und bäumt sich auf wie ein krankes Tier, es kommt zur Entstehung der Weltenschlucht und zur Zerstörung des Kristallreiches. Tod des „Roten Königs" und Flucht der wenigen überlebenden Menschen aus dem Kristallreich in die umliegenden Gegenden, die, wenn überhaupt, nur schwach besiedelt* waren.

Jahr 115 – Abkommen der sechs neuen Kleinreiche: Alcian, Halphir, Velgar, Alxaer, Baeldin, Klyador. Beginn des Baus der großen Handelspfade

Jahr 411 – Vereinigung der sechs Kleinreiche unter König Ibjaden zum Ibjadischen Reich, Erbauung der neuen Königsfestung „Ibjadar", Gründung der Stadt Ibjadar, Teilung seines Fürstentums Alcian in die drei Fürstentümer Ibjadon, Faelin und Taladran, die Stadt Ibjadar wird Zentrum des neuen Ibjadischen Großreiches. Festsetzung der Rangfolge durch Charisma, Erbauung des Grünen und des Weißen Turmes.

Jahre 450 bis 487 – Neueröffnung der Mienen in den Gleißenden Bergen am Rand des ehemaligen Kristallreiches, Besiedlungsbemühungen scheitern wegen der Kluftkreaturen, die allerorten im ehemaligen Kristallreich ihr Unwesen treiben. Infolgedessen Umbenennung der Überreste des ehemaligen Kristallreiches in „Fallanden" als neuntes Fürstentum ohne Fürst und Untertanen, das der Verwaltung der Krone untersteht, Gründung des Roten Turmes

Jahr 556 – Ausdehnung des Siedlungsraums nach Norden, Gründung des zehnten Fürstentums Thelmark, erste Zusammenstöße mit den Coridin, Gründung des Schwarzen Turmes

Jahr 623 – Erster Coridinkrieg, Aufstände in Thelmark, Befriedung von Thelmark, Tod von Königin Heretha

Jahr 712 – Einrichtung des Großen Reichsrates, Gründung des Gelben und des Blauen Turmes

Jahr 780 – Krönung von König Naidel

Jahr 803 – Krönung von König Lamarial

Jahr 841 – Krönung von König Jekkil

Jahr 872 – Krönung von König Justral

Jahr 875 – Zweiter Coridinkrieg, erneut Aufstände in Thelmark, Erste Erstürmung Ibjadars, Tod von König Justral

Jahr 877 – König Veldim beschließt das Umsiedelungsedikt mit der Unterstützung der Türme, alle Herzogtümer nehmen ein Kontingent coridinblütige Thelmarkflüchtlinge auf. Im Herzogtum Ibjadon werden die Flüchtlinge in einer ehemaligen Holzfällersiedlung im Inneren Aschenwald untergebracht.

Jahr 900 – Krönung von König Terrain

Jahr 921 – Krönung von König Kasir

Jahr 949 – Entdeckung der „Weißen Feldes der Vielgesichtigen" bei Gelbried **

Jahr 960 – Krönung von König Galedor

*Diese Angaben sind auch innerhalb des Gelben Turmes nicht unumstritten.

** Die Entdeckung der Ruinen lässt vermuten, dass es schon zu Zeiten des Kristallreiches mindestens ein zweites Machtzentrum (neben dem verschollenen Palast des Roten Königs) gegeben hatte, das jedoch beim Weltenbruch ebenfalls zerstört wurde.

Über die Autorin Angelika Diem

– geboren 1968 im schönen Ländle hinter dem Arlberg

– leidenschaftliche Leseratte (Fantasy, Mystery, Mangas, Krimis, historische Romane und vieles mehr...)

– verschlingt daneben viele Bücher über Japan

– schrieb mehrere Jahre Artikel und Rezensionen für die Zeitschrift "MangasZene" unter dem Nick "Lady Raven"

– kocht mit Leidenschaft und erfindet gern neue Rezepte

– spielt am Wochenende gern World of Warcraft (aktueller Chara: Jägerin Caitlynn (Mensch) auf dem Server "Der Mithrilorden"

– schrieb ihre ersten Geschichten auf einer alten schweizer Schreibmaschine ohne "ß"

– verwöhnt ihren rotgetigerten Stubenkater namens Akira

– liebt ihre Arbeit als Lehrerin und Schulbibliothekarin an der Mittelschule Bludenz

– hätte gern noch mehr Zeit, sich mit Lesern, Autoren und interessanten Menschen im Web auszutauschen

Ihre wichtigsten Werke:

Österreichisches Nachwuchsstipendium für Kinder- und Jugendliteratur 1993
Eusebius und Pontifex – Verlag St. Gabriel (1996)
Für mich bist du der Beste – Albarello Verlag (2000)
Hexe Pollonia macht das Rennen – Albarello Verlag (2001)
Gut so, Hexe Pollonia – Albarello Verlag (2002)
(alle drei Hexenbilderbücher noch lieferbar)
2002 bis 2007 freie Redakteurin der Zeitschrift „MangasZene"
Jigoku no Merodi (Text zum Manga) – Christian Solar Verlag 2004
Zwischen den Toren. Weltenwanderer XIV – scratch Verlag 2010
(unter dem Pseudonym Susanne Nort)
Wir vom Jahrgang 1968. Kindheit und Jugend in Österreich – Wartberg Verlag 2012
Nicht schlank? Na und! – Bc Publications 2012
Das Grauen im Spiegel (Beitrag in Diebesgeflüster 1 – ebook Aeternica Verlag 2012)
Seelendieb (Beitrag in Diebesgeflüster 4 – ebook Aeternica Verlag 2013)
– beide Geschichten enthalten im Taschenbuch Diebesgeflüster 1-4 Aeternica Verlag 2014

*Von der gleichen Autorin
bereits im Machandel Verlag erschienen:*

Der Baeldin-Mord

*in diesem Buch enthalten unter dem Titel
„Das Rätsel von Baeldin"*

Das Grüne Tuch

*in diesem Buch enthalten unter den Titeln
„Das grüne Tuch"
„Halbe Hand"
„Schmerztrinker"*

Drei Tropfen Dunkelheit

*im Machandel Verlag erscheinen unter der
ISBN 978-3-95959-049-5
292 Seiten
schließt in der Handlung direkt an den
hier vorliegenden Sammelband an*

www.machandel-verlag.de